魅丽文化 桃天工作室

她怎么还不表白我

福禄丸子 / 著

江苏凤凰文艺出版社
JIANGSU PHOENIX LITERATURE AND ART PUBLISHING, LTD

图书在版编目（CIP）数据

她怎么还不表白我 / 福禄丸子著 . -- 南京 : 江苏
凤凰文艺出版社, 2020.4
ISBN 978-7-5594-4318-2

Ⅰ . ①她… Ⅱ . ①福… Ⅲ . ①言情小说 - 中国 - 当代
Ⅳ . ① I247.5

中国版本图书馆 CIP 数据核字 (2019) 第 283683 号

她怎么还不表白我

福禄丸子 著

责任编辑　王　青　张　倩
特约编辑　曾　枰
装帧设计　黄　梅
封面绘制　阿　醒
出版发行　江苏凤凰文艺出版社
　　　　　南京市中央路 165 号，邮编：210009
网　　址　http://www.jswenyi.com
印　　刷　湖南凌宇纸品有限公司
开　　本　880mm × 1230mm　1/32
印　　张　10.5
字　　数　315 千字
版　　次　2020 年 4 月第 1 版，2020 年 4 月第 1 次印刷
书　　号　ISBN 978-7-5594-4318-2
定　　价　38.00 元

目录

CONTENTS

目录

CONTENTS

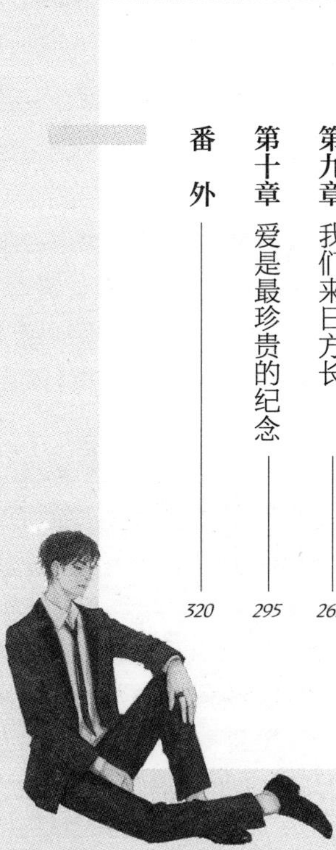

第一章 原来你还在这里

Love

Why doesn't she tell me?

下午三点一刻，正值放学时间，T市新星幼儿园门口被接孩子的家长们围得水泄不通。

马路对面停了一辆香槟色的宾利轿车，临街这一侧的车窗关得严严实实，看不清里面坐的是什么人。

这所幼儿园外观陈旧，口碑普通，送孩子入园的都是住在周边小区的居民，少有权贵和中产阶级。接娃的队伍里大多推的是自行车、小电驴，难得有辆私家车还是外地牌，从父母到爷爷奶奶看起来都不富裕。

正因为如此，这辆停在路边的宾利车才显得特别出挑，来来往往的人都忍不住多看两眼。

幼儿园的铁门打开，黑压压的人潮开始往里涌动。宾利车的后排车窗趁机降下一半，两只白嫩嫩的小手攀住玻璃，露出后座上一双洋娃娃般的大眼睛。

“二叔，我妈妈真的在这里吗？我怎么没看到？”

“嗯。”从嘉佑就坐在她旁边，手掌在小姑娘的脑袋上按了按，“头别伸出去，危险。”

星辰三岁半，一头自然卷，刚出生那会儿羸弱苍白，微黄的鬈发贴着头皮，更显得病恹恹的，好像养不大。现在大一些了，鬈发渐渐长成褐色，家里请的姆妈手巧地帮她扎了起来。加上全家无人匹敌的长睫毛、大眼睛和白皙的皮肤，漂亮得像个混血小公主。

不过很可惜，小公主还是不开心，因为她没有妈妈。

其实就算她妈妈近在眼前，她也认不出来。

星辰的眼睛里盛满渴望，目光黏在对面幼儿园里进进出出的人身上。她以为妈妈会是他们当中的一员，抑或是幼儿园的老师，牵着小朋友走出来，一副很温柔的样子。

越过她小小的肩膀，从嘉佑的注意力却落到了别的地方。

幼儿园围墙外的转角处停了一辆带顶棚的三轮推车，推车朝外的铁皮上用红漆写着“手抓饼”，旁边还有价目表：奥特曼套餐 3.5 元，咸蛋超人（双蛋）5 元，托马斯火车（加香蕉）4 元，巴啦啦小魔仙（加杧果）5 元，冰雪奇缘（加菠萝）4 元……

还真是有创意，生意也不错。这个点从幼儿园出来的孩子们只吃了下午茶点心，还没吃晚饭，闻到香味就馋，缠着爷爷奶奶给买一套饼，拿在手里边吃边往家走。因此摊子的生意很好，推车左边排着长长一溜队伍。

事实上，在放学高峰之前，这个煎饼摊子前排队的人也没断过。很多慕名来打卡的吃货，拿到饼的第一件事不是吃，而是先拍照。

这还是个网红煎饼摊。

摊主是个女人，头发束在脑后，穿白色围裙，戴白色口罩，翻饼的那只手上戴了手套，从打蛋、摊饼、加料，到最后做好了装袋递到客人手里，一套不过三四分钟，还挺像那么回事。

许怡江一边摊饼还一边吆喝——

“哎，排队的往前走往前走！别挡着路啊！”

“小朋友，牵好你爷爷，后面有车。”

“我知道，你是巴啦啦小魔仙，我给你加多多的杧果！”

她脸上总是挂着笑，从口罩上方露出的眼睛里能看出来，声线高而亮，动作麻利，并且对所有来光顾的熟客都能第一时间报出对方喜欢的口味。

放学的高峰时段，她忙得恨不能再长出两只手来，对从嘉佑脸上讽刺的神情根本无知无觉。

她的煎饼是限购的，每人最多买两套，只为了不让后面的人久等。有做美食直播的人来拍她的小摊，要多买，她也不肯通融。

“我们买了拍成视频上传，给你带来更多的生意不好吗？”

“不需要更多的生意，我现在都忙不过来了。”

她的小摊之所以会成为网红，最初是因为她那张漂亮的脸，后来才提到她做的饼料足味美，用的全是从泰国进口的水果。

酒香不怕巷子深，她后来再不肯入镜，用口罩遮住半张脸，生意做得很低调。

搪瓷缸里用来做饼底的面糊只剩最后几个煎饼的量，怡江叫后面排队的人：“哎，别排了，没有了，明儿赶早吧！”

她还要收摊去接孩子。

“看起来好好吃啊……”星辰终于被这样的热闹吸引了，幼儿园接娃的人群已经散得差不多了，没有看到像是她妈妈的人。带着一丝失望，她的注意力成功转移到路边小朋友们手里拿着的吃食上，眨巴着大眼睛，馋得口水全都沾在了宾利的车窗玻璃上。

司机小刘几乎是赶着趟买到了最后一拨煎饼，热腾腾的，拎在手里跑回来，一个递给星辰，另一个递给从嘉佑：“尝尝吧，还挺香的。”

从嘉佑正眼都没瞧一眼，更别提伸手接了：“你看我像是会吃这种东西的人吗？”

“那您还让我去买……”

“我知道星辰肯定会吵着要吃，给她尝尝。剩下的那个，你吃了吧！”

于是司机小刘跟星辰一前一后坐在价值百万的豪车里啃手抓饼。星辰其实从没吃过这么接地气的东西，噘着小嘴一边吹凉一边大啃特啃，油和果肉糊得满嘴都是。

“有这么好吃吗？”从嘉佑一只手托着下巴看她吃，顺手拍照给她看，“看看，哪里来的小花猫？”

星辰难为情地在他怀里扭了扭，嘴上糊的油和果肉全抹他的领带上了。他嫌弃地“啧”了一声，扯了张纸巾出来仔细地给她擦干净嘴。

外面的手抓饼摊子开始收摊了，那个女人似乎很赶时间，还频频回头往幼儿园里张望。

从嘉佑问星辰：“想不想去找你妈妈？”

刚大快朵颐而暂时把失望抛诸脑后的星辰的眼睛里重新燃起希望的光，忙不迭地点头。

许怡江熄了摊子上的火，摘下口罩和围裙，将最后一份特大号的饼送给了旁边报刊亭的老板，给她当晚饭，然后招呼说：“大姐，你先帮我看着车，我马上就出来啊！”

“没问题，快去吧，给你看着呢！”

许怡江整理了一下衣服和头发，进了幼儿园大门后还特意在水池边洗了洗手，才往楼上小二班的教室走去。

“大海！”

她在门口喊了一声，平时听到她的声音就会像小坦克一样冲进她怀里的小家伙却没有跑过来。她看到教室里有其他家长，带着自家的小朋友，把老师围在中间，听到动静都转过头来看着她。

“啊，大海妈妈，你来得正好。”班主任王老师有点无奈地看向她，“大海今天出了点小状况，我们一起来协商一下吧！”

怡江这才看到大海就站在老师身边，一向活泼好动的他这会儿却垂着头一句话也不说，手里拿着早晨塞进书包里的新奥特曼。发现妈妈走近了，他才抬头看了她一眼，很快又重新低下头。

怡江一问才知道，今天有小朋友弄坏了大海的奥特曼，还说他没有爸爸，他一怒之下就咬了对方一口。

要知道这个玩具就是以“爸爸”的名义送他的生日礼物，可是他最珍视的宝贝。

对方家长不依不饶，要求怡江和大海道歉，指手画脚时挥舞的手指几乎要抓到他们的脸上来。

怡江往后退了半步，把大海挡在身后，默默隐忍着，脸上却还是那副不卑不亢的神情：“咬人的确不对，我们道歉，要上医院检查、打针吃药都可以，多少钱我都可以出。但你儿子弄坏了大海最珍视的玩具，还说他没有爸爸，也应该向他说对不起。我们家不富裕，我要工作谋生，不得不让孩子上晚托班，他爸爸也不能陪在他身边。但他跟所有小朋友都一样，不应该受到歧视。”

许怡江牵着大海从幼儿园里走出来，有种筋疲力尽的感觉。

孩子大概也察觉到了，晃了晃她的手：“妈妈，你是不是生气了？我晚上不吃鸡腿了，你别生气了好不好？”

“为什么不吃鸡腿？”

“你刚才把钱都赔给豆豆妈妈了，我们不是没钱吃饭了吗？”

怡江笑了笑，蹲下来说：“谁说我们没钱吃饭了？越是遇到不开心的事情，就越是要吃点儿好的。鸡腿我都卤好了，还有鸡蛋和鸡翅膀，回去给你加菜。”

“真的？”大海两眼一亮，又沮丧地垂下眼睫，“可是我做错了事……”

“你没做错。我们每个人都有自己喜欢的、珍惜的东西，如果有人要抢走，千万不要忍气吞声，否则他们只会变本加厉地欺负你。但也要注意方法，在不是很紧迫的情况下不要动手打人或者咬人，先跟老师说，明白吗？”

“嗯，明白了。”大海低头摆弄着手里的奥特曼，因为少了零件，胳膊总是掉下来。

怡江知道他的心思，安慰他说：“这个奥特曼受伤了，我们让他回家休息。等爸爸给你买了新的，我们再让他们一起搭档去打怪兽，好不好？”

“爸爸还会给我买新的奥特曼吗？”

“当然会！”

“可他平时都不在家，我都不记得他长什么样了……”大海的声音低下去，之前那个小朋友说的话让他有些动摇，“我是不是真的没有爸爸？你们是不是离婚了？”

他也是偶然听到其他的大人聊天，才知道有的爸爸妈妈离婚了就不会住在一起，跟着妈妈的小朋友就会见不到爸爸，所以才猜测他妈妈一定是跟爸爸离婚了。

怡江“啧”了一声，手指在他的脑门上点了点：“连离婚都知道，这都是从哪儿听来的？我可没离婚，你爸爸只是住在很远的地方，有很重要的工作要做，才不能常常来看你。但他其实很惦记你的，每年生日不都给你买了新衣服、新鞋子还有玩具寄过来吗？你这个奥特曼坏了，我会跟他说，让他再寄个新的给你。”

“用这样的谎话欺骗孩子，真的合适吗？”

一道长长的影子突然遮住了身侧夕阳的余晖，男人说话的语气里带有一丝嘲讽，冷不丁在头顶响起。

即使逆着光，许怡江也认得出那个人是谁。他的声音、他的轮廓、他的身形，像一个烙印，早就深深地刻在她的脑海里。不管记忆藏得多深，只要这样轻轻一点拨，就又重新浮现。

她像被施了定身法术一样，腿脚也发软，一时间竟然站不起来。

从嘉佑于是也蹲下来，剪裁精良的灰色西裤勾勒出他腿部修长的线条，有属于男人的精致、服帖和安稳，对大海来说却显得陌生。

他手上变戏法一样拿出一个奥特曼递过去：“拿着，这是你爸爸让我带来送给你的。”

这是什么神奇的魔法呀！大海瞪大了眼睛，惊讶得忘了伸手去接。

从嘉佑笑笑：“怕什么，这才真的是你爸爸送你的礼物，之前那些新衣服、新鞋子和玩具都是你妈妈自己买的。”

“喂！”怡江终于缓过劲儿来，站起来一把推开他，将孩子拉到身后，“你到底想干什么？”

“我想干什么……你说呢？”他低头又去看大海：“哎，你想不想见你爸爸？”

大海一个“想”字还没出口，就已经被怡江抱起来：“你别打孩子的主意，他哪儿都不会去的！”

说完她也不管三七二十一，抱着大海转身就跑向报刊亭旁边的三轮车，一刻也不敢耽误，把孩子丢进车斗里，骑上就走。

摊煎饼的炉灶她一般是不带回去的，卸下来锁进报刊亭背后的一个小杂物间里，第二天可以接着用。三轮车上只有个铁皮架子和锅碗瓢盆，大海就坐在车斗里回去。

报刊亭的大姐在怡江身后摇着手追了两步：“哎，小许，你的东西还没锁呢！这是怎么了，见鬼了？”

大姐一边嘀咕一边热心地把东西搬进自己的报刊亭暂放。

从嘉佑却走过来，手插在裤兜里，看了看那堆“破铜烂铁”，又看了看消失在街角的三轮车，然后笃定地对大姐说：“不用忙了，她今后应该都用不上这些了。”

许怡江不敢回头，拼命蹬着脚下的三轮车，还真像是身后有恶鬼在追着不放一样。

不知怎么的，今天车子好像比以往要重一点，越是想快就越是觉得吃力，她整个人用力得几乎都要站起来。

“妈妈……”

大海在后面车斗里左摇右晃，大概也被她这突如其来的发力给吓到了。

可她没办法跟他解释，只能大声叫他坐好别乱动，继续挥汗如雨地蹬车。

终于到家了。许怡江伏在车头上大口大口地喘气，看到自己额头上的汗水落下来，滴在车把上，身体像脱力了一样，这下才是真的筋疲力尽了。

“妈妈！”大海哑着嗓子喊了一声，刚才他就在身后一直叫一直叫，风把他的声音都吹散了。任他叫得声嘶力竭妈妈也不理他，这会儿终于回过头来看他。

不看不要紧，当她看到他身旁那个凭空多出来的小女孩时，眼珠子都快掉出来了。

“这……这是怎么回事？你是从哪里冒出来的？”

“她刚才就在我们的车斗里，我一上来就发现她了，叫你停车你又不听！”大海臭着一张脸，手臂还惯性地护着柔弱的小女娃。

星辰眨巴着大眼睛，看看怡江，又看看大海。

“不是吧……”怡江拨开儿子，把星辰抱起来：“小朋友，你叫什么名字？你也是新星幼儿园的吗？”

在她看来，可能是幼儿园的小朋友放学后淘气，趁着大人不注意爬进她的三轮车里玩躲猫猫，不小心被她给拉了回来。

星辰却摇头，声音细细的：“二叔说我身体不好，明年才让我上幼儿园。”

“你几岁了？”

“三岁。”

“那你的家里人呢？你二叔、你妈妈，他们的名字、电话，你记得吗？”

星辰往身后一扬手：“我二叔在车上等我呢，我妈妈……我还没找到，二叔说我在这辆三轮车上等一等就可以见到妈妈了。阿姨，你见到我妈妈了吗？”

电光石火间，许怡江被突然冒出来的一个念头给击中了。

她再仔细打量星辰的小脸，突兀而荒唐的念头就像雪球般越滚越大，最后从她身上碾压了过去。

她身体冰凉，双手发抖，几乎要抱不住手里的孩子，只得更加用力，直勒得星辰蹙起眉头：“阿姨，你弄疼我了。”

“对不起……”怡江一开口，声音里已经带了哽咽，拼命把情绪压下去，“宝宝，你叫什么名字？”

“星辰，我叫从星辰。”

大海一边啃着自己手里的鸡腿，一边悄悄打量旁边的小女孩。

他真是搞不懂，怎么妈妈才跟她说了两句话，突然就哭了，还把她抱回家，说要当她的妈妈。

她是童话里的公主吗？真的有魔法还是怎样？

要知道他从小到大还没见妈妈哭过呢。即使工作再辛苦，一趟又一趟地搬家，妈妈都没有掉过眼泪，反倒常常嘲笑他这个男子汉动不动就掉金豆子。

星辰吃东西很斯文，鸡腿都是一小块一小块扯下来才喂进嘴里。

怡江又给他们每个人剥了一个鸡蛋：“慢点吃，如果不合胃口，我再给你们做点别的。”

大海说：“鸡腿是世界上最好吃的东西，怎么会不合胃口呢？”

星辰点头附和：“嗯，超级好吃，卤蛋也好吃。”

怡江怜爱地摸了摸她的头发，又摸了摸她的脸，眼眶又是一阵阵发热。

女儿像爸，星辰完全继承了从家人那种高眉深目的洋派长相。如果不说的话，大概没人能看出她跟大海是一对龙凤胎，连她这个当妈的都没能一眼认出来。

但隐隐的，不管是眉眼之间，还是某些小小的神态，或是不经意的一些小动作，还是跟一母同胞的大海有些相似，透露出基因的强大。

饭桌不大，两个小家伙趴在桌边认真地吃掉了碗里的最后一粒米饭，这对星辰来说是不太能想象的。要知道她平时在家有人喂饭都吃不完呢！

怡江就在一旁默默地看着他们吃，仿佛可以永远这样看下去。吃完饭后看他们一起玩玩具、看电视，又帮他们洗澡，都一直是这副呆呆的表情。

大海有点受不了了，拿手在她眼前晃了晃：“妈妈，你果然是中了魔咒吗？能不能别再这么看着我们了？”他又回头对星辰说：“你快点解开给她施的魔法！”

“好的。”星辰已经跟他混熟了，乐意听他指挥，嘴里发出“Biu”

的一声，拿那个奥特曼断掉的胳膊当魔法棒，往怡江身上一点："魔法解除！"

怡江怕痒，弓身一躲就躲开了。大海连忙也来帮忙，两个小家伙公然爬到她身上挠痒痒。最后她只能抱着他们倒在沙发上，三个人笑成一团。

这样的场景，只在她的梦里出现过。

夜里，她带着星辰和大海一起挤在并不宽大的双人床上。

大海大方地让出了最靠近妈妈的位置，自个儿挨着墙睡。星辰小小的脑袋就枕在怡江的胳膊上，似乎也跟她一样觉得不真实："你真的是我妈妈吗？"

怡江紧了紧抱着她的手臂："是啊，不像吗？"

"我不知道。"星辰的声音小小的，怕吵醒睡在里边的大海，"我以前也有过妈妈，可她后来病了，病得很重。你跟她不太像，但你也很好，我希望你可以做我的妈妈。"

怡江愣了一下："你那个妈妈……是叫萧雅吗？"

"嗯。"

"她现在怎么样了？"

星辰晃了晃脑袋："我已经很久没见到她了，二叔说她去了很远的地方，那里的人不会生病，也不用打针吃药。"

心猛地一紧，怡江似乎明白发生了什么事。

"你不会走吧？会吗？也会像小雅妈妈那样到很远的地方去吗？"

"不会，短期内不会。"怡江轻拍着她的肩膀，"我哪里都不去，就陪着星辰，好不好？"

星辰点点头。

"嗯，那你乖乖睡觉，明天早晨也给你做好吃的。"

两个孩子终于都进入梦乡，怡江的内心却受到很大的震动。往事翻涌，她整夜辗转反侧，合不了眼。

第二天早晨，她做好早餐，准备出门送大海去幼儿园的时候，就看到楼下停着那辆宾利。

她知道那是谁的车，只是不知道他是一大早就来了，还是一整晚都没离开过。

他其实是信不过她的，把星辰乍然送到她眼前，只是给她警告，更像是一种惩罚，并不是让她们母女共聚天伦。何况她有过不辞而别的黑历史，他大概也怕她再带着两个孩子突然就跑了。

怡江当然也明白自己不可能什么都不管就霸占这种短暂的幸福，所以今天她没打算出摊，想送大海去幼儿园之后，再带着星辰去找从嘉佑，有什么要谈的大家开诚布公地说。

然而她才刚带着两个孩子下楼，宾利车就缓缓朝他们靠过来，直接横在了她的三轮车前面。

“二叔，是我二叔！”星辰指着车子喊道。

从嘉佑从降下的车窗里露出半张脸来：“带孩子上车。”

那种居高临下、舍我其谁的优越感还真是这么多年都没怎么变过。

怡江扭过头，不想让他看见自己两个大大的黑眼圈，可两个孩子已经一前一后地从三轮车上跳下来。星辰拉着大海说：“我们去坐我二叔的车吧，很快就到幼儿园了！”

“可是，我要跟妈妈……”

“没关系，妈妈也一起去，昨天是在你们家，今天就去我们家玩吧！”

大海一脸无奈地去看怡江的脸色，很奇怪，她既没说可以，也没说不许去，很为难，又好像有点气鼓鼓的。

从嘉佑下车帮星辰打开车门，两个小家伙就一前一后钻了进去。

“我再给你最后一分钟时间考虑，是上车跟我走，还是待在这儿看着我带孩子们走。”

怡江还能说什么，她再也承受不住跟任何一个孩子分开了，一天都不行。

从嘉佑君临天下一般带着两个孩子坐在后排，怡江只能像个保镖似的坐在副驾驶座上，时不时从后视镜里看看后面笑闹着发出咯咯笑声的小家伙。

从嘉佑也在观察她，两个人的视线偶然在镜中交会，她看得出他眼中的轻蔑和讥讽。

世人谤我、欺我、笑我、轻我，只需忍他、避他、不要理他，再待几年你且看他，这说的是不相干的旁人。对自己真心爱过的人，即使过了这么多年，经历过大大小小的离散团圆和市井烟火的磨砺，心绪仍旧受他的一个眼神左右。

区别只是在于，她学会了不让他看出来。

新星幼儿园其实离他们住的小区只有五分钟车程，眼看校舍和大门就在面前，从嘉佑的司机却一脚油门直接开了过去。

怡江还没来得及说什么，大海已先喊道："哎呀，我的幼儿园！开过头了！"

从嘉佑："没事，我们今天不去幼儿园。"

"啊？那去哪里？"

"当然是去我们家啦！"星辰插话道，"我们家有好多玩具，还有幼儿园里那种滑梯。"

"不行！"怡江转身看向从嘉佑，"你不可以这么自说自话就让孩子不去学校。"

"我当然可以。"从嘉佑揉着大海的脑袋："你昨天玩具不是坏了吗？我们今天去买新的。"

"可是你昨天已经送过一个新的给我了。"

"那个是你爸爸送的，今天我送，不一样。"

大海可以说是动摇得很厉害了，但怡江的态度很坚决："不行，幼儿园不能不去。麻烦你把车停下来，我要送他过去。"

从嘉佑笑了笑："你确定要下车？"

"对。"

"小刘，前面靠边停一停，让他们下去。"

怡江带着大海从车上下来，刚刚混熟的两个小伙伴还有些依依不舍，从嘉佑已经关上车门，嘱咐司机道："开车。"

分别来得太突然，大概是想到昨晚怡江的承诺，星辰"哇"的一声就哭了，冲着后车窗拼命摇手叫妈妈。

"星辰……"

怡江本能地也想追上去，但手边还牵着一个，不得不咬牙先把大海抱起来，安慰他，也像在安慰自己："宝贝乖，我先送你去幼儿园，再去找星辰他们，下午按时来接你放学，好吗？"

他懂事地点了点头。

谁知等他们到了幼儿园门口，门卫却怎么都不肯让他们进去，还说大海已经不是新星幼儿园的学生了。

“这不可能，你一定是搞错了，我昨天都还来接了他。今天是有点事耽误了才迟到的，怎么就不是这里的学生了？”

怡江十分焦急，她怕的是昨天大海咬人的事会不会没有处理好，所以园方今天才不让他来了。纠缠了半天，惊动了幼儿园园长，对方居然告诉她，大海的学籍已经注销了。

怡江整个人都蒙了，连忙解释：“园长，大海昨天咬人是他不对，我们已经协商解决了，如果对方有什么不满意……”

“不不不，大海妈妈，你误会了，我们不是因为这件事情责怪孩子。退学是他爸爸那边直接办理的，你看是不是再跟他沟通一下？”

这样的情况她不是没见过，夫妻不和，为孩子的抚养权争得你死我活，做什么决定也不通知对方。显然这回双方实力悬殊，财富和权势让孩子父亲一方手眼通天，妈妈只有被动接受的份。

如今能以孩子父亲的名义行事的人就只有从嘉佑了。

许怡江完全没有想到从家会来这么一手，打得她措手不及。难怪他那么干脆就让他们下了车，原来早就铺垫好了，知道就算把孩子送来也进不了门，甚至连大海的学籍都取消了，根本就没给她留后路！

许怡江牵着大海站在从家独门独院的别墅门口。

隔壁的人家当初移居海外，房子被从家买下，两边院子连起来，占据了半山最黄金的地段。

大海对这儿的一切都感到新奇，透过镂花铁门看到花园里的滑梯一角，他就知道这里是星辰的家了。

“妈妈，这里是星辰的家对不对？原来你知道她的家在哪里呀！”

是啊，她不仅知道，还在这里生活过不短的时间。

时隔多年再站在这里，她心里复杂的味道说不上来，竟然有点近乡情怯的感觉。

她知道自己迟早是要回来的，因为星辰还在这里。只是她没想到这一天会来得这么快。

从嘉佑早就算准了，就算他离开，她也知道该上哪儿找他。

来开门的萍姨看到她，愣了几秒才敢确定：“这是怡江吧？”

“是我，萍姨，好久不见了。”怡江有点不自在地笑道。

“那这个就是……”

“嗯，是大海。大海，叫人。”

“奶奶好。”

“哎，好乖！快进来，快进来，嘉佑刚带星辰回来，我去叫他。”

萍姨在从家工作十年了，大大小小的事瞒不过她的眼睛。此时看到大海和星辰这对龙凤胎终于能凑齐，她不禁百感交集。

大海被滑梯吸引，怡江干脆就带着他在花园里等。

星辰独自跑出来，看到他们简直高兴坏了，刚才还哭得红红的眼睛也一下子溢满神采。

怡江抱了抱她，问：“宝贝，你二叔呢？”

星辰抬手一指：“玻璃房子里，跟好多人在开会。”

细软的声线里带了点委屈，人人都夸她家的玻璃房子好看，她却一点也不喜欢。因为二叔总是在里面工作和开会，都不能陪她。

幸亏今天大海和妈妈来了，她有伴了。

怡江摸摸她的脸颊，让她带大海先玩，自己去找从嘉佑。

从家的别墅经过特别设计，除了中间的主屋，空间充分向四周扩展。既吸收了中国古典园林的层次布局，又加入了现代设计感，很有特色。

据说这房子是从嘉佑和他大哥一起设计的，那时他还只是个高中生，却已经展现出过人的天分。

如今他已经拥有自己的建筑设计事务所，带回来的工作和总也开不完的会议时常在他亲自设计的玻璃阳光房里进行。

这个外表结构呈不规则多边形的玻璃房实际上是一个恒温的图书馆，由太阳能供暖。晴天坐在里面可以享受阳光，下雨天四周的玻璃墙能看到如瀑布一般的水流效果，云舒雨霁的夜晚还能打开自动化的玻璃天花板，躺着看月亮、数星星。

这样的浪漫，初衷一定是为了某个藏在心间的人。只可惜那个人可能已经不在了。

许怡江虽然憋着一口气，但还没鲁莽到直接敲门去打断会议。她站在玻璃房门外，正好能看到从嘉佑的侧脸。他工作时异常投入和认真，眉眼间放下了面对她时的轻蔑和倨傲，出挑的轮廓显出一股天生的贵气来。他比读书的时候黑了一些，鼻梁上架一副样式复古的眼镜，更中和了身上的少年感。其实那副眼镜没什么度数，只是他的一个习惯，能让他在工作时投入角色，集中精神。

看着看着，怡江心里憋着的那口气好像就散了，心不再紧绷，甚至有点想不起到这里来要跟他说的是什么。

会议结束，参会者都从玻璃房子里走出来。其中有人停了一下脚步，仿佛认得怡江，却并没有详谈，只说："从先生在里面。"

怡江点点头表示感谢。

从嘉佑坐在椅子上，眼睛还盯着投影布上的内容，好半晌才摁了遥控器把幕布收起。

他摘下眼镜，从工作的角色中解脱出来，看到怡江，并不意外："我还以为要等很久，没想到你挺干脆的，这么快就找上门了。怎么样？这里跟你四年前住进来的时候比，有什么变化吗？"

怡江不答，理清了思绪才问他："你究竟想干什么？为什么自作主张取消大海的学籍？"

从嘉佑冷笑："自作主张的人是你不是我，当年要不是你一声不响抱着孩子跑了，也不会有今天这么多麻烦。"

许怡江被点中死穴，只能僵硬地站着。这件事她的确无力反驳，就算反驳他也不会理解。

"孩子是我生的，我舍不得。"她只能这么解释。

"所以选择留下体弱多病的星辰，把身体健康的那一个抱走？"

"不是的！"怡江急了，终于忍不住大声辩解，"留下星辰是为了她好，那时候她的情况，要留在从家才能得到最好的治疗……"

从嘉佑抬手："你不用跟我解释，留着将来有一天去跟我大嫂解释吧。"

"萧雅她……"

"嗯，三个月前去世了，直到合眼前都记挂着另一个孩子。你知道她为这件事受了多大的煎熬吗？"

虽然早前听星辰提起时已经预料到了，但清清楚楚地听到这个消息，感觉又不一样。

她深吸一口气，有些话到了嘴边，却还是没说出口。

"我能做点什么？"事到如今，她只能这么问。

四周一片沉默。

她仍能感觉到从嘉佑眼睛里的冷淡和鄙夷，但这回他没用冷嘲热讽来回应，过了好半晌才说了一句：“许怡江，如果可以选择，我真希望永远都不用再见到你。”

不，应该说，最好他们从来就不曾遇见。

午饭时间，两个小家伙玩累了，旋风一般卷进来，看到一大桌好吃的，就欢呼着去洗手。

从嘉佑看着两个孩子的背影，语气平淡地说：“星辰喜欢吃鱼，但对其他海鲜过敏。她很讨厌青菜，要哄着才能喂一点，但玉米南瓜不管怎么做都爱吃。她的肠胃不好，要少食多餐，家里常备各种点心，搭配水果和酸奶，可以作为下午的茶点。大海有什么喜欢吃的菜和点心也可以告诉萍姨，她会跟星辰的一起准备。”

他难得一口气说这么多话，怡江反应过来：“你是让我照顾两个孩子？”

“只是暂时的，以三个月为期，我每个月付你薪水，抑或是你说个数，我一次性付给你。条件是你要陪两个孩子住在这里，照顾他们的饮食起居，送他们上学、放学，像个真正的妈妈那样。我也会留下来监督你，要是让我发现你再出幺蛾子，今后你都别想再见到孩子。”

见她不说话，他问：“怎么，你还不乐意？”

“你也会住在这里？”

“你不要想多了。”他有些烦躁，“这儿本来就是我的家，要不是小雅临终前坚持让你来照顾孩子，我也不会找你来。”

他向来只选最佳方案，两个孩子名义上是萧雅的，假如她坚持这就是最佳，那他就相信她。

至于许怡江，她不过是比萧雅健康，可以出借身体帮忙孕育孩子，是在孩子还没出生的时候就签下协议选择放弃他们的所谓的“妈妈”，有什么资格跟他谈条件。

两个孩子洗完手回来，爬上椅子，一边一个挨着怡江坐。星辰抬头看着她：“妈妈，二叔说你跟大海以后会住在我们家，是真的吗？你们不走了吗？”

这招先斩后奏用得很好，怡江没错过从嘉佑脸上的得意之色，对着星辰笑了笑，夹起一块鱼说：“星辰爱吃鱼对吗？吃鱼的孩子最聪明了，我给你剔干净鱼刺。”

中午两个孩子都要午睡。大海精力旺盛，在幼儿园本来是午睡困难户，但有了星辰这个好榜样，他居然很快也跟着乖乖睡着了。

主屋楼顶上有一片小小的绿地，是迷你的高尔夫练习场，从嘉佑一个人没有挥杆的兴致，于是抓了一把面包糠喂他养的鸽子。

鸽子不怕人，抑或是不怕许怡江，“咕咕”着踱到她的脚边，就像还记得她曾经喂过它们一样。

“想好了？”他似乎很笃定她会欣然接受他提供的这份“工作”。

许怡江却说：“我想见见从先生。”

“从家上下，连我在内有三位从先生，你想见哪一个？”

“从嘉茂。”

噢，原来是他大哥。

从嘉佑一点一点喂完手上的鸽食，才拍拍手站起来，看着她说：“为什么要见他？”

“我想跟他谈一谈。”

“他人在国外。”

“我可以等他回来。”

从嘉佑忽然笑了：“你凭什么？凭他是孩子的爸爸，你是孩子的‘妈妈’？”

怡江转身就走。

她受够了，她也是有脾气的！

她回到两个孩子午睡的房间，气得想要摔门，却看到大海踢掉了被子，于是上前帮他拉好。旁边的星辰咕哝了一声，也往她怀里靠过来。

她只得小心翼翼地关上门，刚才的怒气已经化为更深的迷惘。

萍姨端来一杯青瓜汁，还像照顾她怀孕时那样。怡江笑了笑：“萍姨，我出去一趟，等会儿孩子们醒了，麻烦你帮忙照看一下。”

“放心吧，我会给他们准备下午茶点心。你……要去很久吗？”

看来这个家里的每个人都怕她故技重施，一去不回。

“我去原来住的地方拿点东西就回来。”

萍姨喜笑颜开，非等她把饮料喝了才让她走。

怡江搭车去了新星幼儿园门口，报刊亭的大姐一见她就关切地问：

“小许啊，你昨天没什么事吧？突然那么急匆匆地走了，连东西都不管了。”

“没事，不好意思，麻烦大姐你了。”

“客气什么。你今天不摆摊啊？有人找你来着，找到了吗？”

怡江以为她说的人是丛嘉佑：“是昨天开轿车来的那个人吗？”

“不是不是，比那个年纪大，头发花白，有点驼背……”

大姐形容不好，怡江也想不出有什么人会来找自己。

“哎，别费劲了，可能就是想买你手抓饼的，正好碰上你今天不出摊。谁让你最近火呢？在电视上，还有手机上这么一播……哎，你真不摆摊了啊？多可惜啊！”

只是为了糊口的营生，其实她并不觉得可惜。但她本来打算再辛苦一点，晚上去夜市也摆个摊的，连摊位都看好了。在泰国认识的朋友靠人脉给她预留了最好的位置，并免收第一年的管理费，还给她提供价格公道的水果货源。

可现在她要反悔，总觉得对不起人家这份情。

她回到自己租住的小区时，天色已经暗了下来。住在城市的西边，总是最后看到灰紫色的一片在天边收拢，放学的放学，归家的归家。

楼道里的灯坏了几盏，黑漆漆的，只能勉强看到脚下的台阶。她走到楼梯转角处，突然听到有人一边敲门一边叫她的名字：“怡江？怡江啊，开门。”

内心翻涌起的恐惧像锥刀在她的身上凿开一个大窟窿，全身的血液逆行，仿佛一下子从脚底全部流尽。

她抬手拼命捂住嘴才没叫出声来，脚步往后挪了挪，转过身头也不回地往下跑。

幸好她没有直接走上楼；幸好她习惯性地戴了顶帽子；幸好……她都不知道自己在庆幸什么，往事如厄运突然找上门，她躲都不知该往哪里躲。

要找她的人，在出摊的地方没找到，就到她住的地方来堵门。

头发花白、驼背……她现在总算知道是什么人来找她了。

她不想出名，不想面对镜头，怕的就是这个。

她最怕的、最担心的果然找上门来，不是她不认得，实在是没意识到——多年不见，坏人已经变老了。

她跌跌撞撞地从楼上跑下去，脚步不敢跑得太快，怕动静太大被那个人听到，却又不能太慢，怕直接被从身后追上。脚步纷乱间，在漆黑的转角处撞到一个人怀里，一抬头，头顶磕到对方的下巴，两个人都闷哼出声。

从嘉佑目光如炬，声音里带着火气："你见鬼了？跑这么快！"

许怡江的手紧紧抓着他的衣袖，像抓着最后的救命稻草，几乎是恳求地说："你开车来了吗？我们快离开这里……快！"

从嘉佑从不知道女人的力气也能这么大，他还没来得及回头看一眼到底发生了什么事，就已经被她拽回了自己的车上。

他从没见过她这么惊慌失措的样子，坐在车子里，放在膝盖上的手还在微微颤抖。

她催促着司机开车，从嘉佑说："你知道这车是要去哪儿吧？如果你要跑的话，最好下车。我不会再一趟又一趟地来找你，这种欲擒故纵的把戏玩多了也就没什么意思了。"

她没吭声，不时地从车窗向后看，过了很久才冷静下来，始终沉默着，似乎也没有打算给出任何解释。

从嘉佑看了她一会儿，拿起手边的一份文件递给她："你要是下定决心留下来照顾星辰和大海，就把这个给签了。"

怡江没接。

"许怡江。"

她终于回过神来，抬头看了看他，又瞥了一眼他手里的文件，拿起笔二话不说就在页脚签上了自己的名字。

从嘉佑有些错愕："你连条款都不看就签名？"

她把额头抵在车窗上，似乎累了："没关系，你开什么条件我都答应。"

她没有地方可去，他开出的条件就算再苛刻，至少可以保证她跟孩子们在一起，也不会有人上门来骚扰她。

回到从家，星辰和大海已经吃过午茶点心，正在院子里疯跑。看到怡江回来，他们双双扑到她怀里。

"妈妈，星辰家里现烤的 cookies 好好吃，你也能学着做吗？"

她没钱让大海上那些幼儿英语启蒙班，所以他至今没学过英文，这么洋派的词汇想必是星辰教他的。

怡江摸摸他的头："如果你喜欢的话，我可以学着做。"

大海蹙眉思考："可我们家有烤箱吗？"

"用这里的就行，我们可能要在星辰家住一阵子。"

"真的吗？"两个孩子异口同声地惊呼。

她笑了笑："嗯，真的。"

大海还是有疑问："那……你也要做星辰的妈妈吗？"

她点头，把两双小手拉到一起："来，认识一下，今后你就多了个小姐姐。"

啊，是姐姐啊？大海的小脸皱成一团："我想当哥哥……"

星辰牵住他的手："只要你跟妈妈留下来，我让你当哥哥。"

孩子的快乐感染了其他人，晚餐异常丰盛，萍姨不停地给他们分汤夹菜，怡江却没什么胃口。

她想回房间休息，只是她也不知道哪个房间是属于她的。

"妈妈，你今晚还能跟我睡吗？"星辰问。

"我也要。"大海补充道。

怡江看了看从嘉佑，他没反应，像是没听到他们的对话。

于是她看向萍姨："要不我住客房吧？"

"不行。"从嘉佑这时发话了，"那个房间在我隔壁。"

"所以呢？"

"所以为了避免你对我有非分之想，应该保持适当的距离。"

星辰仰起脸问："什么叫非分之想？"

怡江气得够呛："那我跟孩子们一起住。"

"星辰早就可以一个人睡了。"从嘉佑瞥了大海一眼，"你是男孩子，是不是也该慢慢学着独立？"

大海的小脸憋得通红，求助地看着妈妈。

"何况我也说了，不能让孩子们太过依赖你，这个度你一定要把握好。"从嘉佑吃完饭，笃定地站起来，把餐巾扔在桌上，对她说，"有空好好看看我们的合约，里面写得清清楚楚。你这种不看合约就签字，没有一点契约精神的毛病真该改一改了。"

最后没得选，怡江住到了阁楼上。

说是阁楼，其实既不阴暗也不逼仄，床头就有小窗，斜顶的窗户推开还能走到外面去，屋顶就是露台。

房间里的东西一应俱全，每一样家具都充满设计感，包括墙壁和灯。跟玻璃房图书馆一样，因为有太阳能供暖，屋里冬天不会太冷，夏天也不会太热。

星辰噘着嘴不说话，怡江问她："怎么了，谁惹我们宝贝生气了？"

"二叔……他怎么可以让妈妈住这里？只有灰姑娘才住阁楼。"

"对啊，他是魔王，欺负我妈妈！"大海帮腔打抱不平。

怡江好脾气地笑笑："可灰姑娘是公主啊，你们看这里多漂亮，我挺喜欢的。"

"可我们就不能跟你睡了。"

"谁说不能？你二叔只说我不能住你们的房间，又没说你们不可以来我的房间睡。"

"啊，真的吗？"两个小家伙欢欣鼓舞，蹦跳着奔向她的床，爬上去各抓住一个枕头又跳下来，"那我们来玩枕头大战吧！"

"砰——砰！"

从嘉佑坐在自己房间的椅子上，摘了眼镜，看向头顶的天花板，只看到顶灯都在摇晃。

枕头大战之后还有玩具分享会，分享会之后还有故事会，小孩子的脚步跟着托马斯火车转圈圈，一整晚"咚咚咚"就没停过。

他怎么忘了阁楼就在他房间的正上方！

结果两个孩子还是跟怡江一起睡的。

第二天，吃早餐的时候，从嘉佑对怡江道："你来一下。"

大海警觉地跳下椅子挡在妈妈身前，连星辰也倒戈相向，一脸戒备地问他："二叔，你要带妈妈去哪里？"

"你们到底还想不想让妈妈陪你们睡了？"

"想啊！"

"那就让开，我们大人有事要先商量。"

怡江跟着他走进那个恒温图书馆。

其实这只是她第三回真正走进这个地方。第一次还是她在山房隔壁人家做小阿姨的时候，误打误撞闯进来，看到萧雅在这里画画；第二次，就是萧雅跟她谈生孩子的事。

黑色会议桌上放着她签名的那份协议的影印件，往事好像又在眼前浮现。

从嘉佑拉开椅子在对面坐下："把这个看完。"

"我昨晚已经看过了。"

她不是傻瓜。昨晚孩子们都睡着以后，她把自己那份拿出来仔细通读过，条款一清二楚都印在她的脑海里——

照顾孩子三个月，她可以拿到一百万；

不可以离开从家，更不可以带任何一个孩子离开；

不可以对从嘉佑有非分之想；

不可以带无关的人到燕雨山房来；

不可以干涉彼此的生活。

至于三个月之后怎么办，协议里没有提。

"看过以后你没有什么话要说吗？"

怡江坐下来："应该是你有什么话要说吧？"

从嘉佑轻咳一声："你暂时还是到二楼跟星辰、大海他们一起睡，阁楼你可以当个人空间，等他们不需要你陪的时候，你可以自己安排。"

怡江笑了笑，他们昨晚肯定是吵到他了。

"你笑什么？"他有点恼羞成怒。

"没什么，我就是想问，你之前说星辰一直都是一个人睡？萧雅没有陪她吗？"

孩子先天不足，小时候肯定需要更细致的照顾，尤其是夜间，很难想象就放任小小的人儿独自睡在偌大的房间里。

从嘉佑的脸沉了沉："萧雅身体不好，放在孩子身上的精力有限，但她已经尽力了，请了姆妈来照顾，把自己的房间也搬到了婴儿房旁边。后来她病得越来越重，往返国内外治病，大部分时间都住在瑞典，直到去世。"

"姆妈呢？"

"辞职了，后来总也请不到合意的。萍姨年龄太大只能搭把手，星辰也就只好自己适应了。"

他没说的是，在她来之前，每晚都是他哄星辰睡的。眼看着孩子越来越依赖他，可他既不是爸爸，也不是妈妈，不得已才遵照萧雅临终前的意思去找了许怡江。

他所做的一切都是为了孩子。也不知是怎么了，明明这个家就是从这两个孩子出生开始才支离破碎的，可他自始至终都没有怪过他们，反而有种特殊的亲近感。

怪不到孩子身上，他就只能怪许怡江了。

“那为什么是三个月？”三个月之后会发生什么？

从嘉佑沉默了一阵。

“三个月内，我大哥会从瑞典回来。”

到那时，两个孩子将来要怎么办，应该会有一个妥善的解决办法，他没法替从嘉茂拿主意。

怡江点头表示明白，他紧接着又补充了一句：“你对我大哥也不要抱有幻想，他始终不肯原谅萧雅当初坚持要找其他女人生下孩子的行为，不代表他就会接纳你。”

从家的其他人，还有他，也不会接纳她这样一个女人。

怡江发觉跟他对话还是不要超过三句比较好，不然真的很容易被气到内伤。

“还有事吗？没事我先出去了。”

“等一下。”他叫住她，“昨天在你的住处发生了什么？”

她还以为他不打算问了，不过就算他问了，她也没打算说。

“没什么，就是欠了房租，不想被房东追债。”

从嘉佑眯起眼睛：“房子我已经退了，房东没提你欠过房租。”

“你把我的房子退了？我还有东西没拿出来。”

他朝角落扬了扬下巴：“都在那儿。”

两个不大不小的箱子，就是她跟大海的全部家当，原来他一大早就派了人去替他们收拾。

怡江松了口气：“谢谢你。”

还有昨天的事，她也还没来得及向他道谢。

从嘉佑不打算深究，只说：“这里以后不要随便进来，还有萧雅的房间，你也不准去。”

好心也不过三秒，他真是时刻不忘提醒她收回对他的好感。

怡江在厨房里忙着筛面粉和打黄油，她没忘记大海说喜欢吃现烤的饼干，请她学着做一做。

从家的厨房很宽大，有大小两个烤箱，无论烘焙还是做烤箱菜都很适宜。她没怎么做过西点，但上手很快。萍姨问她：“你好像很会做吃的？听嘉佑说，这几年在外头，你也是做小吃的营生？”

“嗯，我十二岁就开始帮家里烧饭。要是烧得不好吃，自己的肚子也遭殃。”

“家里的大人呢？没有其他兄弟姐妹吗？”

怡江顿了一下：“大人都忙着工作糊口，我后爸说他不养只会吃饭、上学、花钱的闲人。”

噢，原来是重组家庭的孩子，难怪。

萍姨觉得有点不好意思：“之前都没听你说过，小雅在的时候也不让我们多问……”

“没关系的。”怡江把刚冷却好的一炉饼干拨到盘子里，“您尝一尝，看味道对不对？”

萍姨竖起大拇指，像想起什么，对她说：“明天有学校的老师要来家访，不如就烤点饼干和蛋糕招待他们？”

“什么学校的老师？”

“咦，嘉佑没跟你说吗？给大海安排的私立幼儿园，说是学费要十几万一年呢，还不一定进得去……明天学校要派人来家访，得好好准备一下。”

孩子入托这么大的事，怡江猜她是最后一个知道的人。

车道上传来响动，车门打开，大海和星辰从后座上蹦下来，身上都穿着崭新的小西装、小裙子，当然手里都还拎着新买的玩具。

从嘉佑在身后拍拍他们的背，把他们赶去院子里荡秋千。

看来他白天带孩子们出去，也是为新入学做准备去了。

怡江到他的房间敲门：“大海入托的事为什么不跟我商量？”

“商量什么？你不是坚持要他去幼儿园，一天都不能落下吗？难道我安排他入学你还会不同意？”

“起码你应该告诉我一声，而且那是什么样的幼儿园，我也有权了解。”

“这个你不用操心。”他解开扣子，准备换家居服，“我给他联系的，肯定都是最好的。”

“最好的不一定适合他。他从小生活的环境不一样，也没跟那些含着金汤匙出生的孩子相处过……”

“这一切都是谁造成的？”他突然转过身来，“他其实也是含着金汤匙出生的，现在不会英文，没有学过乐器，连个像样的玩具都没有，甚至连明天的面试都不一定能顺利通过，你反而来责怪能给他这一切的人吗？许怡江，我以前只当你是有心机，可原来你只是自私。”

怡江无法反驳，做父母的谁不希望给孩子最好的。然而什么是最好的，谁又说得清楚呢？

“那星辰呢？大海上幼儿园，能不能让她一起去？”

“她身体不好，晚一年也没关系。”

“以前是没关系，可现在大海回来了，她就会有比较。而且集体生活对她的认知和交往能力都很重要，我不想她因为健康原因而认为自己需要被特殊对待。”

这话也不是没有道理。

“那我跟她说一说，如果她愿意，明天就跟大海一起面试。学校还要派人来家访，主要是看家庭情况和父母的教育理念，两个人的一起处理也好，省得以后还要再来。”

“父母都要在场？”他们这样特殊的“家庭”情况该怎么办？恐怕对方不能理解，更不能接受。

“你操心什么，还有我在。你只要负责配合，不要乱说话就行了。”他有些不耐烦，“你说完了没？说完了麻烦你出去，我要换衣服了。”

怡江关上门走出去两步，又折返回去：“那个……”

从嘉佑刚脱了衣服，赤裸着上身，羞恼地转身：“又有什么事？！”

他的身材匀称修长，肌肉结实又不显得太魁梧夸张。怡江的眼睛一眨不眨，竟像是看呆了。

“你看够了没？”从嘉佑飞快地套上衣服，把她的反应当花痴。

其实怡江看的是他左边胸口下方一块指甲盖大小的胎记。

她以前从不知道原来胎记也会遗传，因为在同样的位置，大海身上也有一块，形状和大小都差不多。

亲生父子啊……大海被人看到身体光溜溜的时候，也会这样羞赧地大喊大叫。

怡江笑了笑，有点苦涩地回味，忘了要跟他说明天她会准备下午茶招待学校老师的事，甚至都忘了脸红，就匆匆转身下了楼。

家访的会面设置在燕雨山房东面的小楼里，这里原本属于隔壁姓陈的邻居。房子被从家买下后，名义上是从嘉佑在住，跟原本的山房只有一墙之隔。

他花了很多心思，投入了很多财力去改造这片新宅，令简单粗暴的“豪宅”在风格上融入燕雨山房，有了家园的特征。

据说那是他事务所的第一件作品，亲自操刀，亲自出图。但直到萧雅去世后，两边才真正借助小桥流水、松桧梧竹的交错掩映连通起来。

星辰和大海早上去了新的幼儿园，面试就是放开玩，观察他们跟其他小朋友的互动，还有独立生活的能力。

这方面大海不成问题，甚至还能照顾第一次参与集体活动的星辰。

两个小家伙玩累了，回来就午睡了。下午的家访正好是针对家长的，不需要他们参与。

怡江跟萍姨在厨房烤好了最后一盘饼干，从嘉佑来找她：“你怎么还在这里？衣服呢，怎么不换上？”

怡江低头看看自己：“要换什么衣服？”

身上的衣服虽然洗得有些旧了，但她并不觉得穿着有什么不妥。

从嘉佑懒得跟她解释，拉住她的胳膊拽着她上了楼。

原来她也有崭新的衣裙，连鞋子和丝巾都搭配好了，就摆在她阁楼的床上。

“快去换，十五分钟后人就到了。”

怡江只花了五分钟就换好了衣服，一身温柔休闲的大地色，只有外穿的针织吊带衫是玫瑰红，勾勒出的曲线纤细又美好，看不出已经是两个孩子的妈妈。

从嘉佑还没见过这个样子的她，愣了一下，忽然发现她的脖颈间空荡荡的。

“丝巾呢？”

她扬手还给他：“我不会系，就这样吧。”

“是不会系，还是指望我来给你系？”他的耐心真的有限，上前一步，“算了，今天我不跟你计较，往后你自己学。”

两个人离得极近，只是一条丝巾而已，缠在她的脖颈上，绕过他的指尖。他只得低下头来，气息拂过她的耳边，又痒又难挨。

她把脸扭向一旁，尽力让自己忽视他的存在。

“心跳得这么快，看来不要有非分之想这一条你真的很难做到。”他察觉到她的异样，忽然有点恶作剧般的得意，“别说我没提醒你，违反了我们的约法三章，我随时可以终止协议。你既拿不到那一百万，也不能再继续跟星辰、大海在一起。”

其实这样也挺好的，主动权始终在他手里。到最后她可能鸡飞蛋打，什么都得不到。

怡江却只是瞥他一眼：“系好了吗？客人应该到了。”

他松开手：“待会儿机灵点，不要露怯。”

他们一前一后下楼，在院子里正好迎面遇上来家访的两位老师。

“从先生，你好。”年长的负责招生的老师已经见过从嘉佑，忙上前握手。

“你一定是大海和星辰的妈妈了。”

另一位活泼年轻的老师听说会是将来的班主任，刻意梳了很端庄的发髻，一双大眼睛明亮得不像话，上下打量着怡江：“咦，我好像在视频里看过你……”

话没说完，从嘉佑就过来牵怡江的手：“请老师们到客厅去坐吧，你不是还亲手烤了饼干吗？”

她还来不及惊讶，他的眼神和从手心传来的力度仿佛在提醒她两个人眼下的角色是相亲相爱的爸爸妈妈——原来他说的好好配合是这个意思。

也好，这样是最简单的方法，也方便外人接受。

怡江的手心还是沁出一点汗水，希望他不会察觉。

不知是不是家访也有分工，年轻的苏喜乐老师的注意力一直放在怡江身上：“从太太，大海真的长得好像你哦，女儿就比较像爸爸，但个性好像是反过来的。”

至此，怡江终于不得不承认，有巨额学费支撑的贵族学校还是有其过人之处的。看似年轻的老师，只见过孩子们一面而已，就已经把他们各自的特征记在了脑海里。

怡江谨慎地陪着他们说话，每回答一个问题都能感受到从嘉佑投射过来的目光。

他对她能不能扮演好“从太太”这个角色充满了不信任。

怡江只当不知道。她看苏喜乐好像很喜欢吃饼干，主动说：“饼干是现烤的，厨房里还有，我装一些给乐乐老师带回去吧？”

苏喜乐嘴里的还没吃完，两腮鼓鼓的，像只小松鼠，差点被噎到：“不不不，不用麻烦了，这怎么好意思！”

“没关系，要是你觉得味道不错，小朋友们可能也会喜欢。将来如果幼儿园和班级有需要，我可以烤了送过去。”

怡江也不知道自己几时变得这么圆滑，或许就是因为投缘，好像聊着聊着，孩子们入学就已经成了顺理成章的事，这还真是让他们始料未及的。

连旁边端着骨瓷茶杯谈笑风生的从嘉佑都不由得看了她一眼。

恭敬不如从命。苏喜乐收下饼干，有点赧然：“真不好意思，实在是因为这饼干的味道太好了。其实我刚才就想问，从太太是做什么工作的呀？”

怡江一愣，从嘉佑也放下茶杯，转过身来。

“我并没有冒犯的意思，因为我是个吃货，之前在视频网站看吃播的时候看到一个网红煎饼摊，摊主很漂亮，跟你很像，我不知道是不是我看错了，还是……”

“你没看错，确实是她没错。”从嘉佑挪到怡江身边，重新抓住她的手，“她闲着没事就喜欢做吃的，有朋友总从泰国带新鲜水果来，吃不完她就拿来做菜和点心。摆摊完全是为了满足孩子们的好奇心，也让他们从小体会劳动的不易。”

“做妈妈的这么亲力亲为真是很不容易。”招生的老师忍不住夸赞道，“难怪两个孩子也这么懂事。”

又聊了两句，星辰和大海睡好午觉起床了，在院子里笑闹着追逐。

“那我们就不打扰了，有了正式的通知，园长会再联系你们的。”

两位老师起身准备离开，走到门口被大海看到了，他远远地叫了一声“乐乐老师”，就带着星辰跑了过来，非要跟她玩一会儿。

怡江有点紧张，怕大海他们会露馅。

从嘉佑说：“不用担心，我跟他们玩的游戏还没结束，不会穿帮的。”

“什么游戏？”

“天黑之前，我们都是隐形人，谁先叫了对方的称呼，谁就输了。”

这样也行？难怪大海他们的眼睛老往他这儿瞟，跑过来想叫他们也一起玩的时候，还故意从他的身后绕了好大一个圈，想拉他的手又不敢拉。

从嘉佑也假装看不到他们，抬起头吹口哨。

苏喜乐跟两个小朋友又说了两句悄悄话才走。怡江问他们：“老师刚才跟你们说什么了？”

“秘密。”

“惊喜。”

大海摸摸鼻子：“哎，你怎么说出来了？”

星辰有些懵懂：“没有哇，老师只说过几天会有惊喜，我又不知道是什么惊喜。”

怡江笑了笑：“你们俩要一起上幼儿园了，开不开心？”

“开心！”这回是异口同声。

晚上哄他们睡觉，两个小家伙一定要她睡在中间，然后一边一个钻进被窝里靠在她身边。

她的心都要化了。

从嘉佑推开门，示意她出来一下。

星辰这时已经睡着了，这个丫头连着几晚都不再撒娇要二叔讲故事，他心里还真有点空落落的。

怡江正要起身，被大海拉住手，他还没完全睡着，迷迷糊糊地指着从嘉佑问：“那个……妈妈，你能看到那个吗？能看到吗？”

怡江有点好笑：“能看到啊，你们的隐身术对我无效，怎么了？”

“你能不能跟他说，明天不玩隐身的游戏了，我想让他教我玩乐高……”

星辰早就破了功，一口一个“二叔”叫得不知多亲热。只有一大一小两个幼稚的男人坐在晚饭的餐桌旁都还当对方是透明的，仿佛较劲似的，谁也不先叫对方一声。

洗澡的时候，大海的情绪有点低落。他看到了星辰洗澡时玩的那套新玩具，他挑的是一套乐高，都是从嘉佑给他们买的，说好了教他玩，可现在……

他不喜欢这个“隐形人”的游戏了。

怡江把大海哄睡着了，然后才蹑手蹑脚地走出房间。

“小家伙们太兴奋了不肯睡？”

她摇头：“你以后别跟他们玩今天这种‘游戏’了，大海心思重，怕你真的不理他了。”

这对话怎么听都像一对真正育儿的小夫妻。

从嘉佑掩下心头那种异样感，“嗯”了一声后才问：“今天来的那个乐乐老师，你之前认识？”

“不认识，怎么了？”是入托的事有什么变化吗？

“没什么，我看你跟她居然聊得来，所以问问。”他瞥了她一眼，“都说了从家的入托不会有问题，你那么紧张干什么？”

怡江放松下来：“谢谢你今天帮我解围，我没想到这种情况下还会有人认出我。”

他嘲讽地笑笑：“现在是信息化时代，你以为这种事是偶然？所以我才让你别再出去摆什么摊了。”

“你怎么知道我跟泰国的朋友有联系？”

“你的出租房里不都摆着吗？要不是有人低价给你供货，你会舍得用进口水果做小生意？”他正色道，“何况你以为我真会找个在泰国飘荡了三年、不知底细的人回来照顾孩子？”

她要是得了病怎么办？染上了毒瘾怎么办？三年时间在一个纷乱又陌生的环境里独自生存，足以彻彻底底改变一个人。

他不了解她，甚至可以说从来都没有了解过。所以萧雅临终前交代要找她回来带孩子，他就去查了。虽然费了一番周折，但这几年来她的生活轨迹、跟什么人联系，他心里都有了数。

“既然这样，你应该知道我欠了人家很大的人情。就算生意不做了，我也应该跟人交代一声。”

“据我所知，你认识的那位大人物应该不会在乎你这点小事，除非你们还有更私密的交情是我不知道的。”

怡江也不恼：“不只是梁伍，还有其他人，我们原本打算合伙做夜市生意的，是个女的。”

她不懂自己最后为什么要强调性别，但从嘉佑还真就没再勉强。

“随便你，你只要记住我们的约法三章就好，尤其不要把莫名其妙的人带到从家来。”

怡江于是打电话给袁小芒，自从她突然不再出摊，带着大海住进从家后，她们就没再联系过。

她以为是自己的生活突然发生变故才断了联络，没想到电话一接通，小芒就大哭："怡江，你去哪儿了，出大事了！"

小芒从爷爷辈开始就生活在T市，是土生土长的T市人。她跟怡江之前一样，也住在老城区最拥挤老旧的楼房里。不同的是，她热衷于折腾钱生钱的投资。前些年她买了好些"老破小"的房产，炒房、炒期货一路炒到了泰国。她在当地大大咧咧地丢了钱包和护照时，幸好遇上怡江这个同胞。

怡江带着孩子刚回国时没地方住，也是她把自家的小窝借给他们母子解燃眉之急，两个人算是患难之交了。

小芒对做吃的不在行，但有敏锐的投资意识和眼光。她知道怡江在泰国认识黑白两道通吃的大佬梁伍，对方有路子支持她在国内做些小生意，于是提出入伙，怡江也就同意了。

现在是什么情况？

怡江看着坐在对面猛灌第二碗杨枝甘露的小芒："你慢点吃，到底是怎么回事，你好好跟我说说。"

小芒的名字据说是因为她妈生她那天吃了个大杧果才发作，而她从小也爱吃这个，因此所有杧果做的甜品都能有效地让她的心情平复下来，先前在电话里大哭的仿佛是另外一个人。

她抹了抹嘴，声音还有点喑哑："就是，我妈的钱被骗了，没了。"

"怎么会被骗呢？被谁骗了？"

"P2P听过吧，她一把全投进去，爆雷了，钱拿不回来了。"

怡江虽然不关注这些，但相关的新闻也听过一点。P2P投资平台这两年如雨后春笋一样冒出来，吸引了很多人跟风去投资。但最近很多表面光鲜的平台一夜之间人去楼空，投资客的钱血本无归，就是新闻里常说的"爆雷"。

她没想到袁小芒也栽了进去。

"你不是不投这种高风险的吗？再说你家的钱不都归你管吗？你妈怎么会拿钱去投资的？"

"唉，别提了，都怪我老妈！她看身边的人都买，就拿了笔小钱去试水，还真赚了几万块。然后她就使劲在我耳边唠叨，说我之前买的房啊、国债啊，时间太长，收益太少，不如这个。"

"所以呢，你就把钱全投进去了？"

“嗯……房子都抵押了，还有准备开夜市摊子的钱……”

还抵押了房子？怡江一时心惊：“你一共亏进去多少？”

袁小芒竖起两根手指。

二十万……不，两百万？

“看不出，你还挺有钱啊……”

小芒欲哭无泪：“现在已经是穷光蛋了，到时拿不出钱赎回房子，连住的地方都要没了。”

“你不是还有其他几处房子吗？”

“就两处，都是又老又破等着拆迁的，签了长约租给别人收点租金，现在拿不回来。”

幸亏还有这点租金，不然全家人的生活来源都要断了。

“那小果的病怎么办？还治吗？”

袁小芒家的麻烦就在于此，爷爷和爸爸都去世得早，外婆、妈妈和她三个女人操持一个家，还拖着一个脑瘫的弟弟袁小果。

小果行动不便，但智力没受影响，读书成绩还挺好。一家人不肯放弃他，常年四处奔走带他看病，家庭收入有很大一部分都花在了他的医药费上。

这两年小果的康复有了起色，这个时候要是中断治疗，未免太可惜了。

怡江十分同情小果，他比大海他们大不了几岁，假如是她的孩子得了这样的病，她也会倾尽全力给他治。

说起这个袁小芒就难过：“小果太懂事了。我以前总开玩笑说家里的钱将来都留给他，可现在弄成这样，把他治病的钱都弄没了，他一句怪我们的话也没有，反而觉得是自己连累了我们。”

病一定要治啊，怎么能不治？可是不能把钱从爆雷的平台里拿回来，他们一家人的日子就没法过下去了。

怡江想了想说：“夜市的事我还没正式回绝，你要做吗？我可以跟梁伍说，按之前的价格给你货源。”

袁家阿婆以前守着弄堂里唯一一部付费公用电话，以此来养活一家人。到了小芒妈妈这里就开了个小卖部，做点街坊生意，也能糊口。

小芒从小就帮妈妈看店，后来有了几套小房子开始收租才把小卖部给关了。如今让她摆个水果摊应该不成问题，就算要学做煎饼她也能帮忙，毕竟小芒她妈做吃的手艺很好。

这种雪中送炭的事，小芒感激都来不及，又怎么会拒绝？可是想了想，她又有些犯难：“我现在连进货的本金都拿不出来，这都月尾了，下个月初又要带小果去看病，可怎么办啊？”

“要不先借点钱？”

袁小芒一哂：“找谁借？这年头亲戚不来打秋风就算好了，谁会肯借钱呀！高利贷倒是可以考虑一下。”

怡江的脸色都变了：“你要借高利贷？”

“是在考虑啦，现在的高利贷也不是你想的那样……”

“不管什么样的，也不能再冒这样的险。”怡江深吸一口气，“这样吧，夜市的钱我来想办法，你不要去别处借了。”

“你有什么办法？”小芒诧异道，“对了，我还没问你呢，好好的怎么突然就不做生意了？你跟大海现在住哪儿啊？”

“你还记得我跟你说过吧？我还有一个宝宝，跟大海是龙凤胎。”

“是啊，叫星辰嘛，你可太会取名字了，想忘也忘不了。”

“嗯，我现在……带着大海，跟她一起住了。”

小芒猛地反应过来：“啊，那个谁，姓什么来着……姓从，是姓从吧？他们找到你了？”

怡江苦笑着点了点头。

她跟小芒相识在人生中最困难、最狼狈的时候，彼此之间没有秘密。

小芒张大嘴，半天都合不上：“那你怎么就同意回去了呀？一入侯门深似海，你不怕他们只要孩子，把你们母子分开吗？”

“怕啊，可是我没有办法。还有其他人也在找我，都找到我住的地方去了。”

这回小芒一下子就想到了：“你说的是你家里那个老不修？他害得你还不够惨吗，还来找你干什么？阴魂不散，下回他再敢来，你别怕，告诉我，看我不打爆他的狗头！”

她的性子本就泼辣，在他们那片弄堂里是出了名的女英豪。这时说到义愤填膺处，她倒像是忘了自己也是麻烦缠身，随时可以为朋友去拼命。

怡江十分珍惜这份情谊，士为知己者死，越是这样，她就越是不能对小芒的困境坐视不理。

从嘉佑打好领带，从桌面下放表的抽屉里挑了一块陀飞轮戴上，星辰和大海就冲了进来：“二叔、二叔，你好了没有呀，我们要出发啦！”

“我马上就来，你们都准备好了？手帕和水杯都带了吗？”

上幼儿园的第一天，关于准备工作的清单就专门发了一份文件到他的手机上，他记下来后就忍不住叮嘱他们，自己都觉得在这两个孩子面前变得有些婆婆妈妈。

星辰给他看背上的书包：“我们都好了，妈妈也准备好了，就差你了。”

他看到他手上的那块腕表，有点兴奋地跑过来抓住他的手腕：“咦，这是去年你过生日，我送你的礼物呀！”

当然，真正埋单的人还是他本人，她只负责在一排排琳琅满目的手表里选一块看起来最闪耀的戴在他的手腕上。

两个小朋友被那块看起来颇为复杂耀眼的手表吸引了，相比星辰的兴奋，大海就有点沉默了。

从嘉佑适时地在他的脑袋上一揉：“你还没送过我生日礼物吧？我今年的生日也快到了，你好好想想送什么给我？”

大海的眼睛一亮。

他把两个小朋友一边一个拎出去：“走了，入园第一天可不要迟到。”

许怡江仍旧穿着那天家访时那套大地色的衣裙，在楼下的车道上等他们。

送两个孩子上学，香槟色宾利派不上用场，司机已经换了更为宽敞的埃尔法。

一路上只听到两个孩子叽叽喳喳，从嘉佑觉得她在孩子面前也这么安静有点反常，忍不住问：“你在想什么？”

“我在想今天晚上烧什么菜。大海想吃红烧排骨，星辰想吃多宝鱼，你呢，你吃什么？”

从嘉佑愣了一下：“你问我？”

“是啊，等会儿回去会路过鱼市，萍姨说这里的海鲜都很新鲜，反正要给星辰买多宝鱼的，不如我再买点生蚝回去焗？”

以前在隔壁的小楼上能看到他家院子里的派对，各式各样的轿车停满车道，香槟、生蚝都从外头一箱一箱地送进去。

她的东家陈先生陈太太也在受邀之列，她自然也会跟过去帮忙。

新鲜生蚝肥美却充满海水的腥气，她看着都觉得吃不惯。

从嘉佑却很喜欢，盛在盘子里，只挤一点柠檬汁就入口。

事实上，他在派对上除了生蚝也不太吃别的东西。有其他年轻男孩的时候，他就跟他们一起玩玩桌式足球和电子游戏，更多的时候只是端着细长的香槟酒杯等人有一搭没一搭地跟他说话。

他骨子里有天才的那种骄矜和冷淡，可他偶尔也会撒娇，偷偷溜进厨房来问萍姨："还有什么好吃的没有？"

他不知道怡江也在那里，萍姨熬了很稠的粥和暖胃的汤，吃不完的生蚝被她放进烤箱里焗烤。他尝了一个，又喝了一碗汤，心满意足地走了。

从嘉佑当然想不到时隔多年她还会记得这种小事，没说好，也没拒绝，只说了一句："先送他们进去。"

两个小家伙背着小书包一边跟他们挥手，一边蹦蹦跳跳地进了幼儿园。怡江转身看到他还站在那里不动，似乎察觉到什么："别担心，他们会适应的。"

他从小看着星辰长大，还没有经历过和孩子第一次的分离焦虑。

她心里有很复杂的温暖，但不能跟他讲。

他也只是冷淡地瞥她一眼，就回了车上。

怡江真的去了鱼市，新鲜的鱼虾都买了一些，当然最重要的是整打的新鲜生蚝。

从嘉佑坐在车上没动。市场的水泥地板又湿又滑，空气中混杂着各种气味，这样的环境他当然不可能进去。司机问要不要先送他去事务所，他也说不要。

本来今天还有会议要他主持的，但她突然的无事献殷勤引起了他的好奇。还有，她怎么知道他喜欢吃生蚝？

她对他到底了解多少？

难得他中午在家吃，午饭很丰盛。怡江把烤好的生蚝端上来，最柔软肥美的部分被绵密的马苏里拉芝士和培根碎包裹着，表面微焦，香气逼人。

"趁热吃，看看合不合胃口。"

从嘉佑吃了一个，记忆里的画面就一帧帧连贯起来。

原来那时办派对，她也在厨房帮忙。

他不动声色地又拿了一个，怡江就知道他大概是满意的。

原汁原味的也给他准备了，一桌飨宴完全根据他的口味定制，这让怡江觉得自己像博美人一笑的周幽王。

萍姨高兴地搓了搓手：“哎，你们吃，我再去烧个汤。”

从嘉佑这才问：“说吧，你有什么事？”

怡江知道这样的表现太过明显，也就不绕弯子了：“我想借点钱。”

“借钱？借多少？”

她斟酌了一下：“五十万。”

从嘉佑吃东西的动作停下来：“你知道五十万是多少钱吗？借来干什么用？”

“我朋友做生意需要本金，还有她家出了点事，也需要应急。”

她算过的，这笔钱差不多刚好够袁小芒把夜市摊摆起来，家里抵押出去的房子也可以赎回来。这样他们就不至于居无定所，今后再用老房子的租金和夜市收入慢慢还她就好。

“是原本打算跟你合伙做夜市生意的那个朋友？”

“对，就是她。”

从嘉佑“嗯”了一声，然后说：“不借。”

怡江见他问起，本来已经有了期待，没想到他一口回绝得这么干脆，有点着急：“我知道这是个不情之请，但我朋友家的情况特殊，确实很需要这笔钱。就当是我向你预支的，三个月后的那一百万，先预支一部分，可以吗？”

其实她本来没打算主动提这一茬的。那一百万的性质很模糊，可以说是给她照顾孩子的劳动薪酬，也可能被拿来买断她和星辰、大海的亲子关系。

不拿这笔钱，她跟孩子们将来的关系或许还有商量的余地。可拿了，就意味着她有可能承认这笔钱能买断他们的亲子关系。

她原意是打算拖一拖的，三个月后等他大哥从嘉茂回来了，一切都还有得谈。

可现在发生这样的状况，钱的关卡看来是跨不过去了。

从嘉佑果然变了脸色，似笑非笑道：“我还以为金钱打动不了你呢？原来你早就在打这笔钱的主意了？我要是现在就给你，你怎么保证你不会拿着钱跑了？”

她有过前科，连亲生骨肉都留不住她。现在直接给她一笔钱，谁知道她会做出什么事来。

看他这样的态度，怡江的心已经凉了半截：“真的不能预支？”

“不能。”

他倒要看看她还有什么别的本事。

怡江看了他几秒，也不啰唆，“噌”的一下就把他面前没吃完的生蚝给端走了。

“喂！”

怡江进了厨房，只当没听见。

啧，真是唯女子与小人难养也。

下午两个小家伙放学回来，第一天入园的新鲜劲儿还没过去，兴奋得说个没完。

从嘉佑暗中观察怡江，她用帕子给孩子擦脸，带他们去换了干净的衣服，又端出准备好的鲜榨果汁，在孩子们面前没有任何不耐和苦恼的样子，仍然扮演着那个好妈妈的角色。

他知道她是那种为了达成目的能忍能吃苦的人，所以她既然肯向他开口，这件事就绝不会轻易放弃。

晚饭后，星辰和大海一边一个霸住他们俩，非要他们一起到阁楼里来玩今天在幼儿园玩过的游戏。

许怡江没说什么，他当然也不会有意见。

星辰要玩丢手绢，大海大声说：“她在幼儿园可喜欢玩这个了，可是又怕被追到。”

从嘉佑道：“没关系，丢给我，我肯定追不到你。”

星辰太好骗了，蹦蹦跳跳唱着歌把手绢丢在他身后，还没跑就一把被他拽住了。

她“哇哇”大叫：“二叔你说过追不到我的！”

“我是没追啊，只是伸手就逮到了你。”

星辰“咯咯”笑着扑向怡江：“二叔说话不算话，妈妈你要帮我！”

“那我来丢吧。”

她先把手帕扔给大海，故意被他追到，又再继续，跟两个孩子玩够了，才把手帕悄悄放在从嘉佑的身后。

她没想到他那么二，还真的跑来抓她。阁楼毕竟不是操场，空间有限，她跑得急被地毯绊了一下，他的手臂正好搂住了她倒地。

两个人在地上摔成一团，她的身材纤细，没想到曲线突出的部分会这么丰满，正好压在他的手臂上。

她在家里穿的是她自己带来的旧衣服，领口早就洗得松松垮垮，胸前柔软的一团白得晃眼……

他想移开目光，可身体深处已经有一股冲动在往下汇聚，又热又燥，本能地开始流连这种活色生香，完全背离了理智。

他今天是吃了生蚝，但也不是这么立竿见影吧？

他有点后悔，刚才干吗伸手保护性地拦她那一下？她摔了不就摔了，反正疼的又不是自己。

两颗小脑袋凑过来，七手八脚地要搀扶倒地的两个人。

“妈妈，你摔疼了吗？”

“二叔，你压着妈妈了。”

从嘉佑这才站起来，也拽了她一把，确定她没事后清了清嗓子：“我不擅长玩这个，还是不凑热闹了。等会儿讲故事你们再叫我。”

他说完关上门头也不回地走了。

大海看了看他，又看了看怡江：“妈妈，他生气了吗？是不是摔疼了？”

不，他没摔疼，他疼的是别的地方。

他们曾有过肌肤之亲，再次贴近的时候，他的身体仿佛仍然记得她。

然而怡江没意识到他的窘迫来自哪里……

从嘉佑回到楼下的房间，怒其不争地瞪了一眼自己的下身。

手机在桌上振动，谁在这个时候打电话来，简直就是找死。

“喂，什么事，讲！”

电话那头的人笑道：“怎么了，这么大火气，欲求不满吗？我这儿有药，专治单身男人欲求不满。要不要出来喝一杯，帮你消消火？”

哪壶不开提哪壶，还真让容昭这个乌鸦嘴给说中了。从嘉佑松了松衬衫的扣子：“少见啊，什么风把你给吹来了？最近不用忙着做手术？”

“长江后浪推前浪，我现在转战幕后了，手术台什么的，就让给年轻人吧！”容昭的声音被各种音浪冲得断断续续，大声喊他，“来不来啊，来就老地方见，今天喝酒我请。”

从嘉佑想了想：“行，我现在就出来，不过我们今天换个地方。”

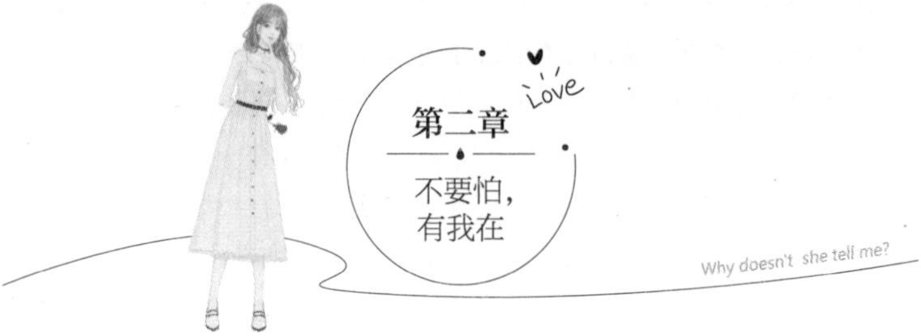

第二章

不要怕，有我在

怡江给两个孩子洗完澡，星辰的眼睛已经睁不开了。大海说她第一天在幼儿园午睡，没人像在家里那样拍着哄着她睡，所以她没睡好。

“二叔呢，他不是说来给我们讲故事的吗？”

他还惦记着丛嘉佑刚才说的话。

“他有事情出去了，可能要很晚才回来。你们先睡，让他明天再补上故事。”

她还要想想袁小芒的事该怎么解决。

大海中午午觉睡饱了，没有睡意，便拿了丛嘉佑给他的新奥特曼在地毯上玩。怡江抬头看了看钟，以为很晚了，可其实也才刚刚八点。

她打开手机通信录，往下滑了几行，看到梁伍的名字，心一动。

这是她在回国之前梁伍留给她的一个联系方式。他常年在泰国，国内的生意有专人帮他打理，如果她遇到困难，打这个电话就会有人帮她。

她已经欠了梁伍很多人情，所以回国后还从来没主动拨打过这个号码，做生意的事都是他那边安排人来联系她。

她想了又想，还是按了拨号键。

夜市的货源从他那里来，他如果同意赊账，本金也就不用拿出来了，或许还可以借她们一些钱应急，总比去找高利贷借要好。

电话“嘟嘟”响了两声就通了，传来一个粗粝的男人的声音：“喂，我是梁伍。”

怡江有点吃惊：“伍哥，怎么是你接电话？”

"我回来几天，这边有点事。怎么了？"

怡江听出他声音里的疲惫和隐忍的暴躁，还有孩子的哭声传来。

"是小美在哭吗？她也跟着你回来了？"

正在一旁玩得起劲的大海一听，连忙爬到她的腿边："妈妈，你在跟小美打电话吗？"

梁伍捂住话筒朝身后吼了一句什么，哭声短暂地中止了一下，很快又重新响得更大声。

"伍哥，怎么回事？你别凶她……你们在哪里，需要我帮忙吗？"

梁伍沉默了，似乎挣扎了一会儿才说："临江路 288 号，你方便的话，现在就过来一趟吧！"

怡江带着大海在梁伍给出的地址下了车，这才发现是一间酒吧。

尽管预料到梁伍在国内的生意可能会有点复杂，但她从没仔细问过他究竟是做什么的。直到这会儿看见眼前霓虹闪烁、音浪喧嚣的酒吧，才大致有了个具体的猜测。

"妈妈，这是哪里？游乐园吗？"大海看着门口招牌上一圈一圈闪烁的各色灯光，联想到了他喜欢的游乐园。

怡江摇摇头，牵着他的手说："这是小美爸爸工作的地方，我们进去找他们。"

她本来不打算带大海来的，但他一听小美在这里，说什么也要跟着一起来。

门口五大三粗的保镖听说她是来找梁老板的，就带着她径直穿过内场往后头走。

酒吧的门脸不算很大，里面却别有洞天。当然，音浪和人声也是外面的数十倍，震得大海忍不住拿小手捂住了耳朵。

"妈妈，那是什么？"他喊道。

什么也挡不住孩子的好奇心。怡江顺着他手指的方向看过去，灯红酒绿的正中央有个垒高的四边形拳台，形制大小都跟她在泰国见过的泰拳拳台一模一样。

台上有壮实的职业选手在展示金腰带，有客人作为"素人"选手要上台挑战。台下所有的男男女女都围绕着这个拳台上的"厮杀"舞动狂欢、喝酒呐喊。

当然，“素人”挑战职业拳手更多的只是一种体验和发泄的方式，其他的职业赛和“素人”选手对战也大多都是表演的性质。

这样的泰拳酒吧在泰国很常见，现在在这里出现，很容易就能跟梁伍联系起来。

不管怎么说，暴力场面还是少儿不宜。怡江捂住大海的眼睛，跟着保镖往二楼最里面的房间走去。

是梁伍来给他们开的门，看到怡江的一刹那，他有种松了口气的感觉。

他身后的小美抱着个洋娃娃窝在沙发上，眼睛哭肿了，鼻头也哭红了，一见到怡江，本来还只是在抽噎，一下子又号啕起来。

“小美……”

大海连忙过去安慰小青梅，还带了新玩具来跟她分享。可见她哭得那么伤心，都顾不上把玩具拿出来，只一个劲儿手忙脚乱地给她擦眼泪。

梁伍额头上的青筋直跳，过来拉她的胳膊：“你看人家大海多懂事，就你整天哭，再哭就给我滚出去！”

怡江拦下他，把小美护在怀里：“到底怎么了？干吗跟孩子发这么大的脾气？”

“你问她！”

“妈妈……我要妈妈……”

小美靠在怡江怀里，眼泪都抹在她的脖子上，冰冰凉凉的。

要是孩子的妈妈这会儿在这里，看到此情此景，不知该有多伤心。

“伍哥……”

梁伍的脸色比刚才还要难看，手往门外一挥：“你告诉她，她妈死了，这辈子都别想再看见了！”

小美搂着怡江的脖子撕心裂肺地大哭，连大海都被她感染了，也开始抹眼泪。

怡江叹了口气，男人带孩子果然信不过。从嘉佑能把星辰照顾得妥妥的，还是多亏了家里有人能帮把手。像梁伍这样的，比他更不省心。

怡江安慰了半天小美都收不住眼泪，最后是大海拿出奥特曼和高达，又答应保护她怀里的洋娃娃，她才慢慢不哭了。玩了一阵后，她就趴在怡江的肩上睡着了。

梁伍把一个皮箱放到她面前，打开箱盖，里面是密密匝匝捆好的百元现钞。

“这里是五十万，你先拿去给你的朋友应急，不够再跟我说。我这儿只有现金，你要是觉得不方便，报个你现在的住址，我让人给你送过去。”

“谢谢你，伍哥。还有夜市的事……”

他摆摆手：“这种小事就不要提了，也不要说什么感谢的话。要谢也是我谢你，这小丫头只有你才搞得定。”

怡江看看肩上的小美，还有靠在她身边也已经昏昏欲睡的大海，想了想说：“孩子没有妈妈始终缺点什么，你有没有想过……把辛欣找回来？”

“不可能，那个贱货……”他看看两个孩子，强行把没骂出口的话给吞回去，又抹了把脸，“你回去吧，我让人送你。明天上幼儿园的事就麻烦你了。”

他打算把小美留在国内受教育，幼儿园选了T市名声最响、学费也最贵的。这么巧，就是大海、星辰就读的这一家。

小美很喜欢新幼儿园，但看到其他小朋友都有妈妈来接送，就想第一天也让妈妈接送自己一回。

梁伍自然是办不到的，这才有了今晚惊天动地的一闹。

“你打算回国发展，不走了吗？”怡江问。

他摇头：“我的根基在曼谷，总还是要回去的。国内经济形势好，有钱赚当然也要兼顾。这次好不容易邀请到有金腰带的泰拳王来给这间酒吧打响名气，我就自己回来了一趟，下个月就得走。你要是还有事，可以到这儿来找我。”

怡江点点头。时间已经不早了，她也该回去了。她本想把怀中的小美给放下来，可小丫头抱着她怎么也不肯撒手。

梁伍拎起那个装满钱的箱子，然后顺手抄起大海说：“走吧，我送你们。到了车上一颠，你就能撒手了。”

两个人一个人抱着一个孩子从二楼下来，又要穿过人声鼎沸的场子走到外面去。梁伍挡在怡江身侧帮她隔开人潮，提着箱子的那只手虚搂在她的腰间，姿态看起来就像一对互相关照的亲密夫妻。

从嘉佑肩上披着衣服，坐在二楼的VIP卡座往手上绑拳手用的胶布，看到他们从楼下经过时，还以为自己眼花看错了。

容昭问："怎么不缠了？刚才不是还说绑这么多胶带是为了让对手更疼吗？这会儿看人家台上的选手被拳王 K.O. 了，立马就怂了？"

从嘉佑把拳套朝他扔过去，指着楼下问："那个人你认识吗？是不是梁伍？"

容昭心想：我哪儿知道，T 市我又不熟。于是他拉过旁边的服务生，跟着从嘉佑一指："那个人认识吗？是不是梁伍？"

"是啊，那是我们老板。"

"旁边抱孩子的女人呢？他老婆？"

"我也不清楚，没见过。不过她抱着的那个小姑娘是梁总的千金，所以……应该是他老婆吧！"

"他自己怀里还有一个男孩呢，福气不错嘛，龙凤胎，跟我有一拼。哈哈哈！"

容昭还没嘚瑟完，从嘉佑已经腾地站起来，拎着衣服就下楼去了。

"哎，你去哪儿啊？不是要打拳吗？下一场就到你了！"

从嘉佑什么都听不见，拨开人群朝着梁伍他们离开的方向追了出去，正好看到他们上了梁伍的 SUV 绝尘而去。

他不会看错的，梁伍抱着的是大海，而他身边的那个女人就是许怡江。

这个女人，本事真是不小，连梁伍这样背景复杂、见多识广的男人都能搞定，也难怪他们一家子都栽在了她的手里。

她带大海到这种三教九流的地方来先不说，她怀里那个小姑娘又是怎么回事？是她跟梁伍生的女儿吗？

她的肚皮也真是争气，到底给多少人生过孩子？！

还没来得及发泄掉的精力混杂着突如其来的怒火，几乎一下子烧光了他的理智。

到底是她太复杂，还是他把她想得太简单了？

容昭好不容易找到这个侧门追了出来，看到他的脸色时有点被吓到："怎么回事啊，那两个人跟你有仇？不是你说要到这儿来打拳泄火的吗？"

他本来只想找个清吧安安静静地喝杯酒小聚一下，谁知道从嘉佑现在口味这么重，直接就把他领这儿来了。

可如果是仇家的场子，他应该不会光顾才对啊！

仔细分析一下，根据经验，能让男人露出这种表情，这件事十有八九跟女人有关。

容昭立马打开手机发消息：梁伍是谁？

谁还不认识一两个有背景的朋友呢？他的亲外甥怎么着也在江湖上混迹那么多年，别人不认识的，他肯定认识。

从嘉佑却已经转身："今天不玩了，我先回去。"

他身上只穿了件衬衫，于是又回到酒吧的楼上，一件件把衣服穿回去，再把手上缠好的绷带解下来扔在桌上。

容昭的八卦之魂在燃烧，哪能就这样放他走了。

"哎，你冷静点，这个时候回去不也是生闷气吗？你刚才还喝了点酒，万一自己一个人在家发酒疯磕了碰了，都没个人送你去医院。"

"谁说我是一个人？"

"不然还有谁？萧雅也不在了……你那个小侄女现在由谁照看着，保姆吗？"

从嘉佑整个人一顿，缓了口气才说："另一个孩子我也找回来了。"

"啊，你是说生出来就被抱走的那一个？他不是跟那个女人一起……"容昭惊讶之余反应过来："你把孩子妈妈也一起带回来了？"

看从嘉佑的反应，他就知道自己又猜中了，忍不住唏嘘。

他是外科医生，当年萧雅无法生育却执意要做试管婴儿的时候，从嘉佑还代她问过他的专业意见。

他能有什么意见？什么意见能阻止一个女人想要当母亲的强烈意愿？

萧雅身体不好，且可能有基因缺陷，也就是说她的孩子即使姓从，也跟她一点血缘关系都没有。

可就算这样她也还是坚持要做，国内不行就去国外做，最后还真让她找到了合适的人选，就这样去泰国生下了一对龙凤胎宝宝。

他也是后来才知道，那个姑娘不知什么原因，在上大学的中途休学了，在燕雨山房隔壁人家做小阿姨，跟从嘉佑有些特殊的渊源和情愫。

两个人本来好好的，就算家世背景有差距，只要感情好，也总有办法克服困难。可她似乎没有耐心绕那么大个圈子跟从嘉佑并肩站到一起，而是选了另一条捷径——帮他大哥从嘉茂生下孩子，交由萧雅抚养。

但有些事作为医生他是早就知道的，比如怀胎十月，孩子一出生就母子分离，对女性的身心都将是莫大的伤害。

饶是生娃的那个姑娘再坚强，也没能迈过这道坎。抑或是说她也有过身不由己和犹豫，这才会在孩子出生后抱走其中之一。

她就消失在曼谷的医院里，很难想象假如她本来就非常缺钱，孤身带着一个孩子在异国他乡要怎么活下去。

手机里进来一条消息，刚才的问题有了答复：他在泰国那边的关系很深，开酒吧，也做民间借贷。怎么了？

等等，泰国啊……不会吧？不会是他想的那样吧？

容昭再抬头时，从嘉佑已经收拾好自己，手在他的肩膀上一拍："改天再约，下回我请。"

"喂！"

他的背影已经匆匆消失在楼下的人潮中，容昭忽然担心起来——从家的燕雨山房这个名字挺好听的，但今晚不会闹出人命吧？

从嘉佑的车在山房外的车道上跟梁伍那辆SUV擦身而过。

对方大概不认得他，抑或是认得也并不在意，他在意的只是把许怡江完好无损地送回来。

从嘉佑不知道自己为什么会这么生气。她向他借钱，他不借，她就去找梁伍，还把人带到这里来，仿佛他们的约法三章只是一张废纸。

山房的主屋还亮着灯，他推门进去，就看到一个陌生的手提箱放在门边，打开来里面全是成捆的现金。

原来之前梁伍手里提着的就是这个。

可能是男人那种奇异的自尊作祟，他气得笑出声来，瞥了楼上的房间一眼，就"噔噔噔"地上了楼。

等他推开孩子们的房门，看到里面睡着三个孩子的时候，他震惊得连生气都忘了。

怡江好不容易才把几个孩子安顿好，给他们盖好被子后，右边的胳膊已经僵得抬不起来了。

这是她月子里干活落下的毛病，手腕更厉害，僵直之后不揉开，几天都酸痛得拿不起东西。

梁伍低估了自家小丫头对母亲这个角色的依恋程度，以为把人送上车就完事了，结果小美怎么都不肯松开手。怡江提议干脆让小美跟大海他们一起住一晚，第二天一早由她送去幼儿园，算是满足了小美的心愿。

梁伍同意了，他很懂得分寸，把他们送到门口后就转身离开了。

他借她的那笔钱还放在门口……怡江这才想起来，打算下楼去拿，一抬头就看到从嘉佑站在门口。

“你是要去拿这个吗？”他在阴影里举起手里的箱子，“梁伍真是大方，还是说他习惯了用现金跟你交易？”

怡江听得出他的话外音，走到门口说：“我们换个地方说，不要吵醒孩子。”

他一把拽住她的胳膊，将她推进了隔壁的房间，并关上门：“你要说什么，现在可以说了。”

这里是萧雅曾经住过的房间，她去世之后一直空着，摆设也维持着她生前的模样。

他开了灯，怡江才第一次看清楚，原来萧雅喜欢淡雅的白和蓝，有点忧郁，但符合记忆中对她那种人淡如菊的认知。

萧雅的身体不好，顾不上照顾孩子，但看得出来她很疼爱星辰，桌上、墙上都是她从出生至今拍的各种照片。最中间的一张，是两个孩子在医院刚出生时拍的合照。

从嘉佑把手提箱扔到地上：“这就是你的价格吗？一个孩子五十万，跟谁生都没关系。”

“你误会了，这钱是我向他借的，小美也不是我的孩子。”解释完她又觉得不太对劲，“你知道我去了哪里？”

他冷笑：“怎么，孩子你都抱回来了，还以为能做到神不知鬼不觉？”

“我没做亏心事，也没打算瞒你什么。小美从小也是没有妈妈在身边，你照顾星辰应该最能明白……”

“不要拿那种男人的孩子跟星辰比。”

“你讲点道理好不好？”

“讲道理？”他又拽住她，“我们的约法三章里说过什么？不准带不相干的人到这里来，你才住进来一个星期就公然抱了个孩子回来，就为了借五十万？我知道你在泰国就跟梁伍有交情，只是我没想到会是这种交情。不然何必舍近求远，我给你钱就是了，你卖给我也一样啊。”

怡江瞪大眼睛看着他，像在看一个完全不认识的人。好半晌才感觉到他手的力道掐疼了她，用力挣开他：“你放手！”

她已经不想再跟他解释，其实从四年前她决定接受萧雅的条件生下孩子开始，她就没指望还能有机会跟他解释什么。

可他反而不依不饶，抬手压在门上挡住她的去路：“去把钱还给梁伍，孩子也还给他。这个家不允许跟他那种人有什么牵扯！”

怡江气急：“你凭什么命令我？”

“凭我现在就可以让你留下孩子走人！你以为照顾星辰、大海是非你不可吗？”

她的命门他总是拿捏得很准。

她闭了闭眼，深吸一口气：“我真的很累了，请你让开，我想去休息。”“好啊，”他轻佻地笑笑，“去旁边我的房间，看看我是不是也能满足你。”

明天她要预支五十万、一百万都没问题。他是缺钱的人吗？他只是觉得钱不能给她而已。

话说到这个份上，怡江反而十分平静。

她看着他：“梁伍给我的你都能给我吗？”

从嘉佑一愣。

“那我在泰国穷到身上只剩几百泰铢，饿得一滴奶都挤不出来，恨不得拿血喂孩子的时候，为什么不是你来贫民窟接我呢？”她的眼泪顺着脸颊流淌下来，“你们只想找到我，逼我出现，冻结了我所有的银行户头，就从没想过如果我真的打定主意不回来，孩子要怎么办吗？”

用震惊都不足以形容此刻从嘉佑脸上的神情，他固执地拦住她：“这是什么意思，你把话说清楚！”

“我没什么好说的了，你让开！”

过去吃过的苦、流过的眼泪，要不是他一再逼问，她根本就不愿意再提起。

可他的执拗跟她的拧撞在一起，她急红了眼也不是他的对手，最后干脆张嘴一口咬在他的手背上。

从嘉佑疼得倒吸一口冷气，用力甩动胳膊，两个人才终于分开。

这时，房间的门也被推开了，三个小不点一个挨一个睡眼惺忪地挤进来："妈妈……二叔，你们在干什么？好吵……"

星辰手揉着眼睛，还张开双臂想找从嘉佑抱，抬头一看不对劲，再看看旁边的怡江的眼角挂着泪，一下子把瞌睡都给吓跑了："妈妈，你怎么哭了？"

大海也反应过来，再一看两个人剑拔弩张的态势，从小要保护妈妈的本能被激发出来，踩住从嘉佑的脚扑到他的身上："大坏蛋，你别欺负我妈妈！"

从嘉佑被他扑得一个趔趄，星辰也趁机扯他的袖子，带着哭腔说："二叔，你怎么把妈妈弄哭了？"

三个孩子里，只有小美仍旧一副"我是谁、我在哪儿、我在干什么"的懵懂状态，但是看大海这么一扑，她也选择跟他一样，一致对外，跳到从嘉佑的背后抡起小拳头："你别欺负姨姨！"

一时间，房间里乱成一团，从嘉佑手还疼着呢，身上又黏了他们三个孩子，甩也甩不开，像一只被围攻的大怪兽。

最后还是怡江叫了一声："别闹了，都回去睡觉。"

"可是二叔欺负你……"

"他没欺负我，是我做噩梦了。"

她已经抹掉了脸上所有哭过的痕迹，一句话就让小家伙们安静下来，不过还是充满怀疑："真的吗？"

"嗯。"

"那我们陪你睡，你不要害怕了。"

怡江跟着他们回到隔壁的卧室，又重新安顿好他们，哄他们入睡，仿佛刚才的争执真的只是一场梦。

剩下从嘉佑在隔壁的房间里，脑海里乱成一团，试图从她刚才说的话里理出一点头绪，却又被她那些实际的遭遇影响着，根本不知道该从哪里入手。

他好半晌才冷静下来，一宿都没怎么合眼，直到天际泛白才意识模糊地睡了一会儿，起床后发现许怡江已经送孩子们去幼儿园了。

萍姨说昨晚三个孩子睡在一起，怡江趴在床边睡了一夜，早晨比家里其他人都起得早，就连早餐也是她准备的。

他没说话，隐隐感觉手背火辣辣地疼，低头才看到昨晚被她咬的那个牙印。

怡江送三个孩子到幼儿园时，梁伍已经倚着车门等在门口。

小美俨然已经忘了昨晚的不愉快，欢快地奔向他："爸爸！"

梁伍把她抱起来，又从车上拿了一个小花盆给她："这是你的，拿好了。"

幼儿园新入学的小朋友都要跟其他小朋友一样，准备一盆绿色植物放在绿化角，每天浇水照料。

梁伍没有忘记新生入学的注意事项，看来做爸爸的也有心细的一面。

怡江突然有点难过。

梁伍见她面色憔悴，问："你还好吗？昨晚后来有没有发生什么事？"

她摇头："没事，我们进去吧，别迟到了。"

苏喜乐看到怡江送三个孩子来上学，有点惊讶："小美，你也认识大海、星辰的妈妈吗？"

"嗯，她是我姨，最好最好的姨姨！"

小美喜欢乐乐老师，刚好大海他们也是乐乐老师班上的，她就也想到这个班来。

苏喜乐有些为难："这个……我不能决定哎。"

"不要紧，"梁伍适时地开口，"我会去跟校董说。"

苏喜乐隐约也知道他是什么样的背景，便没再多说什么，牵着小朋友们进教室去做游戏。

"我送你回去。"梁伍对怡江道。

"不用了，司机在外面等着。我还想逛一逛再回去。"

梁伍抬头看了看天："要下雨了。"

是啊，要下雨了，可她却不想那么快回燕雨山房。

人真的很奇怪，曾经冒着被家里人找到的风险也要从泰国回到T市来，就是为了靠近这个地方，只因为星辰在那里。

但如今她这么快就想逃离了。

可她又能逃去哪里呢？在市区绕了一圈，她想到那天在自己的住处差点被找到的情形，甚至不敢独自下车。

司机小刘以为她还像那天那样要买食材，于是又把她拉到了鱼市。

星辰爱吃鱼，大海喜欢吃虾排，她一样买了一点，打算回去做。

然而萍姨说什么都不让她再进厨房，赶她去休息。

山房果然太大又太静，连时间都被放大了好几倍。她无以排遣，走着走着就到了玻璃房门口。

她还记得自己第一次走进这里的情形——也是这样安静，也是这样的雨天，四面通透的图书馆浮在紫色的花浪里，温暖如春。

她撞见萧雅在画画。

萧雅学的是油画，从堆砌在角落里的材料和挂在墙上的作品来看，她一直画的就是油画。

但她那天画了一幅工笔画，怡江进去的时候刚勾好线稿，正打算上色。

她把画笔递过来："你来。"

怡江连忙推辞，笑了笑："我知道你是谁，不要紧的，随便画画。"

线稿是枝头的一双喜鹊，其实怡江对花鸟的形态不太熟悉，仅凭着感觉上色，觉得画得并不好。

萧雅问她："那你觉得画什么比较好？"

建筑吧，所有的建筑。因为她喜欢画房子，很小的时候看见在水泥厂做工人的爸爸在午休时画房子她就有样学样，最后竟然也成了一项爱好，后来上大学填志愿便填了T大的建筑系。

于是她画了一幅素描，是她眼中燕雨山房的模样。

后来这幅画被从嘉佑看到了，他才知道隔壁人家的小阿姨是个辍学的学妹。

但怡江早就知道他是谁。

如果人生是一场比赛，那他就是天赋型选手。父母均为被提名过普利兹克奖的著名建筑设计师，不仅给了他天分，也教会了他去拼搏，一般人再怎么努力也难望其项背。

他是T大建筑系的传奇。

从嘉佑回到家，看到玻璃房的门虚掩着，走进去就看到怡江靠在临窗的沙发椅上睡着了。

他记得跟她讲过的，这里不允许她随便进来。她自己可能也知道，所以即使坐着、睡着，也只小心翼翼地占了座椅的半边，姿势很别扭，显得很不舒服。

看来她真的是累了。

他居高临下地看了她一会儿，抖开一条薄毯盖在她的身上，没有叫醒她。

怡江把借来的钱拿去给袁小芒，没想到她惊讶地说："你不是已经入股了吗？还给我钱干吗？等我进了货把夜市摊子摆起来，你只要过来看看就行了。"

怡江有些丈二和尚摸不着头脑："什么入股？我什么时候入的股？"

"就昨天啊，你不是自己没空，托人送了钱过来吗？借据也都签好了，还特地声明不用我付利息，难道你没拿到？"

怡江摇头，问对方的名字，小芒说叫常羽生。她觉得名字耳熟，仔细想了想才意识到是从嘉佑的助手。

她带大海到燕雨山房来的那天，他还在跟从嘉佑一起开会，出来时仿佛认得她，告诉她从先生就在里面。

"那他送来的……是多少钱啊？"

"五十万。"小芒看她这样，大致已经猜到是怎么一回事，"哎哟，哎哟，不会吧，难不成钱是人家自作主张送来的？是从家哪位少爷呀，老大还是老二？"

"老二。"

"啊，是他呀？他会那么好心？"小芒蹙着眉头想了想，"那怎么办？要不要我把钱给他退回去？"

这钱什么性质啊？要是会让好友为难，她宁可不要。

怡江摇头。她当然知道这笔钱是从嘉佑预支给她的，只是不明白他为什么突然会改变主意，难道就因为他们吵了那一架吗？

其实争执过后，两个人已经好几天没怎么说过话了。从嘉佑的事务所项目排得紧、加班加得狠的时候，他跟家里其他人的作息时间完全是错开的。

她只在院子里碰到过他两次，都是送孩子们回来。他西装革履地从玻璃房出来，手里拿着书或资料，不知是刚回来还是要出去。

她略一低头就走过去，也没有跟他说什么。

这样的异常，连大海和星辰都看出来了。趁着周末丛嘉佑在家吃晚饭，星辰便问他："二叔，你和妈妈还没和好呀？"

"……"

大海噘了噘嘴："你们大人可真能吵，我跟小美昨天吵了一架都和好了。"

丛嘉佑"啧"了一声："谁告诉你我们吵架了？小孩子家家的，别管大人的事。"

"哼。"

还是星辰更贴心一点，拉住他的手问："咦，你手上红红的那一圈好了呀？都看不到了。"

大海连忙凑过来："什么红红的一圈？"

"就是二叔的手背上呀，他说是有人给他咬了块手表。"

大海瞪大眼睛："手表还能咬出来？"

怡江脸热，打岔道："时间差不多了，今晚你们想玩点什么？玩好了早点睡觉。"

星辰摇头："今天不玩了，今天我要跟大海一起准备给二叔的生日礼物。"

生日礼物？

怡江看了丛嘉佑一眼，他挑了挑眉——没错，我的生日快到了，怎么样吧？

她没理他，对两个孩子说："那你们自己先准备着，我上去洗个澡。"

"好！"

怡江回到阁楼，发现桌上压着薄薄的一纸文件。果然是小芒打的借条，还有两个人合伙开夜市小摊的合同，竟然都白纸黑字地把权利和义务规定得清清楚楚。

一看就是丛嘉佑的风格。

她拿了换洗的衣服去洗澡。三楼的浴室是丛二爷专用的，她从来都是到二楼小朋友们的浴室去洗。平时她洗澡的时候，假如星辰、大海还没睡，那必定隔着门都能听到他们嬉笑吵闹的声音，有时候还会

“咚咚”地跑来敲浴室的门。

今天却异常安静，她洗完了都没听到他们闹。开门出去往楼下看，这才发现姐弟俩围坐在从嘉佑身边，拿着画笔在他的手臂上画画。

他感觉到头顶的注视，抬头看了她一眼，两个小家伙也跟着抬起头来。大海笑着嚷道：“妈妈，你快来看我准备的生日礼物！”

怡江只好下楼，星辰钻到她怀里：“妈妈，你好香哦！”

她用了孩子们洗澡用的绵羊油沐浴乳，头发只擦到半干，身上还氤氲着水汽，靠近一些就能闻到一股熟悉的香气。

从嘉佑屏住呼吸，不敢碰这样的女人香，怕身体又不由自主地像那天那样出糗，便硬是往旁边挪出一块地方来。星辰拉着她坐下，她这才看出原来大海是在给从嘉佑画手表。

“嗯，这样就好啦！比你平时戴的那些神气吧？”大海给他画的手表可不只是一个简单的圆形表盘，那可是有模有样的奥特曼啊！

怡江也有点惊讶，在这之前她从没意识到大海画画能画得这么好。

从嘉佑抬起手腕看了看：“是还不错，至少比你妈妈咬出来的那块好看多了。”

怡江抬头，正好跟他的目光对上，忍不住瞪了他一眼。

星辰在她怀里打了个哈欠，大海的杰作也完成得差不多了，于是她拍拍他们的屁股让他们上楼去睡觉。

“等一下。”从嘉佑说，“生日礼物就这样吗？太简单了，我可不承认啊！”

大海的小脸皱成一团：“啊，还要别的吗？”

“当然，这是规矩，住在这里的每个人过生日都会收到一份礼物，也都要送别人一份礼物。”

大海瞅瞅他的手腕，他把手背到身后：“这个不算，你再想想别的，想不出来的话，让你妈妈帮你。”

他反正就是在想着法子刁难她呗！

怡江看了看桌子上小朋友们画画的那套彩笔，油墨是水性材料，一洗就掉，画在皮肤上也安全。

她笑了笑，对从嘉佑道：“我已经想好要送你什么了。你闭上眼睛，不要睁开。”

星辰附和：“闭上，闭上，有惊喜。”

从嘉佑有种“这家里我怕过谁”的无畏精神，二话不说就闭上了眼。

怡江示意大海：“抓住他的手，别让他乱动。我说好了才能睁眼，不然就是乌龟。”

大海哈哈大笑：“我抓住乌龟的手啦！”

怡江拿了支玫红色的笔，踮了踮脚，从眉心位置开始，给从嘉佑画了一副大大的眼镜。

跟他平时戴的简约款不同，她画的可是女士才会戴的那种两端往上提的娇媚款，眉梢的位置还画了一双肉乎乎的翅膀当装饰。

原来她也会画这种可爱风的，丝毫不比大海差嘛！

她的笔尖碰到从嘉佑的皮肤的时候，从嘉佑的五官扭动了一下，本来想抬手制止的，无奈被两个小家伙抓住了。他眼皮子一动，她就出声提醒：“想好了要做乌龟吗？”

他深吸一口气，只能忍。

两个小朋友昂着头一边看一边“咯咯”笑，还不停地指挥：“那边，那边，妈妈你画歪了。”

“这个翅膀不够大，应该要像芭比的那种那么大！”

还是大人会玩呀，原来这样也可以……早知道就不单画一块手表了，应该画上眼镜、项链、烟斗，全套！

好不容易画完，大海和星辰都看得跃跃欲试。恨不得爬上来再添几笔。

怡江收了笔，往后退了两步：“怎么样，好看吧？这份生日礼物我觉得挺好的。”

从嘉佑睁开眼，看两个小家伙笑成那样，猜也能猜到自己现在是什么德行了。

他大概也没想到怡江的胆子这么大，可她已经施施然带着两个孩子转身上楼去了。

大海上了楼还回头做鬼脸：“不许洗哟，礼物要留着。”

星辰探头补充：“对的，对的，我们睡了你才可以洗。”

他长舒一口气，居然有点好笑。

等到洗脸的时候他才发现，不该听那两个小家伙的。等了一会儿，这油墨就渗进皮肤纹理了，说是水性材料，却也没那么容易洗干净。

他将毛巾捂在脸上走出来，迎面撞上许怡江。

她看到他脸上一圈搓得发红的印子，微笑道："还没洗干净。"

他火大地伸手去摸："哪儿？"

"噢，我看错了。"

没错，就是逗他玩的。

从嘉佑眯了眯眼睛："许怡江，你这是趁机泄私愤。"

"不是啊，这就是我送你的生日礼物，真的。还有，谢谢你肯预支那笔钱借给小芒。"

"她跟你说了？"

"借据我都看到了，合伙的条款也很合理，所以要谢谢你。"

"不用谢我，我只是希望你明白，说好了会给你的东西，我一定会兑现，所以你也不要乱来。"

怡江笑了笑："现在两个孩子都在这里，我能上哪儿去？他们也不是一抱就能走的年纪了，而且有些你能给他们的条件，我确实给不了。"

她始终希望他能明白，当初会留下星辰正是这个原因。

如今孩子们到了开蒙的年纪，好的教育资源更不是她能够提供的。

"你现在知道了，那当初为什么还抱着大海离开？还有，你说的在泰国的时候银行户头被冻结又是怎么一回事？"

她提到自己曾经在泰国流离失所的那些话，这几天一直在他的脑海里回响，他无法不去想。

他原本对养育孩子没什么概念，但他看过星辰是怎么在蜜罐里泡大的，很难想象一母同胞的另一个孩子跟着这个女人吃了多少苦。

"都过去了，现在来说还有什么意义吗？"

"我说有意义，就有意义。"

怡江也觉得奇怪："不是你们为了找到我，逼我出现才这么做的吗？"

"我没做过。"本身生孩子这件事就是他大哥从嘉茂和萧雅的家事，他没有权利替他们决定什么。

所以……

"看来是我大哥了。"

他这个想法一出口，怡江就坚定地否决："不，不会是他。"

这样的态度让他莫名不爽："你到底对他了解多少，这么斩钉截铁地为他说话？”

是啊，她是不了解，事实上她对从家的每一个人都谈不上多么了解，但她就是知道：“反正他绝对不会做这样的事。”

“你凭什么这么说？”

她这么说一定有依据，一定有些什么是他不知道而她选择瞒着他的。

果然，怡江目光灼灼地看着他：“你为什么怀疑他？他是你的亲生大哥，听说以前你们的关系一直都很好，为什么现在反而信不过他了？”

从嘉佑冷笑道：“你知道他有多久没回过这个家了吗？星辰长这么大，却连他的样子都说不上来。他把萧雅和孩子都丢在这里不闻不问，尽过做丈夫和父亲的责任吗？”

“那你应该也还记得，其实他当初并不想要孩子吧？想要孩子的人是萧雅，他或许到现在都还不肯接受这件事，就算我带着孩子跑了，他又怎么会为了找我们而断了我的后路呢？”

还有更出人意料的，就是她当初生下孩子以后帮她离开的那个人，其实正是从嘉茂。

要不然他还真以为她能带着个襁褓中的孩子神不知鬼不觉地离开医院吗？

她还记得初见从嘉茂时的情形。

他跟她想象中的不太一样，是真正的绅士，温和沉稳，对每个人都彬彬有礼，跟弟弟从嘉佑的个性南辕北辙。

当然，他应该不知道她是什么人，直到快要分娩时才见到她。

那个时候，从家的每个人或多或少都会对她有些偏见——毕竟她只是一个用生孩子来达成自己目的的女人。不管这个目的是什么，也不管她有什么苦衷。

尤其是从嘉佑，他是多么骄傲的一个人，他也确实有骄傲的资本。良好的家世、出挑的外表和天赋，足以支撑他实现梦想的财富。常人哪怕占据一条都算人生赢家了，他还全都有。

所以有些事他无法想象，更不能接受。

他曾经当她是学妹，对她动了恻隐之心，想要资助她重新回到校园，抑或是在他将来的设计事务所谋一个像样的前途也好。他欣赏她、鼓励她，为她着想，甚至已经有了男女间那样隐约美好的感觉。否则就算他喝多了酒也不会跟她春风一度，他们都不是那种随便的人。

云泥之别的两个人当然会有阻碍，然而还没能等到他们一同努力去克服，她居然选了另外一条更快捷的路走进了从家。

他像疯了一样到处找她，可她却像彻底失踪了一样。直到萧雅抱回孩子，他才知道她居然为他大哥生下了孩子。

她配不上他的珍惜。

但从嘉茂不一样，他对她没有偏见，仅仅是把她当成一个有血有肉的人来看待，从人的角度出发，关心她的感受，问她想要什么。

他不会切断她一切的后路逼她和大海现身，那剩下的也就只有一个人有这么做的理由了。

从嘉佑当然也明白，所以想也不想就说："不可能，不可能是萧雅。"

她始终把孩子放在首位，生之前也没有说过任何怨恨许怡江的话，甚至在怀孕前后一直都对她像家人一般呵护。

人只会相信自己想相信的东西，到了他们这里，当然是选择维护自己选择相信的人了。

怡江一哂："所以我才说不要提了，都已经过去了。"

萧雅也已经不在人世，现在追究那些有的没的，又有什么意义呢？

她谁都不怪，一切都是她自己的选择。

"那个梁伍借给你的那笔钱，拿去还给他。"

"我会处理的，你不用担心。"

他哼了一声："我才不担心，我只是不希望你跟那种人来往太多。让你入伙你朋友的夜市也是为了让你能够自力更生，将来就算离开这里也能有个谋生的手段。"

提到将来，她当然不由自主地会想到跟孩子们的分离，心猛地一紧。

"你还是以为我当初选择生下孩子是为了钱吗？"

他顿了一下："至少萧雅给你的钱你收下了不是吗？"

怡江张了张嘴，她想解释，可有些话她怎么都没办法在他面前说出口，有些话她承诺过的，永远都不会说。

眼看着她又要低头从身旁走过去，从嘉佑突然伸手拉住了她。

两个人隔得很近，近得她看到他琥珀色的瞳仁中有自己小小的影子。

“再有什么事，不要隐瞒我，更不要自作主张。这是为了你好，也是为了星辰和大海。”

重遇之后，他第一次这样不带情绪地跟她说话，像是真正的讲和。

她感觉到他掌心传来的温度，微微点头：“好。”

怡江给星辰、大海画了一幅长两米的画卷送给从嘉佑当生日礼物。

出手这么有情怀的礼物，主要是因为怡江很大方地承认：我没有钱。

于是大海和星辰也跟进：我们也没有钱。

不过画卷的内容异常丰富，中间一条活灵活现的舞龙出自怡江的手笔，周围全是两个孩子自由发挥，从小花小草到太空飞船，从圣诞老人到拿糖葫芦的小朋友，热闹得不得了，都分不清是生日、节日还是庙会了。

从嘉佑睨了一眼：“这还得拿个框裱起来。”

“是啊，不过先要让你给龙点上睛。”怡江把笔递给他。

还有画龙点睛这么古怪的节目？从嘉佑接过笔，恍惚有种到甲方的新建筑门口剪彩的感觉。

“快呀，快呀，二叔快画，要吹生日蜡烛啦！”

小朋友心里只惦记着那个精美无比的双层蛋糕。

从嘉佑看了看怡江，她的眼睛里有笑意，盯着他手中的笔。

“这龙是你画的？”

“嗯，好久没动笔了，画得不好，请见谅。”

“是挺不好看的，还好有我这一笔。”

他煞有介事地把龙的眼睛画上，把两个小家伙一边一个夹在胳膊底下：“走，去吹蜡烛。”

大海兴致勃勃，看着蛋糕口水都快流下来了，帮忙吹灭蜡烛后，要了大大的一块蛋糕，吃得脸上、手上到处都是。

相比之下，星辰就显得不太有干劲，仍旧斯斯文文地坐在桌旁，甚至有点太斯文了，蛋糕也只吃了一小块。

从嘉佑以为她是觉得受了冷落，特地把蛋糕上最漂亮的小摆设拿下来给她：“蛋糕不好吃吗？”

她摇摇头。

“那是今天在幼儿园吃饱了，连二叔的生日蛋糕都不想吃了？”

她还是摇头。

从嘉佑摸摸她的脑袋：“那把这个放到你的芭比之家里去吧，娃娃们肯定会高兴的。”

大海也“刺溜”一下从椅子上滑下来，牵起她的手：“走，我陪你去玩。”

本来以为是个小插曲，谁都没太在意。哪知道晚上怡江刚哄他们睡着没一会儿，星辰突然咳嗽了两声，坐起来就像喷射一样吐得一床都是。

怡江整个人都绷紧了，一边扶住星辰，轻拍她的背，一边把大海叫醒：“大海，大海快起来，去叫萍姨和二叔！”

从嘉佑听到动静推门进来，见状也眉头紧锁：“怎么回事？好好的怎么吐了？”

“不知道，可能是积食了，我摸着还有点发烧。你先把大海带到你的房间去，免得传染了。”

从嘉佑把大海抱上楼去，很快又折返：“这里怎么办？要不要我帮忙？”

“我跟萍姨会打扫的，现在先给星辰换身衣服，你帮我拿一下毛巾。”

从嘉佑打了盆热水来，然后接过星辰：“我来吧，你们先去收拾床。”

他拧了毛巾给她擦了擦脸和头发上沾到的呕吐物，再动作麻利地为她换上干净的睡衣。

星辰从出生起身体就不好，他应该没少经历这样的情形，已经积累了足够多的经验。

怡江来不及感慨，飞快地帮着萍姨一起拆换脏的被单，又把弄到地上的呕吐物一点一点擦干净。

房间和床铺打扫完以后，星辰已经趴在从嘉佑的怀里重新睡着了。因为身体不舒服，她的小脸皱成一团。

从嘉佑比了个“嘘”的手势：“你先去换件衣服，我抱着她。”

“我来吧，你去陪大海。”

星辰今天一整晚怕是要人抱着才能安睡，大人是别想合眼了。

从嘉佑就是知道会这样才不让她管：“我明天必须去出差，星辰这样我不放心。大海不跟着你怕是也睡不踏实，你去照顾他，这儿有我呢。”

怡江又摸了摸星辰的额头，见她体温不高，还算安稳，也只得先这样安排。

大海睡眼蒙眬地站在丛嘉佑的床尾，脑袋像小鸡啄米一样，看到她来了，含糊地问：“妈妈，星辰病了吗？”

“嗯，吓到你了吗？”

他点点头，又摇头：“我不怕的。那她要去医院打针吗？”

“还不知道，明天再看情况。”

大海伸手摸了摸她的眼睛：“妈妈，你哭了吗？”

怡江看了一眼旁边的穿衣镜，这才发现自己的眼睛红红的，眼角还有泪没干。

好心疼星辰，这种焦灼堪比她还是新手妈妈时第一次面对孩子生病。

她要带大海到阁楼去睡，大海却说：“二叔让我睡在这里的，不行吗？”

他见过丛嘉佑跟星辰亲近，所以眼睛里有渴望，渴望也能那样亲近丛嘉佑。

怡江拍拍他：“可以的，那你睡吧，我陪你。”

她给他拉好被子，在他的身侧躺下，仿佛这一刻才意识到这是丛嘉佑的房间，有男人身上阳光又干净的味道。

清晨，丛嘉佑推门进来，看到的就是母子俩相拥着睡在他床上的模样。

大海的小爪子抓着怡江的领口，宽松的睡衣被他扯得露出一大片原本掩住的雪白。

丛嘉佑清了清嗓子，别过脸去。

啧，他是不是该教这小子独自一个人睡了？

怡江没怎么睡着，一听到动静就惊醒了。大概也意识到了自己的狼狈，她拢了一下衣襟，关切地道：“星辰呢，怎么样了？”

“还在睡，没什么大事，就还是有点低烧。我上来换件衣服，得去赶早班飞机。”

怡江抬手看了一下表，才刚六点。

她从床上下来，手绕到后头把头发随便一扎：“我去看看她。”

从嘉佑从衣帽间里换了衬衫出来：“你等会儿带她去趟医院，小刘知道，他会开车送你们去。”

“嗯。”

“有什么事可以打我的电话。”

“好。”

“大海快四岁了，是时候独立睡觉了。”

“……”

话都说完了，两个人才意识到这样的对话太像夫妻间的你来我往了，一时间都有些尴尬。

他又补充了一句：“昨晚是特殊情况才让你睡这里的，你不要想歪了。即使我不在，这个房间你也不要随便进来。”

你的床是镶了金边吗？谁稀罕啊！真是说不了两句就原形毕露，怡江没好气地横他一眼，然后下楼去了。

从嘉佑没用家里的车，是助手常羽生开车来接他去的机场。怡江想到那天小芒提过送钱和合同去的人就是他，于是在等从嘉佑下楼的空当跟他打了声招呼。

常羽生只是出于礼貌回应了一下，显得十分冷淡。

怡江终于忍不住问：“常先生，你之前就认识我吗？”

她总觉得这个名字在哪里听过，肯定不是在他成为从嘉佑的左右手之后，却又实在是想不起来。

常羽生这才认真地看她一眼：“你真的不记得了吗？好歹也做了一年同学。”

恍然大悟，原来是大学同窗。

她大学只读了一年就退了学，在校时忙着打工，也不住学生宿舍，松散的管理使得她连班上的同学都认不全。

她怎么都没想到会在这种情况下遇到昔日的同学，但想想又觉得也很正常。T大建筑系人才济济，从嘉佑从母校招收合意的人才也并不奇怪。

奇怪的是他的态度。

他或许也是知道了她的事，两个孩子的事，她放弃的学业和前程……

一般人无法理解一个人的时候，往往就会把她放到自己的对立面。

从嘉佑正好下来，看了看他们："聊什么呢？"

"没什么。"怡江笑了笑，"我上去叫大海起床。"

星辰早晨起来又吐了一次，怡江抱着她，先送大海去了幼儿园，然后就转道去了医院。

医院外观看起来非常新，占地面积并不大，但布局合理，充满现代设计感。

她看得出，这是从嘉佑的设计。

早晨上机之前，从嘉佑就已经预约过专家号，所以当怡江抱着孩子进入门诊大厅就有导诊上前，直接带着她进入 VIP 候诊区。

有穿白大褂的年轻男士听到导诊称呼许小姐，立刻转过身来："你是许怡江？"

怡江点头："你是？"

"噢，我叫容昭，是这家医院的董事，跟从嘉佑是狐朋狗友。"他一笑就露出整齐的牙齿，"我们在 T 市的这个新院址是他操刀帮我们设计的。"

果然。

怡江见他也穿着白大褂，手上还在翻看病历，料想他应该也是医生。

"容医生，那麻烦你请医生帮星辰看看，她昨天半夜到现在吐了两次，还伴有低烧和发热。"

容昭蹲下来，拿手指点了点星辰的小脸："小病号，又是你呀？还记得我吗？"

星辰的精神不好，挣扎着看了他一眼，声音细细地叫："容昭叔叔。"

"好乖，今天是哪里不舒服啊？"

她摸了摸自己的肚子。

容昭简单地看了诊，站起身来对怡江道："可能就是诺如病毒感染，最近在上幼儿园的孩子中间高发。先做个化验看看，应该没什么太大的问题。"

怡江松了口气："嗯，谢谢。"

"另一个孩子在家吗？千万要注意隔离。"

"我知道，他今天去幼儿园了。"

容昭让儿科医生开了单子，就带着她们一起去抽血化验，又空出自己的办公室来让她们边休息边等结果。

到了午饭时间，他还请食堂送了餐上来，推到母女俩面前："尝一尝，这里的食堂出品还不错。"

怡江没什么胃口，出于礼貌硬吃了几口。星辰更是不想吃东西，也不能吃，所以怡江只舀了一点白粥上浓稠的米汤给她喝。

然而吃下去没过多久，星辰又吐了，都没来得及用垃圾桶去接，直接就吐在了原本一尘不染的水磨石地板上。

怡江既心焦又有些慌乱："实在是对不起……我帮你擦干净。"

尽管容昭一再说没关系，清洁工会来打扫的，但她还是用纸巾清理了一遍，又去找了抹布来把溅在柜子上的污渍给擦掉。

其实容昭一直都在默默观察这个女人，这会儿看着她蹲在地上的背影，只觉得她的坚韧超出了自己的想象。

难怪从嘉佑当初会被她吸引了。

他就像是从家那个恒温玻璃房里长大的珍稀品种，遇到这样一株生命力旺盛的杂草，不，也许是野百合，又怎么会不动心呢？

孩子的检查报告出来，果然是感染了诺如病毒。由于是自限性疾病，没有特效药，医生只开了些补液和退热的药，又交代怡江留意观察，几天内自然就会好转。

容昭送她们上车，趴在窗边问："从二出差什么时候回来啊？"

怡江其实也不知道，不过从他今早出门的带的行装来看："大概也就一两天吧。你有事找他？"

"没什么事，等他回来，孩子的病好了，咱们一起小聚吃个饭。我家也有两个孩子，特别能理解你。"

怡江说好，跟着星辰一起朝他挥了挥手。

她对容昭的印象很好，显然他也是知道她跟从家两个孩子的关系的，可他没有任何抵触或是瞧不起她的意思。

她把星辰送回家，请萍姨把两个孩子的玩具都拿去消毒，分别放到山房两边的楼里，餐具和伙食也都分开，这一小段时间姐弟俩怕是要人为地隔离一下了。

她哄星辰睡下以后，探到她的体温已经恢复正常，才稍稍安心了些。

差不多到了幼儿园放学的时间，她又出发去接大海。

司机小刘看她好像很累了的样子，就说："要不就我去接他吧？"

怡江摇头："没关系的，我不累。"

小刘照例把车子停在马路对面，怡江刚要下车，忽然看到路边梧桐树下站着的那个人。

他身材魁梧，略微有些驼背，头发花白，正站在幼儿园门口，像是在等什么人。

一股寒意从后背爬上来，她额头上冒出冷汗，手指紧扣住车门，竟然没有一点力气去推开。

小刘察觉到她的异样："许小姐，你还好吗？要不要我下去接？"

她本能地摇头，迫使自己冷静下来。

那个人一而再地找来，很明显就是冲着她来的。他对她的现状了解多少，谁也说不准。

幼儿园里还有她的孩子，她不能拿孩子冒险。

她知道小美每天都上晚托班，这个时候应该还没有被接走，于是拿起电话打给梁伍："伍哥，你今天什么时候接小美？"

"大概还要半小时，怎么了？"

"今天星辰生病了，我来不及按时赶到幼儿园，能不能麻烦你帮我把大海也一块儿接走，晚点我再去你那儿接他？"

"好，没问题。你先顾着另一个，等会儿接到孩子了我给你送过去。"

"那就麻烦你了，我先跟乐乐老师说一声。"

她又打电话给苏喜乐，把情况跟她说明后，才挂断电话坐在车里等。

半小时后，梁伍的SUV停在了幼儿园门口，他人高步子大，很快就进去把两个孩子接出来了。

门口的人没有多看大海一眼，还好，这说明他还不认得她的孩子。

等梁伍的车开远了，她才深吸一口气，对小刘道："我去办点事，你不用等我了，先回去吧。等会儿会有人把大海送回去的。"

小刘不解："你要去做什么？我在这里等一会儿好了。"

"没关系，你先回去吧，我等会儿自己打车回去。"

她打发走了从家的车，又给袁小芒发了条消息，告诉她现在自己在什么位置，如果出了什么事也方便找到她。

然后她才整了整衣服走到对面去。

有多久没见了？五年？六年？她以为自己可以忘了这副嘴脸，可是并没有，就像赵成康也没有忘记她这个继女一样。

他果然是冲着她来的，不知道他是怎么找来的，也不知道他在这儿等了多久，反正在看到她的那一刹那，眼中闪现扭曲的期待之光。

附骨之疽，让人恶心，也让人不寒而栗。

曾经有很多次，她都以为自己可以摆脱了。可结果呢？她不是又站在这里，面对这个她曾叫过爸爸的人了吗？

他老了一些，或许还生了什么病，导致他比她记忆中的矮了一大截，背也驼了，头发更白了，脸上的麻子刻进更深的皱纹里，倒显得不像以前那么凶恶了。

“怡江？哎，你还真在这儿啊，我终于找到你了。”

他走过来，露出被烟草熏黄的牙齿。

她就知道他根本没变。

人的本质是不会改变的，尤其对于没有良知的人来说，老了也并不会让他们变得更有良知。

怡江硬是把那股强烈的不安和反感给压了下去，一动不动地看着他：“你是怎么找到这儿来的？”

“你还说呢！你一走这么多年没有音信，就不考虑一下我和你妈妈有多担心吗？”

他们担心她？怡江像是听到这世上最好笑的笑话，嘴角扬起冷冷的弧度：“说吧，你到底想干什么？”

“不干什么。”赵成康搓了搓手，“想带你回家去，一家人吃个团圆饭。”

“我走不开，你自己回去吧！”

“有什么事这么忙啊？你之前那个挺火的煎饼摊子不是也没摆了吗？听说你现在要照顾两个孩子……”

“谁告诉你孩子的事的？”怡江连呼吸都急促起来，“谁告诉你我在这里的？”

赵成康愣了一下，粗黑的眉毛一拧，脸黑了下来：“你喊什么，我要知道，自然有办法知道。”

这么快就要露出本性了？怡江的手在身侧攥紧：“我不管你是怎么找到我的，我不会跟你回去，也没有钱给你。你回去告诉我妈，我活得好好的，让她别惦记我了，能过你们就将就过吧！”

“你这说的是什么话！”赵成康伸手来拉她，“我们是一家人，怎么能将就过呢？”

“你姓赵，我姓许，我跟你可不是一家人。”

“你！”

“你走不走？不走我报警了！”

“好啊，你报，尽管报。”这下倒让赵成康有了耍赖的机会，“把警察叫来看看，不赡养老人的闺女怎么还占理了！”

他就是这样，永远能用家庭纠纷的理由把事情给掩盖过去。

最可悲的是，这一招还总是奏效。

怡江说：“我要赡养也是赡养人，不养畜生。你算什么家人……毒打别人的女儿、侵犯别人的女儿，找我要钱去赌博，你算什么家人！你还敢来找我？我每天都诅咒你，恨不得你原地爆炸，死无全尸！”

她这番话其实早就想对他说了，今天才真的说了出来。

过路的行人忍不住看向他们，赵成康连忙过来捂她的嘴：“你瞎嚷嚷什么呢你！”

怡江一把推开他的手：“别碰我，恶心！”

赵成康忍无可忍，一巴掌挥过来，重重地掴在她的脸上。

他以前是个小包工头，做装潢出身的，手脚的力气比常人的还大。怡江被他这一扇，身体撞到墙上，趔趄了一下，勉强稳住身体，抬头将嘴里的血沫子吐到他身上。

赵成康反手又给了她一巴掌，粗大的手指关节几乎像拳头一样落在她的脸颊，然后一把揪住她的头发就要往墙上撞。

“住手！”

“住手！”

有两个声音同时制止了他，一个充满惊惧，一个全是愤慨。

怡江的耳边全是嗡嗡声，视线也有点模糊，转头勉强看清了站在幼儿园门口惊讶得张大嘴的苏喜乐和匆匆赶来的袁小芒。她咬紧牙，抓住口袋里的手机，掏出来狠狠地砸在赵成康的眼角。

他“哎哟”一声，捂住眼角往后退了几步，终于放开了她。

怡江顺着围墙滑坐下去，苏喜乐跑过来扶住她，声音里带着颤抖：“你没事吧……还好吗？”

她说不出话来，头都是晕的。

袁小芒就彪悍了，拎着自己的包包冲上来就对着赵成康的脑袋一顿猛拍。她的包是淘宝十九块九包邮的爆款，又长又硬还自带一圈铆钉，打了几下就见赵成康的脸上有血滴了下来。

围观的人群中有人报了警，还有人打了120，救护车和警车同时赶到，却是把赵成康送到医院去，怡江和袁小芒则被带回了警察局。

从嘉佑接到消息往回赶的路上，只觉得不可思议。

这个女人是怎么搞的？不过是接送孩子上幼儿园和去医院，怎么就打伤人进了警察局呢？

她还能打人、伤人？

他曾经领教过，她的力气不小，脾气也不算多么温柔和顺，但她在摆摊为生的那些日子里遇到过多少寻衅滋事的人，都从没跟人家起过什么大的冲突，他一早就查过的。

委屈肯定有，但她懂得在底层生存的法则，忍字头上一把刀，先谨小慎微地活下来再说。

她为什么会这样失控，他真是想不出一个合适的理由。

听说事情发生在两个孩子的幼儿园附近，更是让人心惊肉跳。

坦白说，这趟出差也不顺利，甲方对他们提出的建筑方案怎么都不满意。这种情况他以前也遇到过，但都没有这次这样严峻。因为他笃信自己旗下的设计师都是最好的，再加上他本人的理念，总能说服对方。

可这次似乎是对方的理念跟他们的产生了偏差，要怎么解决他还没想好，一天的面对面沟通显然也不够。

他心里窝着火赶到警察局，心里想的都是这次要用“约法三章”中的哪一条来把许怡江质问到无话可说，要怎样才能让她明白，这样匆匆赶回来对他来说有可能造成多大的损失！

怡江就坐在警察局的长椅上，因为脸上有伤，头一直低着。旁边的苏喜乐不知从哪里找来一个小冰袋敷在她的脸上，小心翼翼的，怕又弄疼了她。

袁小芒在另一边跟当班的民警大声争论着什么，声音清脆洪亮，传出去老远。

从嘉佑还没进大厅就已经闷出一身汗，灰色的厚呢子大衣搭在臂弯里，大步流星地走进来，叫了一声："许怡江！"

周围的人都转过头来看向他，怡江终于也抬起头来。

就这么一个照面，让他看清了她脸上惨不忍睹的红肿和额头上的血丝，憋了一路要发作的火气瞬间烟消云散，整个人一时之间有点愣怔："怎么回事？是谁把你弄成这样的？！"

怡江没吭声，又扭过头去，眼泪却"吧嗒吧嗒"掉下来。

苏喜乐识趣地站起来，把手里的冰袋递给丛嘉佑："我去门口给你们买瓶水吧。"

她又回头看了怡江一眼，才往门外走去。

丛嘉佑坐下，重复了一遍刚才的问题，声音里已经带着不可遏制的愤怒："到底是怎么回事？是什么人对你动手的？！"

不等怡江开口，袁小芒已经绕过几张办公桌跑了过来："喂，你就是丛嘉佑吧？你来得正好，麻烦你跟他们说说，怡江是不是每天都在那个时间准时去幼儿园接孩子？那个老不修守在那儿就是为了等她来，一言不合先动手，我们还不能还手了吗？"

她也被带了进来，说是最后拿包包打赵成康的那几下算是过度伤害，要被认定为互殴。

Excuse me？说好的正当防卫呢？人都被打成那样了，她再晚来几步怡江说不定就要脑袋开花了，还不许人还手了吗？

丛嘉佑站起来："哪个老不修？"

"当然是她后爸，那个赵成康啊！"

丛嘉佑震惊了，这个名字他见过，是在许怡江最初的背景资料里出现的。没什么大本事的人，接点小工程，跟她妈妈是半路夫妻，日子还算过得去。

正因为她出自这样的小康之家，他才会认定她当初答应为他大哥生孩子是有更大的野心，抑或是更高的欲望。

他从未想过会以这种方式听到这个名字。

他低头看了看怡江，只看到她头顶的发旋，脸上那些伤和眼泪被她垂着头掩藏，却显得越发刺眼。

小芒还在嚷嚷："凭什么那个老不修就被送去了医院？我们这边也受了伤啊，不见血就不是伤吗？"

民警劝她："我们也有同事到医院去给他做笔录，你不要激动。

你们想好了吗？请谁来办手续把你们给送回去？”

从嘉佑上前一步：“我来。”

“你是许怡江的什么人？”

他顿了一下，然后回答：“我是她的雇主。”

他跟她签过协议，不管那是什么性质的约定，这样说来倒也不算错。

在来的路上他就已经让常羽生通知律师了，以防万一，后面的事基本只要他签几个字就好。

手续很快办完，此时天已经黑透了。

怡江还坐在那里，身后的窗户开着，夜晚的冷风吹进来，她冷得瑟缩在椅子的角落里，却好像没意识到冷，只一个劲儿地晃动手机。她的手机在攻击赵成康时可能出了故障，已经无法接听电话了。

从嘉佑走过去，把自己的大衣脱下来，展开了往她身上一裹：“可以走了，我们回去。”

她扭头看向他身后：“还有小芒……”

“她也很快就能走，我跟她说过了，她会晚点再跟你联系的。”

苏喜乐也不知道跑哪儿去了，但今天多亏了有她们。

怡江向他借手机，他递给她：“你要打给谁？”

话音未落，她已经拨了电话出去：“喂，伍哥？大海回去了吗……噢，好的，太谢谢你了……不，我没事。嗯，好。”

从嘉佑的脸色很不好看，梁伍的电话是在她的紧急联系人里头还是怎样，她居然烂熟于心？

本想讽刺她几句的，可看到她脸上的伤，话到嘴边怎么都不忍心说出口。

是司机小刘开车来接的他们，愧疚得不得了，一个劲儿地说要是那时自己没走就好了，她也就不会伤成这样。

从嘉佑没说什么，她的眼泪让他意识到，其实她就是不愿让他或者任何跟他有关的人看见自己的狼狈。

他们并排坐在车里，他把手里那个已经不怎么冰了的冰袋贴在她的脸上，激得她一抖。

“很疼吗？”他问她，终于忍不住说，“怕疼还那么不要命地往前冲？”

“因为这是我自己的事，我必须自己解决。”

她声音沙哑，神志却已恢复清明。

冷静下来以后，她首先想到的是孩子。梁伍告诉她已经把大海送回家了，司机小刘也说星辰睡过午觉起来精神还不错，她一颗悬着的心才落了地。

整个人紧绷的时候不觉得，一旦放松下来，疼痛加剧，眼泪也不由自主地往眼眶里涌。

她一直在拼命忍，他却还要火上浇油。

从嘉佑看着她，没再多说什么，也并未多问，下了车又把大衣披在她的身上："你跟我来。"

他没让她回平时住的主楼，也没去暂时隔离星辰的另一侧的小楼，而是把她带到了恒温玻璃房。

"你在这儿稍微等我一会儿，我马上就回来。"

玻璃房里温暖的气息迎面而来，像他的衣服刚披到她肩上时传递给她的体温。

他很快回来，手里拿了一支外用的药膏和冰袋，轻声叫她："你过来。"

怡江站着没动。

他也不勉强，她不动，他就一步一步朝着她走过去。

她本能地往后躲，可身后就是玻璃幕墙，已退无可退。

从嘉佑抬起手来，手指碰到她的脸颊。怡江睁大眼睛，他却说："别动，很快就好了。"

他在指尖抹上厚厚的药膏，冰冰凉凉的，在她的脸上推开，有一股淡淡的清香。

"这个消肿复原的效果很好，外科医生推荐的，你要记得擦。还有冰袋，晚上敷一敷。"

"我……"

"今晚你就睡在这里，免得让星辰、大海他们看到你受伤了。等明天脸上的肿消了，再想个说法圆过去。"

她点头，她是真不想让孩子们看到自己现在的模样，他很了解她的心情。

可她还是有些放心不下："星辰的病还没好。"

"你以为以前你不在的时候，她生病是怎么过来的？我会陪着她的，你不用担心。至于大海，他也该学着离开妈妈自己一个人睡了。”

他把她带到玻璃房的最里侧，落地窗全部拉上，原本的沙发以一种奇特的造型展开来，成了一张半仰的沙发床。床上也已经铺好了崭新的被褥。

从嘉佑拿过旁边的一个遥控器，将一侧的百叶窗打开：“这边靠树林，晚上起风可能会有声音，如果你觉得害怕可以听听音乐。”他又按下音乐播放键，“如果还是不行，可以叫萍姨来陪你。”

怡江摇头：“我不怕。”

他看着她脸上触目惊心的伤痕，所有的倔强和坚强都仿佛带着辛酸。

“那你早点休息。”

他转身往外走，怡江却在身后叫住他：“从先生。”

很生分，要不是这里只有他们两个人，他真以为她叫的是他大哥。

但他还是停了下来，问：“什么事？”

“今天的事，我想跟你谈谈。”

“我现在不想谈，”他说，“而且我觉得你也没准备好。”

她的身体和精神都受到了很大的冲击，现在最需要的是休息。选择在这个时候开诚布公，完全是被逼到这个份上了，不得已而为之。

这对她不公平。

何况他也还有重要的事要做，立刻，马上。

怡江睡了一觉，开始头疼得翻来覆去的，睁眼看到头顶的夜空和一点零散的星光，才慢慢平静下来，做了各种光怪陆离的梦。

大海和星辰早晨都没来闹她，家里格外安静。

萍姨看到她，眼泪倏地就流下来了：“这是怎么搞的……怎么下得了这么重的手啊？疼不疼啊怡江，没关系的，你跟我说。”

怡江的眼眶也红了：“没事了萍姨，已经没那么疼了。”

只是昨天用力拿手机砸赵成康的那只胳膊可能是拉伤了，她抬不起手梳头，萍姨就让她坐下，接过梳子帮她梳头。

怡江心里十分感动，她的亲生妈妈在她遭受虐待的时候都从来没有这样关怀过她。

最开始是不信，再后来也跟赵成康吵过、打过，发现根本不是他的对手，自己反而也会跟着吃苦头，也就麻木地随他去了。

甚至在赵成康对她起了龌龊的心思，开始动手动脚地欺侮她的时候，妈妈反倒怪她勾人、不检点，说她是要毁了这个家。

不堪的回忆又让她头痛欲裂，她只得转移话题：“星辰和大海呢？怎么没看见？”

“大海今天到海洋馆去了，说是跟小伙伴，就那个叫小美的小姑娘约好了，参加在海洋馆过夜的活动。”

“他要在外面过夜？”怡江有些吃惊，“我怎么不知道？”

“是啊，说是昨天才报的名。”

“谁送他去的？是他二叔吗？”

“昨天送他回来的那位梁先生来接的，说大海和他女儿都喜欢海洋馆，才一起报名参加的这个活动。我本来也以为嘉佑肯定不会同意，但他说让男孩锻炼一下独立的能力也好，就让大海去了。”

这还真让人意外，他一直那么排斥她跟梁伍来往，居然会同意梁伍带大海去参加活动。

“那星辰呢？”

“嘉佑带她去医院了，大概是复诊。她今天精神好多了，应该快好了。”萍姨将她的头发梳得整整齐齐的，问，“你今天想吃点什么好吃的？我给你做。”

然而午饭还没来得及做，袁小芒就来了，手里提着大包小包的东西，一进那道雕花铁门就“哇哇”大叫：“我的天哪，怡江，你这是住在一个什么神仙地方啊！这么漂亮，还这么大！太棒了！”

“小芒……你是怎么找到这儿来的？”

“不是我找来的啊，是从嘉佑请我来的！”她抬头挺胸骄傲地往外一指，“喏，他还派了司机专门去接我。不然我买了这么多东西，拿都拿不动啊！”

她“吭哧吭哧”地把几个大塑料袋全提进厨房，然后大声宣布：“你今天有口福了，我来给你做火锅。你不是最爱吃我妈做的黄焖鸡吗？我让她今天炒了一大锅，拿来打底，再加鸡汤、牛肉，还有好多好多丸子……哎，怡江你怎么哭了？你别哭啊！”

小芒伸过手来给她擦眼泪：“你好点没有？脸还疼吗？”

怡江抱住她，摇头，心里明明是高兴的，眼泪却不受控制地往下掉。

袁小芒不太会做饭，能拿得出手的也就只有火锅了。反正各种食材煮成一锅，总不至于太难吃。

她知道怡江没什么胃口，也不太想说话，所以都是她在涮菜和不停地找话题，两个人竟然也热热闹闹地吃了一顿。

她一直待到下午才走，没过多久，从嘉佑就回来了。

怡江看他一个人，忙问："星辰呢？她怎么没跟你一起回来？"

"她每隔半年会到医院做一次全面的身体检查，今天去复诊顺便就一起做了。医院有她熟悉的小病友，还有靠谱的护士和护工看着，你不用担心，晚上我会再接她回来。"他看看她的脸，"今天好像好多了。"

"嗯。"

"你的朋友来过了？"

"你说小芒？她陪我吃了饭，刚走。"她顿了一下，"谢谢你请她来陪我。"

她还记得他们的"约法三章"，他不许她带外人到燕雨山房来，可今天他却主动请袁小芒来陪她。

就算仅仅是出于同情，她也十分感激。

从嘉佑没说话，过了好半晌才说："穿上外套，我带你去一个地方。"

他在车上等她，又给她戴上帽子、墨镜和口罩。

怡江有些狐疑："我们这是要去哪里？"

医院吗？他刚才说晚上会接星辰回去，她以为现在这样遮住她脸上的伤到医院来，就是来接星辰的。

没想到原来不是。

他拉着她一直走到一间病房门口，才告诉她："赵成康住在这里。"

怡江一愣，脚已经往后退了半步。

他按住她的肩膀："你就在门口等着我，等会儿不管听到什么都不要进来。"

"你要干什么？"她听到自己的声音微微有些发抖，"你不要给他钱，他是吸血鬼、无底洞，永远都不会满足的。"

"你当初去给我大哥生孩子就是因为这个原因，是吗？"

终于问出口了，这个困扰他多年，一度想问却又不屑的问题，现在似乎已经有了答案。

萧雅可以帮她，可能不只是钱，还有其他的，可以逃离这种渣滓的方式。

他早就想过，一定有些什么是被他忽略了的。关于她，关于她当年的选择……可他没想到会是这样。

如今既然知道了，就让她至少信他一次吧！

从嘉佑走进病房，他的律师已经等候多时。

头上绑着纱布的赵成康坐在病床边，还有些搞不清楚状况："那个……你们真的是嘉雨建筑的人？"

从嘉佑瞥了他一眼，他就知道没错了。

他立刻正襟危坐："今早我堂弟给我打电话，说你们有项目可以给我做，是真的吗？"

在这个行业里混，他当然知道嘉雨的名头，不只是近年来的名声，还有人家背后对应的资源和人脉。

这样的公司随便分他一口汤喝，就够他几年的嚼谷了。

"是真的，不过我们也有条件。"律师见从嘉佑根本都不想跟他讲话，便代答道，"你如果违反了，合作就中止，你们还要支付高额的违约金。你可想好了，要是做不到，到时候恐怕你的生意伙伴也要怪到你的头上。"

"行啊，什么条件我都答应。"只要有钱赚，有什么不能答应的？

他承包的工程都是跟他堂弟合作，今早他已经看过合同了，并没有什么特别苛刻的条件。相反这样的美差，要不是遇到了贵人，他们自己肯定是拉不来的。

律师拿出两份报纸扔在他的面前："这是T市和你家当地的晚报，你要登报声明你没有尽过对许怡江小姐的抚养责任，你跟她不存在实际的父女关系，一式两份。"

什么？这是什么意思？

"还有，只要接下这份工作，你不可以再到T市来，不可以以任何形式要求跟许怡江小姐见面。"

赵成康这才回过味来："原来你们是为了怡江来的？你们跟她是什么关系？"

"雇主和员工。你昨天下那么重的手把我们的员工打成那样，我们就代表她来跟你谈谈。"

赵成康才不信，嗤笑道："会有这么好的老板？我才不信呢。怡江是我闺女，我知道她这几年给有钱人生了两个孩子，不会就是你家的吧？"

他的目光老辣，落在从嘉佑身上，想象着这个青年才俊跟自己那个从小就长相标致的继女有着怎样不可告人的秘密。

"就算是又怎么样？"从嘉佑终于开了口，"你姓赵，她姓许，她跟你可不是什么父女。"

"话不能这么说。她亲爸死得早，要不是靠我赚钱养活他们母女俩，她能有机会到大城市来上大学？"

提到上大学，从嘉佑跟门外的怡江都有种特别的遗憾和特别的愤怒，却还是耐着性子："所以呢，你想要怎么样？"

赵成康又换了一副嘴脸："我能怎么样？当然是希望女儿过得好了。她过得好，我们也就过得好。像今天你给我的这种小工程，多多益善嘛！"

从嘉佑笑了笑："我要是不给呢？"

"那你代怡江尽点责任，照顾一下我们二老也行啊！这几年我跟她妈妈身体都不好，每进一趟医院花的那可都是钱啊！"

"如果钱也没有呢？"

"钱也没有？"赵成康的目光不善，"呵呵"冷笑，"难怪你们想让她跟我解除关系呢！我告诉你，门儿都没有！没个几百万、上千万，休想让我把她交给你们。我知道你们这些人怕什么，到时候我找媒体爆点料，说你们这种豪门富二代婚外情搞大人家女大学生的肚子，还把人藏起来，那你们就会吃不了兜着走。"

从嘉佑看了律师一眼："我好像听到有人在敲诈勒索我？"

"有种去告我啊，你们能证明什么？"

"你当年跟许怡江也是这么说的吧——没有证据，就算她报警也告不了你？"

赵成康暴怒："那个臭丫头说什么了？"

刚才还一副父慈女孝的样子，这么快就成了臭丫头，脾气暴虐的人果然经不起激。

"该说的都说了，怎么，你做得出还怕让人知道吗？"

赵成康"呸"了一声，腾地站起来，指着从嘉佑道："老子花钱把她养大，她吃的、喝的、用的，上学的学费、书本费哪样不是老子出的？连她身上的衣服、鞋子都是我花钱买的，老子能买就能脱！打她怎么了，我还摸她呢，还要……”

他话还没说完，领子忽然被从嘉佑揪住，“哐当”一下，头将窗户的玻璃撞了个粉碎，整个脑袋被卡在了外面。

从嘉佑抵着他的后脖颈问律师：“怎么样，都录下来了吗？”

全部完整的对话都被手机录音了，一回放，全是赵成康叫嚣的声音。

从嘉佑在他的耳边道：“她离开家的时候还不满十八岁，你强奸未成年少女未遂，现在又敲诈勒索我，数罪并罚，可以吃好几年牢饭了。你看你是想去坐牢，还是回去继续做生意，把日子给过下去，都由你自己决定。”

赵成康挣扎着，却怎么也挣不开，声音颤抖：“有话好说……你……你先放开我。”

他哪里是健硕有力的年轻人的对手，也就敢对天生体能处于弱势的妇孺下手罢了。

这种垃圾，从嘉佑其实真有将他直接从楼上推下去的冲动。

医院的护士、值班医生和保安听到动静后都冲了进来，当然还有一直就在门外的许怡江。她拉住他的胳膊，焦急地道：“你放开他，放手！”

“急什么，他又死不了！”他看着赵成康又是一头一脸的血，把头上的纱布都给染红了，得意地道，“我这可是在给你出气，你还不领情？”

“我知道，可是你的手流血了！”

从嘉佑这才发觉可能刚才撞破玻璃的一刹那，右手手背到手腕的地方被碎玻璃划开了一道口子，此时血已浸红了衬衫的袖口。

不说还只是觉得有些发麻，这会儿痛感袭来，他于是放开了赵成康。

“给张警官打电话。”他甩了甩手，交代律师道，“昨天打伤我雇员的男人今天又对我动手，我伤得很重，所以推了他一把，请他们酌情处理一下！”

处理从嘉佑手上的伤花了一点时间，所以等他们去容昭工作的隆廷医院接星辰的时候已经有点晚了。

星辰坐在椅子上，小腿一晃一晃的："妈妈，你们怎么才来呀？二叔说你们会早早地来接我的……咦，妈妈，你的脸怎么了？二叔，你的手受伤了吗？"

怡江和从嘉佑对视一眼，很有默契地说："刚才摔了一跤。"

星辰好奇地睁大眼睛："大人也会摔跤吗？"

"嗯。"

"你们两个是一起摔的吗？"

怡江说："他是为了保护我……"

哇！星辰已经脑补了一出王子救下公主的浪漫场景，满眼都是粉红泡泡："二叔保护了妈妈，好了不起！"

从嘉佑干咳一声，伸手要抱她："走吧，可以回家了。"

怡江怕他手疼："我来抱吧！"

星辰摇摇头，一只手牵着她，另一只手牵着从嘉佑："二叔和妈妈都摔跤了，我可以自己走的。"

孩子的乖巧懂事真是治愈的良药。

回家安顿好星辰睡下，怡江看着大海睡的那一边床铺空空的，有点不习惯。

她听到从嘉佑的房间传来重物落地的响声，连忙掩上门往楼上跑。

"你没事吧？你要拿什么，我帮你。"

从嘉佑衣服脱到一半，椅子倒在地上，面露尴尬："我换个衣服而已，这椅子不知怎么的就倒了。"

怡江走过去："我帮你。"

他右手的每根手指动弹一下都会牵扯到手背上的伤口，解完羊毛开衫的扣子已经出了一身汗，里面还有贴身的衬衫。

怡江的目光正好平视他的胸口，慢慢地往下解，气息也渐渐往下挪，拂过他的皮肤。最后将衬衫的下摆从裤腰拉出来的时候，手指又碰到他的腰身，微凉柔软的触感激得他的身子一缩。

"行了，我自己来……"

怡江像是没听到，帮他把整件衣服脱下来，再拿过他在家里穿的卫衣说："你坐下，把手举高。"

他的个子太高了，这样站着，她没法把衣服从他的头上套进去。

"你是不是把我当成大海了？这么点小伤，我还不至于……哎，疼！”

手臂从袖口穿过时碰到了伤口，他疼得叫出声来。

其实怡江早就发现了，他对疼痛特敏感，属于非常怕疼的那一类人。

这一点大海可不像他，大海比他能忍多了。

“疼吗？疼还不要命地往前冲？”

她又拿他的原话回刺他。

从嘉佑说：“这是意外，我是计划好了怎么引他上钩的。现在我挂点彩，正好说成是正当防卫。加上他之前对你动了手，这回怎么也得先关个十天半个月的，不是挺好的吗？”

“好什么好！手都弄成这样了！”

这可是建筑设计师的手啊，要画图制表的，万一伤重了再拿不起笔，让她拿什么还给他？

从嘉佑看她的眼睛都红了，心里隐隐有些欢喜，面上却还是一副满不在乎的样子：“只是点皮外伤而已，都用不着缝针，能严重到哪里去？”

怡江憋着一口气不说话，眼睛却盯着他手腕包扎好的那一段。他的手跟他整个人一样，修长纤细，一看就是养尊处优、十指不沾阳春水的贵公子。可他抓住赵成康的时候又压得对方没有还手之力，爆发力惊人。

从嘉佑继续道：“何况跟你以前遭受过的那些苦相比，这根本就不算什么吧？”

怡江抬起头。

“你之前说想要谈一谈，如果你现在觉得准备好了，那我们就谈谈？”

两个人这样并排坐着，仿佛有很多话要说，却又不知该从哪里说起。

他今天为她着想、为她受伤，希望她已经对他有了一点信任，过去可以委托他人的心事如今也可以对他讲出来。

“我……”

怡江刚开口说了一个字，她的手机就响了。从嘉佑示意她：“你先接电话。”

电话是梁伍打来的，告诉她说大海和小美在海洋馆的活动一切顺利，发了很多照片给她，问她有没有收到。

其实她的手机昨天就出了故障，接电话都断断续续的，对方也听不清她在说什么。她只好说了声“抱歉”，然后绕到外面走廊去接听。

从嘉佑气得够呛，于是高声喊：“许怡江！”

怡江只得跑回来：“什么事？”

“我要喝水，给我倒杯水！”

怡江拎了拎他房间里的保温壶，空的，于是只能先挂了梁伍的电话重新去烧，反正她的手机也已经坏到无法正常使用了。

从嘉佑就喜欢看她在跟前这样忙出忙进，忙到没空跟梁伍打电话。当然，折腾了一圈，两个人才刚打算敞开心扉好好谈一谈的那种氛围也没有了。

第二天，许怡江以为他受了伤至少会在家里休息一天，可没想到他天没亮就出了门，据说还是项目上的事，要去事务所开会。

大海也是一大早就结束了海洋馆的活动被送回来，怡江以为他头一次在外面过夜，回来后肯定要找她撒娇，没想到完全不是这么回事。

怡江把星辰叫起床，让她在餐厅吃早饭，自己跑到院子里去看大海，没想到在花园里遇见了正陪大海玩的苏喜乐。

她有些惊讶：“乐乐老师，你怎么在这里？”

苏喜乐嘴里塞了东西，吃得“咔嚓咔嚓”的，像只小松鼠，手里还抱着个饼干盘子，看来是萍姨拿了早上烤的饼干来招待她。

“我不放心你，就想过来看看。”她拍了拍胸口把饼干咽下去，“还有星辰，听说是感染了诺如病毒，所以我也顺便过来看看她。”

“不耽误你今天上课吗？”

“你忘了，今天是周末呀！”

还真是过日子浑然不觉，都忘了哪天是哪天了。

大海这时已经扑到她怀里，手里抓着一把灰不溜丢的东西：“妈妈，我跟乐乐老师都在喂狗狗，你也来呀！”

怡江这才发现草地上还有一只白色的小狗，从头到脚都毛茸茸的，眼睛像水洗过的葡萄一样亮。

她更惊讶了：“这又是从哪里来的？”

“我今天带回来的呀，小美爸爸送我的。他那里有好几只小狗崽呢，他说我喜欢就送我一只。”

所以狗狗今天是跟大海一起进的门……从嘉佑怕是还不知道吧？

“二叔还不知道哦，等会儿给他一个惊喜。”

果然。

大海盯着怡江的脸看了一会儿：“妈妈，你的脸……怎么了？是生病了吗？”

看起来好像有点不对劲。

怡江拿出口罩戴上：“妈妈前两天摔了一跤，脸有点肿。”

其实今早起来她已经照过镜子，脸上的红肿好多了，额头上的擦伤也可以用发丝遮住，可到底瞒不过孩子。

大海心疼地皱起眉头：“太可怜了，大人也会摔跤吗？”

他说太可怜的时候，怡江蹲下身来抱了抱他。

星辰这时也吃完早饭跑了出来：“大海你回来啦？告诉你哦，我们不在的这两天，妈妈摔跤了，二叔为了公主抱妈妈也受伤了。”

“喂，不要添油加醋啦！”

“是真的！”

苏喜乐在旁边默默地看着他们，连手里的饼干也忘了吃。

星辰很快就被小狗吸引，跟大海一起拿着梁伍昨天连狗一起给他的幼犬狗粮跟小狗玩去了。

怡江对苏喜乐说：“那天真是谢谢你了，在学校附近闹成那样，我挺过意不去的。但我也是没办法，希望你能理解。”

她不能让赵成康接近自己的孩子，拼了命也要保护星辰和大海；不能让孩子们遭受自己年少时所受的虐待；更不能让孩子们成为那种人渣拿来威胁自己的把柄。

苏喜乐连连摆手：“不不不，你不用道歉，也不要谢我。谁都没想到会发生这种事情，我……我……”

她似乎有话说不出来，急得跺了跺脚：“算了，不要提那么不开心的事了。你的伤真没事吗？要不要去医院看看？”

怡江摇了摇头，前天本来有些耳鸣，她还怕是自己的鼓膜又穿孔了。以前不是没有过，她到医院去做修补，医生一看就知道伤是怎么来的，很同情，也很愤怒，可是却没有办法。

她现在担心的还有另外一件事，就是苏喜乐跟他们频繁地接触下来，应该已经了解到她跟丛嘉佑并不是家访时他们所认定的孩子的父母，不知道这会不会影响他们对星辰和大海的看法。

但苏喜乐似乎没有要讨论这个话题的意思，她可能养过狗，对狗狗的习性很了解，陪大海跟小狗玩了一会儿，又教了他照顾狗狗的基本方法，然后就打算离开。

萍姨正在厨房准备午饭，礼貌上怡江应该要留老师吃个饭，然而跟从嘉佑的“约法三章”里又写明了她没有这样的权利。关键时刻还是萍姨有魄力，大手一挥：“哪有到了吃饭的时间让客人走的？苏老师你留下，今天我正好做几个拿手菜，等会儿再烤些点心让你带走！”

“这……这怎么好意思呢？”诱惑太大，苏喜乐已经连客套话都说得言不由衷了，馋巴巴的眼神有点像初来乍到的小白狗。

她告诉怡江，那是一只大白熊，学名是比利牛斯山地犬，长大了会挺大的，性情温和又能看家护院，跟孩子们也会是好伙伴。

正聊着，从嘉佑回来了。他看到苏喜乐，问道：“乐乐老师，你怎么会在这里？”

“我来看看大海妈妈，还有星辰。”

大海他们也朝着车子跑过来，被从嘉佑一边一个半路抱起来：“是不是又忘了？这几天你们俩不能太接近。”

两个孩子“咯咯”笑，星辰大喊：“我的病已经好啦，二叔你快放我下来！”

怡江把星辰接过去，从嘉佑把大海从右边换到左边，还想再跟他闹一会儿，却突然一凛，甩了甩脚说：“什么东西？”

他低头才发觉是那只走路都有些摇摇摆摆的小狗，不知什么时候爬到他的脚面上来，毛茸茸的一团。

大海喜笑颜开：“狗狗是我们的新朋友！”

“哪儿来的？”

“小美和他爸爸送我的呀！”

从嘉佑怒目看向怡江，她眨了眨眼睛，表示很无辜。

看她做什么？她也是刚刚才知道狗狗的存在。

从嘉佑只觉眼前发黑。他就不该抱着侥幸心理让大海跟梁伍父女俩去参加活动！这下倒好，人倒也算了，还把狗给带进来养，看来很快在这个家做主的人都不会是他了！

大海趴在他的肩上不撒手，狗也咬住他的裤腿不松口，他走一步就在地上拖一步，真是举步维艰。

“谁把这条讨厌的狗给抱走！”

大海心有余而力不足，怡江抱着星辰也腾不出手，苏喜乐赶紧弯腰把狗抱起来。

这顿饭吃得有点别扭，莫名多了一个不太熟的人和一只完全陌生的小狗。

按照从嘉佑的脾气，他应该会忍不住又提起“约法三章”里的规矩，抑或是不喜欢狗就直接说不准养要把狗送走……可他大概是考虑到苏喜乐毕竟是孩子们的老师，什么都没说。

吃完饭后，他说：“乐乐老师，你会弹琴吧？”

苏喜乐愣了一下：“嗯，会呀。”

“星辰说她喜欢听你弹琴，你能弹点曲子陪陪她吗？”

“没问题啊！”

苏喜乐坐到客厅的三角钢琴边，琴声刚起，星辰果然跑了过来，爬上琴凳坐在她旁边。

大海对音乐不感冒，抱着小狗到院子里野去了。

从嘉佑拉着怡江到他的房间去帮他给手腕换药，他大中午的还赶回来吃饭大概就是为了这个。

大少爷太怕疼了，昨天体内肾上腺素暴增，自有一股英雄气概强撑，如果今天叫得太惨的话肯定会被小护士笑话。

纱布被血渍和药膏黏住了皮肉，一拉扯他就喊：“好痛啊，你轻点儿！”

怡江只好低头帮他吹一吹，他的手背拂过轻轻暖暖的风，全身的肌肉又不由得绷紧了。

他居然也就不叫疼了。

怡江趁机赶紧给他换好药，他抬手一指：“把我的公文包拿来。”

他从里面取出一个文件夹放到她面前，拿手指敲了敲：“这是今天本地的晚报，上面这份声明是赵成康发的。他声明跟你脱离继父女的关系，并且不需要你赡养。”

怡江一惊，拿起来细细地看那一小块铅字。

“律师说，人身关系无法通过这样的声明来解除，但对你来说多少是个安慰。你的户籍也早就独立出来了，将来他再敢来找你，那就不再是家庭纠纷了。我知道你担心他会打星辰和大海的主意，只要有我在，就绝对不会让他有这样的机会。”

“他现在……人在哪里？”

“他会在这里被拘留十天，然后送回家去，短期内不会再来。其实本来可以有机会让他坐牢的，但那样可能会让他更加有恃无恐，过几年出来了照样又缠上你。倒不如当成把柄来牵制他，让他不敢乱来。”

来日方长，只要他不敢轻易再来骚扰她，他们就还有时间想其他办法来惩治他。

最重要的是，怡江不能再受到伤害。

他现在手里虽然有那份录音，但真要定罪把他送去坐牢，还需要更多证据来证明。取证的过程势必要去走访怡江的妈妈，还有以前的邻居、同学、老师等，她将要面对什么，他们都很清楚。

这个社会，远没有想象中那么宽容。

他知道她足够勇敢，真的豁出去了让她面对，她也能做得到。可她现在不是只有她自己，她已经有了两个可爱的宝宝，有了获得幸福的可能性，不值得再为那种人毁掉现在的生活。

他自作主张安排的这一切，是目前为止能为她做到的最好的选择。

“谢谢。”

怡江放下文件夹的手还在微微颤抖，却已经像是放下了一段沉重的过去。

是的，她真的做梦都想彻底摆脱那样一个家庭。逃避、奔走、割舍，这一刻终于在形式上做到了。

他懂得她的顾虑和心情，正如她也明白他的一番苦心。

这样就很好了，真的很好了。

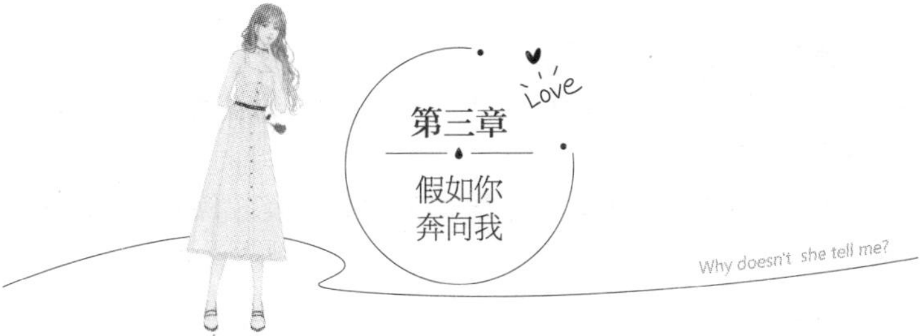

第三章 假如你奔向我

放下皆自在，怡江的心里舒服了很多。

袁小芒惊叹：“哇，他就这样帮你把那个老不修给打跑了呀，真是了不起！这是要旧情复燃的节奏啊，我看好你们哟！”

本来她是看好怡江跟梁伍啦，身世这么可怜的小江江成为大佬的女人多好啊！大佬对付赵成康那种老渣男有的是办法，让他“不折手断”，那才叫爽呢！

可现在看看，有王子痴情念旧也不错，王子和灰姑娘本来就应该终成眷属，回城堡过他们的幸福生活。

怡江笑了笑：“别胡扯了，那不是旧情，是同情。”

“哎呀，爱情这个东西，从同情开始，还是从一见钟情开始，谁说得准啊！有的人还是从仇恨开始的呢，不也爱得死去活来？其实我觉得丛嘉佑这个人还挺不错的，以前还以为他一身少爷病，但这回出了事，感觉他还是有可取的一面的。”

“怎么说？”

“因为那天他到警察局来接你的时候，帮我也办好手续带出来了啊！他要是真的无情，完全可以不管我的死活，毕竟我帮的是你又不是他。这说明他还是有点人情味的，而且他后来还主动来问我那天的事。”她用肩膀碰了碰怡江，“哎，他真的很关心你。”

“他后来还来找过你？问了些什么？”

“就问那天事情发生的经过呗！为什么我会刚好在现场？有没有看到那个老不修怎么动的手……总之就是在想办法帮你，我能感觉得出来。”

“嗯。”

“我跟他说你提前发过消息给我，可把我给吓坏了。我打了个车冲过去，幸亏赶上了。他大概觉得挺冒险的吧，让我以后再出现这种情况就直接报警。”

报警有用吗？怡江苦笑，她第一次被打的时候还不知道可以报警，一忍就忍了好多年。直到赵成康打她时触碰到少女饱满的身体，动起了别的心思，她才第一次拨打了110。

然而因为没有发生实质性侵犯，警察也没有办法，并且那时也没有《反家暴法》，顶多就当普通的家庭矛盾调解教育一下了事。

警察走了以后，等待她的则是变本加厉的毒打和越来越肆无忌惮的猥亵。

她妈妈说家丑不可外扬，说她这样都是活该。

赵成康要赚钱养这个家，万一报警真的被抓了，她们母女俩都得去喝西北风。

最绝望的时候，她整晚都不能睡，因为要随时提防自己的房门被推开。

要不是她遇到一个心善的女性班主任老师，跟教务处主任一起把她安排到学校的住宿，隔离了她跟家里的接触，说不定她现在已经不在这个世上了。

从嘉佑曾经质问她：为了达成自己的目的，做什么都可以吗？

对她来说，是的，做什么都可以。因为她的目的首先是要活下去。

家庭成员的暴力和侵犯，实际上也改变了她对两性关系的态度。她有了喜欢的人、仰慕的人，即使身体已经有了最亲密的接触，但在心理上仍不敢亲近，也不敢奢望。

那时她说不上来是为什么，但现在她知道了，那叫自惭形秽。

怡江跟小芒从夜市出来的时候，天色已经晚了，各种各样的小摊贩都开始忙活起来，集市的热闹才刚刚开始。

她们俩合伙搞的水果摊也筹备得差不多了，所以今天就是约在夜市的管理办公室见的面，简单地吃了点粉丝汤当晚饭。

从嘉佑的车停在夜市门口的街角，小芒眼尖，指着车对怡江说：

“喂喂喂——你的护花使者来了！他肯定是担心你晚上一个人走夜路，特意来接你的，还不快过去！”

她连推带拽地把怡江推到车子旁边，要搁平时，她一定会搭个顺风车回去，即使省个公交车钱也好啊！可今天她还是识相点，不要当电灯泡了，让人家好好诉个衷情。

怡江有点无奈地问从嘉佑：“不是说好了我自己回去的吗？有小芒陪我，不要紧的。”

“她能顶什么事？”他瞥了一眼站在不远处公交车站牌下还在朝他们挥手的袁小芒，“她有几个带铆钉的包可以拿来当武器？”

“你别这么讽刺她了好不好，她那个包都拍裂了。”

“我赔了她一个，难道你没看见？”车子正好经过公交车站，从嘉佑抬了抬下巴，“她今天不就背着吗？”

“我以为她是又买了一个……”

“她舍得买这么贵的包吗？”价钱至少是她原来那个包邮爆款的一百倍。

“你也有份。”他拿出一部最新款的手机给她，“你那部坏得连电话都不能接了，还留着干什么？用这个，都已经激活了，账号、密码存在备忘录里。”

“这是给我的？”

“不然呢？连电话都打不通，可不是每个人都有时间跟你发消息。”

“这太贵重了，我不能收。”

从嘉佑气笑了：“你怎么就不能学学你的好朋友，我把那个包赔给她的时候，她笑得嘴都合不拢，一句推辞的话都没有就收下了。”

那是小芒不知道那个包要几千块吧……问题还不在这里，而在于其实都是因为她才弄成这样的，她又怎么好意思让他来埋这个单呢？

他懒得跟她多说，划开屏幕，调出照片：“你看看这个。”

是星辰的照片，从小婴儿时期开始，一直到近期的生活照和写真照通通都有，还有不少视频。

“这是？”

“我手机里存的，有些是我拍的，有些是萧雅在世的时候共享的。我猜你应该都没看过，可能会想看看。”

岂止是想啊，怡江简直看得入了迷。她一张张照片看过去，看到视频里星辰粉嘟嘟的小模样，头上还扎了个小蝴蝶结摇摇摆摆地跟着音乐跳舞，不由自主地捂住嘴，高兴得眼泪都快流下来了。

于是她一时之间也顾不上纠结手机贵不贵重的问题了。

从嘉佑看着她，觉得她似乎也没有那么难懂了。

他一向都是这样，谜题中最关键的节点有了提示，很容易就能融会贯通。

之前只知道她害怕跟孩子们分开，凡事只要拿孩子作为筹码就等于捏住了她的七寸。现在他发现，能让她高兴的事其实也跟孩子们有关。

他过去对她太苛刻，也太残忍了。

怡江感受到他的注视，转过头看了他一眼，他不自在地把目光转向窗外。

星辰的病痊愈时，赵成康也从看守所里放了出来。

怡江脸上的红肿早就消退，擦伤也结了痂，仿佛之前什么可怕的事情都没有发生过。

她依旧带着两个孩子在花园里你追我赶地做游戏，现在还多了一只狗，家里更热闹了。她忙忙碌碌的，看不出有什么异样。

但实际上从赵成康进去的那一天起，她就在心里默默地倒数，仿佛在计算恶鬼还有多久会被放归人间。

星辰病好了就继续上幼儿园，从嘉佑取消了所有需要离开本市的行程，早晚负责接送两个孩子。

怡江知道他接的项目正进行到关键处，再不跟甲方充分沟通拿出新的方案来，对他本人和事务所的名声都会有影响。

可他执拗起来是那种说一不二的人，她做不了他的主。

当然，他们两个人一起送孩子上学，最高兴的还是星辰和大海了。

苏喜乐对怡江说："两个宝贝这两天表现得特别好，星辰连饭都吃得香了。大海说很喜欢你们一起接送他们，希望以后都能这样。"

怡江看了看不远处跟孩子们玩滑梯的从嘉佑："其实他还有工作，现在是特殊情况。"

"是因为那个赵……赵什么吗？你们担心他又找上门来？"

"嗯。"

“应该不会了，他已经回老家去了。”

怡江十分疑惑：“你怎么知道？”

“我……我有朋友在警察局，请他们帮我关注了一下。听说他放出来的当天就买了火车票回家去了，应该……短期内不会再来找麻烦吧！”

怡江看着她，心里有点怪异的感觉，可具体又说不出什么来。

且不说她这样的关注作为孩子们的老师来说有点过了，就说自己跟从嘉佑的关系，她应该早就明白他们不是普通夫妻，可她从来不问也没点破。

她不知道这算不算是一种维护，还是别的什么，也想不到她这么做会有什么图谋。

十分年轻可爱的女孩，孩子们也很喜欢她，在危急关头站在她这边，应该不是个坏人。要说因为财势有所图谋，那也不至于。从家虽然不赖，但这个幼儿园里的权贵多了去了，犯不着仅仅对他们这样。

会有这样的疑虑说不出有什么来由，她便没有跟从嘉佑提，只是向他求证：“那个人一出看守所就回老家了？”

“嗯，是我派人盯着他上的火车。你怎么知道的？”

“是你之前说的，我算算他差不多就是这两天会放出来，所以问问。”

从嘉佑道：“不用担心，我这回是威逼加利诱。他回去了有钱赚，生意伙伴也会盯着他，他不会那么快又来找不痛快。”

“可是你放心把工程给他做？”

“其实也不是我的工程，我只是当个中间人而已，承包方的资质也是要甲方认可的。”他似乎很笃定，又问她，“你妈妈嫁给他之后，你们家的经济状况怎么样？”

怡江没想到他突然会问这个，想了想说：“还可以。”

如果她的记忆没有出现偏差的话，他们家的经济情况还真是在妈妈嫁给赵成康之后才慢慢好起来的。

她的亲生父亲太散漫，又没有一技之长，母亲一直看不上他，就算他出车祸死了都没表现出太大的伤感，很快便改嫁了。这其中有很大一部分原因就是那时家里太穷，她在学校连多一套校服都买不起，除夕的年夜饭也拿不出几个像样的好菜。

而赵成康一来就给她们母女俩买新衣服、新鞋子，还给她好几张新华书店的购物卡让她去买书，让她误以为日子真的会越来越好，哪里想到这只是噩梦来临前的伪装。

“家暴的男人都是人渣。”从嘉佑说，“他们实际上都是自私又懦弱的人，所以只能拿身边无法反抗的人出气。相应的，在事业上，这些人只要有利可图，也可以不择手段，该低头就低头，生意未必会做不好。况且越是牵连得深，就越是可以多掌握一些他的把柄，将来才好把他钉死在墙上。”

他就是利用这一点，扔一点蝇头小利先把赵成康给支开，再想对付他的法子。

怡江的心里苦涩：“要是我有勇气去告倒他就好了。可我不能不顾着星辰、大海……我不是一个人。”

在泰国最苦最难的时候，她甚至想过，自己搞不好就这样贫病交加地死在四面漏雨的贫民窟里都没人知道。但如果她真的死了，最大的遗憾除了不能看着大海和星辰长大以外，就是赵成康还没有受到应有的惩罚。

然而付出的代价太大时，公道就显得微不足道了。

“别想太多，你没有做错什么。而且你说对了，你不是一个人，你还有我。”

从嘉佑完全没预料到这种话会从自己嘴里说出来，怡江惊讶的表情也让他意识到这跟他平时的态度实在是大相径庭。

或许这就叫发自肺腑吧，他甚至觉得她要误解就误解吧，好像也没什么关系。

假如时间可以回溯，他四年前就知道这些事，他是无论如何都不会让她再做那样的选择。

两个孩子对潜在的威胁一无所知，星辰的病好了之后，也加入了爱狗的行列，动不动就跟大海一起追着小狗在院子里疯跑。

连萍姨都感慨：“孩子这样运动一下多好，身体强健才不容易生病。”

怡江很好奇：“之前为什么没有养狗呢？”

住在这半山别墅群里的人家大多都养了狗看家护院，她照顾狗狗的经验也是来自以前在隔壁陈家工作时东家养的拉布拉多犬。

她不知道现在这只已经被取名为“小熊”的狗狗在不在从嘉佑的“缓

兵之计”里，他只是无意中提过一句，赵成康今后要是敢找到这儿来，小熊都能追着他咬了。

可他本人却很抗拒跟狗狗亲近，小熊是一只母狗，大概是西装裤爱好者，从嘉佑一回来，它就咬住他的裤脚不放。他甩不掉就用手拨，总之是把它拨得远远的，不让它靠近。

难道家里不养狗，是因为他不喜欢？

还是说单纯地因为这只狗是梁伍送的，所以他看不顺眼？

萍姨证实了她的第一个揣测：“是嘉佑不喜欢狗，也不知道为什么。但以前好像不是这样的，他们兄弟俩小的时候家里养过狗，就像大海他们现在这样，整天抱着、追着玩，也挺喜欢。不知道他是从什么时候开始变成这样的。”

“那以前的狗狗呢？”

“死了。那时他还在上学，一个星期才回来一次，突然发现狗不见了，一问才知道死了，还难过了很久。”

“……”

入夜，怡江已经搬回主楼跟孩子们一起住，恒温玻璃房重新空了出来，从嘉佑在里面挑灯加班。

两个小家伙在房间里玩玩具不尽兴，大海躺在地板上哀号：“好想让二叔来陪我们搭积木啊！”

“不可以。大人加班的时候，小朋友是不可以去打扰的。”

星辰点头表示同意，却又忍不住委屈地说：“可这个积木我们怎么搭都搭不好。二叔教过我的，是我没记住。”

星辰刚开始学玩乐高，显然还不明了其中的奥义。

别的玩具怡江还可以充一把能手，但这个还真的只有从嘉佑擅长，搭得又快又好。

她揉揉他们的头发：“你们今天先去睡，我跟你们二叔学习一下，回头再教你们。”

“好耶！”

两个小朋友欢天喜地换上睡衣去睡觉了，怡江哄他们睡着了，关上灯，这才抱着一盒乐高下了楼。

路过主楼门口的狗窝，她听到小熊在里面呜咽。她弯腰唤了一声，一团雪球就滚了出来，直扑她怀里。

小家伙还真有点分量，再长大一点一定健美非凡。

刚来那几天，它的狗窝放在主屋的楼梯下面，大概对夜里还陌生的环境感到害怕，整夜整夜叫唤。萍姨怕打扰了他们休息，就把它挪到了屋外，又请园丁专门给它定制了漂亮的房子，就算将来长大了也够用。

过了开头几天的适应期，它本来已经很乖了，今晚大概是下雨有点冷，冻得它想狗妈妈了。

怡江只得先放下乐高，把狗狗抱进厨房。她记得前几天厨房屋顶重新粉刷的时候，拿来挡厨具的一大块帆布被萍姨收了起来，现在找出来垫个窝，小熊今晚应该就不会冷了。

怡江正翻箱倒柜，从嘉佑突然在她身后说："你在找什么？"

一人一狗吓了一跳，小熊从她的臂弯蹦到地上，又摇摇摆摆直奔最喜欢的西装裤而去。

从嘉佑蹬了蹬腿它也不走，反而就地打滚抱着他的拖鞋啃起来。

他手里还拿着马克杯，不耐烦地"啧"了一声："深更半夜的，你把这家伙抱进来干吗？"

"今晚下雨降温了，它睡在外面太冷，我给它找点东西垫一垫。"

"你知不知道狗的毛皮就是最暖和的？它自己身上那么厚一层还会冷？我看它就是借机会在撒娇。"

"撒娇就撒娇嘛，它还那么小。"

从嘉佑拖着一条腿走到流理台边，嗤道："中国的老话可真没说错——狗仗人势。"

小熊："呜——"

可算是找到了。怡江把帆布拿出来，看了看从嘉佑道："你要做什么？要加咖啡吗？"

看他杯子里应该是咖啡，刚才煮的已经喝完了。

"这么晚了到厨房还能干什么，当然是找吃的了。"

他从冰箱里翻出一包吐司，打开拿出两片来就打算啃。

怡江拦住他："你就这么吃，不怕胃寒？"

他瞥她一眼："你有点科学精神好不好？什么胃寒、宫寒就是你们这样以讹传讹弄出来的概念，我反正不信。"

“你有科学精神，那你总该知道晚上八点以后进食要注意，尤其是人年纪大了消化功能会下降，生的、冷的吃下去不消化，会难受的。”

“你说谁年纪大？！”

怡江没理他，劈手夺过他手里的吐司：“吃这个是吗？你坐着等一会儿。”

她又从冰箱里拿了几个鸡蛋，在冷冻那一格拿了些做杂菜汤用的杂蔬颗粒，把鸡蛋打散后混到一起，再加了些黑胡椒下锅炒熟。

从嘉佑闻到食物的香气，终于不再多话，在桌边坐下，小熊也乖乖趴在他的脚边。

怡江开了烤箱预热，把去了边的吐司在蛋液里浸透，跟炒好的蛋和杂蔬卷到一起，外面再包两块培根，放进烤箱里烤到表面微脆。

看似复杂的一套夜宵，其实她也就用了十五分钟。

怡江把对半切好的吐司培根卷推到他的面前，他趁热吃了一口，味道确实比冷吐司要好吃多了。

小熊也有份，怡江抓了点狗饼干给它解馋。

“星辰和大海都睡着了？”

“嗯。”

“那你下来干吗，专门来料理这狗？”

“你到底对这狗有什么意见？你小时候不是养过狗吗？”

“谁告诉你的？”他睨了她一眼，难得地不想跟她计较，顿了顿才说，“我以前喜欢，可自己养的死了以后，就不喜欢了。”

他倾注了心血、感情和信任的生命体就这样离开了，触景伤情。

其实怡江也猜到了，她猜他会那样怨恨她，大概跟这个也是差不多的道理。

从嘉佑已经吃完了一个吐司卷，腮帮子鼓鼓的，看她坐在旁边出神，问她：“还有事？”

“哦，不是。”怡江把那盒乐高拿过来放在他面前，“两个孩子最近都喜欢玩这个，我看你太忙，而我又不太会，所以就想来找你学学，好教他们。”

说起这个他也烦，疲惫地揉了揉眉心：“这个周末应该忙得差不多了，到时再教他们。”

“你可以先教我一个最基本的方法，我自己摸索着先学。”

从嘉佑其实觉得这个玩意儿没什么难的，以他的空间感和动手能力搭这样的玩具完全不成问题，并且他也没有真正系统地学过什么方法。

但两个人这样面对面的相处模式似曾相识，他曾经一厢情愿地想要帮助她重回大学校园，或者至少不要浪费她的天赋，带着她学一点最基本的建筑设计课程……那时就是这样，他时不时会腾出一点时间来给她。为了避嫌，从不在他的房间，不是在餐厅，而是在楼顶的露台。

他知道她也想起来了，所以没等他回答，就笑了笑："算了，不耽误你工作了，我上网查一查吧！"

"我工作不在乎这么点时间，铁人也要劳逸结合。"他朝她钩了钩手指，"把盒子拿过来。"

厨房中间这个美式餐台很宽，他把乐高积木块倒出来，发现大海其实已经掌握了一些基本的规律和方法，笑了笑，边搭边说："要是真等到周末，说不定这小子都已经拼好了。"

"嗯，他的动手能力不错，就是不太喜欢搭房子。"

"为什么？"

"因为房子搭得最慢，又最占地方，有了新的玩具总是要从房子开始拆起。"

从嘉佑的动作顿了一下："从房子拆起？"

"是啊！"怡江比画着，"这么大一块底板面积，房子拆了放点其他简单的墙面一样的装饰围起来，再往中间放新的玩具。"

这是自打星辰也开始玩乐高之后，跟大海一起开发出来的玩法。

从嘉佑愣怔地看着她，半晌没吭声。

"我说错什么了吗？"

他如梦初醒，忽然进入一种亢奋的状态："笔呢，纸……给我一张纸！"

怡江把吸在冰箱门上的一支笔递给他，这是萍姨有时候买菜拿来记账用的，纸就真没有了。

从嘉佑也不含糊，扯过她刚才顺手放在桌上的那块白色大帆布，拿了笔直接在上面写。

帆布不如白纸好着色，一用力他的手又疼，还是怡江把笔接了过来："你要写什么？你说，我来写。"

他兴奋地道："甲方的要求是用尽量少的投入在那块地上建屋，他们的诉求就不是房屋而是地！因为土地升值快，房屋成了快销品，随时有可能被拆除。拆除之后土地才又是可造的，才好再卖高价。他们要的不是什么惊世骇俗的建筑设计，要的就是好拆！我怎么就没想到呢……正常情况下，一平方米荷载要浇筑一吨半的水泥，假如我们可以减少一半，不，百分之四十……"

他教她画简单的草图，记录他口述的公式，尽管都是些很简单的内容，但她当年学的那一点基础几乎全忘了。

他口中那些建筑师常常挂在嘴边的名词对她来说已经显得陌生，她画建筑的那点小爱好也就大学刚开始时给基础设计课程加了点优势，要论天赋和兴趣，她其实是比不上他的。

怡江知道他这是灵感来了，其实只是她无意中的一句话，让他反向破解了这么久以来困扰他的难题。

她就看着他那样专注又亢奋地伏在自己身边，滔滔不绝地跟她说话，心底有种不明所以的成就感涌出来。

直到她记下他的灵感，他还目不转睛地盯着那白布上的字和图，今晚看来有得熬了。

她不忍心打断，给他煮了一壶咖啡，转过身才发现他已经拿着那块白布往恒温玻璃房那边去了。

怡江摸了摸小熊的脑袋，抱歉道："看来我只能给你另外找一床'棉被'了。"

如期交付设计方案，并且被甲方大为赞赏，丛嘉佑简直想仰天长啸。

或许就像某人说的那样，他现在是到了一定的年纪，即使是天才也会怀疑自己，遇到瓶颈。在遇到这么难搞的客户之前，他还一直以为自己无往不利。稍不留神，便发现自己已在自以为是的道路上越走越远。

建筑从来就不是孤立存在的，也要跟随时代的潮流，这种跟随不只是外观和审美，更重要的是理念。

这回的方案给他提了个醒。

说起来，真的是意义重大的事情。既然这样，又怎么能不庆祝？

在他的工作室，他是老板，一呼百应，说请客吃饭当然人人都高兴。

但他突然想到怡江，于是提了一句要叫她也一起来。

其他人不置可否，因为都不清楚他口中所说的这个人是谁。反正从家自爷爷辈开始就是建筑专家、桥梁专家，有什么样的人才都不足为奇。

只有常羽生知道丛嘉佑说的人是谁，他的态度也很明确："你们玩得开心点，我今天就不去了。"

大家都觉得惋惜，这个方案，除了丛嘉佑以外，贡献最多的人就是他了。要庆祝当然是人凑齐了热热闹闹才好玩，可他居然说不去？

丛嘉佑看出了端倪，在门口叫住他："羽生。"

"丛先生。"

"你怎么回事？好端端的为什么不参加聚餐？就因为我叫了许怡江？"

"没这回事，你多心了。"

"已经好几次了，其实我早就察觉到，你对她好像有些看法。为什么？就因为你们是同学？"

所以有她没我，有这样的同窗觉得掉份？

果不其然，常羽生说："没有什么特别的原因。硬要说的话，大概就跟你之前瞧不上她的理由一样。她是很有灵气，但她早就不是我的同学了。"

丛嘉佑微微变了脸色："你对她的事了解多少？"

常羽生对他这样的态度转变觉得很奇怪："我对她谈不上了解，可萧雅姐说的那些难道是假的吗？"

他从毕业进入丛嘉佑的设计工作室开始，就常到燕雨山房去。一方面丛嘉佑喜欢在家里工作，另一方面燕雨山房的改造本身也是工作室的作品，是很成功的案例，他们都很有感情。

房子很美，可在里面住的人却很不快乐。

他发现了萧雅的寂寞，看到了她画的那些画，还有她对孩子的牵念、跟病魔的抗争……不自觉地就成了倾听者。

萧雅并没有把怡江说得多么不堪，但他还是能感觉到，她的寂寞有一大半原因是出在怡江当年毁约失联的事上。所以她的丈夫才更加不能原谅她，就连孩子也跟她不那么亲近。

丛嘉佑有时候觉得人跟建筑一样，换一个角度看，会觉得看山不是山、看水不是水，但在此之前自己却意识不到。

他现在看到常羽生这样，就仿佛看到了之前充满执拗偏见的自己。

原来是这样的感觉。

“羽生，我记得你前不久刚在T市买了一套房？”

“是的。”他为什么突然问这个，常羽生有点蒙。

“现在房价高，能在市区买这么大的房子，你的家庭条件应该很不错。父母很疼你？”

“还……不错吧！”

从嘉佑点点头：“嗯，那你可能不能想象有些人的遭遇，因为这些遭遇，他们才被迫做选择。我不强求你能理解，但你千万不要犯自以为是的毛病，对眼界和灵感会有很大的限制。”

怡江所经历的一切都是她的隐私，他不能去向外人说，也没必要以此去说服其他人对她执偏见。

她自己其实倒不是那么在意，所以她才从来不多加解释，也不用这样的身世来卖惨。

这回要不是怕威胁到孩子们的成长，她甚至可能还不愿把这件事抖到众人面前来。

“你不用避开，跟他们去玩吧，我今天不会叫她过来。”

“从先生……”

“没事，我先回去了，就不跟你们去了。吃的、玩的都算在我的账上，你们玩得开心点。”

他自己开车回家，刚到院门口就听到孩子们笑闹的声音。或许还有狗，跑得吭哧带喘的，怡江也陪着他们一起疯。

他从车上下来，清了清嗓子喊：“有没有人想吃好吃的？”

星辰和大海逗狗狗玩的飞盘径直朝他飞过来，他“啧”了一声后捡起来拿在手里，朝着跑过来的两个孩子说：“怎么样，想吃什么？”

“想吃什么都行吗？”星辰满头大汗地问。

“嗯，都行，随便挑。”

大海不解：“为什么，二叔你发钱了吗？”

他笑了笑：“是啊，我刚领到一笔钱，要好好庆祝一下，所以吃什么都行，随你们挑！”

“耶！”两个宝贝跳起来，“那我要吃炸鸡！”

“我要吃比萨！”

“我要炸鸡加比萨！”

怡江走过来：“你们在说什么？”

星辰、大海一边一个扑到她的身上，兴奋得大笑：“二叔说请我们吃炸鸡！”

“还有比萨！”

“炸鸡加比萨！”

怡江无奈：“都是这么上火又不好消化的东西呀……”

“有什么关系，反正也不是天天吃，他们馋就满足他们一回。”从嘉佑道，“你呢？你想吃什么？”

“我没什么想吃的，今晚本来打算跟他们一起煮餐蛋面吃……”

“那妈妈就吃意大利面吧！要茄汁肉酱的，千层的那种，就像上次跟小美和梁叔叔去吃的那种，超级好吃！”大海说得口水都快流下来了。

从嘉佑一听梁伍脸就黑了，忍不住拿话刺他：“梁叔叔请客只请你们吃意面？”

“很好吃啊！小美喜欢嘛，小美喜欢我就喜欢！”

星辰在一旁帮腔：“嗯，大海喜欢我就喜欢。”

从嘉佑顿时觉得养了两个胳膊肘往外拐的家伙，今天非得扭转一下。

他看了看怡江：“那就这么说定了，找家意大利餐厅一起吃一顿。你去换件衣服我们就出门。”

“我也去？”

“当然了，是庆祝呀，干吗不去？”

“庆祝什么？”

他当然不好说是你那天的一句话让我完美地突破自我，终于交出了令甲方满意的方案……天才的这点骄傲还是有的。

“庆祝我领到钱啊，然后顺便谢谢你那天晚上的夜宵。”

话说到这个份上，她应该懂了。

怡江果然笑了笑，带着两个小朋友上楼去换衣服了。

从嘉佑等了半晌，看到她下来，脸色又不对了：“怎么又是这一身？还有，丝巾呢？”

但凡需要她穿得体面点，她就会穿幼儿园老师家访时他给她准备的那一套大地色的衣服，而且永远不系丝巾。

“这就是我最好的衣服了，要不我还是换回去？”

他拿她没辙，带着孩子们上了车，才对司机小刘说：“去银泰。”

星辰和大海都以为是直接去吃饭，没想到却是先去买衣服。

从嘉佑看出他们眼里的困惑，凑到他们耳边说了几句话。

两个孩子的眼睛果然亮了，一边一个拉住怡江的手：“走吧，妈妈，去买漂亮衣服！”

“我要用魔法把你打扮成公主！”

二叔说了，只要他们能把妈妈打扮得漂漂亮亮的，就不仅请他们吃炸鸡、比萨和意大利面，还一个人买一套新玩具！

重赏之下必有勇夫，怡江被两个小勇夫缠得晕头转向，硬是被拖到女装店去买了几身衣服。

她有点尴尬，拿眼睛瞪了从嘉佑两眼。他镇定自若：“挺好看的，有丝巾领带装饰的这种不要，她不会系……那件太单薄了，可以再加个披肩。”

星辰超级喜欢裙子，一看到她穿裙子，就露出花痴惊叹的表情：“妈妈你穿这个好好看啊！”

大海挥手：“买！买！这件也买！”

导购乐得不行，对她说：“您的这对龙凤胎太可爱了，一家人好幸福啊！”

怡江想说他们不是夫妻，话到嘴边又咽了回去，最后只是笑了笑。

意大利餐厅的氛围很好，怡江和从嘉佑吃得都不多，主要是两个孩子喜欢。比萨叫了两个，鸡翅和点心点了一大堆，当然还有意大利面。

怡江怕吃不完浪费，从嘉佑说：“怕什么，吃不完打包带回去。”

“他们也不能天天吃这个。”

“不是还有狗吗？”

“小熊还太小，不能吃这些。”

他不管，他就是要孩子们尽兴。尽管他跟怡江一样，也不喜欢吃这些东西。

“你有什么想吃的，再想想。抑或有什么想要的，我可以送你。”

不然这么一顿饭她都没吃好，实在算不上是感谢。

他不喜欢欠人人情，可他又不知道该怎么还女人人情。

“你不是送我衣服了吗？这样就行了，其他的我也不缺什么。”怡江推辞道。

要真的可以许愿，她想要的就是像现在这样，跟孩子们在一起平静地生活，最好她的家里人再也不会来烦她。

大海咬着叉子看着两个人，问：“二叔，你是在追我妈妈吗？”

从嘉佑刚喝了一口饮料，差点喷出来，呛得咳嗽不止：“什么……咯咯——谁告诉……你的……”

“小美告诉我的，她说男生喜欢一个女生才会想给她买东西。我就想给她买玩具，可梁叔叔说小美在十八岁之前的玩具都只能由爸爸买。”

十八岁，还有好久哦……

从嘉佑呛得一口气上不来，拍着胸口说：“我就知道……你离他们父女俩远点……咯咯——”

怡江感觉好笑，又往大海盘子里夹了个鸡翅：“别瞎说，大人的事情你们不懂。”

星辰给从嘉佑出主意：“二叔，你可以带妈妈出去玩呀！”

“出去玩？玩什么？”

“去游乐场啊，旋转木马、打地鼠、夹娃娃……好多好多玩的！”

现在的小孩子可不得了，连“若她涉世未深，就带她看尽人间繁华；若她心已沧桑，就带她坐旋转木马”这么深刻的道理都懂。

可他又不是真的在追她。

他看了看怡江，她脸上看不出一点波澜，连害羞脸红什么的都没有，竟然没有一点误会的意思。

他莫名有点不爽。

对女人，他没有太多经验，这么多年来也没有谈女朋友的心情，最亲密的伴侣一直是自己的工作。

说起来，她也有很大的责任。

他拿这个问题去问容昭，容昭说：“送礼物啊？我跟你的情况不太一样，我太太是那种女强人类型的，你懂吧？她经常还得来哄我呢！不过对方要是那个女人……”

“她叫许怡江。”

“哦，许怡江。”容昭品出点不一样的滋味来，“你对她的态度好像不太一样了？怎么？是发生了什么我不知道的事吗？”

“没有……算了。”

“啧啧——看来是有大事。你不方便说也没关系，不过我猜你应该是理解了她当初的困扰，才会理解她那时的选择吧！你要真为她着想，可以试试从她的困扰入手。女人嘛，都希望被呵护，这比送她一件首饰、几件衣服，或者给点钱要管用多了。”

她的困扰，就目前来说，一个是跟两个孩子的关系，另一个就是赵成康了吧？

她不可能一辈子在从家无名无分像个保姆，却又顶着孩子妈妈的身份。要怎么处理，他不能做主，但赵成康那边，他还可以想想办法。

怡江趴在阁楼的桌上画画，听到敲门声，以为是萍姨，说了声：“请进。”

从嘉佑手里拎着一袋东西进来：“你在干什么？”

怡江没抬头：“画画呢。”

他知道她的画画得不错，心微微一动，以为她受他那个成功方案的刺激，又重新燃起了当建筑师的豪情，没想到凑近一看……

“这是什么？”

“看不出来吗？是你那天吃的吐司培根卷啊！”她对自己的画作很满意，把画板拉远看了看，“这个颜色够不够真实诱人？会不会太淡？”

“你画这个干什么？”

“夜市摆摊用。小芒算过一笔账，发现夜市只要是卖吃的都很赚钱，所以我们决定在水果摊旁边起个炉子卖点小吃，品类由我来想，然后由小芒她妈妈来做。菜单也做得特别一些，像这种手绘图可以当招牌，最好也火一把，就像我之前那个摊子一样。”

其实谁不想生意好、多赚钱呢，之前她不想成网红是怕引起赵成康的注意，现在反正都已经这样了，既跑不了和尚也跑不了庙，不如好好琢磨一下生意经。

钱不是万能的，但她在外飘来飘去这么多年，更看清楚没钱是万万不能的。

她要自食其力，等她能赚到钱，将来才有更多的可能性，而不是依附于什么人。

她见从嘉佑不说话，问：“怎么了？不好看吗？”

“你的设计图呢？不画了？”

“什么设计图？哦，你说我以前喜欢画的那种？”她笑了笑，把脸颊边落下的发丝别到耳后，“丢开得太久了，已经没什么可能再捡起来了。人还是实际点，总要吃饭的对吧？”

从嘉佑的语调有点冷：“从家现在是少你一口饭吃吗？”

“但我不可能永远都待在这里呀。而且做点小生意也不错，民以食为天，我做吃的味道也还可以，说不定这才是我的天赋。”

对于建筑，她或许是曾经向往过，但如今她已志不在此，不知该怎么说他才能明白。

人生有不同的阶段，每个阶段有不同的理想，其实也是人之常情。

上帝关一道门，就会开一扇窗，她又怎么知道能画画、会做美食是不是上帝给她开的那扇窗呢？

她不能把路给走死了。

可从嘉佑似乎并不认可她这样的妥协，他们相识之初她是怎么说的？还想有机会深造，还想成为他那样的建筑师，都是说来骗他的吗？

他依然不能释怀。

“还有机会追求理想，可是就这么放弃了。你知不知道有的人永远都不会再有这样的机会了？”

她看着他：“我知道，萧雅。”

当年怀孕的时候，她们有很多面对面独处的机会。萧雅跟她聊了很多，包括她的身体是怎么坏掉的，她怎样被迫放弃了前途一片光明的事业，跟从家兄弟的渊源，以及……她对自己婚姻的重视。

她不说，怡江根本想象不到她的身体曾受到过大剂量的辐射，而她原本跟从嘉茂一样，都是年轻有为的天体物理学家。

健康状况不再允许她继续工作以后，跟从家大哥从嘉茂的婚姻是她唯一还可以把握在手里的东西。

可她最终连这个也把握不了了。

假如她有健康的身体，或许在事业上还会有大的作为，婚姻和家庭也会长久美满，更不需要找人来替她生孩子。

怡江知道自己跟萧雅比，最大的优势是有年轻强健的体魄，从嘉佑这是怒其不争。

“你画画的这些东西是从哪儿来的？”他看着桌上的一切都觉得眼熟。

“是萍姨从杂物间给我找的，她说再不用就要扔掉了，所以我就拿了一点。”

其实她可以猜到，这很可能是萧雅生前没有用完的东西。

他冷笑："这些纸、笔、颜料，都是萧雅的，她用来画莫奈、雷诺阿，可你就用来给你的夜市摊画菜单？"

怡江愣了一下，手里的画笔笔头上的墨汁"吧嗒"滴在了刚画好的那张画上。

从嘉佑意识到话说重了，可覆水难收。看到她把那张画好的吐司培根卷揉成一团扔进旁边的垃圾桶里，他觉得又气恼又无措，只得也赌气般地转身走了出去。

手里的那袋东西还在，仿佛故意在提醒他，原本他来找她根本不是要说这个的。

他想折回去把东西给她，可一想到她的那双眼睛，竟然提不起勇气。

夜市小摊开张那天，天气不错。怡江吃完饭，帮着收好碗，就对准备牵着小熊去院子里散步的星辰和大海说："妈妈今晚要出去一下，你们在家乖乖的。"

星辰仰着脸问："你要去哪里？"

"夜市。"

"什么是夜市？"

"我知道，我知道！"大海抢答，"就是天黑了才开始卖东西的地方，有很多好吃的，还有好玩的！"

"真的吗？我也想去……妈妈你可以带我去吗？"

怡江看了看坐在桌旁的从嘉佑，他正捧了个 SONY DPT 一本正经地看图稿，像是完全没听到他们之间的对话。

怡江摸摸星辰的头发："今天晚了，下次好不好？"

"可夜市不都是晚上才有的吗？我想去看……"

星辰拽住她的衣摆不肯放手，大有她不同意就不让她去的意思。

大海也来帮忙："妈妈，你是要去找小芒阿姨吗？那也带我去好不好？我已经很久没看到她了。"

怡江再看从嘉佑一眼，这回他干脆收起 DPT，转身上楼去了。

幼稚鬼。

怡江决定不管他了，对两个孩子说："那我们现在就出发。不过我先声明啊，去了以后什么都得听我的，不可以乱跑、乱闹，谁不听话就先回家哦。”

“好耶！”

“妈妈最棒了！”

星辰抱着她香了一口，飞奔去拿自己美美的小外套。大海背了个小书包，拼命往里面塞糖果、小薯条、小饼干，还有他的高达、新买的彩笔和文具……

怡江有些诧异：“你带这么多东西要派什么用场？”

“我拿去给小芒阿姨，让她带回去给小果哥哥。”

管小芒叫阿姨，却管小芒的亲弟叫哥哥，这辈分全乱套了。但他毫不在意，他记得的只有小果需要朋友和关心，这就是他对朋友表达关心的方式。

大海和星辰都是好孩子，跟某人不一样。

怡江故意很大声地喊：“萍姨，我带星辰和大海出去一下，九点之前回来，您别锁门。”

“好嘞，让小刘开车送你们去，路上小心点啊！”

“知道了。”

从嘉佑在楼上的房间听到车子出了门，手里的图稿也再看不进去一个字。

他百无聊赖地在房间里走来走去，看到那天没给怡江的东西还扔在角落里，忍不住打开，拿出里面一双粉色的拳击手套，想了想，给容昭打了电话。

“你在哪儿？今天有空吗？晚上请你喝酒。”

容昭“哟”了一声：“你终于良心发现了啊，我明儿就回去了，再来又不知是猴年马月，还以为你这顿酒都不打算请了呢！”

“我是这么小气的人吗？去哪儿？还是上回那家？”

“别别别，我知道综合格斗和泰拳什么的很燃，你这种人既然学了肯定就有两下子。不过我这两天加班伤到了，只想吃好喝好然后躺平了，那么燃爆的场合不适合我。”

最重要的是，万一他又看到什么不该看的呢？好好吃饭喝酒的愿望只怕又要落空。

“那你想吃什么？随便点。”

“我这会儿还没吃晚饭呢，找个大排档什么的？听说你们这儿的夜市挺有名的，要不你带我去逛逛？”

从嘉佑拎着拳套甩来甩去的手指停下来，整个人都顿了一下。

“喂？”

“嗯，好啊！”他回过神来，“正好我也想去夜市看看。”

T 市的闹市区有这么一片区域，到华灯四起时，人潮汹涌，热闹非凡。这样的夜市能打出名气，靠的是疏导和规范管理。走进去，每一个摊点、每一个小棚都有编号或名字，都对应一种气味和记忆。

怡江和袁小芒的这个水果摊对应的应该就是水果的清甜和一点食物在炉灶中慢慢烘烤出的香味。

袁小芒正忙着收钱，忙得不亦乐乎，刚摆满的水果又被挑得稀稀拉拉只剩一半。弟弟袁小果坐在轮椅上，帮忙把底下箱子里的水果拿出来摆上。

星辰和大海也乖巧地来帮把手，象牙杧果一个就有近一斤重，星辰一个人搬不动，大海只能放下自己手里的香蕉帮着她一起抬。

怡江戴了个小小的塑料透明口罩，帮着袁妈妈做手抓饼和培根卷。

排队的客人里果然有被她的颜值吸引的，拿出手机拍拍拍。

这个摊子的位置很不错，在夜市主干道的尽头，来往的人流量大，也很好找。从这头离开夜市的人很有可能会停下来买点水果带回去，或者解解烧烤和大排档的腻。

袁小芒忙了一会儿就腰酸背痛，问怡江：“你累不累？休息一会儿吧，我都快累死了。”

怡江笑她：“你那是养尊处优太久了，不习惯干活了。”

袁妈妈在一旁帮腔：“对啊，懒得筋骨都快散架了！”

“您还说呢？要不是您，我这会儿还抱着金母鸡在家下蛋呢！哪用得着受这罪？”

“你这个死丫头，说好了不提这茬的。你怎么就不能跟人家怡江学学，心灵手巧、吃苦耐劳、有儿有女……”

“行行行……”袁小芒恨不得把耳朵堵上，“您让怡江做您的亲闺女都成，只要能把钱还给我。”

袁妈妈举起锅铲要敲她。

怡江挡在两个人中间：“别吵了，钱再赚就有了。小芒你要是应付不过来，要不要考虑还是雇个人？”

要是每天晚上生意都像今天这样，她又不能天天来帮忙，袁小果也要上学做功课，光他们母女俩怕是会忙不过来。

“这么点小本生意还请什么人啊，我自己来！”小芒撸起袖子，“收钱算账我在行，做吃的就靠老妈了。当苦力的……啧，里面那个人勉强也可以吧！”

他们的摊位跟旁边的铁棚之间有个空隙，被垫高之后充分利用起来，变成一个放货的小隔间。大大小小的箱子堆得看不出里面有多宽多深，谁能想到里面还待着个人呢？

她不说怡江都要忽略她还带了这么个人来。小芒说这个人是她去维权现场捡的，暴雷的 P2P 平台公司租来办公的小洋楼人去楼空，只有这个家伙窝在阁楼里，很有可能是公司的关键人物，说不定能帮他们把钱追回来，所以现在吃住都在小芒家。

当然，肯定没有白吃白住的道理，当牛做马那是一定的。

“他干活为什么不出来，要躲在里面呢？”怡江十分好奇。

“他呀，自闭！不，不对，应该叫什么……哦，社交恐惧症。”

这可太稀奇了，怡江有疑虑：“该不会又是骗子吧？”

“我们家现在穷得连屋顶都快没了，我也身无分文，还能骗点儿什么呀？”

怡江上下扫了她一眼：“除了骗财，还能骗色的。”

袁小芒挺起胸脯：“那我也不亏，尽管享用好了。他长得还不错，身材也可以……”她压低声音悄悄说，“那里好像也很大！”

“你看过啊？”

“洗澡的时候不小心瞄到了嘛……比这个鱼肉肠还粗还长！”

怡江觉得再也没办法直视鱼肉肠了……她真是小看了自己的这位朋友，原来她可以这么奔放！

她们在这头聊，袁小果在另一头陪两个小朋友，顺便看着他们。

星辰和大海轮番坐进空箱子里躲猫猫，玩得正起劲，突然多加进来一个人。

“小美！”大海惊喜地喊了一声。

小美甜甜地一笑，豪迈地宣布：“我来当鬼，你们去躲，我来找你们！”

三个好朋友突然凑到一起，大海书包里带的零食便有了用武之地。

小美是跟着爸爸来的。小芒看到梁伍，立刻狗腿地迎上去：“伍哥你怎么还亲自过来了，实在是太给面子了！其实你之前送这么多花就已经很撑门面了，我跟怡江不知道多高兴呢。”

“我当初也是在街头摆地摊起家的，知道做这一行的难处。今天你们开张，就过来看看还有什么需要没有。”

“没有了，没有了，万事俱备，您就是东风！”

小芒一边说一边用胳膊肘碰怡江，最后干脆接过她手里的活：“你陪人家伍哥聊聊。”

怡江擦擦手，看着眼前肤色黝黑、不苟言笑的男人：“你和小美吃过饭了吗？要不要给你们做点什么吃？”

“我吃过了，小美听说你们这里还卖小吃，就没肯好好吃饭。你们有什么就给她点尝尝吧！”

“那正好，吃这个。”怡江取过炉灶边一盒温热的香蕉手抓饼，是她刚做好，凉一凉准备给大海他们吃的。

三个小朋友跑过来瓜分了手抓饼，大海还不忘擦干净手撕开喂坐在轮椅上的小果。

梁伍把手里的东西递给怡江：“这是你要的东西，你看看对不对，不对或者不够我再让人去买。”

偌大的手提袋里装满了颜料和画笔，怡江的眼睛微微弯起：“够了，画点招牌和宣传画足够了。”

梁伍又抽出一张卡给她：“你上次还来的五十万我存在了这个户头里，要用钱的时候尽管从里面取。”

怡江直起腰：“都说了这笔钱我不能拿的，你收回去吧！”

“我要回泰国一趟，这段时间可能顾不上你。你一个女人，身边没点钱不方便。”他把卡塞进她围裙的口袋里，“拿着，以后再还。”

“你要回泰国？那小美怎么办？还上幼儿园吗？”

“嗯，她留在这边，我会请人看着她。过段时间我会回来，以后可能都是这样两头跑的日子，她也要慢慢适应。”

怡江低头拿出手机：“你们现在住哪里告诉我一下，我有空就过去看看小美。”

梁伍点头，把住址输入她的手机里。

水果摊斜对面的岔路口有一家烧烤店，容昭看着店家把满满一铁盘烧烤端上桌，满心欢喜地搓搓手：“看起来真不错，再给我来一打啤酒！”

现烤的牛羊肉还在冒油，容昭左右开弓吃得欢，把吃完的空钎了递给从嘉佑：“你也吃啊，冷了可就不好吃了。”

他“嗯”了一声，注意力根本没在这上头，一口咬下去肉没吃着，差点被铁钎子硌到牙。

他恼羞成怒，恨不得把铁钎子往容昭的脑袋上插进去。

容昭哈哈大笑：“让你别看了，有什么好看的？人家男未婚女未嫁，各自带着娃多交流交流也很正常。谁让你不去给人家新开张的生意捧场呢，在这儿躲什么躲啊！”

“我哪里躲了，不是你要撸串才选了这家吗？”

没错，串是他要撸的，地方可是从二爷你选的呀！

容昭好脾气地说：“我说撸串的意思是：你，还有我，咱们一块儿吃吃喝喝，看看美女，天南海北地聊一聊。可不是我一个人开撸，你在旁边心不在焉啊！”

他早该猜到了，从嘉佑在吃上面讲究得很，怎么会这么干脆地答应陪他到夜市这种地方来。敢情是醉翁之意不在酒，人家许怡江的夜市小摊今天开张，他拉不下脸去捧场，曲线救国来了。

本来还好好地端着大少爷的架子，美其名曰放心不下两个侄儿侄女，看看也就看看。没想到梁伍突然来了，看那态势跟许怡江还亲热得很，又是送东西，又是塞银行卡的，大少爷的心态就崩了。

让他这个过来人怎么说呢？这么在意人家意味着什么，他自己居然还不知道，也是很晚熟了。难怪他会单身到现在，合着天才还真是奇葩啊！

从嘉佑是一点胃口都没有，尤其是看到怡江从梁伍给她的手提袋里拿出的是画笔、颜料之类的东西，胸腔里就如翻江倒海般难受。

他那天的话是克扣她的意思吗？他是希望把好钢用在刀刃上，她明明可以有更好的前程。

她就是要跟他对着干，遇到困难了也不怕，她还可以找梁伍。

从嘉佑也不知道自己为什么这么在意她跟梁伍走得近，反正就是感觉这个人物的存在会是一个很大的威胁。

梁伍没待多久，很快就带着女儿离开了。

容昭把吃的和喝的全扫光，满足地拍了拍肚子："吃饱了，走不走？"

"嗯。"

说是要走，可他的眼睛还盯着斜对面的小摊子。

容昭受不了他，让烧烤店老板找他结账，然后自己大摇大摆地走到斜对面，在水果摊前看了看，拿起一盒榴梿："这个怎么卖？"

"三十。"小芒过来招呼他，"还有整个的和包装好的榴梿干，要看看吗？"

容昭闻了闻，又看了看果子："泰国金枕头，质量不错。"

小芒眉开眼笑："您可真识货，我们家的水果都是真正从泰国进口的，品质一级棒，童叟无欺。"

怡江转过头来看到是他，惊讶地道："容医生？你怎么会在这里？"

"我呀，今天有人请客吃夜宵，吃完了有点腻，就想买点水果清清口。"

"那你看看喜欢什么，我请你吃。"

"那怎么好意思。"

"不要紧，今天我们新开张，有朋友来捧场，求之不得。"她一边说一边跟小芒解释："这就是我跟你说过的那位容医生，上回星辰生病也是多亏了他帮忙。"

原来就是他！袁小芒恍然大悟，怡江跟她提过丛嘉佑的一位朋友是私立医院的董事，本身就是脑外科专家，医术精湛本事大，小果的病说不定也可以问问他。

那还什么三十块一份榴梿啊！袁小芒直接抱起一个超大的整果塞到他怀里："我最钦佩医生了！容医生你不要客气，怡江的朋友就是我的朋友！这个金枕头你抱回去吃，不够再来，我不收你的钱！"

能治好小果就行了，呜呜。

容昭抱着个超大的榴梿往后仰了仰："这个也太大了……我明天就走了，不能带上飞机……"

正说着，他的余光瞥见丛嘉佑终于走了过来，连忙叫他："哎，喂，那谁……过来帮帮忙。"

"哦，原来你在这儿呀。"丛嘉佑假装一副无意中找到这里来的样子，"这就是你们的摊子啊，位置也不怎么样嘛，路都快走到头了。"

怡江刚才听容昭说有人请他吃夜宵就已经有心理准备了，所以这会儿见到从嘉佑也不感觉意外，轻描淡写地回应：“酒香不怕巷子深，这样就挺好了。”

“都什么年代了，国内的网红公司都要在纽交所上市了，还说什么‘酒香不怕巷子深’。”从嘉佑看看她面前那个沾满油渍的炉灶，又看看旁边堆得层层叠叠的水果，“要真想做起来，今天就该找电视台的美食节目来拍一拍，我倒是有这方面的朋友。”

只要她提出需求，他也可以勉为其难帮她达成。

怡江用小铲子自顾自地铲除黏在锅底上的焦煳的面皮，并不打算接他的话。

容昭还在跟那个榴梿较劲，旁边的星辰和大海倒是开了口：“二叔……”

两个小家伙玩累了，这会儿也早就过了他们平时上床睡觉的时间，一起蹲在一个空纸箱里睁不开眼的模样，像两只等待主人回家的小动物。

从嘉佑蹲下来：“困了？回家睡觉好不好？”

两个人点点头。

四只小手伸向他，缠到他的脖子上。

他感觉像是终于找到了友军，浑身都是劲地把两个孩子抱起来，很酷地对怡江道：“孩子要睡了，我先抱他们到车上去，你赶紧跟过来。”

“还没到收摊……”

话还没说完，他就已经消失在了拐角处。

怡江气得想一块抹布扔到他头上。

“对不住啊，袁妈妈、小芒，我只能先走了，回头我再找时间过来。”

“快去吧，快去吧，今天本来就辛苦你了。”小芒拍拍她的肩膀，又塞了两个大杧果到她的手提袋里，然后继续拉住容昭：“容医生，麻烦你看看我弟弟……”

容昭觉得今天一晚上自己积了不少功德。

怡江来到约好上车的地方，星辰和大海已经歪在后座上睡着了，从嘉佑脱下大衣盖在他们的身上。

“下不为例。夜市不是小朋友该来的地方，会耽误他们休息的。”

“我知道。”今天要不是因为刚开张，两个孩子又实在好奇，她也不会带他们来。

她坐到他旁边的位子上，梁伍给她的东西就放在脚边，从嘉佑忍不住多看了两眼。

“这些东西是梁伍买给你的？”

怡江没回答，把东西拿过来，很宝贝地抱在怀里，好像生怕他会把它们丢下车。

从嘉佑别提有多心塞了，可是又不好发作。

回到燕雨山房，两个人一人一个，把星辰和大海抱回房间睡下。还没等怡江歇口气，他就一把拉住她．“你跟我来。”

怡江被他踉踉跄跄地拉到楼上他的房间，看着他“砰”的一声关上门。

她疑惑不解：“你这是干什么？”

“脱衣服。”

怡江的心跳都漏了一拍，警觉地拉紧领口：“你忘了我们的约法三章？”

不要有非分之想，不得有其他不合理的要求，这都是相互的，那他现在这是在干什么？

这个时候提什么约法三章！

从嘉佑把椅背上的运动服和拳套扔给她：“你别想多了，我是让你了脱衣服把这个换上！还有拳套，女性专用，你看看合不合适。”

粉色的运动服、粉色的拳套，标签都还挂在上面，崭新的，无人用过。

“这是？”

“你换上我就给你解释。”

墙壁上的钟已经指向十一点，她实在是困了，只想赶紧洗澡然后去睡觉。她三下五除二随意地换上衣服，再戴上拳套：“这样可以了吧？”

不知道他是怎么挑的，衣服和拳套的尺寸都跟她很合。

她只是不明白他想干什么。

从嘉佑也戴上了拳套，左手拿着个墙靶说：“起来，我教你泰拳的基本动作。”

“……”

现在？泰拳？怡江看摊子看了一晚已经累得头昏脑涨，完全摸不清他的路数了。

“你就不怕赵成康折回来找你吗？你说过想保护自己、星辰和大海，难道都只是嘴上说说吗？”

他也想了很久，授人以鱼，不如授人以渔，只要教会她防身的技巧，赵成康就很难伤害到她。

他果然又准确地击中她的命门，怡江再抬头看他的时候，眼神都不太一样了。

他朝她伸出一只手：“不要怕难，我们从最简单实用的开始。”

她还那么年轻，身体健康饱满，泰拳所需要的爆发力经过训练完全可以达到。

怡江站起来：“要……怎么做？”

从嘉佑向她演示：“泰拳的基本技法有拳、腿、膝、肘、摔，我们可以先从拳和膝开始，最容易发力。”

他先教她直拳、刺拳和膝盖撞击，看起来果然不难。

怡江掌握了基本动作后，他又拿起墙靶：“来，你试试，就刚才这几个动作，朝我打。”

墙靶厚而结实，怡江试了试，有种打击的快感，好像一种发泄。

她曾路过泰国破旧的拳馆，里面对着沙袋、梨球挥汗如雨的拳手脸上除了杀气还有满足感，大概也是这个原因。

她有点明白为什么从嘉佑会去学这个了，可能最初也只是为了在紧张的工作之余发泄和放松一下吧！

“用全力，攻过来试试。”

她手上有拳套保护，不怕受伤，看到墙靶上的那团红色，不由自主地发了狠。她把今晚仅存的一点体力爆发出来，直拳、刺拳、膝撞……

谁让这家伙平时作威作福讨人嫌，她也是有脾气的，要是可以不用挂彩，早就想打他一顿了！

从嘉佑没想到她的爆发力还真是好，一开始的几拳倒是挡下来了，最后膝撞那一下预计不足，墙靶离身体远了点，她的膝盖过了墙靶直接撞到了他身上最脆弱的部位。

不好意思，他今晚没有戴护裆……

怡江正打得过瘾，看他突然表情痛苦地蹲下去，也吓了一跳，连忙推开墙靶扶住他：“哎，你不要紧吧？”

不要紧，只是有点疼……

从嘉佑怒瞪她一眼：“你这都第几回了？”

“什么几回？是你让我用全力的呀……有这么疼吗？要不要去医院？”

从嘉佑摆摆手：“没那么夸张，你让我缓一缓。”

他都这么说了，她也不好走开，只能扶他靠墙就地坐下，自己在旁边陪着他。

她挨得很近，他闻到她身上在夜市里染上的各种市井气味，跟她平时那种若有似无的孩子身上带来的乳香和沐浴后的香气都不同，还带了点她本身的汗味。可是并不难闻，他甚至因为这种迷惑人的温度想要靠近一点，再靠近一点。

这种感觉很熟悉，曾经的他们也经历过。

要不是有疼痛牵扯理智，眼下他可能又会做一些傻事。

他感觉到一点危机。即使已经了解她的处境，开始理解她的选择，却还是会怕，怕重蹈当年的覆辙。

“你去休息吧。”他终于开口，“下次我带你去我常去的拳击俱乐部，他们有专门的教练带女学员。”

“嗯，谢谢你。”她也认可他的主意不错。她已经是独立于那个噩梦般的家庭以外的主体，只要有了防身的本事，就不怕赵成康再随便对她动手了。

她只是有点好奇：“你为什么会想到学这个？”

“因为实用，学起来快。我以前打架总打不赢别人，都是大哥帮我去出头。”他顿了一下，“他是空手道黑带。”

怡江感到很意外，真看不出来啊，那么斯文的丛嘉茂居然是个空手道高手。

“那你为什么不学空手道呢？”

“不喜欢，他们讲的那些什么谦逊、尊重、提升人格的所谓‘道’太虚头巴脑了，我更喜欢简单实用的。”

“你学了多久？”

“四年。”

就从她在曼谷生下星辰和大海那一年开始，他从泰国回来，心底仿佛有什么缺失了一块，急需找到一个发泄口，后来是泰拳馆给了他灵感。

当然，他现在已经用不着跟人打架，真用暴力能解决的问题都不算什么问题，实战的机会也就只有像那天酒吧里的“素人”选手切磋了。

现在能把许怡江拉下水陪他一起学也挺好的，反正她本来就是拼图缺失的那一块。

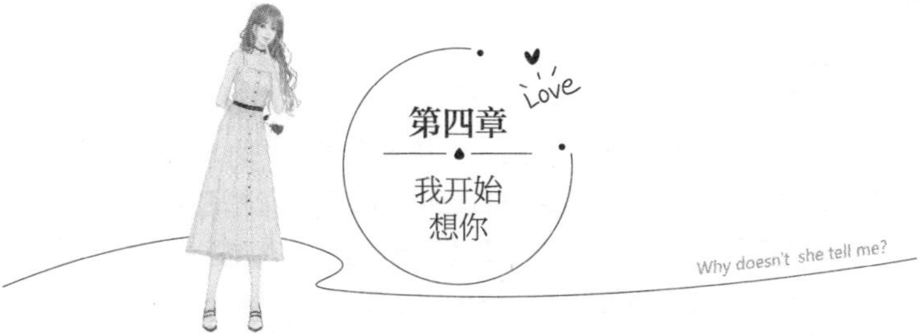

第四章 我开始想你

怡江的生活一下子变得充实起来。

在星辰和大海下午从幼儿园回来之前，她要抓紧时间做的事情还不少。

萍姨年纪大了，要照顾一家人的吃喝起居很辛苦。虽然院子里请了专门的园丁修剪打扫，每周也有固定的家政服务人员来做大扫除，但这个大的庭院和屋子平时的维护也很重要。

怡江每天都会帮着萍姨做一部分家务，孩子们吃的饭菜也都是她做的。从嘉佑口味刁，喜欢吃的东西就那么几样，萍姨没太多新点子，为了换花样给他做点爱吃的，头发都多白了几根。但怡江做给孩子们吃的东西，有时能意外地得到他的赞赏。

比如她有一次把整个鸡翅里的大骨去掉，肉掏出来跟新鲜大虾一起剁成蓉，腌制入味后再塞回去，然后刷点蜂蜜放进烤箱烤到皮色金黄。两个孩子爱吃得不得了，从嘉佑本来还不屑，尝了一个之后就停不下来，可把护食的大海给急坏了。

怡江就只能下回再多做一些，把他的分量也考虑进去。慢慢也就摸索出来，他跟大海的口味真的很像，但凡大海爱吃的东西，他十有八九也喜欢。

她不光是做家里吃的东西，夜市上卖的小吃也要想想有什么新品，总是那么两样，时间久了客人也会腻。

她一有空会看看吃播和各种关于吃的短视频，有新点子了就试着做一做，效果不错就去跟小芒商量，教会袁妈妈做，在夜市上试一试。

还有那些图文并茂的宣传画，也都是她画的，一张画对应一道小吃，做好了再拍下来，然后也试着做成短视频放到网上，点击量居然还不错。

从嘉佑当然还是瞧不上她这种小家子气的涂涂画画，一直等着她开口，那他就可以请电视台和视频媒体来系统地做点节目帮她宣传一下。然而她也很硬气，打定主意靠自己的草根智慧，就是不肯找他帮忙。

他怄气归怄气，却再没说什么不中听的话，甚至发现她画图的纸被星辰和大海拿去涂鸦用完了，还大方地重新给了她一大摞。

“你别想多了，绘图纸我这儿有很多，我只是不想看到你跟孩子们抢东西。”

到底是谁跟孩子们抢东西啊？

当然，他最在意的是自己安排的每周两次的泰拳俱乐部训练课她不能缺课。为了方便监督，他还把她的课跟他自己的课排在一起。虽然不是一个水平量级，但至少可以有效地防止她偷懒。

除此之外，一周里有两三个晚上，她还要去夜市帮忙。

怡江不怕吃苦，只要能看到生活的希望，吃的苦就是值得的，她就不是在徒劳地挣扎。

一番接触下来，她觉得泰拳和综合格斗其实挺不错的，既可以作为一门防身的硬技术，又可以强身健体，于是问大海愿不愿意学。

大海十分困惑：“为什么一定要学这个呢？”

怡江想了想：“因为学来可以保护自己，也可以保护别人啊。比如将来有人欺负小美，你就可以用这个来保护她。”

大海果然被说服了一点点，又问：“那星辰也学吗？”

“星辰啊，她要学钢琴，还有舞蹈，暂时没时间学这个。”

“哦……”钢琴和舞蹈他都没什么兴趣，他现在除了和星辰一起跟着家庭教师学英文，就只学了个画画。

要公平一点的话，他是可以再学一样的，不过……

“我能挑个别的吗？我觉得拳击好辛苦哦。”

怡江知道自己每天在手臂上绑着沙袋练出拳让他跟星辰看到了，自然而然就留下了辛苦难学的印象。

她也不想勉强孩子，就问他：“那你觉得换什么别的好呢？”

“空手道可以吗？我们班有小朋友在学这个，可厉害了。”

关键是那套道服，穿起来好神气的！

从嘉佑一听就不乐意："你以为那个不辛苦吗？你要考到最高的黑带，流的汗一点也不比学格斗的少。"

"可我爸爸学的也是空手道，不是吗？"

从嘉佑和怡江都一愣。

"谁告诉你的？"

"我自己看到的。星辰带我去小雅妈妈的房间里玩，桌上有他穿着空手道衣服的照片。星辰告诉我那个人就是爸爸，难道她是骗我的？"

从嘉佑深吸一口气，还没来得及开口，怡江已经抢先说道："不是的，星辰没骗你。不过小雅妈妈的房间以后不可以随便进去，不礼貌，知道吗？"

"哦。那我可以学空手道吗？"

怡江又看向从嘉佑，用商量的口吻说："要不就让他先试试吧，以后他有兴趣学别的再说。"

他还能说什么呢？只是她这样的态度让他很不爽。她在怕什么？以为他会因为两个小家伙闯入萧雅的房间而发脾气吗？

他决定虐一虐她。

他带她到了东边小楼的地下室，这里被他改造成了视听影音室，四周都做了很厚的隔音，地上也铺着厚重的地毯。靠窗的墙面做了一面镜子，放了跑步机和动感单车等几样简单的健身设备。

角落里还有一个沙袋，看来他平时练拳都是到这里来。

怡江看了看表，她今晚还想去夜市看看。

"来吧，你也上了四五堂课了，看看你的训练成果任何。"

这是什么意思？几堂课下来她只学了些基本动作，大部分时间都是对着沙袋和梨球练习，他现在是打算让她打沙袋吗？

从嘉佑看出了她的疑惑，也看出她晚上打算出门，所以钩了钩手指："我的意思是，你跟我练习一下。平时你这种面对面跟人对打的机会不多吧。"

"是不多，不过我怕像上回那样伤到你。"

这是什么话，不知道的还以为他是打不过她呢！

他冷哼了一声："你放心，这次不会了。"

怡江调整了一下呼吸，又回忆了一下基本技法的要领，脚下轻轻跳动活动身体："那就来吧！"

其实她最近练习挺勤奋的，说起来这项运动看似不适合女生，但她在俱乐部练习时意外地发现来报名学习的女生很多，大多都是为了防身。

这个社会对女性的恶意太深了，有时你不保护自己，都不知道还可以靠谁来保护自己。

想到赵成康，想到那个早就不能称为家的地方，她恨不得一夜之间就能成为身怀绝技的高手，所以难得有这样的机会可以好好学，她肯定是不会懈怠的。

她这是为了自己，也是作为母亲为了保护两个孩子。

怡江的身材较丛嘉佑要娇小很多，在泰拳领域这并不是劣势，甚至反而可以成为优势。

所以当丛嘉佑发现她的攻势还颇为凌厉的时候，心里有些惊讶，又有些安慰。一走神被她抓住空当攻过来，他不得已只能用摔法缠住她，一下就将她放倒在地。

地板上铺着厚实的地毯，摔得并不疼，但怡江不服气："我还没学到摔法，你怎么能用这招呢？"

"谁说不能用了，只要能打倒对手，什么方法都能用。"

怡江捂住落地的那一侧的肩膀，脸上露出痛苦的神色。

"喂，你不要紧吧？是伤到了吗？"

他凑过来要看她的伤，没想到被她突然抬脚一扫，下盘不稳也直接摔在了地上。

怡江笑了："我只见教练用过这招，还没学会呢，原来还可以这么用。"

是他说的，只要能打倒对手，兵不厌诈。

练也练了，检查成果也检查得差不多了，她便打算出门去夜市。

她有点小小的得意，刚一起身却被丛嘉佑压住："你想就这么走了？"

"不然呢？"

"再来。"

她翻了个身："我不要。"

两个人你来我往，像两个赌气的小孩子，都没意识到这样的拉扯滚打有多暧昧。直到他又利用男人的身量占了上风，再次把她压倒在地上。

她刚出了汗，额前的碎发贴在皮肤上，脸上有运动过后的红晕。最漂亮的是一双眼睛，总有种生机在里面，也是湿漉漉的。

他用来压制她的蛮力不知不觉就柔和下来，两个人之间那种本来还有点剑拔弩张、互相较劲的距离也在无形中缩短了。

他看了她很久，气息靠近，两颗心脏的大力跳动彼此都能感觉到。

这种感觉真是久违了，而且总是她，每次都是她……以至于他看了她好一会儿，不受控制地问了一句："为什么是你呢？"

是啊，许怡江，为什么是你？

怡江推开他，几乎是落荒而逃。本来想去夜市的，最后也没有去成，一个人躲回阁楼的房间里，没忍住眼泪，悄悄地哭了一场。

怡江去幼儿园接星辰和大海放学。

梁伍回泰国之后，小美更是每天都要上晚托，大海他们就坚持陪她。怡江觉得孩子们对小伙伴的这种体恤非常难得，于是干脆也让他们跟着上晚托，自己晚点去接。

这天她走到班级门口，只看到星辰和大海两个人，就问他们："小美呢？今天没跟你们一起？"

"她好像生病了，午睡之前就回去了。"

苏喜乐证实了他们的说法："小美今天送来时就有些低烧，快午睡的时候好像烧得更厉害，我就打电话请她的家里人过来接她回去了。"

"她爸爸最近不在，乐乐老师，你知道她家里现在是什么人在照顾她吗？"

"应该是育儿嫂吧，还有司机……嗯，大概还有一个像保镖一样的人，反正每次来都是好几个。我有仔细查对接送卡哦，没问题的。"

怡江点了点头，但母性的本能还是让她觉得不太放心。

刚上幼儿园的孩子免疫系统还没发育完善，最容易生病。上回星辰感染了诺如病毒，有她和丛嘉佑两个人在身边照顾，都好几天才缓过劲来。现在小美的爸妈都不在身边，生病就太可怜了。

于是她决定到梁伍给她的地址去看看小美。

到了地方，她对星辰和大海说："你们跟刘叔叔乖乖待在车上，我进去看看小美，很快就出来。"

"我们也想去。"

"对啊，我们为什么不能跟妈妈一起进去？"

"我之前跟你们说过的，小朋友之间生病会……"

"传染！"两个小家伙异口同声地回答。

"对，所以在不知道小美的病会不会传染之前，就不能带你们去看她。"

"那妈妈你怎么可以？你不怕传染吗？"

"妈妈是大人，抵抗力强一点呀！"她摸摸他们的脑袋，从随身那个宽大的妈妈包里翻出两支动物造型的棒棒糖，"这个先帮我保管，好不好？"

两个小家伙欢天喜地地接过去，终于愿意乖乖地留在外面等她了。

梁伍的这个住处可能只是他在国内众多房产中的一处，跟以前燕雨山房隔壁的陈家人一样，房子买来什么样就什么样，装修是简单粗暴的奢豪风，没有太多设计感。

大概是梁伍交代过，所以守在别墅的人见到是她来了，没有多说什么就领着她进去了。

怡江刚进客厅就听到小美的哭声，像是从饭厅传来的。她连忙跑过去，看到孩子在"哇哇"大哭，面前放着一碗粥，桌面、地板上泼了一半，另一半全在身上。

育儿嫂在旁边一脸恼怒地大吼："你生了病不吃饭能好？"

怡江赶紧从桌上扯了两张纸巾给小美擦下巴和胸口上一塌糊涂的粥和口水，忍不住责备："怎么也不给她戴个围兜？这衣服都弄湿了。"

"你是谁啊，孩子妈妈？"育儿嫂戒备地问了一句，她记得招她进来的男主人说过这孩子没有妈妈的。

"我是她爸的朋友，她爸爸不在的这段时间让我帮忙照顾她。"

育儿嫂这才换上一副无可奈何的表情："她今天莫名其妙就发烧了，饭也喂不下，我都不知道该怎么办了。"

怡江探手一摸，小美额头上贴的散热贴都已经被高热的体温给焐热了。

“孩子发烧这么厉害，怎么吃得下东西？带去医院看了吗？”

“又没什么症状……降降温就好了。”

怡江懒得跟她废话，把孩子的脸和手擦干净，问她：“小美，哪里不舒服，告诉姨姨。”

小美号啕得说不出话来，指了指嘴巴，眼泪还在一个劲儿地往下掉。

怡江二话不说抱起她，随手抓了件孩子的外套，对门口梁伍的手下说：“麻烦你们开车，我现在送她去医院。”

小美是梁伍的掌上明珠，万一有个什么好歹，谁也担不起这个责任。所以怡江一说去医院，他们立马就把车开了过来。

怡江又让司机小刘先把星辰和大海给送回去，她这边的情况可能比想象中还要严重。

从嘉佑晚上回到家，只见到两个孩子和又肥了一圈的胖狗，便问：“许怡江呢，去哪儿了？”

小刘张了张嘴，星辰先表示抗议：“二叔为什么每次都要叫妈妈的全名，一点都不可爱！”

“……”

“对啊，妈妈每次都叫你从先生，很有礼貌的！”

“那我应该叫她什么？”许小姐？那不是更奇怪吗？

“可以叫江江呀、怡江呀、小怡怡呀、小怡江呀……”

从嘉佑抚了抚额头，转过头问大海：“你妈妈呢？她到底去哪儿了？”

大海有点怵他一本正经的样子，不像星辰那样能肆无忌惮地撒娇，老实交代道：“带小美去医院看病了，小美发烧发到四十摄氏度呢，好可怜！”

从嘉佑拧眉：“她一个人去的？”

小刘又补充道：“是梁伍家的人开车送她们去的，我跟着他们的车到了医院门口才转回来。”

从嘉佑抬手看了看表，对这个女人多管闲事的本领也是服气。

他开车去了医院，赶到儿科的时候，孩子刚吊完水，躺在床上跟怡江在玩一个大概是临时买的小玩具——会唱歌的猪猪侠，那叽叽哇哇的音乐声吵得要命。

小美的精神不太好，但脸上笑意盈盈的。

他本来不喜欢梁伍，自然也不喜欢他的女儿。然而幼吾幼以及人之幼，他几乎立刻联想到星辰生病时也特别渴望妈妈在身边，心就怎么都硬不起来了。

他在门口的便利店买了热的牛肉饼和一罐热奶茶，拿袋子拎着，推门进去，在怡江的眼前晃了晃。

她愣了一下，回头道："你怎么……"

"你也不看看几点了。"他猜她肯定忙前忙后没来得及吃东西，就把吃的塞给她，"先填饱肚子再说。"

怡江跟他坐在病房外的椅子上，他一边看着她吃一边问："医生怎么说？"

"扁桃体化脓挺严重的，现在还没开始咳，医生说看她的病史咳嗽起来还会有点喘。"

"那现在怎么办？"

"医生说家里没有人能好好照顾的话可以住院。"想想她家里那个不靠谱的育儿嫂，"我也觉得让她住几天医院比较好。"

"住院也要人照看的，谁来管？"

怡江手里捧着那罐奶茶，酝酿了好一会儿才说："我可以抽空过来照顾她，但是住院可能也就三四天，等出了院就照顾不到了。所以我想……"

"你想把她接过来跟星辰和大海一起住？"

大概是她的心思太明显了，一下就被他猜中了。

"我知道你会觉得是我多事，但今天我过去看到小美那个样子实在是狠不下心不管。我想在伍哥从泰国回来之前照顾她一段时间，别的我不说，就请你看在她跟大海从小一起长大的分儿上，帮帮这个忙。"

他眯了眯眼睛："梁伍到底帮过你多大的忙，你要这么回报他？"

坦白说，他几乎感觉自己的内心在嫉妒了。

不是男欢女爱的那种嫉妒，就是单纯地想——为什么当初在她最难的时候伸出援手的那个人不是自己呢？

如果这是因为愧疚，那也已经压得他快喘不过气来了。

"其实帮我最多的不是梁伍，而是他的太太辛欣。"怡江笑了一下，"大海小时候喝奶粉常常拉肚子，我的奶水又不够，辛欣就把喂小美喂不完的母乳匀给他喝，一直到他可以吃别的辅食。”

从嘉佑听她说得竟然脸发烫：“你能不能稍微文雅点？”

奶水奶水的……

怡江不解地看着他——什么意思，她哪里不文雅了？

“算了。”他轻咳一声后摆了摆手，“你要接就接过来吧，不过得等她的病好点再说，别把星辰和大海也给传染了。”

两个小伙伴怎么说也有一起吃过奶的友谊，他硬是咬死不肯帮这个忙，到时候梁伍会觉得他们从家人小家子气，显得不仗义。

怡江自然很高兴：“太好了，谢谢你。”

“先别忙着谢我，要照顾三个孩子，你忙得过来吗？”

是时候赶紧找个专业的姆妈来帮忙了，他也叫家政公司带了些人来面试，可挑来挑去都没有合适的。

饶是许怡江再年轻力壮，一个人要照顾三个小朋友，又要兼顾夜市摊之类的杂事，精力怕是也会不够。

但怡江不想麻烦他，她有寄人篱下的自觉，希望自己创造的价值更大一点，就不那么容易被替代，这样的话她跟孩子们分开的可能性也就小一些。

小美住了两天院，高烧退了，精神也大好。她是活泼好动的性子，病稍微好点就满病区跑，靠保镖带的糖果、饼干和玩具结交朋友，没几天已俨然是儿科病房的大姐头。

从嘉佑评价说：“有其父必有其女。”

怡江每天变着花样熬粥，做孩子爱吃的小菜和点心带到医院去哄她吃。下午去接了大海和星辰他们回来，陪他们到晚上，有时还要去夜市，几乎是连轴转。

本来以为小美出了院就好了，然而医生找她谈了话，意思是因为孩子扁桃体经常发炎，可能会对心脏造成影响，建议消炎治疗后考虑进行扁桃体摘除术。

虽然只是一个小手术，但怡江不是小美的父母，没法替他们拿这个主意。

怡江只得联系梁伍，问他的意见。

梁伍听说后，沉默了片刻，说：“会不会有危险？”

“医生说是小手术，没有太大的风险。扁桃体是呼吸系统的一道屏障，摘了可能会有点影响孩子的抵抗力，但不摘的话，如果演变成心脏损伤，问题只会更严重。”

“可是我最近赶不回来。”

“不要紧，如果你决定要做，我会照顾她的。”

梁伍似乎深吸了一口气：“怡江，我真不知道该怎么感谢你。”

他又打了五十万过来，就在上回给她的那张卡上。加上之前她没动的那笔钱，已经是整整一百万。

他嘴上说是给小美住院看病做手术用的，但这么个小手术哪里用得了这么多钱。

从嘉佑觉得他是故意的，他知道许怡江跟他约定三个月后可以支取一百万，就抢先一步先给足她一百万，好让她没有后顾之忧。

这还不算，梁伍还派人给她送来一套家门的钥匙，说她如果不方便在从家照顾小美，可以住到他的家里去。

从嘉佑简直要气炸了，他想得可真美，这跟从他这里挖墙脚有什么区别？

他倒要问问许怡江是个什么想法。

然而要找她时才发觉，这几天她实在是太忙了，他们在同一个家里的作息进出时间也完全不同，几乎都没怎么见过面。

好不容易周末他休息，早上一起来就听司机说她带着星辰和大海去逛街了。

好啊，有了钱果然腰杆就硬了。之前说要给她买东西她百般推辞，这不要那不要的，他还以为她真的是清心寡欲。没想到现在别的男人给张银行卡让她随便刷，她立马就上街购物去了。

他焦躁地在家里走来走去，想到她把两个孩子也带去了，心里就没来由地一阵慌乱。

赵成康来闹过之后，他最近对她的戒备大大降低，几乎可以说是没有了，主要是出于保护他们母子的目的才盯着她。假如她现在带着两个孩子跑了，又有梁伍的钱和他本人做后路，自己要怎么把人再给找回来？

她不回来也就算了，如果两个孩子都丢了，他又要怎么跟从嘉茂交代呢？

不不，冷静一点，梁伍的女儿还在住院，许怡江应该不至于丢下她才对。

胡思乱想了好久，他几乎要忍不住出门去找他们，她才终于带着两个孩子回来了。

“许……”

“二叔二叔，快来看我们给小美买的生日礼物！”

他的质问还没出口就被星辰和大海打断，一大堆不知是什么玩意儿的玩意儿被塞到他怀里。

“帮我们拿一下，有好多好多东西，我们要准备一个惊喜！”

从嘉佑瞪着怡江：“你们又在搞什么鬼，这些都是什么？”

怡江似乎也挺高兴：“出去给孩子们买了点东西，这几天打折，挺合算的。”

她的手里也是大包小包，进了屋一样一样拆开，都是小姑娘穿的衣服，从内衣到外套，裙子、袜子、鞋子，应有尽有。

“小美已经好久没买到合适的新衣服了，身上穿的那些要么尺寸不对，要么面料不舒服，我给她重新买了一些。”

从嘉佑没好气地道：“她爸不知道给她买？”

“父亲再好也代替不了母亲，没妈疼的孩子怪可怜的。”

“那你呢？有没有也多关心一下大海和星辰，他们可是你亲生的！”

“有啊，妈妈也有给我们买东西。”星辰为她鸣不平，“但钱是从梁伍叔叔的卡里借的……二叔你为什么不给妈妈钱？”

从嘉佑一口气差点没上得来。

怡江解释道：“他们看到喜欢的也要买，我手里没有现金，所以……”

所以先从梁伍给的卡里付，然后再由他补上是吗？

他气得起身要上楼，却被大海和星辰拉住：“二叔不许跑，过来陪我们一起装饰 party 会场。”

“什么 party ？”

“小美的生日会呀，二叔你不是说这个家里每个人过生日都有礼物吗？那你有没有给小美准备礼物呢？”

从嘉佑额角的青筋跳了跳，耐着性子说：“我让她住进来就是送她最大的生日礼物了。”

还有生日会是什么？现在这个家里他说话已经不算数了吗？

怡江笑了笑，抱着那堆新衣服说："我先去把衣服过水烘干，你陪他们俩玩一会儿。"

从嘉佑被大海和星辰拖着走，大海还在苦口婆心地说："小美马上就要动手术了，她想先过完四岁的生日，我们都要陪着她一起。二叔你不能这么没爱心，没有礼物就陪我们一起布置 party 会场嘛！"

是星辰出的主意，说东面小楼的客厅可以办 party，所以他们买了好多彩带、气球，打算好好装饰一番，明天接小美过来时给她一个惊喜。

从嘉佑感觉大海这种天生自动满点的撩妹技能怕是基因突变，不知道遗传了谁，毕竟他跟从嘉茂都不擅长跟女人相处。

怡江就知道他拒绝不了孩子们的要求，他是那种嘴硬心软的人，小朋友可以让他直接跳过嘴硬这一关。

从嘉佑被星辰和大海拉去当苦力，她则抱着给小美买的新衣服去洗。孩子穿的衣服虽然有专门的洗衣机可以用，但贴身的那些布料软，她还是习惯用手搓。再加上小美在医院换下来的那些，足有两大盆。

怡江脱了外衣，只穿一件薄薄的毛衫，坐在板凳上搓洗衣物，又刷干净几个孩子穿脏的几双球鞋，想站起来去烘干的时候却忽然没了力气，手腕疼、腰疼，还头晕目眩……身体里积攒的不适好像一下子全爆发了出来。

她坐在板凳上一动都不敢动，缓了好一会儿才慢慢站起身。

从嘉佑正好上楼来，看到她这个样子，皱了皱眉头："你怎么了，脸色这么难看？"

她的脸苍白得像一张纸，整个人摇摇欲坠。

"可能刚才洗衣服低头的时间长了，有点不舒服。"她强忍着难受，指了指地上的盆子，"能帮我拿到楼下去烘干吗？我马上就下来。"

从嘉佑充满怀疑地看她一眼："你不舒服就去休息，马上吃饭了。"

"嗯。"

他一只手拿起洗衣盆就往楼下走，刚下了两级台阶就忍不住回头看了她一眼，果然看见她支撑不住歪倒在地板上。

"许怡江！"

他放下手里的东西，三步并作两步冲上来，将她捞起，发现她已经失去了意识，只得一边将她打横抱起，一边朝着楼下大喊："萍姨，萍姨！”

怡江醒过来的时候，外面的天色已经暗了下来。

她动了动手脚，发现自己的手背上打着吊针。

“你终于醒了？别乱动，医生来挂了点葡萄糖之类的东西，给你补充一下营养。”

“对啊，妈妈你不要乱动哦，针头会掉出来的。”

“会流血哦！”

一大两小三双相似的眼睛，睫毛都是长而卷的，瞳仁乌黑，全盯着她看。

从嘉佑就坐在她的床边，也不知在这里守了多久，隽秀好看的脸上硬是多出几分憔悴和焦虑，眉头拧在一起。

“我怎么了？”她的记忆有点断片。

“你还问？劳累过度，轻度贫血，自己身体不舒服都不知道吗？非要晕倒了，把其他人都吓得够呛？”

星辰十分不满：“二叔你太凶了，不可以这么凶病人的。”

“对啊，妈妈生病已经很可怜了，你怎么这么没有爱心！”

“……”

怡江揉了揉脑袋，强撑着坐起来：“没关系，他说得没错，不舒服是应该及时看医生，我只是没想到会这么突然。”

太累了有点头晕难受也很正常，她以为年轻挺过去也就没事了，谁知道会晕倒。

从嘉佑的嘴抿得紧紧的，重新把她按回去：“你睡了半天都没吃东西，我去端点东西来给你吃。”

“我感觉好多了，还是我自己下去吃吧。”

“医生说你要多休息，万一你又晕了我可不想再抱你一次，重死了。”

星辰的小眉毛又是一皱：“二叔怎么可以说女孩重！”

原来刚才她晕倒是被他抱进来的？

从嘉佑很快便端了吃的上来，萍姨给她煮了鸡丝粥，又蒸了红糖馒头，还有一小碗黄澄澄的鸡汤。

“先把汤喝了，待会儿就凉了。”

怡江伸手来拿勺子，大海抢着拿起来："妈妈，我喂你喝。"

"不用了，我没有这么虚弱。"

"要的要的，你在打吊针呀。"星辰忧心忡忡地盯着她，"妈妈生病了要赶紧好起来，不要像小雅妈妈那样……"

怡江愣了一下，看了看从嘉佑，他正好也抬起头来，从大海的手中接过勺子说："我来吧。"

他撇开鸡汤上的油花，舀了一勺汤轻轻地吹了吹，然后才送到她嘴边。

她看懂了他的眼神——不想让两个孩子担心的话，就赶紧把东西吃光喝光。

医生说她是因为长期营养不良才导致的贫血，加上近期劳累过度，所以才突然晕倒了。

他想到她提过的生下孩子后在泰国吃的那些苦，还有再早些时候，少女发育时就提心吊胆熬过的日子……想必吃得也不怎么样。

他一直拿她跟萧雅比，以为她身体强健，什么困难对她来说都不是困难。可刚才抱她的时候，她蜷在他怀里，比想象中要瘦很多，也要轻很多，甚至骨头都有些硌手。他这才意识到，她也只是个二十出头的女孩，不是铁铸的机器。

要说她的前半生，远没有萧雅过得开心富足。

怡江有点不习惯他这种突如其来的温情，她反而担心因为她晕倒的事，他会迁怒于小美，便试着跟他商量："小美明天生日……"

"我知道。生日 party 的现场已经布置好了，吃的不用你们在家准备，我联系了专门做派对包场的公司，他们会安排食物和节目，明天只要接她过来就可以。"他顿了一下，"不过我有条件。"

"你说。"

"尽快找一个人分担你的工作，然后把自己的身体养好。你如果不能保证，说什么我也不会再让梁伍的女儿住在这里，就连夜市也不会准你去。"

不知从什么时候开始，他的初衷变了。

她住在这里，不再是仅仅照顾两个孩子，还要承担其他更重要的角色，所以她要好好的，不可以再像今天这样说晕就晕了。

怡江从医院接了小美出来，从嘉佑已经在车上等得不耐烦了。

小美乖巧地喊：“从叔叔好！”

“嗯。”

“大海和星辰呢？”

“他们在家里，”他看了怡江一眼，勉为其难地说，“等你回去一起玩。”

怡江觉得好笑，低声说：“都叫你不用来了，我一个人接她就好。”

“你以为我喜欢来？”不是怕她的身体又出状况他会坚持跟来？然而话到嘴边却变成，“我只是不习惯家里那么多人。”

大海和星辰热情地替寿星“大姐头”邀请了幼儿园的好朋友，苏喜乐也来了，还有负责派对包场的工作人员，拉拉杂杂几十号人，从家已经好久都没这么热闹过了。

小美完全没想到会有这么大的生日派对在等着她，穿过缀满气球和彩带的拱门，草坪上还有一个偌大的充气城堡，小拉炮迎面喷出的彩色纸屑落了她一身——

“Happy Birthday！”

“生日快乐呀，小美！”

站在门边的小丑两手空空，在她的头发上轻轻一提，居然就给她戴上了小寿星的彩色帽子。

小美“哇”的一声就哭了，是被感动的。

虽然最疼她的爸爸不在身边，但这个生日也算是别开生面，非常难忘了。

怡江谨记从嘉佑的交代，今天不管轻活重活一律不准插手。所以她只能给小朋友们切切蛋糕、拿拿糖果，连在草坪上玩老鹰捉小鸡这种稍微剧烈一点的游戏都不允许，只能由苏喜乐带着孩子们玩。

今天全场最受欢迎的是派对策划请来的那个小丑，哪个小朋友会不喜欢小丑呢？何况还会变魔术，一会儿是一支棒棒糖，一会儿是一只小熊，都是从小朋友们的衣服口袋和帽子里变出来的。

全场最孤僻的是从先生，一直缩在安静的角落里接电话。等终于讲完了，怡江看他也没动，就坐在那里发愣。

派对公司给大人们准备了气泡酒，她倒了一杯，又切了一小块蛋糕，走过去递给他。

“多少沾一点喜气吧，今天还要多谢你。”

从嘉佑看了看她手里的东西：“还有别的吃的吗？”

似曾相识的情景，触动了怡江的心弦。

“你还想吃什么？我去帮你拿。”

他却偏要自己来，拿着盘子，把空气炸锅里做好的新鲜鸡翅、烤肉和香肠夹了一大堆，再加上一大杯酸奶拌的水果沙拉，一起放在盘子里递给她：“全部吃完。”

怡江咋舌：“我怎么可能吃得下这么多！”

“营养不良加贫血的人就是要吃这么多。”他端起自己那一小块蛋糕，一边用小勺慢慢舀，一边说，“以后别总是什么事情都为别人着想，先顾好自己才是真的。”

这可不太像平时的他，怡江问：“是发生什么事了吗？”

从嘉佑喝光杯子里的酒后说：“你知道刚才是谁来的电话吗？”

她摇头，心里却蓦地紧张起来，很怕发生了什么不好的事。

“是英国的 Foster。”

Foster……是她想的那个 Foster 吗？全球最知名的建筑设计事务所？

从嘉佑点点头，证实了她的猜测：“上回那个可拆建筑的设计理念被我用到了另一个方案里去，明年可能会入围设计奖项。他们想知道有没有合作的机会。”

“这是好事啊！”怡江替他感到高兴。

“说是合作，其实也就是由我加入他们，成为他们团队的一员。”他笑了笑，“其实当年在美国读完学位，我就有机会加入 Foster。但我总觉得不甘心，想拥有自己的事务所去闯一闯。”

人生是一个圆，走着走着，又来到曾经路过的地方。

阅历不一样，起点和条件也不一样，选择也就可能完全不同。如今这样的机会，对华人设计师来说是很不容易的。

他可以在更广阔的平台有一番更大的作为，而且他越来越明晰的结合环保生态、高科技和本土文化的设计理念也跟 Foster 不谋而合。

“他们有什么条件吗？”怡江问。

“只是橄榄枝，如果我接了，就意味着我可能要离开国内一阵子。”

具体多久，一年半载、三年五载，甚至永远不回来都有可能，这谁也说不好。

从家二老早年就移居美国旧金山，他大哥从嘉茂常居瑞典，萧雅去世后，这个家几乎没什么人还留在国内，只有他，还有星辰。

可是现在……

他抬头看了看许怡江，莫名地想听一听她的看法："你觉得呢？我应该接受这个邀请吗？"

她一愣："你问我？"

"对啊，你怎么想？"

坦白说，她不知道。她不能够想象，作为一名建筑师，有全球最顶尖的设计团队向你抛出橄榄枝是一种什么样的感觉。

那样的荣耀和肯定就不必说了，她也很清楚他的志向绝不仅仅是在一家医院、一所学校的设计方案上跟甲方慢慢去磨。

东京千年塔、德国议会大厦、首都新机场……这些或许才是他的方向。

可是从感情上来说，他走了，这个家就没了，燕雨山房终将成为一座空空的院落，杂草丛生，凋敝清寂。

星辰和大海怎么办？是跟他走，还是去他大哥那里？反正只留她一个人在这里照顾两个孩子，想来也是不可能的。

"你走了……星辰和大海怎么办？"

从嘉佑看她酝酿了半天，应该也是在为难和舍不得，心里有点高兴，半开玩笑地说："你只担心他们吗？那好办，将来我结了婚，把他们过继到我的名下。我大哥不想负这个责任，就让他们当我的孩子好了。"

怡江感觉心猛地一紧，昨天那种头晕目眩的感觉又上来了，冷汗从额头上冒出来。幸好她这会儿是坐着的，为了掩饰这种源自身体深处的难受，她好不容易才硬挤出一句："那这样也挺好的。"

从嘉佑脸上的笑容僵住："你觉得挺好的？我说我结婚，把星辰和大海过继给我，你觉得挺好？"

怡江说不出话来，拼命想要把目光聚焦到两个孩子身上。

刚才还围着小丑玩耍的一群孩子此时已经四散开来，大多都到充气城堡上去蹦蹦跳跳了。星辰在，大海在跟小熊玩，唯独不见了小美。

小美呢？

还有那个小丑，怎么小丑也不见了？

怡江像突然被泼了一盆冷水，整个人惊醒般地跳起来。

从嘉佑道："怎么了？"

"没事，可能是我想多了……我去看一眼小美，她今天还得吃药。"

幼年时的阴影作祟，让她格外担心闯进家里来的人会危及孩子们的安全。

她快步走到大海身边，抓住他问："刚才给你们变魔术的小丑呢？还有小美，她上哪儿去了？"

大海扬手一指："小美说想上厕所，小丑就带她去了。"

"哪边的厕所？"

一旁的小熊像是听得懂他们在说什么，一甩头就"吭哧吭哧"地朝着恒温玻璃房那边跑去。

怡江和大海跟着它，一直跑到玻璃房后面的假山下。那边有一片被树荫遮住的角落，小丑亮黄色的衣服在树下显得格外显眼。

小丑蹲着而小美站着，蓬松夸张的假发落在一旁。小美有些手足无措地被面前的大人抱在怀里，却也没有挣扎。

怡江跑过来只看到侧对着她的小美，看不到小丑的脸，第一反应是上前将对方给拉开："你干什么？放开手！"

她没想到对方这么不经拽，一下就摔坐在地上。

再一看绾在脑后的发髻……原来小丑是个女的？

"怡江……真的是你？"坐在地上的人吸了吸鼻子，又哭又笑，"好久不见，你还认得我吗？"

小丑脸上的浓墨重彩和大鼻子还没去掉，怡江认不出她的脸，但这个声音一听就知道："辛欣？"

天哪，她怎么会在这里？

"小美今天过生日，我是来给她庆祝生日的。"

一句话似乎就可以解答一切。同样做母亲，同样经历过骨肉分离，怡江完全能理解。孩子在哪里，妈妈的心就在哪里。只要想找，总能找来的。

她又惊又喜，连忙把辛欣拉起来，拍拍她背带裤上的泥对小美道："见到妈妈开不开心，叫妈妈了吗？"

小美还有点不敢相信："我妈妈为什么变成小丑了？"

大海说："还是会魔法的小丑，好酷啊！"

两个女孩会心地一笑。

生日派对结束，所有人都走了，只有辛欣留了下来。

她洗掉脸上的妆，拿掉小丑鼻子和假发，仍然清秀水灵。小美也终于摒除了许久不见攒下的生分，亲亲热热地抱住她的脖子。

“所以说，你是梁伍的女人，是他女儿的亲生妈妈？”

“没错。”

从嘉佑真的一个头不止两个大，照他的脾性，根本不会跟梁伍这种人有什么往来。现在可好，不仅家里蹲着他的狗、帮忙照顾他的女儿，还要容纳他的女人……他觉得自己简直有海一般博大的胸怀。

而这一切的始作俑者都是许怡江。

他钩了钩手，把她叫到旁边：“你什么意思啊，让她留下帮忙照顾孩子？”

“不只照顾孩子，辛欣料理家务也不成问题。反正现在也找不到合适的人，辛欣至少知根知底，肯定会对三个孩子好的。”

“什么知根知底？都跟梁伍那种人睡了，谁知道她以前是干什么的。”

“她跟伍哥是正儿八经注册结婚的，之前也是正规大学毕业的大学生。”

“正规大学生还扮小丑变魔术？”

“那我还摆摊卖煎饼呢！”

不也是你的学妹？只是没机会毕业而已。

三百六十行，行行出状元，少瞧不起人了。

从嘉佑说不过她，看看她那苍白的脸色，又回头打量辛欣一番，心里斗争了半晌，才下定很大的决心似的说：“好吧，那暂时先让她试试。不过我可把丑话说在前面，她要是在这里弄出了什么幺蛾子，那她跟那个小丫头就必须立马走人！”

就知道他不是个不近人情的人，怡江喜笑颜开：“没问题，我保证！”

“还有，”他让她别高兴得太早，“除了给钱那一条，我跟你的约法三章对她也适用。尤其是，别对我动什么心思。”

怡江愣了一下，反应过来后没忍住，笑了一声。

他绷着脸：“你笑什么？”

“没什么。”怡江把笑忍回去，“你没见过她跟伍哥相处吧？她就吃伍哥那一套，不会喜欢你这样的啦！”

她的笑容太生动，也太明亮，他明明应该生气的，却鬼使神差地盯着她问了一句：“那你呢？”

辛欣不喜欢他这样的，那她呢？

这是一个“钓鱼”性质的问题吗？

他都跟她“约法三章”也再三强调不要对他有非分之想了，现在又来问她是不是喜欢他那样的？

那她如果回答是，是不是就坐实了“非分之想”这一条，他就可以趁机借题发挥，连辛欣也不许留下来？

怡江立刻提高警觉：“你不要误会，我是觉得你很好，但我对你没有其他的想法。”

她的心怦怦跳快，多少是有点违心的吧，但这样的回答应该是最安全的。

从嘉佑做梦也没想到会在许怡江这里收到一张好人卡，要知道向来都只有他给别人发好人卡！

刚才还说他结婚把两个孩子过继到名下也挺好的，这会儿又发好人卡，他在她眼里真的是这么可有可无的存在吗？

怡江本就拿不准他的意思，看他的脸色不太对，怕他突然又反悔，于是赶紧说：“那就这么说好了，我先带辛欣去房间。”

她打算让辛欣跟她一起住在阁楼上，反正空间足够大，也比较私密，方便她们没事的时候一起说说话。

谁知道从嘉佑不同意，叫住她道：“你去睡客房，让她住阁楼。”

“为什么？”不是说客房在他的房间隔壁会对他造成困扰吗？

“免得人家说我们从家刻薄，雇来的人都没单独的房间住。”

“我不介意啊！”她相信辛欣也不会介意。

“不介意那让她去一楼跟萍姨住！”

“去就去。我先来的，我去好了，让她住阁楼。”

她知道他在介怀什么，怕辛欣跟梁伍常年混迹下九流的地方，会把她给教坏了。

要教坏早就坏了，还要等到今天吗？

好好的突然一下子剑拔弩张，最后还是辛欣站出来打圆场：“你们别这样，客随主便，我们听从先生的安排就好了，怎么方便怎么来。只是今天收拾可能来不及了，我也没带什么行李来，能不能先跟怡江挤一晚，其他的明天再说？”

从嘉佑终于没再坚持，气呼呼地走了。

辛欣看看怡江，两个人又很有默契地笑了起来。

有人帮忙，果然事半功倍。两个姑娘帮三个玩得一身臭汗的孩子洗好澡，自己身上也湿透了，就一起在浴室里冲了个凉。她们帮彼此绾起头发，擦擦背，仿佛回到了当年在一起泰国生活的日子。

辛欣说：“现在关起门来可以说实话了，你跟这位从家二少爷到底是怎么一回事？他挺关心你的，你难道看不出来吗？”

主动让怡江住到他的隔壁去，就是为了两个人能更靠近呀，哪是为了她这个突然冒出来的不相干的人！

怡江默默用浴花揉着泡沫，一声不吭。

辛欣一下一下在她的身后给她擦背：“我以前只知道你有喜欢的人，今天一看你们这架势，就知道你喜欢的人是谁了。不就是帮他大哥大嫂生了孩子吗？反正现在他大嫂也不在了，你要是真喜欢他，他跟孩子也有感情，总有办法的。”

最简单的就是从嘉佑说的，孩子过继到他的名下，照样姓从，孩子妈是她不就行了？

怡江摇头：“不可能的，我跟他……这辈子都不可能。”

关于孩子的身世，她信守承诺，没有跟任何人讲过，包括辛欣，也包括小芒。

除去这一层关系，她跟从嘉佑本身也是两个世界的人，中间相隔何止天堑。

所以即使他不说，她也时刻在提醒自己要克制对他的感情，有一点绮思妄念都要及时掐灭。

“哎，我真是不懂你们。以前我还总觉得梁伍太糙，见了一次就霸王硬上弓，随时随地发情。现在看着你们这样，觉得还是他那样的好。”

虽然表白也是做，道歉也是做，求婚也是做，他更嚣张直言看到她就恨不得每天都抱着她……可是现在想起来，竟然都变成了温柔的记忆：“我们吵架从来不隔夜的。”

当然除了最后那一次，这个男人决绝起来是真狠，对自己狠，对她也是。

“伍哥对你不一样。”怡江安慰她，“他到现在心里都还想着你。”

不然以他的条件和所处的环境，身边能少得了女人？小美的后妈都可以换几茬了，他却始终一个人守着那点回忆过日子。

辛欣摇了摇头：“他一辈子不原谅我也没关系，只要让我见见孩子就行。我在这里的事，你可千万别告诉他。”

“不会的，我又不傻。”

“还有那位丛先生，他不会说吧？”

怡江笑道：“你就算让他去跟伍哥说，他也不会去的，放心吧。”

她们洗好换上干净的衣裳，辛欣又问了一句：“那你以后有什么打算？一辈子待在这个地方照顾两个孩子吗？”

顶着孩子生母的身份，家里又有两个单身男人，未免也太尴尬了。

“等星辰和大海再大一点，或者……等他们的爸爸和二叔有了新的家庭我再走吧。”她停顿了一下，像是在确定自己的心意，“迟早都是要走的。”

燕雨山房很美，但不是她人生的终点。

好不容易从那个噩梦般的家庭逃出来，她希望自己能活得更多姿多彩一些，不仅仅有孩子，也有自己的成就和感情。

三个小朋友笑闹的声音传来，她们打开门出去，意外地看到了正陪他们玩的丛嘉佑。

他没有转过身来，只是定定地坐在那里，任由大海和星辰围着他捣蛋，不知道在想什么。

怡江似乎意识到什么，只假装不知道，过去把小朋友们哄上床睡觉。

他这才站起来，瞥了她一眼，又看了看辛欣，转身出了门。

小美晚上要缠着妈妈睡，怡江干脆让她跟辛欣去住阁楼，她还是带星辰和大海睡他们的房间。等丛嘉佑走了，她才悄悄问大海：“二叔刚才来了多久？”

“就一小会儿，他听到妈妈和辛欣阿姨在浴室里说话，本来想敲门的也没敲，就过来陪我们玩了。”

他果然听到了她们说的话。

其实从嘉佑觉得自己不在乎的，听到她说要走，也是意料之中的事啊，合情合理，他为什么要在意？

她要走，他也应该找个人恋爱，然后结婚。两个孩子回到大哥从嘉茂的身边，最好他也能再婚，人生各就各位，没有比这更完美的了。

可他又为什么要来这儿买醉呢？

酒吧灯光幽暗，舞台中央有人抱着吉他，悠然地边弹边唱。他听到身边人的喃喃低语，可除了喝酒他一句话都不想多说。

有打扮入时的美艳女郎隔着一段距离观察他好久，之后走过来轻声说："能不能一起喝一杯？"

他扬手，请酒保给她添一轮。

以他的外在条件，在酒吧这种地方被人搭讪实在是太司空见惯了。本来是没什么特殊想法的，他连对方叫什么名字都没搞清楚，也没有兴趣知道。

直到最后喝得有点热，他又想到了许怡江。

刚认识的女孩正好偏过头吻他，其实放纵一回也没什么，可他还是避开了。

早晨，怡江在院子里修剪花枝。这个家有几百平方米的花园，一直由园丁打理。秋冬季的时候也有层层叠叠的色彩，还有一些时令蔬菜，供应自家餐桌，用不完的萍姨就让她带到小芒的夜市摊子上去用。别的不说，自己种的香菜和薄荷，香味真是浓郁到令人惊叹。

她本来没什么时间跟着动手打理的，但辛欣来了以后，分担了她早晚的一些工作，加上泰拳俱乐部的教练要求她每天早晨起来跑跑步，绑着沙袋练一练腿部和手部的力量，她也就顺便在早上帮着修一修花园里的花草，一天的心情都会跟着变好。

从嘉佑非常自律，除了下雨，每天早晨都会出来锻炼，沿着外面的山道跑一圈，回来冲个澡吃完早饭才去上班。

可今天却是个例外，他没有晨练，萍姨说他昨晚好像很晚才回来，喝了酒，没有自己开车。

怡江以为是应酬，他的工作性质偶尔也需要在饭局上露脸喝酒，所以也就没太在意。

然而收拾他昨晚换下来的衣服，看到领口的口红印，再闻到满身的香水味时，她愣了一下。

从嘉佑早上醒过来，看着身边空出来的半边床松了一口气。

他暗自庆幸，幸亏昨晚没有一时冲动把在酒吧里认识的女人给带回家来。

有人不喜欢跟别人分享食物，他是拒绝跟别人分享自己的床。

可身上似乎还是沾染了呛人的香水味，难怪他整晚都睡得不踏实。

许怡江挺敏感的，看到他这样，一定会猜他昨晚跟人发生了点什么。

冷静了一会儿后，他高声朝楼下喊："许怡江，你给我上来，我要换床单！"

怡江似乎早就料到，抱着干净的床单和被套上来，对他说："厨房里还热着粥和包子，你下去吃一点。"

他偏不，他就要站在这里看她的反应。

怡江看他"嗯"了一声却站住不动，问道："你不饿吗？"

就怕她不问！从嘉佑一下来了劲头："饿啊，怎么会不饿？我昨晚就喝了点酒，东西都没怎么吃，还跟人折腾一宿。这种事出力的都是男人，一晚上好几次，身体都被掏空了。"

怡江埋头干活，没接他的话。

她背对着他，宽松的紫罗兰针织衫随着她手臂的动作往上跑，一弯腰就看见腰间一点肤色若隐若现。下身一条过膝的直筒裙，是很温柔的颜色，勾勒出她的身体线条。

他忘了现在是早晨刚起床，身体立刻有了反应，窘迫地道："喂，你怎么不说话？难不成是心里不痛快？"

"我干吗不痛快？"

"你没听我说吗，一晚上好几次……"

"好几次干吗，上厕所？年纪轻轻就肾虚，那是得悠着点。"她正好从床边又捡起一件他的衣服，看了看以后扔给他，"这上面也有口红印，你要不要留个纪念？"

从嘉佑手一甩就把衣服直接扔进了垃圾桶，整个动作一气呵成，然后上前拽住她的手腕，咬牙道："你到底是真不懂还是装不懂？许怡江，你……"

话没说完，他看到她的手，顿时僵住："你这手是怎么了，为什么会弄成这样？"

手背和手心都有皲裂的一道道血口子，手指头又红又胀，像一根根小红萝卜似的。

怡江看了看，毫不在意地说：“天冷就这样，最近修剪的枯枝多也会不小心被划到。”

她要做家务，天冷碰水手就会红肿，从小就这样。花园里有荆棘，有时修剪图省事，她不戴手套就直接用手抓，习惯了也就不觉得疼了。

他放开她的手，等她反应过来，他的手心已经多了一团软而滑的绵羊油，抹匀了敷在她的手上。

手背手心，滑腻的油脂在两个人的手间摩挲，逐渐抚平了细小的沟壑，连每根手指都被细心地照顾到。

她不知是什么时候在他的床边坐下的，床略有点高，他就半蹲在她身边，细细地抚过她的一双手。

他的轮廓很深，眉眼隽秀，这会儿头发还有些乱糟糟的，衣领大而垮，却不显得邋遢，反而让她看出一点脆弱，还有一点渴望。

看到他衣服上沾染的口红印，她并不觉得难过；刚才故意跟他斗嘴，也只是如小孩子一般置气。可这时双手在他的掌心被温柔地呵护，她却忽然心酸起来。

她抽出自己的手：“以后……还是尽量少喝酒，喝醉了让星辰和大海他们撞见了不好。这个家里迟早会有女主人，赌气的话以后也不要再说了。等你认认真真谈了女朋友，再郑重地介绍她给家里人认识吧。”

不是为了跟她置气，也不是因为不甘心，仅仅是因为喜欢、欣赏，愿意共同生活，一起承担……他会是最好的丈夫和男友，值得拥有一段完整的浪漫爱情。

Love

第五章

想要相信你一次

Why doesn't she tell me?

袁小芒又提着大包小包出现在燕雨山房门口，扯开嗓子喊：“姐妹们，快来帮把手！”

辛欣冲出来：“咦，你今天怎么有空过来？”

“夜市赚了钱，奉命过来给我的股东分钱啊！”小芒四下看了看，“怡江呢，不在家？”

辛欣指了指楼上：“在房间里画画呢。”

“小美呢？身体好点了吗？”

“好多了，手术很成功，除了最开始两天有点疼，之后恢复得很好，今天上幼儿园去了。”

三个孩子一出门，家里就显得有点冷清了。

“怡江最近是不是有什么事啊？跟我家里养的那只似的，动不动就躲起来玩孤僻，都没怎么见她笑。是不是那个嘴贱的二少爷又跟她闹别扭了？”

“比那还要严重呢。”辛欣叹了口气，“他好像谈了个正儿八经的女朋友，而且可能要把事业重心转到国外去了。”

“啊？那怡江和星辰、大海可怎么办啊？”

“就是不知道啊，她自己也做不了主，能不心烦吗？”

小芒在泰国落难时，辛欣也有份帮她，她们三个难姐难妹早就相识，各自蹉跎几年再凑到一块儿，就彼此出出主意，抱团取暖。

小芒鬼主意多，眼珠子一转：“不怕，不怕，我带了好东西来，助她一臂之力。”

她从一个袋子里拿出一件衣服，辛欣不解：“这是什么啊？”

“看不出来吗？女仆装啊！”小芒在自己身上比画了一下，“这是穿在身上的裙子，还有围裙、丝袜、头饰……哎，辛姐你跟着伍哥见多识广，还会不知道这个？”

“就是知道才奇怪啊。”辛欣压低了声音，不好意思让萍姨他们听见，“你拿这个来干什么？”

“我最近加入了微商大军，小打小闹卖点网红内衣什么的，可是超级畅销！我看这个挺实用的，就拿来给你们一人一套，寒碜一下从少爷，哈哈哈！放心，我心灵手巧的老母亲已经认真改造过了，遮得严严实实，一点也暴露。不过要性感起来也是可以的，这里有扣子……”

她边说边给辛欣演示，裙子胸前的这一块布料是可拆卸的，果然很巧妙……

辛欣不愧是过来人，一下就明白了她的意图：“你是想让她去勾搭从嘉佑，让他情不自禁？”

“有什么不可以，爱就要主动去追嘛！”

“但也不是所有人都适用……”

“小芒你来了？”怡江从楼上下来，看她们讨论得热火朝天，“在说什么呢？”

小芒立刻抓起衣服冲过去：“走走走，试试我给你们带的好货。”

怡江有些莫名，求助般地看向辛欣。她笑着拿起另一套：“走吧，我陪你一起试。”

她们就在一楼的洗手间里换衣服，空间够大，又有一大面镜子。怡江换好衣服之后就被推到镜子前。

“这是你说的工作服？”

“对呀！那天你来夜市不是还抱怨围裙不够大吗！你看你看，这个围裙可以一直遮到裙摆这里，又实用又 sexy！”

旁边的辛欣也换好了衣服，照了照镜子说：“还真是挺漂亮的，天热了胸前的这一块还可以解开。”

现在的年轻人可真会玩，她跟梁伍都没试过这种操作。

怡江摇摇头，只想说这是什么鬼，抬手就要把裙子往下扒。

“哎哎哎，别呀，还没穿戴好呢！”小芒急忙拦住她，“还有头饰，还有这个手袖，都好可爱的，戴上试一试嘛！”

怡江看她那个热心劲儿，打趣道：“明明就是自己想穿，把我们当洋娃娃了。”

“我是很想穿啊，可是我又没男朋友，穿给谁看啊？而且我家里有老妈和小果在，连试一试都不方便。”

“你可以来找我们的时候试试啊，而且谁说一定要讨好别人了，自己好奇喜欢穿不行吗？”

“辛欣说得有道理，女孩有这方面的心思很正常，用不着压抑。你家里不是还有个‘鱼肉肠’吗？说不定他就很懂得欣赏你呢？”

袁小芒是三个人里年纪最小的，经不起小姐姐们的逗，“呸”了一声就跟她们打闹起来。

萍姨在外面听到她们的动静，敲了敲门：“怡江啊，你们闹什么呢？”

三个姑娘把门打开，萍姨“哟”了一声，忍不住惊叹：“什么衣服啊这么好看！”

怡江和辛欣乐了，像模像样地给她鞠躬。小芒说：“萍姨可以穿英式大管家那种，我可以让我妈给你做一件！”

萍姨把她们拉到花园里，拿手机给她们拍照。镜头里的几个女孩真是青春无敌。

这个家里真的好久没有这样的活力和热闹劲儿了，一直都特别安静，带着一种死气。

正闹着，车道上忽然传来说话声和脚步声。几个人都屏息凝神，还是怡江最先反应过来：“是从嘉佑。”

他怎么这个时候回来了？而且好像还不止一个人。

几个人一时间都慌了，尤其是小芒：“啊，怎么办，我该往哪里躲？”

哎，她为什么要躲呢？

萍姨招招手让她先跟自己去厨房，这下就剩怡江和辛欣两个人在外面。真是避无可避啊，从嘉佑带着客人一走进来就看到了她们俩。

他本来正打着手势跟身旁的人侃侃而谈，看到她们俩的打扮整个人一顿。

他身旁还跟着常羽生和其他几张不认识的生面孔，男女都有，这一刻也是神色各异。

原来还真有恨不得地上有个洞能钻进去的这种感觉，怡江硬着头皮说：“你回来了？我……去给你们泡茶。”

仿佛一部电影突然中断了，从嘉佑半晌都没反应过来，还是身旁的陆慧文提醒他：“嘉佑？”

另一侧的高崎杰却了然地笑了笑：“原来社长有这样的爱好。”

高崎杰是中国人，本家姓杨，在日本待了二十几年，娶了高崎建筑的千金后跟随女方的家族姓氏，连称呼都按照日方的习惯称社长而不是国内更普遍的某总，在从嘉佑看来是个不折不扣的假东洋鬼子。

要不是高崎建筑设计所的首席设计师陆慧文极力促成两家合作，而高崎杰作为“驸马”，又是高崎建筑在中国的总负责人，他今天也不会邀请他们到家里来。

从嘉佑知道日本某些文化很发达，但还是故意睨他一眼，问：“什么爱好？”

高崎杰摸了摸下巴，笑而不语。

一行人到客厅坐下，怡江端了茶水过来，是萍姨在厨房里泡的普洱。

她把杯子放在高崎杰面前的时候，他问：“请问有没有绿茶？”

怡江知道他是故意的，抬头看了从嘉佑一眼。只听从嘉佑说：“看来高崎社长欣赏不了我珍藏的茶饼，你去给他换一壶绿茶来。”

最好顺便把你这身奇装异服也给换了！

小芒在厨房里气得使劲儿戳茶饼：“有得喝就不错了，他还挑三拣四的！”

辛欣端起点心盘对怡江道：“走，我陪你一道去。”

这回高崎杰像是满意了，眼睛却盯着怡江的胸口看，低声用日语问她的年龄。

从嘉佑握着杯子的手猛地收紧，刚要出声，就听怡江出其不意地用泰语回答了一句。

辛欣抿着嘴笑，只有她听懂了，怡江说的是“不关你的事”。

高崎杰果然愣住了，问从嘉佑：“原来她们是泰国人？”

怡江又用中文回答：“不是。”

“高崎社长你也不是日本人啊！”这回从嘉佑也差点笑出来，喝了口茶当掩饰，然后对怡江说：“时间差不多了，你先去幼儿园接星辰和大海吧。”

她点头，跟辛欣很有默契地撤了。

“原来从社长已经有小孩了？您看起来还很年轻啊。”

“不是，是我大哥家的两个小孩。”

“啊，就是三十二岁就成为普林斯顿大学最年轻的终身教授的那位从嘉茂先生吗？我听说这栋房子是你们兄弟俩一起设计的，他也很有建筑设计方面的天分。”

“嗯。”

“他好像常年居住在国外，孩子为什么没跟他一起生活呢？”

“我大嫂刚刚去世。”

“啊，真是抱歉，我不该提的。”

陆慧文在旁边补充道：“从太太生前也一直生活在这里，这个院子和房子就是为她设计的。”

从嘉佑说：“不，这房子是为心爱的人设计的，不是为某个特定的人。这两种理念是不一样的，很多人都搞错了。”

高崎杰点点头，话题终于又回到了建筑设计上来。

怡江接了两个孩子回来，刚下车，又正好遇到高崎杰等一行人准备离开。

她往旁边让了让，两个孩子反正不认识他们是谁，看到从嘉佑在家就很高兴：“妈妈，二叔今天回来得好早呀！”

高崎杰路过他们身边，不由得停下脚步。

陆慧文知道他的疑问，上前用日语低声道：“这件事我回头再跟您慢慢解释……”

他点点头，又向怡江微微鞠躬，然后上了等在外面的轿车。

怡江带星辰和大海走进花园，从嘉佑还在门口跟陆慧文说话。陆慧文一身青灰色职业套装，身材曼妙，长发及肩。他的手就轻轻扶在她的腰上，两个人以一种十分亲昵的姿势靠在一起。

怡江别开眼没有再看，对两个孩子说：“今天小芒阿姨带了新鲜水果来，我去切给你们吃。”

“噢！”

星辰和大海应了一声，不约而同地在花园的秋千椅上坐下，牢牢盯着不远处的两个大人。

“那就这么说定了啊，下次开会希望能有好消息。”陆慧文抬手抚平从嘉佑的衣领，“还有啊，不是公事也可以给我打电话的，最近我没那么忙。”

“嗯。”他心不在焉地应了一句，把她的手拉下来，“你用的什么香水？”

“香奈儿五号，是不是印象深刻？”

是啊，熏得他都快吐了好吗？

“下次别喷了。”他停顿了一下，“反正你不喷也很香。”

陆慧文轻笑道：“是谁说丛嘉佑毒舌又难相处的，我觉得那是他们一点都不了解你。这样的甜言蜜语以后还可以多说一点，我很喜欢听。”

“嗯，先上车吧，别让你老板等太久。”

陆慧文朝他挥挥手，又眨了眨眼。

他们的车子一离开，丛嘉佑就迫不及待脱下身上的西服，凑到鼻子下闻到那股刺鼻的香水味，赶紧远远地拿开。

星辰和大海眼睛睁得老大地看着他，堵在他的必经之路上。

“怎么了？这么看着我？”他在他们面前蹲下来，“刚才是二叔的客人，现在他们走了，我可以陪你们玩了。来吧，要玩什么？”

两个孩子丝毫不为所动，他夸张地摸了摸脸：“我脸上有什么奇怪的东西吗？你们不跟我玩了？”

“二叔，你好花心哦。”还是星辰心直口快，一点面子也不给，“你已经有妈妈了，怎么可以还跟别的女生卿卿我我？”

“对呀，妈妈那么好，你是不喜欢她了吗？”

“谁说我……”

“还不承认，不想理你了！”

星辰跺跺脚就往屋里跑，大海也跟了上去。刚好遇到怡江端着切好的水果出来，一边一个拉住她：“妈妈，我们回房间去吃。”

“对啊，不给二叔吃。”

丛嘉佑还蹲在那里，小熊跑过来在他身边闻了闻，大概是嗅到了衣服上的香水味，连连打了两个喷嚏，也撒腿跑开了。

怡江哄孩子们睡下，这才重新切了水果端去给丛嘉佑。他也刚洗完澡，戴着眼镜靠在房间的沙发上看图稿。

看到盘子里有杧果、菠萝、西番莲，他立刻提高警觉：“这水果是哪儿来的？”

“小芒今天带来的，刚到的新货，正新鲜呢。”

他就知道！他家的水果来自袁小芒，袁小芒的进货渠道来自梁伍，等量代换就是他吃的水果来自梁伍！

“我不吃，拿走。”

怡江以为他是在为今天女仆装的事生气，刚才萍姨已经大致跟他解释过了，说只是几个年轻姑娘闹着玩，没想到这么巧有客人来，他也没说什么，可能是气都闷在心里了。

于是她打算再解释一遍：“今天是我们不好，别生气了。要是有什么误会，我去跟他们说。”

她本来也不太懂高崎杰那种暧昧的态度，辛欣带小美去复诊完回来才告诉她，在日本国内有人专门喜欢这种女仆服务，挂着家政、清洁的名义叫上门甚至是养在家里，跟应召女郎没什么两样。

从嘉佑可能是被当成有这种特殊嗜好的精英人士了。

他可真是哭笑不得。

他还是没动。怡江用叉子叉了一块菠萝递到他的眼皮子底下：“尝尝吧，真的很甜。”

她的手不及陆慧文的一半细滑，却也不再像之前那样粗糙还布满小伤口。他之前想把那个顶好的澳洲绵羊油送给她擦手，又怕她说什么要他找女朋友之类的屁话，只得让人去买了两罐，假装不经意地拿给辛欣，说是给她们一起用。

辛欣是个聪明人，又怎么会不知道他的用意呢？

看来这几天她也有细心呵护自己的这双手，凑得近一些，他能闻到那种很温和的香气。

他是有些想当然，以为所有女人身上的味道都像她的那样自然好闻。可今天被熏得人厌狗嫌的，这会儿洗完澡才稍微舒服了一点。

他终于从她手里接过叉子，咬了一口菠萝，还有些愤恨：“你这都是些什么朋友啊，专门教你不学好。”

“她是来给我分红的，夜市摊赚到钱了，这是好事啊！”

她怕他批判着批判着又上升到攻击小芒的程度，主动说：“我用赚到的钱给你买份礼物吧，也谢谢你之前肯预支那笔钱给我。”

“给我买礼物？”这倒是稀罕了，他之前过生日找她要礼物，她还借口没钱不肯给呢。

“星辰和大海都有的，”她学他说的，“这个家里的人都有。”

意思是他也没什么特别的？他想到她那天跟辛欣说的“将来赚到钱就要独立，要离开这里”，咬了咬牙：“得了，我不要。”

怡江没有勉强，她本来都想好了，他的东西都用得讲究，太贵的她也买不起，挑一条领带或买支钢笔意思一下。既然他不要……或许也是不太方便吧，毕竟都是有女朋友的人了。

果然，只听他问她：“今天来的那个陆慧文你看到了吧，觉得怎么样？”

怎么样……

“挺好的啊，很漂亮，也很有气质。”

她上大学时也曾抱有幻想，假如有一天也成为设计师，打拼十年，大概就差不多是陆慧文这个样子。

“她也是建筑设计师。”他证实了她的猜测，“现在是我的女朋友。”

“嗯，跟你很相配。”怡江听得出他把“女朋友”三个字咬得特别重，很费劲才让自己显露出自然的表情，“你吃好了吧，我先把盘子拿下去。”

“她喜欢我很久了。”从嘉佑继续道，“她从日本庆应大学毕业，又到纽约深造，会四国语言，所有人都说她跟我很配，我也觉得应该给大家一个机费四一四……”

说着说着舌头好像不太对劲，他拿起桌上的杯子喝了口水，想重新说：“我也喜翻……”

莫名其妙突然变大舌头了，怡江也察觉到不对劲，回头一看他的嘴唇肿得老高，像两根腊肠一样，连忙弯腰扶住他：“你怎么了……过敏吗？”

她看了一眼盘子里剩下的一点水果，也搞不清他是对哪一种水果过敏，问题是从来没听说他对什么东西过敏啊！

从嘉佑自己还一脸茫然，不知道发生了什么事。他跑到镜子前一照，大叫一声：“这是怎么回事？！”

辛欣听到动静跑上来，一看到他就说：“呀，这是过敏了吧？你不能吃杧果还是不能吃菠萝，自己不知道吗？”

“不是！”他大声否认，“我吃这些从来没过敏过！”

除了从梁伍那儿来的热带水果！

他像是想起什么，指着她道："你……你跟你的男人是不是在水果里动了什么手脚？"

她会变魔术，天知道她是不是用了什么偷梁换柱的法子让他吃了些奇怪的东西！

辛欣忍俊不禁："我要是有那种本事，还会在这儿待着？过敏这种事本来就说不好，有的人今天吃不过敏，下回吃就过敏了，完全是个人体质的问题。现在怎么办，要不要上医院？"

她看他的脸也有点肿，手上还起了红疹。

怡江已经找来了药："先把药吃了，我已经叫小刘去准备车了。"

得亏有两个孩子，家里常备抗过敏的药。

从嘉佑把药吞下去，很快手倒是不痒了，脸也没再继续肿了，就是嘴唇肿得厉害，并且还没消下去。

怡江松了一口气，辛欣说："看来是不用去医院了，今晚先观察一下，明天再说吧。"

从嘉佑怒气冲冲地瞪她一眼。

她又笑了笑，对怡江说："过敏可大可小，要不你在这儿守着他，万一要是半夜出现呼吸困难什么的，身边不能没人。"

怡江有些担忧："要不还是去医院吧？"

"我不去！"从嘉佑已经半躺在床上，闭着眼睛，"丢不起那人。而且水果是你端来给我的，难道你不用负责吗？"

辛欣拍拍她的肩膀："放心，三个孩子有我陪着呢，你看好这个大的就行了。"

怡江没办法："那你晚上要是不舒服就说，我们再去医院。"

从嘉佑闭眼假寐不表态，被子拉得高高的，把肿成腊肠的嘴和下巴盖住，只露出眼睛的部分。

怡江在床边坐下，床头只开了一盏小小的壁灯，昏暗的光线下，两个人这样默默地面对面待着，好像也有点尴尬。

怡江做家务又照顾孩子，一天下来很辛苦，见床上的人一动不动，就耷拉下眼皮，开始承受睡意的侵袭。

从嘉佑半晌没说话，却在这时问她："袁小芒今天给你分红分了多少？"

她只好打起精神回答：“不多不少，一万块。”

“看不出啊，还真不少。”

是不少，怡江自己也摆过小食摊，知道靠这个养家糊口不成问题，就是辛苦了一点。

小芒也按照入伙的比例给她多算了些，好让她能尽快收回本金。

丛嘉佑道：“你自己精细着点儿，小本买卖没有账，可别被她给坑了。”

“小芒记着账呢，并且她也不会坑我。”

她实在是累，说着说着声音又低下去。丛嘉佑却还在继续：“亲兄弟明算账，越是看重的感情就越是少有利益瓜葛。夜市小摊生意能好也是因为你有梁伍这层关系在其中照应着，又是画图又是拍视频宣传的。对了，现在天气冷又黑得早，你以后画画可以去玻璃房里画，那边恒温光线又好……哎，你听见没有？许怡江……许怡江？”

他偏头看了一眼，发现她已经趴在床边睡着了。

到底谁才是需要照看的人啊？

他想叫醒她，床可以分她一半，上来和衣躺一躺也比这个别扭的姿势要强。

然而手才刚碰到她软而滑的头发，他就放弃了这样的想法，硬是把手给收回来，盯着她看了一会儿，也渐渐有了困意。

有人认为爱是性，是婚姻，是清晨六点的吻，是一堆孩子，也许真的是这样的。但你知道我是怎么想的吗？我觉得爱是想要触碰却又收回手。

就这样一觉睡到大天亮，怡江睁眼的时候，发现丛嘉佑已经醒了。

她有点窘迫地拉了拉衣服，稍微整理了一下头发：“我下去叫星辰他们起床，你……没事了吧？”

看他的嘴唇也已经消了肿，整个人精神不错，应该没什么大碍了。

他点点头，在她转身出门的时候叫住她：“哎，你昨天说送份礼物给我的话还算不算数？”

怡江到市中心的恒隆和银泰逛了两圈，这才鼓起勇气走进一楼那些金碧辉煌的名品店。

孩子们去上幼儿园，到中午之前，她和辛欣还有时间逛一逛，挑一份礼物送给从嘉佑。

屉柜里摆放着整齐的领带，钱包和钢笔琳琅满目，她一排排看过去，看了很久才选中一支百利金的笔，他画图、签字可以两用。辛欣也觉得不错，她就付了钱，请导购用精美的盒子包起来。

这对她来说是有点咋舌的价格，但他的吃穿用度一贯都是最好的，送他的礼物自然也不能太差。

怡江收好东西，身旁冷不丁有人跟她说话："许小姐，还认得我吗？"

居然是那天到燕雨山房来做客的高崎杰。

怡江皱了皱眉头："认得，这么巧，你也来逛街？"

"不，我是来找许小姐你的。可不可以借一步说话？"

"有什么话就直说好了，反正这里也没别人。"

辛欣刚去了洗手间，她想他也正是看准了这个空当才来跟自己说话的。

高崎杰笑了笑："我听说从家只有一位从太太，刚去世不久，所以那天看到从家的两个孩子叫你妈妈时还有些奇怪，万万没想到你会是他们的母亲。"

怡江一愣，手已经不由自主地握紧。

"请不要误会，我没有别的意思。我跟我太太结婚二十年，也曾怀过孩子，但都流产了。到了这个年纪，我还是羡慕有儿有女的家庭，并且我们也一直在寻找合适的人选，如果你愿意……"

"我不愿意。"

"许小姐，我话还没有说完。"

"我知道你要说什么。"怡江的指甲用力嵌入掌心才能止住身体的轻颤，一字一字说，"我不愿意。"

辛欣从洗手间回来，看到这一幕时还有些惊讶："咦，这不是那个谁吗？你们碰巧遇到的？"

怡江摇头，挽起她的胳膊，匆匆拉着她出了商场大门，连刚买好的东西都忘了拿。

三个小朋友回到家，躲进房间里商量大计。

"怎么办呀小美，我二叔好像不喜欢我妈妈了，怎么办？"大海其实早就想向小美讨主意了。

“不喜欢就会怎么样？”

“不喜欢，他就会跟别人结婚了呀！”

星辰补充道：“主要还是二叔太花心，他以前都不这样的。”

小美拧着小眉毛说：“大人结了婚也不一定住在一起，像我爸爸妈妈就不住一起。”

“那是梁叔叔也不喜欢辛欣阿姨了吗？”

“才不是呢，我爸爸有时候说梦话都叫妈妈的名字。”小美情绪低落了一阵，像想起什么似的，“叫姨姨也变魔术吧！我爸爸以前生气的时候，妈妈变个魔术哄他，他们就和好了。”

要变魔术只能去找辛欣，她听完三个小家伙的话，有些乐不可支，想了想，对大海和星辰道：“魔术都是提前准备的惊喜啦！你们的妈妈给二叔买了份礼物，不过被她藏起来了，你们去找出来放到二叔的房间里，当给他一个惊喜吧！”

千辛万苦重拾的一点情意，又打算这样悄悄埋藏起来。怡江啊，勇敢一点吧，不要再缩回背上那个坚硬的壳里了。

从嘉佑出了个短差，一回来三个小家伙就一拥而上，把他连拉带拽到房间里。小美指着床头的抽屉：“快打开！”

从嘉佑看着她颐指气使的那个小模样就想到梁伍，嗤笑道：“我才不上当，你在里面安了什么机关？”

假蛇，还是会跳出来吓人的小丑？

“不是啦！”星辰和大海一边一个摇他的手，“是惊喜呀，惊喜！”

他充满怀疑地拉开抽屉，看到里面那个精美的盒子：“这是给我的？”

“嗯嗯，妈妈送给你的呀！”

他想起许怡江说要送他礼物的事，拆开来看到那支笔后，忍不住笑了笑。

这个女人现在还算是说话算话。

三个小的看他好像很喜欢，高兴地一哄而散。

他下楼去找许怡江，转了一圈都没见到人，有些奇怪，于是问司机小刘：“许怡江呢？”

“许小姐刚出去了。”

“这么晚了她还出去干什么？去夜市？”

小刘说不上来。

“这支笔是她买的吗？”

“是的。”这个他倒是知道，因为付完款之后许怡江忘了拿东西，后来还特意又回去一次。他在车上听到两个女孩的对话，也就知道了她们在商场遇见了高崎杰。

从嘉佑的眉头皱得老紧：“你没听错？怎么会遇见他？”

小刘摇头，看来在他这里是问不出什么所以然来了，从嘉佑于是直接去找辛欣。

辛欣也算是直率的性子，不答反问：“听说那个人是你女朋友的老板？”

“那又怎么样？”

“所以他是你很重要的合作伙伴吗？”

这下从嘉佑就感觉到有问题了：“高崎杰到底跟她说什么了？”

“你想象不到吧？”辛欣苦笑，“他说如果可以的话，让怡江帮他也生一个孩子。”

什么？！

辛欣看着他的神情，似乎确认了某些事：“如果你真的在乎她的话，就不要让她再受这样的委屈了。不管她过去做了什么选择，她都是个活生生的人，而不是物品。”

“她现在在哪里？”

“伍哥的酒吧。放心吧，伍哥临走前肯定交代过了，怡江在那儿会有人看着，不会让她出事的。她只是需要发泄，想散散心。”

从嘉佑二话不说，转身就要出去找她。

“哎！”

他停了下来。

辛欣斟酌了一下才说：“怡江值得被人好好珍惜，你不要把她越推越远。”

她大概能够猜到两个人为什么较劲，以及那个所谓的女朋友是怎么一回事。但他如果再多了解怡江一点，就会知道她有多敏感，爱得有多卑微。他们就好像站在骄傲的两极，一着不慎，两个人都将粉身碎骨。

从嘉佑赶到梁伍的酒吧时，在外面就听到隐隐的声浪。

这里每晚都有“素人”挑战赛或者表演赛，有拳王莅临时也有跟观众的互动，所以很快就聚集了超高的人气，到了夜晚总是热闹喧嚣。

怡江不是那种会泡夜店的女人，梁伍如今人也不在国内，所以她肯定不是为了买醉或是找人帮忙才来的。正如辛欣所说，她是为了发泄。

她真是好样的，学了没两个月拳就敢上台。尽管素人挑战本就是带有游戏性质的给人发泄的渠道，但有这份勇气已经相当不错了。

从嘉佑拨开人群，穿越层层灯红酒绿来到离拳台最近的地方，然后就看到了背对着他的怡江。

她依然是窈窕娇小的，深色的运动背心紧紧缚住身体，恰到好处的肌肉线条是她近来学拳的成果。俱乐部的教练早就跟他说过，许怡江是所有学员中先天条件最好也最勤奋的一个。

容昭只见过她几次，就说她有蓬勃旺盛的生命力，像野草野花，谁能想到她也会有因贫血劳累而晕倒在他怀中的时候。

但至少这一刻，在拳台上的这一刻，她看起来又神采奕奕，哪怕只是为了发泄，也有一种不曾见过的野性美。

从嘉佑看着看着竟有些入了神，在她击败另一位选手的时候，甚至有点想不起身处何时何地，到底是为了什么才来找她。

她只打了一场，下了拳台就有周围的人给她递卡片。

她胡乱披上衣服，收拾好自己的东西，拿了瓶科罗娜站在角落里默默地灌下去。

喝到一半，酒瓶被人夺走，从嘉佑站在她的面前，定定地看着她。

两个人坐在酒吧后门的台阶上，从嘉佑把外套脱下来搭在她的肩上：“你这样最容易受凉了，小心感冒了传染给孩子。”

怡江没吭声。

他清了清嗓子：“你今晚怎么会到这儿来？才学了几天拳就敢上台？不怕输？”

“我本来也不是想赢。”

“只是心里不痛快想发泄，对吗？高崎杰那家伙跟你说什么了？”从嘉佑气不过，又补充道，“他说什么你都别往心里去。”

这么说他已经知道事情的经过了。

怡江苦笑，手里还摆弄着刚才收到的卡片：“你知道这是什么吗？”

“什么？”

“地下拳场，兼有赌博性质的那种，有专门招募女性选手的，因为有人专爱看这个。”

从嘉佑接过来看了一眼，撕碎了扬手就扔到一旁。

“我今天上台一回，不管是为了过把瘾，还是职业选手，只要入了他们的眼，就意味着有机会。他们会想，干吗不试试呢，试试又没有损失。生孩子也是一样的道理，我做过一回，有人就会觉得给谁生不是生呢，只要给得起价钱，出卖自己两次跟一次又有什么区别？”

她说到后来声音里已经带了哽咽，从嘉佑原本只是觉得生气，这一刻却像是胸口被人插了刀一般难受。

“我知道你不是……”

他为她做这样的辩解，在她本人面前多少显得有些苍白。这么多年来，直到不久之前，他不是也对她抱有这样的偏见吗？

夜里起风了，后门被人踢出来的空啤酒罐从怡江的身旁滚落下去，发出清脆的声响。

他扬手揽住她的肩膀，把她拉向自己的怀抱。

她肩上还披着他的衣服，被他这样用力地抱紧，无声地偎依，也无声地哭泣。

从嘉佑穿了件黑色的高领羊绒衫，外套是深灰色的大衣，脚下生风般地走近高崎社，身后的常羽生和手下另外两个得力干将几乎跟不上他的步伐。

陆慧文亲自到前台迎接，很亲昵地说了一句：“来了？”

“不是开会吗？哪间会议室？”

他那副不近人情的模样让陆慧文愣了几秒，然后才说：“一号会议室，这边请。”

高崎杰和助手此时已经等在会议室里，似乎对两家合作的结果已经有了最好的预期。

从嘉佑坐在会议桌旁，听高崎社的代表滔滔不绝地讲了好久，PPT上的设计图成果一张又一张地看过去，最后他将翻页器要过去，停在其中一张上问：“这个园区的设计，不仅主楼恶评如潮，整体还有设计缺陷，你们最后是怎么应对的？”

主讲者冷汗直冒，下意识地去看高崎杰。

陆慧文走上前：“我来解释吧。”

她说话不紧不慢，进退得宜，既有建筑师的专业素养，又具备能言善道的沟通技能。女性在这个行业里坚持熬下来的并不多，她年纪轻轻就走到最讲究论资排位的高崎社首席设计师的位子，一定有她的过人之处。

从嘉佑觉得自己对她的认可或许是来自他们在同一领域共有的那种天分，而不是她能说点什么，又能不能说服他。

这种认可在许怡江身上也有过，但她终究没有成为陆慧文，此时此刻他竟然还有点庆幸。

他等陆慧文讲完，似乎是信服了，靠在椅背上，又问：“那么贵社的资金问题现在解决了吗？”

陆慧文终于变了脸色：“嘉……从先生，这个问题我们之前已经讨论过了，对于现阶段的高崎社来说，这个问题已经过去了。”

“过去了吗？东京方面，老社长应该还不知道吧？”

高崎杰终于有些沉不住气：“你这是什么意思？”

从嘉佑从常羽生手里接过备忘文件扔到桌上，说：“没什么意思，就是想了想，我还是喜欢单打独斗，所以合并的事，不考虑了。”

会议室里一下子鸦雀无声，陆慧文最先反应过来：“那你今天还过来开会？”

他笑了笑：“我就是想看看你们白忙活一场后气急败坏的模样。喏，就跟现在一样。”

陆慧文蒙了。高崎杰沉默了一阵，倒是也有风度，站起来说：“人各有志，我们也不好勉强。将来也许还有机会合作，我送你们出去。”

高崎社的人纷纷起身站在门口，从嘉佑笑了一下：“你们先出去，我还有话要单独跟高崎社长说。”

常羽生和其他两个人领悟到他的意图，率先走出了会议室。其他高崎社的人，包括陆慧文，也只好先出去。

会议室里只剩下从嘉佑和高崎杰。

高崎杰似乎预感到他要说什么，先开口道：“我那天……”

从嘉佑突然一把抓住他的衣襟，用力将他摁到墙上，另一只手半握拳在他的眼前晃了晃，说："我学了四年泰拳，还从来没真的用来揍过人，你别逼我破这个例。"

脖子被卡得太紧，高崎杰的脸涨得通红："你……有话好好……说……"

"我没话跟你说，只是想警告你，别去骚扰我的家人。太阳底下无新事，你在自己国家干些徇私舞弊的勾当以为日本那边就不知道是吗？"

所以才敢这么嚣张，这么肆无忌惮，公然挑衅他的底线？

他可以代表祖国收拾一下这个假洋鬼子。

高崎杰张大嘴，呼吸急促地看着他。

陆慧文在外面，大概是透过会议室的玻璃墙看到了这一幕，吓得连忙推门进来阻止："嘉佑，你这是干什么，快放开他！"

他终于慢慢松开手，高崎杰似乎还想申辩："那个女人……我不知道，是你的家人……"

"那你现在知道了？"他朝门口一抬下巴，"还不滚？"

真等着挨揍是吗？

高崎杰狼狈地捂着脖子踉跄而出。从嘉佑整理了一下衣服，也抬脚往外走。

"站住！"陆慧文叫住他，显然也正在气头上，"你就不打算跟我解释一下吗？"

他回过头看她："解释什么？你的老板现在应该是去叫保安了，难道我还要站在这儿等着他们来？"

陆慧文拉着他走出会议室，然后径直走进自己的办公室，"吧嗒"锁上门："现在可以说了，没人会来赶你走。"

她的办公室占了楼面位置最好的一块，是除了高崎杰的办公室外，视野风景最好的。

她喜欢旅行，书柜里摆满了专业书籍和整整一排《孤独星球》。左边的照片墙用旅行带回来的夏威夷土风饰品做了装饰，衣帽架上的大衣和手提袋都是明媚耀眼的红色。

他之前也来过几次，从没像今天这样看得仔细——其实她的办公室也挺有女人味的。

"到底是怎么一回事？是你说不想去英国，才有了这个合并计划。

你知道我投入了多少精力去促成这件事吗？现在是最好的机会，高崎社长也很欣赏你，为什么你却像中了邪一样，要这么……这么……”

“这么鲁莽？”他冷笑着替她说出来，“到底是我鲁莽，还是你太心急了？”

她一愣：“什么意思？”

从嘉佑也厌烦了跟她打哑谜，直截了当地说：“我家两个孩子和许怡江的事是你告诉高崎杰的吧？以前你爱到我家去，我只当是你跟萧雅聊得来，肯定没少打听我的糗事，没想到你连我家里的事都了解得那么清楚。你到底是想促成他跟我合作，还是想促成他跟我家里人的合作，嗯？”

陆慧文睁大眼：“这件事……我不知道他会那么做。”

“你不知道，就可以把这么私密的事告诉一个不相干的人？你知不知道他去跟许怡江说了什么，知不知道那对她是一种什么样的侮辱！”

是的，许怡江或许只能算是旧爱，但他就是有一场旧爱不容他人置喙！

陆慧文的眼睛都红了，刚才还凌厉的气势一下子软下来，走到他身前拦腰抱住他：“对不起嘉佑，对不起。我没想到你会把她当家人。我只是想快点促成这桩合作，这样你就不用去英国，我们的事业也会往前迈进一大步。我只是想好好跟你在一起，你别生我的气……”

从嘉佑一动不动，任由她抱着，心里还真是除了生气一点波澜都没起。

他以为自己在女人的眼泪面前会心软，可原来不是，只有许怡江的眼泪才会让他无从招架。

他抬起头长吁一口气，慢慢掰开陆慧文缠在自己腰间的手：“我走了。合并不成的事，你恐怕得自己跟高崎杰解释了。万一他迁怒于你，你也不要有太大的压力，毕竟以你的本事，此处不留人，自有留人处。”

他的态度决绝，话里有话，仿佛一盆冷水当头浇下来。陆慧文的牙齿都在颤抖：“你什么意思？你是要分手吗……我们才刚刚在一起，你现在说这种话，是为了那个莫名其妙的女人吗？”

她喜欢了他那么多年，竟然抵不过一个出卖自己的女人？

“她不是莫名其妙的女人。”他冷眼看着她，越看越觉得眼前的人陌生，“你好自为之吧，以后……”

不，不会再有以后了。

他努力过，可是不对，无论如何就是不对。

这种感觉很差，像一道题干就出错的题，还非要他不停地列方程求解，怎么都算不出正确答案来。

他从没对自己这样灰心过。

“嘉佑！”陆慧文仍不甘心，手紧紧攥着衬衫领口垂下的绦子，红着眼睛叫住他，“我们说好过年一起去北海道的，你不会食言的对不对？我想跟你一起去旅行……其他的，都等旅行回来再说，好吗？”

从嘉佑没再回答她，头也不回地拉开门走了。

怡江用钥匙打开信箱，取出里面的信件，发现其中一封信来自英国，信封上有 Foster 建筑设计的标志。

信是给从嘉佑的，应该……非常重要吧。

怡江轻轻摩挲了一阵那个用字母拼出的名字，才把信放在恒温玻璃房的书桌上。

他晚上回来加班的时候应该就能看到。

书桌上有一部接了外放音箱底座的 iPod，她顺手打开，然后慢慢把花园里的几盆兰花给搬进来。听说植物也会有情绪，恒温房里暖和，再加上舒缓曼妙的音乐，只要再挺过这阵倒春寒，就又是一季柳媚花娇。

她听着音乐，蹲在地上给花盆里冻得硬邦邦的花泥松松土，门口传来丁零零的风铃声和高跟鞋叩击地面的声音。

她回头看到陆慧文，肩上背着 Prada，手里还拎着装电脑公文的黑色包袋，站在门口，朝她微微鞠躬。

怡江下意识地往她身后看了一眼，没见从嘉佑，也不见其他什么人，她是一个人来的。

怡江也站了起来，发现鞠躬只是一种礼仪，她的眼睛里仍充满倨傲。

“请问有什么事吗？”

“没什么，我有点公事想找嘉佑谈一谈，他今天去了甲方的工地，听说晚上会早点回来，所以我就到这里来等他。”

怡江拍拍手上的土，摘下手套说：“那请到客厅坐吧，我去给你倒杯茶。”

“不用了，我只喝咖啡。上回我从东非带回来送给嘉佑的那包咖啡豆他应该还收着，你用那个给我冲就好。”

怡江笑了笑，仍旧说：“好。”

然而陆慧文却没有移步的意思，反而大步走向里面的书桌，将手里的电脑包放在桌上。

“陆小姐，”怡江走过去提醒她，“到客厅去等吧，这里不太方便。”

“有什么不方便的，你不也在这里？难道你能进来我就不能进来吗？”她仰起头，将长发捋到一旁，“我知道嘉佑经常跟同事在这间玻璃房里开会，将来我跟他也会有很多公务方面的合作，于公于私，我应该都有资格站在这里。”

“我明白，但他现在人不在。”

“所以我就应该听你的安排吗？”她倾身逼近怡江，“嘉佑口口声声说你是‘家人’，怎样才算家人？你现在算是他的大嫂，还是这个家的管家？”

“都不是，我只是暂时在这里工作而已。”怡江不疾不徐地说，“陆小姐你是专业人士，应该明白，工作就是工作，每个人都只是尽自己的本分而已。”

陆慧文看着她：“听你的谈吐，还真不是会做这种工作的人。听说你大学肄业？考的是哪所大学？”

“T 大。”

“跟嘉佑一样，不会刚好也是建筑系吧？”

“那都是很久以前的事了。”

“也不算很久，如果你还想读，我可以资助你，甚至可以帮你申请国外的学校。”

只要你可以离开他。

怡江有些好笑，怎么回事，精英阶层的思路竟然惊人的一致。

“不用了，谢谢，我现在这样就很好。”

她油盐不进，像一粒铜豌豆，陆慧文有些气馁：“你去帮我泡咖啡吧，我在这里加一会儿班。”

怡江没再说什么，她看了一眼桌上从嘉佑会用的那台一体机电脑和整齐摆放的图稿文件，默默关掉了旁边桌上的 ipod，出了玻璃房才拿出手机，用 APP 打开房间里的摄像头。

这间恒温玻璃房里在不同的方位装有六个摄像头，有权限的手机可以控制开关和调取画面。平时因为只有家里人进出，除了进门的那一个外，其他的都没有打开。

她的权限是从嘉佑最近给她的，说是为了孩子们的安全，但她懂来自他的信任。

今天姑且当她是以小人之心度君子之腹，那里毕竟是他工作的地方，谨慎一点总不会错。

她不知道橱柜里哪一包才是她从东非带回来的珍品，就随便用平时从嘉佑用的咖啡豆冲了一壶咖啡，端到玻璃房去。

见陆慧文盯着屏幕发呆，怡江没打扰她，放下咖啡就打算离开。这时却听到她突然开口道："北海道现在很冷吧？"

怡江不知道，反正她也没有去过。

陆慧文抬头看她，苦涩地笑笑："我在美国留学的时候就认识他了，到现在才有机会跟他一起去旅行。每个人都说我们是天造地设的一对，早就应该在一起，可是我走了快十年才走到今天，才能让他真正看我一眼。"

搞不好，就连这一瞥都只是假象吧……

"你也喜欢嘉佑，对吗？我知道你不会承认，但我是不会看错的。你在他面前的神情，跟我这几年在镜子里看到的自己一模一样。"

是的，她不会承认，她也不能承认。

"陆小姐……"

"人往高处走，他的前途不可限量，但需要更大的平台。这次跟高崎社合并不成，他可能就要去往英国。我可以抛下一切跟他一起去，你可以吗？"

"不可以。"怡江回答得很平静，"我有两个孩子要照顾，他们需要我。"

"所以说，你也知道你们是不可能在一起的对不对？那你把他让给我吧……"陆慧文的恳求有些凄切，"我这辈子想要的东西都是靠自己去争取，从来没像这样求过人，这还是第一次。之前高崎社长向你提的无礼要求，我代他向你道歉，也请你体谅一下我对嘉佑的感情。"

这时，外面车道上传来孩子们嬉闹的声音。今天是辛欣去幼儿园接孩子，现在应该刚刚进门。

陆慧文收拾了一下东西，拿出粉盒来补了补妆，又变回那个无往不利的精英形象。

她站起来道："我们今天的对话希望你不要告诉他，但我的请求你务必好好考虑一下。"

她拎着东西往门外走，大海和星辰正好冲进来找妈妈，差点撞到她身上，也因此不得不停下脚步："咦，阿姨，又是你呀？"

大海长得结实，陆慧文穿着高跟鞋差点被他撞翻，好不容易才稳住，跟他开玩笑道："原来你认识我呀，叫姐姐吧，叫阿姨就老了。"

"为什么？你看起来本来就比我妈妈老呀！"

"对呀，而且你怎么会进来这个房子？"星辰疑惑地补充道，"二叔说这里是不可以随便进来的。"

陆慧文不太懂得应付小孩子，却又想博得他们的好感，于是半蹲下来说："我不一样哦，我是你们二叔的女朋友。"

"你骗人！"两个小家伙异口同声，"二叔喜欢的是我妈妈！"

陆慧文尴尬不已，怡江忙叫住他们："不要胡说，没规矩！陆阿姨要走了，跟她说再见。"

两个小家伙赌气地把脸埋在她怀里，才不肯说呢！

好不容易等陆慧文走了，两个小家伙还趴在她的怀里不肯抬头。怡江蹲下来，这才发现星辰哭了，大海也眼睛红红的。

她吓了一跳，摸摸他们的小脑袋："怎么了，好好的怎么哭鼻子了？"

星辰的眼泪像断了线的珠子一样往下掉："妈妈……二叔真的有女朋友了吗？他不能跟你在一起了吗？我不想要他的女朋友……我想要你！"

"二叔是大坏蛋，他太花心了。你都买礼物给他了，他怎么还能交别的女朋友？呜——"

怡江啼笑皆非，心里酸酸的，把他们俩搂在怀里："傻瓜，这不是一回事呀……"

其实不能怪孩子们不懂大人的世界。星辰和大海从小生长在这样特殊的家庭环境里，不是一定有爸爸，也不是一定有妈妈，然而孩子对父母的渴望却是一样的。当她和丛嘉佑分别承担起这样的角色时，孩子就自然而然地希望他们能像其他父母一样长长久久地生活在一起。

晚上从嘉佑难得回来得早，晚饭也准备得很丰盛。然而一顿饭吃得异常压抑，这让他有点搞不清楚状况，看着蔫头耷脑的星辰和大海问：“今天这是怎么了？在幼儿园跟小伙伴打架了？”

两个人摇摇头。

“那是身体不舒服，不想吃饭？”总不可能是菜不合胃口吧？红烧排骨、糖醋鱼，明明都是他们最爱吃的菜。

两个小家伙也不搭理他，勺子在碗里戳啊戳。

他看向怡江，见她也只是沉默地扒着饭。

一旁的小美看不下去了，扬了扬手中的小勺说：“哎呀，别问啦，他们今天遇到了你的女朋友，然后就哭鼻子了！”

“我的女朋友？”从嘉佑一时间都没反应过来那个人是谁。

“就是头发长长的，背着包……这样子呀！”

小美模仿得惟妙惟肖，其实她也觉得丛叔叔的眼光太差了，那个阿姨化那么浓的妆还那么显老，一点也没有姨姨好看，更没有她的妈妈好看。

辛欣“啧”了一声，把她的脑袋按回碗里：“喝你的汤。”

从嘉佑已经反应过来他们说的是陆慧文，眉头深皱，问怡江：“她怎么会到这里来？她都跟你说什么了？”

“她说是有公事要找你，你今天不在公司，她就到这儿来等你。她没说什么特别的，就说了上次高崎杰的事，她代他向我道个歉。”

从嘉佑不信，他了解陆慧文的个性，她哪里是会主动向人服软的那种人。她既然来了，就肯定不仅仅是为道歉。

辛欣一看两个人这架势，轻咳了一声，对三个差不多刚好吃完饭的小朋友说：“走，我们去给小熊喂饭，它的肚子也饿了，等不及了。”

三个小家伙从椅子上溜下来，跟着她跑了出去。从嘉佑这才继续问：“到底是怎么一回事？”

怡江之前忙着照顾两个孩子吃饭，自己吃得慢。吃完碗里的最后一点，她才放下碗筷说：“你跟她吵架了？”

从嘉佑嘴硬：“没有。”

他本来还想说“我们的感情好着呢”，忍了又忍，没有说出口。

“那你们是打算过年的时候一起到北海道去旅行？”

他一愣：“她告诉你的？”

那就是真的了？

怡江说：“你们一年也难得有时间休假，出去玩玩挺好的。星辰和大海马上就放寒假了，既然你不在家，那过年时我就带着他们跟小芒一家人一起过吧，人多也热闹一点。”

从嘉佑感觉她所有的铺垫都是在等着自己说这句话。什么他的女朋友、北海道旅行、出去玩玩也挺好的，她居然都能那么不在乎地说出来，其实就是为了带两个孩子跟朋友一起去过年。

这种反应跟他的预期实在是相差太远了，别说吃醋生气了，她就连语气都平静得没有一点起伏。

他甚至还从“既然你不在家”这一句里听出点如释重负的感觉来。

怡江见他不吭声，又晓之以理：“萍姨也放假回老家了，小刘和园丁们到时候也是要回家过年的。我一个人打理这么大的地方肯定忙不过来，没有车，带着两个孩子进出也不方便……”

“不是还有辛欣吗？”

怡江摇头：“她过年可能去泰国。要不，你让我带星辰和大海也一起去？”

那边的冬天温暖宜人，对小朋友最友好了，尤其是像星辰和小美这样一到天冷就容易咳嗽带喘的孩子，怡江还真是跟辛欣讨论过。

但想也知道从嘉佑不会同意，这个时候说出来只不过是让他权衡罢了。

果然，他想也不想就否决：“不行，不准去。”

哪里都可以，就泰国不行。

其实他也知道梁伍很快就会回来，小美过年肯定是要跟着他回泰国的。到时辛欣是跟去还是怎样都还说不好，就算留在这里跟她一起，也有种孤儿寡母的感觉，实在是太凄凉了。

其他的选择，也就剩去袁小芒那儿过年了。

假如刚才她能表现得别扭一点，语气里哪怕有那么一点酸，他趁机跟她呛几句嘴，借坡下驴，北海道旅行什么的也就取消了，过年就在家团圆，哪儿都不去，这样不是挺好的吗？

可她偏是这样满不在乎的态度，他也就不想如她的愿了。

“星辰和大海都没怎么见过雪，这回就跟我一起去北海道玩雪玩个够。你可以到袁小芒那儿去，”他顿了一下，“过完年再回来。”

怡江怎么也没想到他会提出这样的方案，急得站起来拦住他：“这是我第一次跟星辰和大海两个孩子一起过年，你不能就这样把他们带走了！而且你又不是一个人去，带着他们会很不方便，也照顾不过来。”

“这你就不用操心了，北海道有亲子度假酒店，里面有专人照顾孩子，不会影响什么的。”

怡江还想再说什么，被他抢断：“如果你不放心，也可以跟着一块儿去。”

“什么？！”袁小芒抓着锅铲怪叫，“他真是这么说的？让你带着孩子跟他和他的女朋友一起去旅行，一起过年？！”

怡江“嗯”了一声，接过她手里摊饼的活儿，让她去收钱。

“这个渣男，变态！他什么意思，真拿你当保姆了？难不成还要你伺候他们鸳鸯浴，看他们秀恩爱？”

住在她家的科学怪人最近给她科普大数据时代的数据算法，举例让她看微博推送。她除了看到无穷无尽的广告外，还有各种神奇的小说，什么男主角不爱女主角切她子宫的、放血的、强迫她看自己跟其他女人秀恩爱……她以为只有小说里才会有这么变态的做法呢，敢情有钱人还真这么干啊？

怡江拿了一块刚切好的菠萝塞到她的嘴里：“别瞎嚷嚷，不是这么回事。”

“嗯……那是怎么回事啊？我刚觉得他还不错，嘴巴是坏了点，但心眼挺好，慢慢也学着能体谅你了……结果，这才几天啊！就原形毕露了！”

怡江默默地把煎好的饼放进纸盒里，递给排队的客人。

“那你打算怎么办？真让大海和星辰跟那个家伙和他高贵的女朋友一起去北海道？那地方可冷了我跟你说，一个不小心孩子就会着凉感冒，他们倒是忙着享受二人世界呢，谁管孩子的死活！”

“嗯，我会再跟他商量。不行的话，我就去找陆慧文，她应该也不会想带着两个孩子一起去旅行的。”

“哼，要我说，明天星辰他们放寒假，你就带着他们上我家来。难道丛嘉佑还能上门来硬抢？说到底他也只是孩子的二叔，又不是老爸！”

就算是老爸她也不怕，如果他敢来抢，她就联合弄堂里的邻居们揍得他满地找牙！

怡江的心稍稍漏跳了半拍，摘下手套说：“我先接个电话。”

电话是梁伍打来的，声音低沉而清晰：“怡江，你在家里吗？”

“伍哥……你回来了？不是说周末的飞机吗？”

“下周就过年了，事情也办得差不多了，我就想早点回来。”其实他是太挂念女儿了，“小丫头最近乖不乖？有没有很麻烦你？”

“没，小美很乖的。”怡江已经有了很不好的预感，“伍哥，你现在在哪里？”

“我从机场出来，已经快到你住的地方了。本来想明天去幼儿园接小美的，但他们老师说明天就放假了，我索性今晚过来一趟。”

不好，要出事！

怡江赶紧挂断电话，对小芒说：“梁伍回来了，我得先回去一趟，这里就交给你了啊！”

“哦……哎？辛欣在你那儿怎么办？要不要打个电话让她带着小美逃走啊？或者先躲起来也行啊。”

“来不及了，而且今天只有她跟三个孩子在家，没法躲的。”

“那你搞得定吗？要不要我去帮忙？”

看她这架势，有种千钧一发的感觉，再想想梁伍的块头和背景，这是要出人命啊！

“没关系，他不会对我怎么样的，有事我联系你。”

怡江摘了围裙从夜市出来，匆匆忙忙拦了辆车就往燕雨山房赶。

晚上六七点钟，晚高峰还没过去，路上的车流全是歪歪扭扭的红色。怡江被堵在中间，急得不行，只得给丛嘉佑打了个电话：“你现在在哪里？能不能马上回家一趟？”

她很少主动打电话给他，丛嘉佑还在想今天是什么风把她给吹动了，难道她终于想明白了要盯紧他的行踪，主动来查岗？然而一听她那个紧绷的声线又觉得有些不对劲：“怎么了？是出什么事了吗？”

“伍哥回来了。”

“那又怎么样？关我什么事？”

他最讨厌她在自己面前提梁伍了，还“伍哥、伍哥”叫得那么亲热。可他就像不配拥有姓名似的，不是“喂”就是“哎”，要不就是一句“从先生”，能把人噎死。

怡江哪顾得上他的那些小别扭，解释道：“他现在正往山房去，打算接小美回家。我刚从夜市出来，还要一会儿才能赶回去，你能不能先帮忙拖住他，不要让他跟辛欣起冲突？”

从嘉佑正要回答，就看到梁伍的车从他的车子旁边超了过去。

他其实就在离家不到一里路的山道路口，这里有家老字号的糖水铺子，怡江有时接两个孩子回来时会在这里喝一碗甜汤。他见过一次，一份不知是凤凰奶糊还是杏仁茶的东西就让她笑得好满足。

谁让他家里不是女人就是小孩呢，冬天都喜欢喝这些。所以他路过时就想着买点带回去，连梁伍家的那对母女也有份。

买的东西还没做好，他把司机小刘从车上提溜下来让他在铺子里等，自己坐到驾驶座上跟上去，嘴上却对怡江说：“人家好歹也是小两口，能有什么大不了的事，要你这么操心？”

“你是不知道，他们以前闹得太凶……哎，师傅，前面左转……总之麻烦你先帮个忙，我很快就回来了。”

从嘉佑哼了一声，还是不紧不慢。

他看到梁伍的车停在自家门口，那辆 SUV 跟他本人一样满是肌肉感，在暮色里不管是人还是车都黑黢黢的。

他要真弄出什么动静来，大概也没人能阻止他。从嘉佑很清楚，梁伍自己是开拳馆的，要镇得住那样一个场子，他的水平绝对是专业级别的，连自己也比不上。

但在这一点上，他相信梁伍不会做这么没品的事。毕竟是在别人家里，关乎男人的颜面和江湖道义，再有什么恩怨也不至于动手。

听到门铃响，最先跑来应门的是小熊。这狗从梁伍那儿抱来到现在，已经大了好几圈，有点大狗的模样了，机灵又沉稳。不知是不是还记得他，竟然没有像对陌生人那样狂吠，反而撒娇似的摇了摇尾巴。

梁伍蹲下来摸了摸它的脑袋，三个孩子和辛欣就出来了。

燕雨山房的雕花铁门前有两盏欧式风格的路灯，灯光暖黄，照在夜晚的人身上分外柔和，也足以将来人的模样看得清清楚楚。

辛欣大概是接到了怡江的电话，已经有了准备，倒没有显得特别慌乱。她知道迟早是要面对这一幕的，她也想好了，打算跟梁伍谈一谈。

过了这么多年，他或许已经没那么恨她了呢？看在女儿的面子上，他们是不是就有平心静气坐下来谈谈的机会了？

梁伍看到她却是完全出乎意料，他慢慢站起来，隔着一道门问她："你怎么会在这里？"

"我……"

"妈妈来给我过生日呀！"小美没等辛欣开口就抢着回答，"我舍不得妈妈走，她就留下来陪我啦！"

事实也正是如此。辛欣看着梁伍，希望从他脸上看出一点半点的心软来。

然而他只是强压着怒火，看似淡漠地对小美道："上去收拾一下你的东西，我们回家了。"

小美有点委屈，仰起头眼巴巴地看着辛欣。

"伍哥……"

"你现在最好不要说话，不然我不保证会在别人家的门口做出什么事来。"

他生气时的那股凶狠让人望而却步，小朋友却不怕他。

"梁叔叔，你先进来坐一下吧！"大海把门打开，邀请他说，"我妈妈还没回来呢，你等她回来了再带小美走好不好？"

从嘉佑也适时地从车上下来，走过去说："我还说是谁来了呢，原来是梁总啊。回泰国办事这么久，小美一直在我们这儿都挺好的，回家也不急于这一时半刻吧？至少等许怡江回来跟她打声招呼啊，不然她又该瞎操心了。"

梁伍还站着不动，三个小朋友已经连拉带拽地把他拖进去了。

司机小刘很快就拎着甜汤回来，徒步跑出一身汗，看到多出一个梁伍，很有眼力见地把原本给自己捎带的那碗给让了出来。

辛欣就在客厅里把甜汤一份份分好，看到梁伍面前放了一碗杏仁露，知道他不爱吃，于是默默地把自己那份陈皮海带绿豆沙换给了他。

从嘉佑看着两个人之间那种暗潮汹涌，三个小的还不停地围着他们逗趣，竟莫名也有种心浮气躁的难受感。

许怡江，你怎么还不回来？

梁伍其实没什么胃口，但是看小美一口芝麻糊、一口南瓜露吃得香甜，实在不忍心打断。

这么长时间没能陪在她身边照顾她，他不想一回来就给孩子找不痛快。

辛欣也没吃两口东西，看着小美吃得像只小花猫，扯了湿巾去给她擦。

“去收拾她的东西。”梁伍看着她发话道，“等怡江回来了我们就走。”

他这句“我们”不知到底包含了谁。

小美倒是很乐观，眼睛一亮：“爸爸，妈妈也跟我们一起走吗？”

辛欣挤出一个笑容给她：“宝贝乖，我们一起上去收拾你的东西好不好？”

“好呀，我收到的那些生日礼物也要全部带走哦！”

小美一马当先，自己“咚咚咚”跑上楼去收拾。大海和星辰也跟在她后面，一起跑进房间里去。

从嘉佑在楼梯口拦住辛欣：“孩子的东西我来帮她收，你们先好好谈一谈。”

他朝楼下抬了抬下巴，但他从那个周身散发着低气压的男人身上意识到，事情可能没那么乐观。

天已经全黑了，怡江好不容易赶回来，在门口看到梁伍的车时才松了一口气。

谁知才刚走到大门口，就听到里面传出争执声和孩子的哭声，刚放下的心又提了起来。

梁伍牵着小美从里面快步走出来，他的步子跨得太大，走得太快，孩子跟不上他，又哭着回头要找妈妈，父女之间呈半撕扯的状态。

辛欣眼含热泪从里面追出来：“伍哥！伍哥……你别走，别这样拉孩子，她的手会脱臼的！”

“妈妈！”小美哭得伤心极了，伸长了小手，可就是碰不到她。

梁伍也不含糊，大手一捞，把小美拦腰抱起，夹在胳膊底下继续往自己的车上走。

"伍哥……"辛欣在黑暗中被台阶上的石砖绊了一下，险些摔倒，却还是小跑着追上梁伍，拉住他的胳膊哭道，"伍哥，是我错了……你让我做什么都可以，想怎么惩罚我也行，就是不要把孩子带走！小美也是我的女儿，我想陪着她……求你让我陪着她……"

她几乎跪下来求他，死死地拽着他不肯放手。她知道这一放手，再想见到孩子就不知是何年何月了。

每次放手都是殊途，她是真的怕了。

大海和星辰也追了出来，听到小美哭得那么凶，眼眶也红了，想上去帮忙拉住梁伍，却被从嘉佑给拦了下来。

这是成年人之间的恩怨，迟早要他们自己面对和处理。

梁伍深吸一口气，用另一只手一根手指一根手指地掰开她的手，一字一字道："你听好，我今天看在孩子的面上不跟你计较，再让我看到你……"

他深深地吸气，后面的话没有说出口。

他对她的狠话已经说绝了，事实证明她可能根本就没有听进去。

她对他的话向来都不上心，不管是说恨，还是曾经说爱，她大概都不在意吧？

他抱着孩子，罔顾那撕心裂肺的哭喊和身后人的追赶，直到在门口遇上怡江，才终于又停下脚步。

"伍哥，你别这样。"怡江的眼睛也是红的，试图拦住他，"有什么话我们好好说……孩子没有妈妈实在是太可怜了。"

梁伍的身材魁梧又高大，站在她面前就像一座铁塔，再加上怀里抱着个伸胳膊蹬腿的孩子，像个十足的恶棍。他拿怡江当妹妹，平时在她跟前多少还会维持一下兄长的形象，可这一刻他却只说了一句："这段时间小美麻烦你了。"

说完他就甩开身后的辛欣，头也不回地走到车子旁边，将小美扔到车后座上，自己坐上去一脚油门扬长而去。

"伍哥、伍哥！小美！"辛欣的手已经拍到了车窗玻璃，跟着跑了两步就被带倒，膝盖重重地磕在地面上，浅色的裤子很快就被血渗透。

"辛欣！"

怡江连忙过去扶她起来，她却挣脱开来，不管不顾地追着梁伍的车往山道下跑，连鞋子掉了都不知道。

这一夜，因为这场突如其来的相逢注定不得安宁。

辛欣回来的时候，像丢了三魂七魄一样，头发散了，脸上满是泪痕，腿上、脚上也全是伤，整个人十分狼狈。

怡江叫了她的名字好几遍，她才回过神来，抱住眼前人号啕大哭："怡江，他不让我见小美……我以后再也见不到孩子了！"

那样的心酸和绝望，她们都能体会。

她也没法再在燕雨山房待下去，心早就跟着孩子一起被带走了。

"对不起，怡江，我没办法再留下来帮你了。"

怡江摇头，把梁伍之前留给她的卡塞给辛欣："这是伍哥放在我这儿的，你拿去应急。"

"不……"

"拿着吧，就算用不上，也帮我找个机会还给他。"

辛欣又抱住她："怡江，我不知道该说什么好……谢谢你！"

什么都不用说，当初她遇到难处时他们夫妇不也是这样帮她渡过难关的吗？

她见过他们恩爱时的情景，也见过真正恩断义绝的夫妻是什么模样。恨是比爱更加强烈的感情，梁伍如果不在乎，就不会见到她还会有这么激烈的反应。

他们还是会走到一起的吧，如果缘分还没有走到尽头的话……

怡江送她下楼，遇到丛嘉佑，低声问："两个孩子都睡了？"

"嗯。他们很难过，问了一大堆问题，好不容易才睡了。"

眼睁睁看着自己的小伙伴被强行带走，成人世界的复杂和残酷迎面而来，难以招架，更难以解释。

他应该生气的，可是看了一眼旁边已经哭得两眼红肿的女人，他只把手里的箱子递给她："你女儿的东西你拿着吧，也许有用。"

找个理由给她送过去，说不定又能见上一面。

辛欣又想哭了："谢谢你，丛先生。"

之前一直觉得他冷脸又别扭，实际上他跟怡江一样，都是很好很好的人，一定会有福报的。

辛欣一走，刚热闹起来的山房又恢复了宁静，甚至因为过于安静而显得有些冷清。

从嘉佑很晚了还能听到阁楼上有细微的响动，就知道许怡江还没有睡。

他也没有睡意，在自己的房间里来回踱步，看到角落花瓶里的百合花已经开始凋谢，那一捧低垂的微红看起来像是很熟悉的面孔。

他抬头看了看天花板，踟蹰了一阵，还是打开门走了出去。

他趿拉着拖鞋上楼，看到阁楼的门虚掩着，里面传来隐隐的啜泣声。

他有点惊讶，没有多想就直接推开门，怡江果然背过身子去抹眼泪。

她坐在地毯上，四周散落的都是星辰和大海的照片。不知道她是什么时候拿去冲洗的，足有几百张，看起来就是他曾经在新手机里分享给她的那些和她近期自己拍的。

昏黄的光线笼在她身上，让她看起来只是黑暗中小小的一点，那些照片仿佛就是她所拥有的全部。

他像是无意中惊动了在黑暗中舔舐伤口的小动物。

他在门口站了好一会儿，才想起来应该去安慰一下她。

“为什么哭？”他也在地毯上跪坐下来。

其实他能猜到的，这是兔死狐悲，好友的遭遇给她的触动太大，可他还是想听她亲口说出来。

怡江此时已经擦干眼泪：“没什么，就是觉得有点难受。”

“哪里难受？”

她的手紧紧攥着衣襟的位置，很明显了，最强大也最脆弱的心脏承受这样的冲击已经痛到不行。

她是心里难过。

可她却摇摇头：“你别管我了，让我一个人待一会儿就好。”

她不想每一次狼狈都刚好被他看到。

从嘉佑没动，他看着周围四散的照片，随手捡起一张星辰和大海带着狗狗一起玩的照片问她：“为什么冲洗这些照片？”

如今数码科技和互联网都这么发达，他给她的照片家里的每一台设备里都有备份，还有存在云端的，随时随地打开手机、电脑都能看，她为什么还要冲印出来？

“你到底在怕什么？”虽然有些于心不忍，但他还是咄咄逼人地追问，“我送出去的东西是不会收回的。星辰他们的照片在你的手机里，假如没了你可以再找我要。这个家里除了我工作的电脑，所有设备都给你开通了使用权限，所有东西也都是互为备份，除非你离开这里才不能用……你是要走吗？像你的朋友一样？”

“不是我要走，我是怕你会赶我走！”怡江的情绪终于爆发了，眼泪汹涌，“你没看到辛欣是怎么跟小美分开的吗？她跟伍哥做过真正的夫妻，他们恩爱的时候伍哥连命都可以交给她。我曾经以为这个世上没有任何人和事可以分开他们！可结果呢？名正言顺的夫妻，名正言顺的母女……都可以让她永远见不到孩子，那我们呢？我们又算什么？我知道你已经收到了Foster那边发来的邀请函，随时都有可能离开这里，带走星辰和大海也只是你一句话的事！我好害怕，我怕永远都见不到他们了……四年前就很怕，可还是跟星辰分开了四年……”

她泣不成声，那样的煎熬，其实他是不能体会的。

从嘉佑看着她，眼睫毛上都挂了泪，古人说的梨花带雨是不是也是这样？

他以前都不觉得，到了这一刻才意识到，她是很漂亮的，不然他为什么独独为她的眼泪心碎？

“别哭了。”他轻声说了一句。

她也知道，不过是他一念之间的事，有什么可值得伤心的？

他不走，也不会让她走。

可她的眼泪仍然停不下来。昏黄的灯光下，她身上那种大地色的温柔几乎让她整个人都模糊起来，他快要看不清她了。

可能是冲动吧——事后他也回想过无数次，没有头绪，怎么都厘不清那一刻自己到底在想什么……总之他是向前走了一步，手臂绕过她的肩膀，把她拉向自己怀抱的同时，嘴唇也贴在了她的嘴唇上。

她的嘴唇很软，唇峰却很翘，让他忍不住一遍又一遍勾勒那个轮廓，渐渐变得深入、不满足，舌头顶开了她的牙齿，缠绵就如浓稠的蜜糖，让他再也不愿意放开。

这样的安慰本来不带任何情欲，他只是想让她不要哭，让她至少信他一次。可那种玫瑰花瓣一般的触感原来会让人上瘾，吞噬得越深，就越是无法自拔。她的舌头轻轻一拨，都让他觉得像是要灵魂出窍。

沉湎片刻，也像是一生。

他们同时睁开眼睛，有种奇异的默契。怡江震惊得连挣扎都忘了，只瞪圆了眼睛看着他，仿佛不认识他一样。

他却又直起身体，把吻再次印在她的眼角，吮掉她的泪水，终于尝到那一丝苦涩，喃喃地说："不要怕，我不会让你跟他们分开的。"

Love

第六章

许你一人以偏爱

Why doesn't she tell me?

用这样的方式给她承诺，有点太出乎意料了，他们彼此都需要消化一下。

尤其是怡江，竟像是受惊了一样，有意无意地躲着他。

饶是燕雨山房再大也不过是个庭院，所谓抬头不见低头见，他从来都没想过，竟然还真会有见不到面的时候。

要知道这时临近过年，萍姨他们都放假回老家去了，家里连两个孩子在内，喘气的活人就那么几个。他回到家却硬是感觉只有自己一个人住在这儿，安静得近乎诡异。

怡江连阁楼都不睡了，晚上就住在两个孩子的房间里。他推门只能看到床上的一大两小，却根本不方便进去。

他以为是自己加班回得太晚，这天特意下午就早早地离开公司，先绕道去了幼儿园。他记得寒假就从今天开始，以她的个性，最后肯定是要留下来帮忙打扫和收拾教室的，他怎么着都能遇到她。

谁知幼儿园里只剩老师们在做收尾的工作。苏喜乐许久没看到他了，一兴奋起来又叽叽喳喳的："今天实在是太感谢星辰和大海的妈妈了，帮了我们好大的忙。两个小朋友也很能干，你看我们下学期的壁画都有了……"

从嘉佑没空听她废话，只问："他们人呢？现在还早，怎么就回去了？"

"今天最后一天不上课呀，帮忙收拾完教室，几个妈妈和宝贝们就去聚餐了。小朋友们朝夕相处，关系很好，马上就要一整个寒假见不到，都挺舍不得的。”

“他们去哪里聚餐了？”

“好像是去哪个小朋友家里烤肉吧，他们家刚搬了新房子，又生了小妹妹，双喜临门。本来也邀请了我们去的，但是……”

“地址。”

“哎？我好像没记下来，更新过的学生信息表里应该有，我去翻一翻。”

从嘉佑没耐心等她去翻找，说了声“不用”就转身出来，直接打电话给怡江。

他心里鼓噪着，马上要跟她说话竟然无端地感到紧张。自那天吻过之后，别说面对面说话了，就连电话、语音、视频都没有过一次。坦白说，他也不知道该怎么开口跟她讲话才会比较自然。

电话响了半天，是大海接的，一听是他还挺高兴：“二叔，妈妈正在忙，没空接你的电话哦！你是要来和我们一起烤肉吗？魏多多家的烤肉超好吃的！”

“她……你妈妈她在忙什么？”

“忙着帮大家烤肉啊，妈妈烤肉一级棒的！”

他就知道！这个幼儿园里的孩子的家庭都是非富即贵，他还好奇她怎么会突然之间融入富太太们的圈子跟人家去烤肉，敢情那些人也是把她当用人使唤，让她去烤肉给他们吃！

从嘉佑额头上的青筋跳了跳，耐着性子问：“你们现在在哪里？”

“在魏多多家啊！”

“地址！”

“我不知道哎……我让他发定位给你哦。他爸爸是电脑天才，他也超会用手机和电脑的！咦，他又带着星辰跑哪儿去了……魏多多，你不要整天缠着星辰啦，快来告诉我二叔你家的地址！”

从嘉佑简直气到不行，让孩子妈去干活就算了，还有臭小子缠着他家星辰？

这年头的小孩子简直莫名其妙，名字也是稀奇古怪的。从嘉佑不知道这个“胃多多”是什么鬼，反正还没见面就已经攒了一肚子火。

当然，这对他将要面对许怡江的紧张感并没有什么帮助。

从嘉佑跟着定位开车到“胃多多”家的时候，还没进门就听到一阵欢声笑语。

别墅的院子不小，从大门到草坪都是崭新的，果然刚搬来不久。

就是俗，当然，他看惯了燕雨山房的精致，感觉什么房子都显得俗。

魏家的烧烤炉挺大的，怡江把刚烤好的一拨鸡翅和五花肉夹到盘子里，旁边两位妈妈立刻放上新的食材，顺便给铝箔纸包着烤出香气的玉米和红薯翻个身。

怡江端着盘子走到抱着婴儿的女主人身边：“我来换手抱抱小可爱，你去吃点东西吧！”

“不用，不用，你吃吧！我刚吃了一大碗红糖鸡蛋，撑得都快吐了。”江迟迟伸了伸舌头，“带两个孩子真是不容易，我看你刚才光顾着给孩子弄吃的了，自己都没怎么吃。趁着这会儿他们疯去了，你快吃一点。”

奶爸魏绍远适时地走过来抱走老婆怀里的孩子：“你们都辛苦了，吃东西吧，我来抱朵朵。”

怡江笑道：“你们家这两个名字可真考验人，多多和朵朵。”

“是啊，我喜欢星辰和大海那样的名字！”江迟迟握拳，“都怪他爸，名字是他取的！”

魏绍远辩白：“简单点有什么不好？上幼儿园第一个被大家记住的就是他们了。”

江迟迟白他一眼，问怡江：“你家两个宝贝的名字是谁取的，也是爸爸吗？”

怡江微微垂眸：“是我取的。”

“哇，真是了不起！我就是个取名废，写小说也不会取名，今后你得多帮帮我，给我讲讲故事，也帮我取取名。”

两个人坐在椅子上边吃边聊，怡江刚啃完一个蜜汁鸡翅膀，手指上沾到的酱汁和胶质也放进嘴里舔干净，正准备去洗个手，就看见从嘉佑站在不远处看着她。

咦，他怎么找到这儿来了？

脸色还很不好看，盯着她的手指，好像她做了什么十恶不赦的事情。

孩子们已经一拥而上，大海和星辰跑在最前头，扑进他怀里：“二叔，你怎么才来呀？”

星辰的头上戴着公主的王冠，身上系着红丝绒斗篷，小手却被一个没见过的小男孩牵着，想必就是“胃多多”了。

从嘉佑转而盯着他们的小手，没好气地说了句：“撒手。”

大海和星辰以为是让他们撒手，当然不可能听他的，又拉又拽地把他拖进院子里：“快来帮我们烤肉吧，都是妈妈她们在烤，可辛苦了。”

从嘉佑硬是被拖到了许怡江面前，她一时间也有点手足无措。自从那天……之后，她一直都有意避开跟他正面交流的机会，这会儿突然离得这么近，还是在别人家里，她都不知道说点什么好了。

要不还是先给主人家介绍一下？

怡江站起来，指着身边的两位，有点艰涩地开口：“这位是魏绍远先生，这位是他的太太江迟迟，他们的儿子多多是大海和星辰的同学。这位……”

“我知道，从嘉佑对吧？嘉雨建筑设计的CEO，年初开新能源技术峰会的时候我们见过。”

没想到魏绍远居然认得他，这让怡江和江迟迟颇感意外。

这么一说从嘉佑倒也想了起来：“你是造梦工厂的魏绍远？”

“没错，其实我们在更早之前也见过。你在美国留学的时候，在康奈尔大学我们曾有过一面之缘。只不过那时我跟现在的模样不太一样，你可能对不上号了。”

江迟迟主动爆料：“我老公以前有三百多斤！”

在美的华人圈子就那么大，体型这么特殊的更是少见，所以从嘉佑也印象深刻：“你是那位助教Sean？”

魏绍远微笑着，一只手抱着小婴儿，一只手搂住身旁的太太：“你看，还是有人认得出我的。”

不承想还有这样的机缘，从嘉佑立时对他多了几分尊敬，也终于搞明白他儿子叫魏多多，而不是“胃多多”。

这么说来，怡江跟他们交好也就不奇怪了。魏绍远无论品德还是才学都非常出众，绝不是那种狗眼看人低的暴发户。他的太太来自小康之家，看样子跟怡江也很投缘。

从嘉佑坐在烧烤炉旁，拿着夹子给烤网上的海鲜和各类肉食翻面，边翻还边往上头刷蜂蜜和烧烤酱。

他也不知道为什么就变成了这样。

他想象中怡江被一群阔太欺负的场景并没有出现，相反她因为独自带一对龙凤胎还带得那么好，不禁让人肃然起敬，并且还心灵手巧又会做吃的，那些太太都喜欢她。

加上主人家还有个刚满一百天的小可爱，一堆女人就围到一起聊她们的去了，这个烧烤炉子就交给了他。只有等食物烤好了，她们才会端着盘子过来夹点吃的。

这烟熏火燎的……从嘉佑索性脱了外套，撸起袖子，端了把椅子坐在炉子旁边当起了烤肉的大师傅。

反正他也不是孩子的父亲，要解释起来也挺烦的，还不如这样自在。

怡江远远地看他一眼，他像是感应到了，也扭过头来看她。两个人的目光刚一对上，她就收了回去，又继续跟江迟迟她们聊天。

他心里憋着一口气，愤恨地夹了一块刚烤好的肉塞进嘴里，烫得差点一口吐出来。

魏绍远的手搭在他的肩膀上："辛苦了，要不要我替你？"

他赶紧佯装镇定："不用，你还要抱孩子，身上有烟味她会嫌弃的。"

一看就是同道中人。魏绍远笑笑，递给他一杯梅酒："冬天喝这个，跟烤肉很配，也不伤胃。"

"谢谢。"

"许小姐跟我太太很聊得来，听说她在夜市有一个摊点，也在新媒体做推广，如果有需要的话，我或许可以帮一点忙。"

从嘉佑留意到他称呼许小姐而不是丛太太，便猜他已经了解到他们家的复杂情况，还肯这样诚恳地主动提出邀约，可见的确是有赤子之心的人。

魏绍远的公司正是依托网红经济兴起的互联网公司，方兴未艾。之前他还笑话许怡江不懂酒香也怕巷子深的道理，现在看来她不仅懂，还很识时务地把自家生意推到了人家专家的眼皮子底下。

她渐渐有了力量，丰满了羽翼，将来就算离开丛家，也能靠自己的双手和头脑好好生活下去了。

这不就是他的本意吗？最初得知她大学肄业，在隔壁人家当小阿姨的时候，他想帮她，不也就是希望看到有这么一天吗？

那他现在又在懊恼什么呢？为什么只觉得攒下的火越烧越旺，仿佛要将他的胸口烧出一个大洞来？

只是因为那个吻吗？

“二叔，鸡翅膀要烤焦了。”星辰和大海不知是什么时候跑过来的，疯出一脑门汗，歪着脑袋站在他跟前提醒他。

从嘉佑终于回神似的一凛，手忙脚乱地去翻烤网子上的食物。

手捧着星辰小公主披风的魏多多很懂事，问公主：“你爸爸是不是跟你妈妈吵架了？”

“不是爸爸，是二叔。”大海很有耐心地纠正他。

“对啊，又吵架了，妈妈都不理他了。”

从嘉佑发觉自己带在身边养大的这一个插刀从来都是快准狠，每日一扎，每扎必中，白刀子进红刀子出。

这回他都想不出什么理由来辩解了。

魏多多看他有点萎靡，一点都不像星辰和大海平时说的那样神气活现，忍不住给他出出主意：“男生不应该跟女生吵架，万一吵了就要主动去道歉，要是道歉也不顶用，就带她去旅行吧！”

从嘉佑眯起眼睛：“这是谁告诉你的？”

“我妈妈的书里都是这么写的。”

“你妈妈写的书你能看得懂？”

“看得懂啊，我已经认得一千多个汉字了。”

从嘉佑扶了扶额头，大概是被烟熏得有点缺氧了。

“可是我二叔马上要自己出去旅行了，过年也不跟我们在一起。”大海有点忧心忡忡。

“不带妈妈去，回来以后妈妈就更不会理你了。”

星辰这一记补刀扎得他心窝子疼：“谁说我不跟你们一起过年了？”

“咦，不是吗？妈妈说你要跟那个陆阿姨去北海道旅行，听说那里很冷。虽然我挺喜欢玩雪的，也想跟你一起去，但是……”大海垂下头，他想说的是，不带上妈妈他也就不想去了。如果可以去，那能不能去泰国？小美过年就在曼谷，而且那边还很暖和呢！

从嘉佑仰起头深深地吸了一口气，觉得要给人惊喜这种活儿真的太难了，果然不适合他。

但想象一下许怡江是抱着怎样一种心情向孩子们宣布这个消息的时候，他又觉得挺难受的。

这个人怎么这么能委屈自己呢？

他忽然像下定决心似的，问面前的小不点：“你们要不要帮我？”

几个孩子都竖起耳朵：“怎么帮，怎么帮？”

“首先当然是保密，然后……”

他把几个孩子拉到自己身边，详细密谋了一番。

江迟迟她们隔着一段距离，看到的就是他一个大男人出得厅堂、下得厨房，还能搞定一群小魔怪，当然是连连夸他能干了。

怡江安安静静地看着他飞扬的神色，没有吭声。

回去的路上，从嘉佑自己开车，怡江坐在他旁边，两个人终于不得不挤在这样一个相对狭小的空间里，谁也没主动说话，气氛就显得有点压抑。

怡江正绞尽脑汁，犹豫着是不是拿孩子放寒假的事跟他说点什么，他突然先开口道：“去一趟商场吧，有点东西要买。”

“买什么？”

“去旅行的东西呀！”坐在后排的星辰和大海已经莫名亢奋，“要去北海道，那里很冷的，要买厚厚的衣服！”

“还有鞋子和帽子！”

“还有路上吃的零食！”

怡江的心往下沉了沉，今天短暂的放松让她暂时忘了这件事。可其实他们马上就要启程了，因为三天后就是除夕。

上回两个人就过年去旅行的事还没来得及达成一致意见，梁伍就出现了。一番惊天动地后，她跟从嘉佑之间的关系变得很微妙。她有意避开他，却忘了逃避从来都不是解决问题的办法。

他我行我素惯了，就连孩子们的签证、机票等手续都办好了，就只等着他们放假而已。

饶是她再想反对，可看看孩子们的兴奋劲，她也说不出扫他们兴致的话来。

从嘉佑瞄了她一眼：“你现在考虑还来得及。”

“考虑什么？”

“要不要跟我们一起去旅行？”

怡江呼吸一滞，很快便摇头：“不了，我已经跟小芒说好了，过年到他们那儿去。”

“你就放心让两个孩子跟着我？”

说实话，不放心。儿行千里母担忧，这是古往今来通行的道理，更何况星辰和大海还那么小。

可是有什么办法呢？严格来说，她甚至连孩子们正式的监护人都算不上，在这个家里的地位也十分尴尬，往后这样的情形可能还会有百次千次，不是他就是他大哥，她都能拦得住吗？

“那你能让孩子们留在家里不跟你去吗？”她语调平平地问。

“当然不能。”

那就是了。怡江苦涩地一笑，只能安慰自己，星辰从小由他照料着长大，她见识过他的细心和尽责，相信他一定不会亏待了两个孩子。

如今她能做的，就是尽量为星辰和大海打点好行程所需要的一切，事无巨细地安排好，让他们的旅途能顺利些，也舒服些。

两个孩子高兴得很，知道要出远门，也很懂事，在商场里让他们试衣服、鞋子时都百分之百配合。要知道平时给他们买这些东西那都得追着他们跑，甚至还闹别扭不肯试穿，只有在买玩具的时候才特别乖。

他们好像没有丝毫将跟妈妈分离的焦虑和不舍，怡江不知该高兴还是该心酸。

孩子的冲锋衣、雪靴、帽子和围巾买了一大堆，从嘉佑一直都只管刷卡，对她挑选的东西好像也没什么意见。

然而最后她清点购物袋的时候，却发现无端多出了两大袋东西，都是成年女性用的，款式跟星辰穿的差不多是亲子款。

这应该是他买给陆慧文的，大概还有点不好意思，都是趁她顾着两个孩子的时候悄悄买好了，混在其他东西中间。

她没说什么，只当没看到，跟着他一起把东西拎到车子的后备厢里，又跟两个孩子一起去买吃的。

星辰和大海在超市里要一个人坐一辆购物车，于是怡江和从嘉佑只能各自推着他们，两个小家伙看中的要带在路上吃的零食就丢进从嘉佑推的车子里。而怡江还在生鲜区流连，不时地看看菜、肉、蛋和海鲜。

从嘉佑看她捧着一大块牛腱子肉还一副若有所思的样子，开口问：

“你看这些干什么？我们过年不在家，你又要到袁小芒那儿去，买那么多菜放在家里不是浪费吗？”

“我在想要做点什么菜带到小芒他们那里去，比如卤水啊，炸肉啊，丸子啊……”

从嘉佑没听她说完就从她手里抽走东西放回原处：“做个客还准备这么多东西，你有没有一点当债主的意识？”

“我们是朋友，不是债主和欠债人。再说去人家家里做客，哪有空着手去的道理？”怡江把肉拿起来放进购物车，“你放心，这些东西我会用自己的钱买，不会用到你给的菜钱的。”

从嘉佑觉得自己迟早有一天会被这个女人气死：“我现在是在跟你谈钱不钱的问题吗？”

“不是你说的吗？亲兄弟，明算账。”

从嘉佑被噎得说不出话来，怡江看他吃瘪的样子觉得好笑，又忍不住哄哄他：“你有什么想吃的没？明天做给你们吃？”

在家还有一天时间，之后去国外旅行就会有好长一段时间吃不到家常菜了。

从嘉佑气呼呼地道：“出去吃就行了，你别大操大办。”

“那就简单点，用烤箱做点菜吧！做个虾肉鸡翅、番茄牛肉焗饭、海盐烤南瓜，再焗点生蚝？”

“不要生蚝！”他大声抗议。

“你不是爱吃吗？”

“我现在不爱吃了不行吗？”

男人啊，你的名字果然叫善变。

“好，不要生蚝。”怡江继续掰着手指算，“那再做个汤……”

不知不觉已经走到了结账的地方，星辰和大海早被食物的香气吸引，拉着从嘉佑跑了出去。

怡江结完账，推着车出来，斜里突然伸出一只手，握着一个已经剥好皮的烤红薯。

“还愣着干什么，快趁热吃啊。”从嘉佑有点别扭，想看她就着自己的手啃一口，又知道那样太亲昵了不可能，只能拉住她的一只手，强行把烤红薯塞给了她。

星辰和大海也是一人一个，已经啃得满嘴红泥。

怡江忍不住唠叨了他们两句："你们下午吃了那么多东西还没吃饱啊，这么晚了还吃这个。"

"有什么关系，大冷天的，谁能抗拒烤红薯的香味。"从嘉佑自己啃着一个最大的，又让两个小家伙拉住他的衣角，"走了，我们回家。"

夜深人静，怡江安顿好两个孩子睡下了才开始给他们收拾旅行要带的东西。

衣物、食物、紧急用药都分门别类整理好，怕他们在极寒的天气下穿不好衣服，每个人每天穿的也都从里到外搭配好并用袋子分装，再贴上标签，这样从嘉佑只要按图索骥，孩子们总不至于太冷。

要带的行李太多，孩子们的小箱子肯定装不下，她记得其他行李箱都放在阁楼的衣柜顶端。

她搬了把折叠梯子去拿，即使伸长了手还是有些吃力。箱子不受控制地滑下来，如果她不放手，自己也会被砸下去。

预期中箱子落地后的巨响没有听到，从嘉佑托着箱子拧眉站在旁边："你到底在干吗？够不着不会叫我吗？"

他把她从梯子上拽下来，自己爬上去，腿长手长这时占满优势，轻轻松松就把几个行李箱都给拿了下来。

他拍拍手，低头看着她："东西都收拾好了？"

"嗯，差不多了，放进去就好。"怡江擦了擦箱子上的灰尘，"这个酒红色的装星辰的东西，蓝色的装大海的，贴身要用的放在他们自己随身的小箱子里，应该够了。"

"那我呢？"

"你不是用那个银色的吗？"

她记得他有一个挺大的银色 RIMOWA，应付这一趟旅行应该差不多吧。

"谁跟你说这个了，我是说我的东西还没收拾。"

怡江瞥了他一眼："你是个成熟男人了。"

从嘉佑心里有点小小的沸腾，脸一热："所以呢？"

"所以出门旅行应该可以自己收拾东西吧？"她一边把箱子往外搬，一边说，"让星辰和大海知道了可是要笑话你的。"

"那我不管，我的东西太多，你不给我收拾，我出不了门。"

“那就别出门了，留在家里吧。”

他心里又是一阵激动：“你希望我留下来？”

快点求我，求我留下来陪你！

怡江觉得跟他说不清楚，用箱子撞开他：“麻烦你让让，挡着门了。”

她把孩子们的东西都整整齐齐地码进箱子里，轻手轻脚的，生怕吵醒了他们。

最后她扣上箱盖，地上还有两个大袋子，是他悄悄买给陆慧文的衣服，刚才被混在一起拿了上来。

她坐在地上盯着那些东西看了一会儿，想拎出去还给他，没想到他还等在房间门口。

他也看了一眼她手里的东西，抓住她的手腕，不由分说就把她带到了自己的房间里。

银色的行李箱在地上大敞着，看来他还真等着她来帮陆慧文收拾行李。

她深吸一口气，先把手中纸袋里的衣服拿出来，一件件叠好了放进箱子里。

“这些先别忙着放进去。”他伸手拿了一件，“你先上身试一试，万一不合适明天好拿去换。”

“这不好。”怡江拒绝，“你买给陆小姐的东西，我不方便试穿。”

他就知道！在商场偷偷瞄到她看到这两个袋子的表情，就知道她是怎么想的，她肯定以为这些都是给陆慧文买的。

是，他是不够贴心，又是钢铁直男，但她难道就看不出这些款式跟星辰他们的是亲子款吗？他是有多浑蛋才会给“女朋友”挑亲子款的衣服来扎她的心？

他气不过，把她拉到穿衣镜前：“有什么不方便的？你跟她的尺码差不多，让你试你就试！”

怡江站着不动，他就把新的冲锋衣拉链拉开，硬套到她身上，又稳住她的肩膀照镜子：“这样不是挺好的吗？粉红迷彩又酷又可爱，星辰也喜欢，再配上这顶帽子……”

加绒的滑雪帽戴在她的头上，遮住了她的额头和耳朵，巴掌大的脸显得更小，一下又减龄好几岁，像个没毕业的学生。

他忍不住拿手掌在她的头顶按了按，声音也不由自主地放轻："怎么样，喜不喜欢？"

其实他看到怡江的眼眶红了，眼泪都在里面打着转。经他这么一闹，她的忍耐也达到了极限，使劲推了他一把，脱下身上的衣服掼进箱子里，帽子没来得及摘就被他按住手："为什么哭？"

不是无所谓吗？不是让他去找个正儿八经的女朋友吗？那这时为什么又要哭？

怡江不理他，手被他制住，就抬起膝盖撞他。还好他早有防备，格挡躲了过去，手却不得不松开。本以为松开手她就会作罢，没想到她一记勾拳过来，直接落到他的一侧脸颊上，疼得他捂着脸连退了好几步。

怡江也愣了一下，手指骨微微发麻，提醒着她刚才的这一拳打得不轻。

这个傻子在她面前总是防备不足，掉以轻心。

他久久捂着脸没动，她怕真把他给打坏了，上前两步拉他的胳膊："哎？"

他这下可算逮住了机会，突然攥住她的手，旋身把她摁在旁边的墙壁上，亲吻没头没脑地落了下来。

他在她的唇上用力一吸，舌头轻轻一顶，她看似坚不可摧的一面就被攻破，熟悉而干净的气息一下子涌入他的呼吸节奏中去。

得了，谁也别笑话谁的防守薄弱。

他似兴奋又似舒适地叹息，喉咙间发出的声音不知道有没有被她听到，自己先臊得脸红不已。

还好她看不见他，她的肩膀刚才碰到开关，把天花板上的顶灯给关了。整个房间只剩下床头光线幽暗的壁灯，黑暗中突如其来的亲吻简直就像偷情一样隐秘而又刺激。

她这些天躲着他，他丢了魂似的转来转去，原来就是为了这个？

好像是，又好像不是。但可以肯定的是，亲吻原来真的会让人上瘾。

怡江一只手被他压在墙上，一只手抵在他的胸前，想要用力却根本比不过他将她压向墙壁的力道，完全动弹不得。

他的嘴唇薄而温和，也有种不可思议的可以瓦解人的意志的力量。

她想再用膝盖攻击他，却被他长而有力的腿给缠住。他像是知道她的意图，在缠绵悱恻间停下来，贴着她的嘴唇说：“我想亲一下……你可别再打我了。”

他不仅不是她的对手，简直是根本无力招架。

舔吮、追击、交缠，这样的亲密让人无法自拔。

然而怡江脑海里却警铃大作，震得她身体里如翻江倒海一般难受、头疼。

她终于用尽力气推开他，抬起手背捂住嘴：“我们不可以这样！”

他是有女朋友的人，她也知道他下了很大的决心才认真开始一段感情。前几天的情难自禁是遇到那样特殊的情况，她躲了他这么多天，就是不想把事情弄得更加复杂，可结果现在还是这样。

情浓时从身体里流走的神志慢慢回归，从嘉佑隔着一段距离看着她：“为什么不可以？”

为什么？

还用问吗？他们之间隔着星辰、大海，隔着整个世界，他会不知道？

他只是要亲口听她说出来罢了。

“因为你已经有女朋友了。”

避重就轻是人的本能，这是她所能想到的最冠冕堂皇的理由。

从嘉佑气不过，难怪她之前劝他认真谈个女朋友，原来还有这样的用处。

“如果我说分手了呢？”他将她一军。

“不要说这样的话，你后天还要跟人家去北海道。”

“行程可以取消。”

怡江猛地抬头：“你这个人怎么总是这样随心所欲！”

“你说对了，我这辈子都是这样随心所欲。”

除了跟她有关的事情。

怡江逼着自己冷静下来：“旅行可以取消，你去英国的行程总不能取消吧？没有陆小姐，也会有王小姐、李小姐……你需要的是一个可以跟你并肩站在一起，陪你一起去英国开拓事业第二春的人。我不行，我有星辰和大海要照顾，哪里都不能去。”

不能去北海道，不能去英国，不能去你身边。

“许怡江……”

他好气啊，真的好气，却又不知道到底在气什么。每次光是念她名字的三个字就已经像是千言万语，其他的，他也再说不出什么来了。

她一定是看到了英国Foster给他寄来的那封信，知道他已经拿到了待遇优渥的offer。

有时他真希望她没那么聪明，没那么敏感，他喜欢的只是个笨笨的、迟钝的姑娘，那样他就也能装一装糊涂，这一生也就这样过去了。

夜里的那一拳，因为手上没有绑胶带，怡江也痛了很久。她半夜装了一桶碎冰，把手整个放进去才稍稍缓解了一些。

第二天到底也没能再在家里做饭，都是在外面吃的。两个大人格外安静，大海问："二叔，你的脸怎么了？妈妈的手……好像也有点肿肿的。"

星辰把搅在叉子上的一大坨意面喂进嘴里，十分笃定地说："还用问吗？肯定是他们又一起摔倒了呗！"

晚霞漫天，接下来会是个适宜出门的好天气。

怡江跟袁小芒约好了，早上送两个孩子出门之后就到她那儿去。袁妈妈提前三天就开始在家忙活年夜饭的各种蒸炸卤煮，她过去了正好能帮忙。

从嘉佑带着两个孩子拖着行李箱准备出门，司机小刘已经放假了，他得自己开车到机场去。

怡江跟他一起把行李放进车里，回头看到星辰和大海一边一个盯着她，都不肯上车。

她知道是孩子们舍不得自己，她也舍不得他们啊！

"乖乖，上车了，坐飞机不能迟到的。"

"妈妈，你送我们去吧！"

"对呀，你送送我们吧！"

两个小家伙拽着她的衣角，眼巴巴地希望她能点头。

她不是不想送，但从嘉佑要带着他们在机场跟陆慧文会合，她实在没有勇气目睹他们带着两个孩子消失在登机口。

她蹲下来搂住他们，试图跟他们讲道理："我送你们上车，到时再去接你们，好吗？今天我已经跟小芒阿姨约好了……"

"不要嘛，我们要有好多天见不到你，我们会很想很想你的！你送我们，我们就会好一点点。"

星辰撒起娇来眼睛眨巴眨巴的，那种可爱又可怜的小模样让人实在无法拒绝。

她身子弱，出门在外，怡江最担心的也是她。

“你跟袁小芒约在了哪里？”从嘉佑问，“大不了我先送你去，再绕道去机场，反正现在还早。”

这算是个折中的法子，孩子们都很懂事，她送了他们一段，满足了他们，即使她在中途下车，他们应该也不会闹了。

她简单收拾了一下自己的东西，又楼上楼下检查好门窗和电器开关，认认真真地锁上门，回头看到两个小家伙不知说了什么笑得欢快，正跟从嘉佑在击掌。

小熊像是知道他们要出门了，在狗舍里吐着舌头抬起头来。

“你要乖乖看家。”怡江摸摸它的头，“我明天回来给你加餐。”

星辰和大海在她身后捂着嘴偷笑。

从嘉佑绷着脸，好像还在跟她置气。

车子最后排跟后备厢都放满了行李，她只能坐前排的副驾驶座忍受他的臭脸。

车子走到半路，小芒打来电话：“怡江啊，你在哪里？我开车来接你，你可以多带点东西，在我家多住几天呀！”

她最近搞了辆二手小破车，方便进货，年底了顺便帮街坊邻居买买年货、送送礼，没事还跑跑网约车挣点外快，捡来的科学怪人被硬拉来当了临时保镖。

怡江抬头看了看路牌：“不用了小芒，我直接到你家去。”

“哎，跟我还客气啥，我已经在从家大豪宅附近啦！你准备一下就出来，我在外面的车道上等你哈！”

“不是客气，我现在也在车上呢，下个匝道就到你家门口了……咦？”

刚才的路牌写的是靠右的岔路口下去就是小芒家门前的那条主干道，从嘉佑本应该在这个地方右转下去的，可他却直接往机场方向直行了。

怡江连电话都顾不得讲了，问他：“刚才为什么不右转？”

“机场的停车场停车费很贵。”

怡江愣了一下，不懂他为什么没头没脑地说这个。

“所以我想了想，等会儿我们到机场后，你就直接把车开回家吧！等我们回来的时候，你再开车来接我们。”

什么？

怡江觉得他的这个解释太无厘头了，随心所欲了一辈子的丛家二少爷居然会嫌机场停车费贵？

“我很久没开车了。”她试着跟他讲道理，“这么远的路我怕手生开不了。”

“没关系，开慢一点就好了。这辆车的安全性能很好，万一磕了碰了，你吃不了亏。”

怡江被他气得够呛，还是星辰和大海及时解围：“妈妈、妈妈，你就送我们去机场吧！”

“对呀，我们让二叔请你喝热巧克力！”

当然啦，见者有份，他们也要！

怡江没办法，来都来了，反正她也不可能在高速路上下车，只是这种上了贼船的感觉是怎么一回事？

在机场停好车，两个小家伙一边一个从车上蹦下来，怡江慢慢地把他们的小箱子放到地上。

丛嘉佑拉起行李箱，看她还站在原地，回头问：“你在干吗？还不走？”

“我……就送到这里吧，你把车钥匙给我。”不是要她开车回去吗？那就到这里好了啊。

丛嘉佑的墨镜没摘下来，看不出脸上的情绪。

两个孩子抬头看看他，又看看怡江，关键时刻还是星辰“哇”的一声哭起来：“我要妈妈送我进去……说好的热巧克力……”

她的哭功了得，简直是闻者伤心，见者流泪。

大海看得目瞪口呆——这么快就上终极武器？

星辰边哭边跟他交流眼神：你懂什么呀，先哄上飞机再说啦！

贵宾候机室里，怡江跟星辰、大海一个人捧着一杯热巧克力坐在椅子上。

她也放弃挣扎了，扎心就扎心吧，不能让孩子们行程都还没开始就心里疙疙瘩瘩的。

玻璃门外就是停机坪，她环视一圈也没有看到陆慧文的身影。从嘉佑也不知道跑哪儿去了，可能是去外面的大厅接她了。

怡江看了看时间，离登机只有不到十分钟时间，从嘉佑还没有回来，两个小家伙倒是很淡定，捧着 iPad 看动画片全情投入。

她有点着急，忍不住给孩子们又交代了一遍安全事项。比如在公共场合看到身边的大人不在要警醒些，不能光顾着玩。然后又打电话给从嘉佑问他怎么回事，却怎么打都没人接。

登机时间到了，他还是没有出现，贵宾室的服务人员上前提醒她："女士，你们乘坐的航班现在开始登机了，请到这边先过安检吧！"

"我们还有人没来，请稍微再等一下。"

"没关系的，从先生说他会晚几分钟到，您可以先带着小朋友登机，登机牌他已经放在我们这里了。"

"不，我不是乘客，请等一下，等他来……"

她话还没说完，星辰和大海已经笑闹着跑过了安检口，在那边冲着她招手："妈妈，快过来呀！"

"你们不要乱跑！"她越发焦灼，急得不知该如何是好，心里把这个不靠谱的大少爷骂了一百遍，甚至后悔又害怕，觉得不该同意他带着两个孩子去旅行。

她频频回头，好不容易看到从嘉佑出现在贵宾候机室门口的时候几乎想冲上去再给他一拳："你到底上哪儿去了？"

他脸上的墨镜还是没摘，一脸的纨绔样，只抬手在嘴边做了个噤声的动作，再以迅雷不及掩耳之势揽住她的肩膀，半推着把她送进了安检口。

待怡江反应过来的时候，已经坐在摆渡车上了。

星辰和大海笑得合不拢嘴，四只小手又伸得长长的跟从嘉佑击掌庆贺。

她这才明白是怎么一回事。

头等舱的位子被他们占了四个，一大两小还在为计划成功扬扬自得，直到看见怡江把脸扭向舷窗，眼泪落了满脸才消停。

星辰和大海跪坐在前排，只敢从椅子缝之间露出两双大眼睛，一边悄悄瞄后排的怡江，一边给自家二叔使眼色——你快点安慰妈妈呀！

从嘉佑心想：我要是有办法，还用得着这么连哄带骗地把她弄上飞机？

而且今天这个机上座位不知怎么回事，头等舱他们一家已经占了四个位子，结果他跟怡江的位子中间还隔着一个人。她坐的是靠窗的位子，身旁的过道位是另一位男性乘客。

怡江啜泣的声音传入他的耳朵里，不得已，他只得好声好气地请求那位男士："不好意思，我能不能跟你换个位子？"

对方正津津有味地看飞机上的杂志，见状问他："你们是夫妻？"

"不是。"

"那不换。"

从嘉佑被噎得差点晕过去："你没看到她哭了吗？"

"就是看到了才不换，谁知道你坐过来后会闹出什么动静。"

从嘉佑发现对方这话是看着他脸颊上的伤说的。

他这会儿摘了墨镜，前天被怡江一记左勾拳打伤的地方已经泛青，一看就是被人打的。可就算这样，看起来也像个在家被媳妇收拾得没脾气的二傻子，轮不着他欺负怡江啊！

前排两个小家伙，大眼睛乌溜溜地看过来又乌溜溜地看过去，大概觉得这个长腿叔叔好帅，一口京片子也好听得没边，竟然敢怼他们的二叔！

从嘉佑没辙，只能向空乘寻求帮助。正好头等舱的美丽空乘梁知璇留意到怡江的状态，走过来软声问："女士，是有哪里不舒服吗？需要帮助吗？"

怡江连忙擦了把眼泪，哑声说不用。

从嘉佑趁机跟这位空乘商量："不好意思，我家人遇到点状况，我想安慰一下她，又还要照顾前面这两个小朋友。但今天这座位不知怎么搞的……能不能请你协调一下，让我跟这位先生换个位子？"

"没问题，您先坐下，我帮您协调。"梁知璇侧身笑容可掬地看向旁边的男人："穆先生，能不能请你跟这位从先生换一下位子？他们两位带着小朋友，坐在一起会方便一些。"

穆峥头也没抬："你叫我什么？"

"穆先生，"她耐着性子说，"现在是我的工作时间。"

"嗯，所以呢？"

所以？呵呵，梁知璇正好笑累了，也不半蹲着说话了，直接站起来说：“穆峥，起来，跟从先生换个座位！”

男人终于慢条斯理地把手中的杂志合上放回原处，面不改色，甚至还多了点笑意，可眼睛里却满是一种“看我回头怎么收拾你”的意思。

“既然我太太开口了，我就看在她的面子上跟你换一下。不过我习惯在飞机上睡一觉，你们最好不要太吵。”

这位空乘小姐是你太太？！

从嘉佑嘴都合不上了，不只是他，连怡江都被这样难得的偶遇给吸引，暂时收住了眼泪。

于是在众人惊讶的目光中，从嘉佑终于如愿以偿地换到了怡江身旁的位子上。

梁知璇朝他们笑笑：“抱歉，让你们见笑了。喝点什么？我给你们倒。”

她很快取了热毛巾和咖啡来，又给两个小朋友一人倒了一杯橙汁，再和颜悦色地教他们扣安全带。

从嘉佑趁机碰了碰怡江，想跟她说话，却被她毫不留情地拍开手。

再看隔着一条走道的穆峥，此时已经戴上眼罩靠着椅背休息。可怡江却看到梁知璇来收走他用过的毛巾时，他从眼罩下的缝隙悄悄看她的背影。

或许不是偶然，也肯定不是第一次了，这位先生就是特意买了太太执飞的航班陪着她飞。

他一定记得她的背影、她的辛劳，也记得她的欢笑。

这么好的爱情，真是让人羡慕又难忘。

飞北海道的航班在北京中转，令人意想不到的是，在北京飞札幌的飞机上，他们又遇到了这对夫妇。

这回梁小姐不再是空乘的身份，而是跟他们一样的头等舱乘客。中途有乘务长奉上鲜花，“啧啧”道：“今天又是什么日子啊，小璇？”

她似乎早已习惯这样的阵仗，看了身边的男人一眼：“什么也不是，可能是要过年了，鲜花大减价。”

可旁边还有蛋糕，于是她请乘务长切开后跟星辰和大海一起分享。

两个小朋友排排坐好，乖巧又可爱。她跟怡江一起帮他们铺好餐巾，就站在旁边轻声聊天。

怡江闷了一路都没怎么说话，却被这样浪漫的夫妻情谊感动，忍不住好奇地问她：“今天是你的生日还是结婚纪念日？感觉你先生很有心啊。”

“真的什么日子都不是。”她忍不住白了座位上的穆峥一眼，“他是吃这趟航班执飞机长的飞醋，耀武扬威来了。男人都这么幼稚吗？”

那简直想都不用想啊，怡江笑笑：“是啊！”

“其实我们是去北海道过年的，那里有我们的家人。对我们来说也有点特别，好几年没来了。今年孩子跟家里的其他大孩子一起去参加冬令营了，我们才有时间故地重游。”

即使这样，行程也安排得很紧凑，她下了班换了套衣服就跟着他赶转接的航班。

怡江果然没猜错，北海道对他们还是有些特别的纪念意义的。

看来男人也不完全是幼稚的大猪蹄子。

“雪国风光非常纯净浪漫，还是很值得一去的。有什么不开心的事，到了那里也许就都看开了。”梁知璇还记得怡江之前哭得伤心的模样，安慰道，“过年一定要开开心心的，这样新的一年才会顺心如意。”

“嗯，谢谢。”

两个小朋友吃完蛋糕就困了，转机行程辛苦，他们早就该睡了。

梁知璇要来毛毯给他们盖好，又摸了摸他们的小脸，问怡江：“你这对龙凤胎好可爱，不过照顾两个孩子很辛苦吧？”

“嗯，是有点辛苦。您家里只有一个？”

“是啊，小棉袄，在考虑要不要再生一个，毕竟一个孩子太孤单了。但她爸爸也很忙，我又要满世界飞，怕没时间陪伴他们，长大了脾气别扭像他爸。”

怡江感觉好笑：“生在你们这样有爱的家庭，孩子也一定会很懂事的。”

“唉，还是双胞胎好，一起生、一起养，一次性解决双份烦恼。他弟弟家里还有更厉害的三胞胎，每次都热闹到不行。”

怡江十分惊讶：“三胞胎？”

“是啊，见证奇迹的时刻。”梁知璇笑着递给她一张卡片，“你们肯定已经订好了酒店，不过如果有空的话可以到这里来找我们玩，是我们自己家里人开的民宿，我们这几天也都会住在这里。过年人多热闹一点，小朋友估计也会喜欢多几个小伙伴的。”

怡江回到座位上，从嘉佑终于不用装睡了，刚才装睡真是装得好辛苦啊。

可她也没有要跟他说话的意思，低头看着手里的卡片，把信息输到手机里。

从嘉佑眯着眼偷偷看她，她有所察觉地一扭头，他又赶紧闭上眼。

唉，为什么又装睡嘛！说好了不装的呀！

飞机遇到气流有点颠簸，他本能地抓住座椅扶手。怡江也正好一抓，他的手覆在她的手背上，心头一阵窃喜，却还要假装被惊醒的模样，抓住她的手问：“怎么了，这么颠？你别怕，没事的。”

“……”

一旁的穆峥被他拙劣的演技给逗笑，他有些恼羞成怒：“很好笑吗？”

是啊，很好笑。穆峥不理他，展开手臂把身旁刚有了睡意的梁知璇搂进怀里，让她靠在自己的肩上睡，又低头亲吻她的头发。

从嘉佑猝不及防被塞了一嘴狗粮，心里又酸又苦。其实还不只是他们，这个时候出行的好多人都是一对一对的情侣，整个机舱都冒着粉红的泡泡，仿佛随时提醒他记住自己现在还是单身狗一只。

一不留神，他握在手心的怡江的那只手还被她给抽回去了。

她也有点累了，脑袋靠在舷窗边，眼睛看着窗外暮色层层尽染的天空。

“喂，你气也应该气够了吧？”他压低声音凑过去问，“来都来了，马上要到北海道了，你到底要气到什么时候？”

“你在北海道待几天？”

“七天六夜啊！”

“嗯，那就让我气七天六夜。”

从嘉佑头疼万分，试着跟她讲道理：“我刚才不是跟你解释过了嘛，我已经跟陆慧文分手了，这趟行程压根儿就没她什么事。我早就想好了要带你和星辰、大海他们出来玩，就是怕你会有这样的反应，想东想西不肯来，才想了这个法子给你一个惊喜。”

“这不是惊喜。”是惊吓。

"好好好，不是惊喜。那你要怎样才会消气？"

"你把我送回去。"

"除了这个以外！"

"小熊还在家里没人管，我已经跟人家小芒说好了去她家过年，她妈妈还准备了好多菜……现在我说不去就不去，人影都不见一个，这算什么啊！"

她想想就糟心，说着说着眼眶又有些发热。

从嘉佑最怕她哭，捏着她的下巴朝向自己："你跟孩子候机那会儿，我出去就给袁小芒打了电话，告诉她门口石球后面的灯箱里压着备用钥匙，让她把狗带回去照顾几天。狗粮和钱我都准备好了，她妈不管准备了什么山珍海味，那些钱过五个年也管够了。"

眼看怡江的脸色又要变，他赶紧把话题给拉回来："不是有钱了不起，我就是想让你学着信任我，我可以把所有事情都安排妥当，不会让你和星辰、大海他们受委屈的。"

信他一次有这么难吗？他为了她，收拾过赵成康和高崎杰那样的人渣，冒着她可能带着孩子跑路的风险借钱给她的朋友，还收容她的恩人住在自己家里。他自问这辈子对其他人再没这么尽心和包容过，可她还是不肯信他。

其实怡江觉得他还是不明白他们之间最大的问题在哪里，就像他说的，他随心所欲惯了，到头来发现这个世上还有他求之而不得的东西，这才有了执念。

为了这样的执念，跨越这么大的鸿沟，到底值不值得呢？

假如将来觉得委屈的人是他呢？他反悔了呢？她又要如何自处？跟两个孩子的将来又要怎样安排？

这样的诘问找不到答案，他们之间就永远是一个死循环。

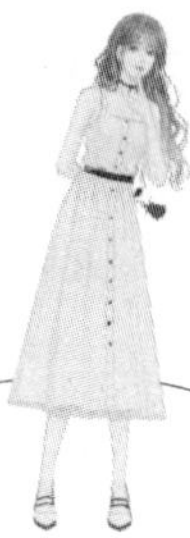

第七章 一生一次的惊喜

札幌新千岁机场，先前已经下过雪，晴了一阵子，可还是很冷。

下机的时候，怡江果然看到机长从驾驶舱出来，挺拔帅气，又沉稳可亲，正跟梁知璇在机舱外寒暄。

穆峥早已走到廊桥那头去，站得远远地等着她，目光却一刻也没离开，像雄狮盯牢了自己的猎物。

虽说是吃醋，可他还是懂得留给人家空间，不知比某些人强多少倍。

出关之后，梁知璇偎依在穆峥的怀里，裹紧身上的大衣，转过头跟怡江他们挥手打招呼。

星辰和大海在飞机上睡够了，这时生龙活虎，恨不得追上去：“妈妈、妈妈，飞机上的漂亮阿姨跟你说了什么呀？”

“我好像听说他们家有三个小朋友。”

“像我们一样的三胞胎吗？”

“我们是双胞胎啦，只有两个，而他们是三个……没见过，好想看一看！”

从嘉佑这时才想起来问：“你们俩刚才聊了些什么？她给你的那张卡片上写什么了？”

“没什么。”怡江没好气地回答，“聊你们男人是大猪蹄子。”

从嘉佑突然停下来，怡江以为他又要发少爷脾气了，没想到他打开一个行李箱，把最上面的衣服拿出来说：“把你身上这件脱了，换这个。”

被她误会成给陆慧文买的东西其实全是给她买的，他也都收拾好了。

怡江还记着仇呢，头一扭："我不换。"

"我这回酒店都只订了两间房，你要是感冒了肯定会传染给星辰、大海他们，你想这样吗？"

又来了，他反正只要一拿孩子说事她就肯定没辙。

不过他说的也没错，外面的气温都在零度以下，她身上穿的普通毛呢大衣肯定是顶不住的，不得不换上新买的冲锋衣。

从嘉佑趁机从她脱下的衣服口袋里掏出了那张卡片。

原来是一家民宿小店的信息，正面日文，反面印了中文，有地址和电话，看来老板很会做生意。

"这是那个空姐给你的？"

"嗯，他们自己家里人的小院子，自己开的民宿。"

怡江看着不远处的梁知璇和穆峥上了一辆SUV，大概就是他们所说的家人来接的。下车的女孩眼睛大大的，有日本少女明星般的甜美笑容，身材看似单薄，却单手就拎起一个大箱子放进后备厢里。

从嘉佑本来还不明白她眼里为什么会流露出羡慕的神色，但半路上看到路边有庆贺中国春节的招牌和字样，也感受到了一点年味，他这才反应过来——她大概是羡慕别人家合家团圆的那种气氛吧？

之前她也不止一次提过，过年人多才热闹，只有热闹才像过年。

她年幼时家里条件不好，连一顿像样的年夜饭都吃不上。到后来母亲再嫁，家里多出了个赵成康，她的新年又能快乐到哪里去？

谁知除夕夜等待她的是一顿毒打，还是欲念背后向她伸出的肮脏的手？

他们在车子里摇摇晃晃的，在路口等红灯时，他突然把那张卡片递给司机说："我们不去酒店了，现在就到这个地方去，会不会太远了？"

怡江和从嘉佑从车上下来，站在日式的庭院面前仰头看木质招牌上的字——道喜屋。

两个小朋友早就迫不及待地冲进小店，发出"哇"的惊叹声："好漂亮的点心啊！"

"这些真的都可以吃吗？"

"可以哟，要不要尝一尝？"

老板娘竟然说一口流利的中文，拿了盘子里的点心给他们试吃。

星辰和大海很有礼貌地说谢谢，自己吃完又拿了一点跑过来：“妈妈、二叔，这个好好吃哦！你们也吃一点！”

怡江有点疑惑：“会不会是地址弄错了？”

说是民宿，但这里是个和果子店呀！

“不会错的，司机说就是这里，手机定位也没错。”从嘉佑躬身进店去问，“请问这里是薄叶家的民宿吗？”

“是的，你们是从中国来的客人吗？有预订过吗？”

“不，我们……”

“哎，许小姐？”梁知璇正好出来，看到他们非常惊喜，“我还以为你们直接去酒店了，早知道应该跟我们的车一起来的。”

怡江看了从嘉佑一眼，还不是这个人自作主张，也不跟她商量，就揣摩她的心中所想。

不过揣摩得还挺准的……

“快请进来吧，外面太冷了。”

梁知璇像主人一样招呼他们进门。

原来这户人家祖上一直是开和果子店的，在传统行业受到冲击的情况下又开了民宿作为补充的经济来源。

星辰和大海一个人手里拿着个草莓大福，仰着脸问：“阿姨，你们家的三胞胎呢？”

“他们呀，去看爸爸的演出了。”

“什么演出呀？”

“乐队演出，唱歌、弹琴、弹吉他。”

“哇，他们的爸爸这么厉害呀！我们也想去看。”

“没问题，明天有更好看的演出，我们一起去。”梁知璇跟怡江他们解释，“最近有一些冬日祭和为招徕中国游客搞的春节庆典活动，还蛮热闹的，有空可以一起去看看。”

“好。”

“你们打算在这里待多久？”

“过完今晚就走。”从嘉佑代她回答，“后面几天要去滑雪。”

两个小朋友一听滑雪已经乐开了花，蹦蹦跳跳喊着“滑雪滑雪”一路小跑进房间。

房间是日式的榻榻米，一间六叠、一间八叠，以一扇滑门隔开。

有穿和服的年轻姑娘已经帮他们铺好了被褥，见他们进来，起身自我介绍：“你们好，我叫薄叶和美，是薄叶家的女儿，如果你们在入住期间有什么问题都可以找我。”

梁知璇把手搭在她的肩上，笑道：“和美的妈妈是中国人，先生也是，我跟她是妯娌。”

“对，妯娌……”和美对这个发音似乎有点拿不准，笑起来，“没错吧？是妯娌？我先生和她先生是双胞胎。”

怡江认出她就是先前去机场接人的那个女孩，没想到原来他们是一家人。

星辰和大海瞪圆了眼睛：“这么厉害，那你们家的三胞胎呢？”

“我是三胞胎的妈妈。”和美蹲下来，笑眯眯地对他们道，“你们个子好高呀，看起来是哥哥和姐姐，等会儿带着他们一起玩好不好？”

“好！”

这就真看不出来了，明明还是少女的模样，竟然已经是三个孩子的妈妈！

“今天看来是多胞胎聚会了，还蛮有意思的。”梁知璇笑笑，看着四下打量房间的丛嘉佑，把怡江悄悄拉到一旁，“真是抱歉，现在是旺季，没有多余的房间空出来，只有这个房间可以当套房用，会不会不方便？”

她看得出这两个人之间情潮暗涌，但绝对不是可以若无其事一起睡的关系。

临时打扰已经很不好意思了，怡江哪里会嫌不方便，况且中间还有拉门。

“床上有干净的睡衣，你们可以换上，会比较宽松舒服一点。年夜饭已经在准备之中了，不嫌弃的话晚上就一起吃吧！”

怡江很感动，旅途中萍水相逢的人，给了他们这样细致的关心和尊重，也许这本来就是旅行的美好所在。

单凭这一点，好像对那个人的自作主张已经没那么生气了。

从嘉佑有职业病，走到哪里都被建筑吸引，里里外外看人家的结构和设计，带着两个孩子在院子里转悠。

怡江则去了厨房，道喜屋的老板娘也就是和美的妈妈说今天是除夕，店里提前打烊，一心一意准备年夜饭。

厨房里有日料那种很清淡的香气，也有中国菜的浓郁和热闹。

怡江卷起袖子帮忙，老板娘本来说什么也不肯让客人动手，和美说："没关系的，许小姐是小璇的朋友，也就是我们的朋友，不用见外。我们今天就各显身手吧，要做一大桌好吃的！"

她面前有一大盆刚拌好的饺子馅，饺子皮还没擀好，怡江接手，麻溜地才一会儿就擀出一大堆饺子皮，让人叹为观止。

"哇，你们今天上哪儿找来的高手，这么厉害！"

身后突然多出一张跟穆峥一模一样的脸，但仔细一看神韵气质又有些不同，怡江就知道这是和美的老公穆嵘回来了。

这么说三胞胎应该也已经到家了。

外面果然传来孩子们的笑闹声，很快就有三个小球滚进来，一边一个抱住自家老爸的大腿，还有一个坠在屁股后头："爸爸，家里来了好可爱的小姐姐！"

"你昨天给我买的巧克力呢？快点拿出来啦！"

"还有那个新的米老鼠呢？我要跟小姐姐一起玩！"

穆嵘在内心翻了无数个白眼，自家三个儿子就这点儿出息，看到美丽的小姐姐简直恨不得倾家荡产。

"啊，我知道啦！不要扯我裤子……要扯掉了！我去给你们找，马上找！"他恋恋不舍地回头看了一眼案板上的饺子皮，试图挽救，"今晚有饺子吃，不如叫上你们刚认识的小姐姐，我们一起包饺子？"

"不要！快去拿巧克力！"

"还有米老鼠！"

"……"

穆嵘被闹得没办法，只好拖着三个小的举步维艰地往外挪。

怡江看得好笑，心底又是温柔一片，对和美道："你们家三个小宝宝太可爱了。"

"哪里，他们可调皮了。我们平时大部分时间生活在北京，他们在爷爷奶奶家更是闹得管不住，过年来这里没有其他小朋友带头还稍微好一点。"

梁知璇打趣道："今天多了个洋娃娃一样漂亮的小姐姐，怕是要炸锅了。"

怡江擀完了饺子皮，端着案板走出去，就看到从嘉佑大马金刀坐在院子里的石凳上。星辰被他挡在身后，大海站在他身边，三胞胎排着队把手里的棒棒糖、巧克力、饼干和连标签都没剪掉的崭新的米老鼠捧到他的面前。

“叔叔，可以让小姐姐跟我们玩吗？”

“玩什么？”

“我们带她堆雪人，还有……打雪仗。”

“不行。”从嘉佑板着脸，“她的鞋会湿掉。”

“湿了就换新的。”三胞胎的大哥拿手指着旁边的穆嵘，“叫我爸爸买。”

有你这么坑爹的吗？穆嵘都快气死了。

穆峥早就换了宽大的睡衣，此时正倚在屋檐下的墙边，饶有兴致地看好戏。

从嘉佑就是不松口，想向他的小公主献殷勤，才没那么容易呢。

怡江觉得他像个门神似的杵在那里，屁股下面是冻透了的石凳，冷也要冷死了，真是十足滑稽。

她把手里的东西交给穆峥暂时帮她拿着，然后走过去对星辰说：“今晚吃饺子，我们一起包饺子好不好？”

星辰像她，最喜欢动手做好吃的，比过家家还好玩，连声应好，牵起她的手就到茶室去了。

大海一脸戒备，却还是很友好地对三个新认识的小伙伴说：“你们要不要一起来？”

那还用说！当然是跟着女神走啦！

终于把孩子们都哄进了有暖气的屋子里，洗干净了手，怡江便开始教他们包饺子。

穆家兄弟是北京爷们儿，从小在爷爷奶奶家包饺子，这种活儿本来也难不倒他们，围在桌子旁边也动起手来，案板上很快就码起一排排小元宝。

只有从嘉佑挨着怡江干坐着，也不动手，光盯着怡江的手看。

“二叔，你看！”星辰捏好一个饺子，捧在手心里举起来给他看。

从嘉佑还没来得及应声，三胞胎已经“啪啪”地鼓起掌来。

“二叔，你也来帮忙包吧，很简单的！”

他“嗯”了一声，却并没有动手的意思。

穆峥道：“饺子看似简单，没包过的人还真不会，你们就别难为你们的二叔了。”

不知他是不是有意的，“二叔”俩字还咬得特别重。

从嘉佑经不起激：“谁说我不会，大海，给我扔张面皮过来！”

不就是包个饺子吗？他只是懒得动手罢了。

大海奉命给他递上饺子皮，放饺子馅的碗也摆到了他的面前。

他拿起来就是一大勺。

直到封口的时候才发现……捏不上啊！

他急得额头上都冒汗了，先把左边捏拢，馅就从右边出来，再去管右边，就不得不把饺子皮拉长，把馅往回塞，力道一控制不好，底子就穿了。

肉馅漏了他满手，他恨不得拿另外一张饺子皮去补上。

大海都替他着急，看看人家的爸爸多能干，他家二叔怎么能输呢！

“咯……这个不算。”他清了清嗓子，重新拿起一张饺子皮，手背突然被人托住。

“馅料少放一点，先捏住中间的地方，再把两边往中间折，像这样……”

怡江一只手托着他，一只手舀了馅料放在面皮中间，手把手地教他包。

她的手指依旧冻得红通通的，带着微凉的温度，却跟她擀的面皮一样软。

从嘉佑只顾盯着她的手，她的手动一动，他也就跟着动一动，一个饺子就在手里成了形。他其实仍然没有学会，动作比刚才还僵硬。

但她露出刚刚好的笑容，他也就福至心灵似的，觉得自己好像学会了。

穆峥连嘲笑都懒得嘲笑他，拿了个蒸笼来，把包好的饺子先铺好拿去蒸。

穆嵘在那头拿出一个小小的硬币，放进手中那个将要封口的饺子：“老规矩，今晚谁吃到这个有钱的饺子，明年就会幸运一整年，心想事成。”

从嘉佑喜欢这个创意，他看了看怡江，也拿出一个硬币放进去，然后悄悄在饺子皮外头做了个记号。

饺子出锅的时候，和美一家准备的年夜饭也备齐了，有日式的寿喜锅、汤咖喱、寿司和炸物，也有红烧肉、清蒸鱼、栗子鸡和炒面，果然摆了满满一桌子。

和美还有个当医生的哥哥，下了班才从医院匆匆赶回来，看来老板娘是中国人，过中国的新年也成了他们家的传统。

怡江不是第一次在外过春节，但围坐在普通日本人家的桌炉边吃年夜饭，生平还是第一次。

其实从嘉佑也是，甚至和这么多人一起过年，对他来说也非常新鲜。

他们都换了宽大舒适的睡衣，款式花色相近，语言也完全没有障碍，看起来真像一个兴盛的大家族聚在一起。

梁知璇道："其实往年在北京过年也是这样，穆家兄弟姐妹多，比这还热闹。我们还怕来北海道会太冷清，遇到你们和两个小宝贝真是太好了。"

从嘉佑跟穆峥不对付，本来还想傲娇一下的，结果一口汤咖喱下去就被彻底征服了，味蕾一开，也愿意多说两句："我家就从来不这样，所以我已经记不住那些年是怎么过的了。"

父母早移民国外，生活方式西化，一年中大半时间在环游世界。兄长不是在留学就是在跟仿佛永无尽头的研究项目，剩他一个人在国内。萧雅身体尚可的时候还带襁褓中的星辰去跟从嘉茂团圆，后来久病沉疴，就成了年关难过年年过。

以前还不觉得怎么样，现在突然发觉自己孤单这么久了，好像也有点可怜。

怡江往他的杯子里倒酒，星辰和大海也跑过来："二叔、二叔，我们干杯呀！"

一屋子人的酒杯碰在一起，发出清脆的声响："过年好，新的一年要万事如意呀！"

他转头对怡江道："好像是第一次跟你一起过年？"

"嗯。"

"吃到饺子里的硬币了吗？"

怡江点点头。事实上她跟小璇、和美都分别吃了一个带硬币的饺子，可见男人们都很有心机地做了记号，把"幸运"留给她们。

这种温暖的感觉，不知是屋里暖，还是心里暖。

“那你新年有什么愿望？”

其实不用问他也知道，肯定是跟孩子们长长久久地生活在一起。但他还是希望她能贪心一点，哪怕只一点点跟他有关也好。跟孩子们的事，他可以想办法帮她一起实现。

然而怡江只是淡然一笑：“我能有什么愿望？我就希望星辰和大海都好好的，我能永远做他们的妈妈。”

光是这一点，其实就已经很不容易啦！

“还有呢？”

还有？怡江看他一眼：“还愿你也顺顺利利的。”

“怎么个顺利法？”

怡江耐着性子道：“比如设计得到业内大奖，还有跟 Foster 的合作也顺顺当当的，不要有什么波折。”

就这么一句话，不知怎么的又触了他的逆鳞，他气得不肯跟她讲话了。

好在聚在一起的有这么多人，根本不缺话题聊，又有好几个小朋友一直捧着糖果和玩具跑来跑去，年轻的妈妈们一边聊天一边还要照看他们。

星辰和大海坐了一天飞机其实很辛苦了，好好地玩着白雪公主和小矮人的游戏，竟然就靠着墙打起了盹儿。

怡江要抱他们去睡，他们却拗起来：“还要玩！”

和美的妈妈细心又温柔，帮她抱起一个孩子说：“这三个小的也要睡了，我带他们去睡觉，你们年轻人守岁吧！”

几个小朋友俨然已经成为好朋友，就连睡觉也不肯分开。尤其三胞胎虽然也睡眼蒙眬，一听可以跟星辰他们一起睡，立马又精神抖擞，都不用奶奶抱，就跟着往楼上跑。

和美她们知道在这样的陌生环境里怡江肯定不放心，干脆收拾了些吃的和梅子酒端到楼上的房间去。把几个孩子哄睡后，她们就隔着一扇门在外头继续聊天、喝酒。

到零点的钟声快要敲响的时候，孩子们早就睡熟了。和美让怡江去休息，晚上她和妈妈陪着几个孩子睡，肯定会照料好他们的，请她放心。

怡江回到房间，看到铺好的床还原封不动，从嘉佑应该是跟穆峥、穆嵘他们去喝酒了，还没有回来。

她简单整理了一下行李，就拿了换洗衣服去洗澡。

日本民宿和酒店大多都用整体浴室，造价低廉，这里用的却是御影石地板和香柏木御槽。御槽已经套好了一次性浴袋，可以放心使用，而且拉起百叶窗还能看到外面庭院里的实景。

原来看似普通的自家小院，改造时也是请了专门的建筑设计师设计过的，难怪从嘉佑看过后也没有露出一贯那种挑剔和不屑的神情来。

怡江也累了，放水泡了个澡，疲惫从每个毛孔里蒸腾而出，本来只想洗干净就出来的，竟然舒服到不想起身。

从嘉佑就是在这个时候回来的，房间里只开了盏小灯，很暗，他什么都看不清，脚步踉跄着直奔洗手间而来。

今晚喝得有点多，他嫌喝酒伤脑子，所以平时很少沾酒。他不知道日本酒原来也有这么多品种，很多都好入口，只是后劲挺大的，不知不觉就有了醉意。

穆家兄弟挺有意思，穆峥一直灌他喝酒，穆嵘却意外地跟他很是聊得来，帮他挡来挡去自己也喝了不少。只有和美的哥哥很清醒，毕竟他是医生，很有分寸，最后还是他叫停了才没继续喝，并把他架在肩膀上送回房间门口。

不然他还真分不清哪间房是哪间房，今晚恐怕就得睡在外面的地板上了。

喝多了脑子不清醒，又躁得慌，他想去洗手间洗把脸顺便凑到水龙头下喝点水，一晚上没沾水，他都快渴死了。

然而洗手间的门却从里面锁死了，怎么扭都扭不开。他拍打着门，嘴里嚷嚷道："喂，谁在里面啊，快出来！"

怡江赶紧扯过睡衣，那个腰带她还是不太会系，只能先尽量把衣襟拉拢系紧，就趿拉着拖鞋去给他开门。

醉酒的人力道没个准，从嘉佑正大力拍门，门突然开了，他没站稳一下就扑了进去。氤氲着水汽的花香和女人身上可人的香气扑面而来，他蒙了，甚至没有意识到抱了满怀的柔软是怎么一回事。

"你喝酒了？"怡江被他的酒气熏到，手抵在他的胸口。

他这时才回过神来："是你啊……你在这里干什么？"

干什么，当然是洗澡了。

她想推开肩上的重量，他反而越发靠近，头都低了下来，问她：“星辰和大海他们呢？”

“跟三胞胎一起睡了……你先让开，我要换件衣服。”

“干吗要换，这样就很好看。”

他的目光不由得顺着她颈部的线条往下走，和式睡衣素雅的花纹衬托着她胸口白皙的一片，再渐次向两边延展。

她的每一次呼吸，都有幽幽的香气从那段襟口漫出，熏得他意识更加模糊，不能自已。

“许怡江……”他想起自己刚才还在跟她置气，气的是什么却已经想不起来了，只看到她红艳艳的唇瓣和绾起头发后更黑白分明的大眼睛。

他喝多了，肢体却有自己的意志，抬手捧住她的脸，嘴唇就覆到了她的唇上。

一开始气息还平静和缓，辗转几回就慢慢变得急促起来。怡江呼吸得越用力，她襟口散发出的香气就越蓬勃，那种蛊惑般的吸引力让这个吻不仅仅是情难自禁。

他比之前的任何一次都更有侵略性，唇舌的每一次碾磨都像是要把她吞掉一样。

怡江背靠在浴室的墙上，本就系不好的衣带在两个人身体的纠缠中松散开来，饱满又可爱的曲线若隐若现。

从嘉佑的眼睛都红了，退开她的唇，盯着她那副带着忍耐又羞涩到极点的表情，才发现自己的手已经那么大胆。

那样的触感令人沉沦，他贪婪地想要更多，又不确定怡江是不是也喜欢，于是低声叫：“怡江……”

他第一次这样亲昵地称呼她，仿佛午夜十二点的钟声，惊得怡江立即推开他，拉紧衣服说：“我们不能这样！”

又是不能。从嘉佑问：“为什么不能？现在没有别人，只有我和你，男未婚女未嫁的，为什么不能！”

“还有星辰和大海。”

“他们根本都不在这里！”

她神色寂寥：“这不是一回事。”

“这就是一回事！”他扣住她的肩膀使劲晃了晃，“你为什么总是要推开我？为什么宁可拼命压抑自己也不肯信我？四年前是这样，现在还是这样！许怡江，你到底什么时候才能为自己活一次？什么时候才能真正笑一次、快乐一次？你到底要我怎么做，你告诉我！”

他的惊喜全是一厢情愿，连精心准备的旅行都不能让她高兴，他实在是黔驴技穷，失败到家了。

“你喝多了。”怡江抹掉漫出眼眶的泪水，“早点休息吧。”

从嘉佑点头：“我今天是喝多了，所以干脆也浑蛋一回。”

他不知从哪儿来的蛮力，上前一把拽住怡江打横一抱，直接扔到外面的榻榻米上，俯身压住她就是一通乱吻。

怡江挣扎，身上的浴衣凌乱地敞开，更让他有了可乘之机。

他碰到她身体动情的证据，既难过又欢喜，恨不能就这样凭借冲动一做到底。

然而怡江顺着眼尾流入发际的那些眼泪浇灭了他身体里的邪火，酒也醒了大半。

他到底在干什么？明明想要珍惜的，却偏偏用了这么糟糕的方式。

他抬手想给她擦眼泪，她别过脸去不让他碰。

到此为止吧。

他拉过旁边的被子盖在她的身上：“你晚上好好睡，放心，我不会再烦你了。”

他强撑着身体站起来，每一个关节都好像不听大脑的使唤，本就是踉跄着回来的，现在又踉跄着出去了。

夜里怡江一个人睡，明明有暖气，却冷得一夜都没怎么合眼。

大年初一，又是新的一年了。

怡江收拾好东西，去餐厅才发现星辰和大海他们已经起来了，正跟从嘉佑坐在一起吃早餐。

他昨晚果然没有回来，不知睡在了哪里。

两个孩子看到她很兴奋，跑过来拉着她的手去吃饭。他却只是默默地坐在座位上不动，等她坐下了才站起来，拿着钱包像是去找老板娘结账。

和美端来早餐，说：“今天下雪了，孩子们可能惦记着玩雪，一大早就醒了。是从先生让他们别去打扰你的，看不出他带孩子还挺有一套。”

“那是他昨晚睡得不好吧？喝了酒就睡在茶室的地板上，暖气都关了，半夜下雪没冻死已算万幸。”

梁知璇用手肘捅了穆峥一下：“大过年的，多不吉利。”

他不屑地哼了一声。

怡江只当没听到，筷子挑起香喷喷的亲子饭，嚼在嘴里却像砂砾般索然无味。

吃过早饭后，几个孩子闹着要去街上看春节庆典，和美、梁知璇跟怡江带着他们一起去。

在路上，梁知璇问怡江：“你们吵架了？”

“嗯……”怡江苦笑，“很明显吗？”

“毕竟我也是过来人。我们以前闹得最凶的时候，说是你死我活也不为过。”

怡江有点惊讶，她跟穆峥感情这样和睦，看起来天造地设的一对，竟然也会有闹得这样不可开交的时候？

不过想想梁伍和辛欣又何尝不是如此，好像也就不难理解了。

“我们当时也以为不可能在一起了。”小璇抬手指了指前面一家商店，“他来找我的时候，就在那个门口，我都觉得他疯了。”

那是一个卖八音盒的小店，和美一只手拿起一个说：“这是他们的定情信物哦！”

小朋友们都惊叹八音盒的可爱和精致，三胞胎已经摸出早上刚拿到的压岁钱，打算凑钱买一个送给星辰。

“真的是因为这个吗？”怡江喃喃道。

“可能是因为旅行吧。”梁知璇笑了笑，“我们俩以前在一起，从来没有真正开心过，那是第一次，也被我们当成最后一次。”

怡江想起昨晚从嘉佑说的——她就从没真正快乐过。

可是她真的不懂，要怎样才能放下那些烦心的事。

“别人我不知道，”梁知璇说，“但我跟他，因为经历过生死，还不止一次，所以也就没什么好怕的了。我当时就想，试一试又怎么样呢？明天和意外都说不准哪个会先来，试一试也没什么。至少在旅行的时候开心一点，留点美好的回忆。”

如果真的很爱一个人，又注定不能在一起，说不定靠着这点美好的回忆就能撑过余生。

怡江他们带着孩子回到和美家时，约好来接他们前往滑雪度假村的车已经到了，从嘉佑正在门口跟司机说话。

他又戴上了墨镜，其实今早在餐厅怡江已经看到他脸上有一道新鲜的伤口，正好穿过之前被她一拳打伤的地方，应该是昨晚她挣扎时抓破的。

当然，更严重的是他宿醉后留下的黑眼圈，让他整个人看起来都像是强打着精神。连穆峥他们打趣他，他都一脸木然，没有脾气。

萍水相逢的人，临走时却格外不舍。三胞胎跟星辰、大海他们就不说了，连怡江跟和美、梁知璇也是依依惜别。

“下次再到北海道来玩，记得也要来我们家啊！”

“来北京也是，我看他们几个大男人还蛮聊得来的。”梁知璇拍拍怡江肩上的落雪，“我也挺多机会飞 T 市的，说不定哪天又在飞机上遇见呢！”

有这样奇妙的缘分，他们本来就是朋友了，她一点也不担心将来会见不着。

怡江他们上了车，身后的人还在招手，目送车子开出去好远。

星辰和大海趴在窗玻璃上，一直到看不见他们了，才乖乖坐下来，拿出小书包里的八音盒把玩。

那是他们跟三胞胎交换得来的礼物，既新奇又珍贵。

司机非常健谈，跟从嘉佑聊起今天这场雪要下多久、路况会如何，还有孩子们最关心的旭川动物园。

“我们这个滑雪谷好像离旭川机场也很近？”

“是啊，不远。你们如果从旭川机场乘飞机离开，也是很方便的。”

从嘉佑“嗯”了一声。

今天到最后分别时，梁知璇才告诉怡江，其实从嘉佑一大清早就咨询过她机票是否还有改签的可能。要不是春节期间正值旺季，舱位全满，他可能会提前结束这趟旅程。

但他不想让孩子们失望，看怡江跟他们很合得来，大有拜托他们照料她们母子的意思。

他就这样放弃了？

怡江无端端想起《半生缘》里世钧最后对曼祯说的一句："也是因为我实在叫你灰心。"

她不就挠了他一爪子吗？哦，还有之前的一拳……

可有的人就是这样，天生桎梏多，她都说不清自己是曼祯还是世钧，他就已经灰了心。

她越想越心酸，眼泪不自觉地就掉下来。从嘉佑吓了一大跳："你……你怎么了？"

他昨晚是混账，今天可什么都没说也什么都没做，她怎么就哭了！

不问还好，一问她哭得更伤心了。两个孩子也忙不迭地安慰她："妈妈，你怎么了？"

怡江哭到打嗝，似乎终于发泄够了，才说："我不会滑雪……"

"……"

从嘉佑都不知道该不该说"不会我来教你"这句话，她却突然转过头来看他："你教我，好不好？"

那一瞬间，他有种错觉，窗外的天空似乎放晴了。

雪在他们到达度假酒店的时候才真的没下了。

他们入住的这片区域，所有房间都是独立的别墅。从外观看来有遗世独立的冷艳感，里面却哪哪都是温暖的木质原色，每个房间都有室内和室外两个私人汤池。

从嘉佑看着那出自传统匠人之手的陶制浴盆和汩汩热汤，忽然感觉口干舌燥，迈不开腿。

本来期待万分的滑雪好像也没那么急了。

他不急，可星辰、大海急啊。这样的冰雪世界简直就像童话王国一样，听说有很多适合小朋友玩的项目，还会有其他小伙伴呢！

怡江软硬兼施，想让他们睡个午觉他们都不肯，异口同声道："我们在车上睡过啦！"

从嘉佑道："让他们去吧，到这儿来不就是让他们撒丫子去玩的吗？会有专业人员看着他们，不要紧的。"

怡江感觉奇怪："你不跟着去瞧瞧？"

他向来最挑剔，尤其是在对孩子的吃穿用度上，包括教育方面，都是亲自过问，有一点点不对就恨不得自己亲自上阵，今天怎么这么放得开手？

“我累了，昨晚没睡好。”

他像是还在怄气，说话时都不看她。

怡江也很火大，说起昨晚，吃亏的人明明是她，现在想起来都面红耳赤，他却还给她摆脸色。

并且其实她也没怎么睡，过了午后还真的有点困。

可她到底还是不放心。酒店服务员非常和蔼且专业，告诉她适合全家一起参加的滑雪课程今天已经结束了，等会儿可能会有大雪，带着小朋友上滑道也不合适，建议在室内参加游乐活动，于是她就跟着一起去看看。

小朋友们都是根据年龄分组的，来自世界各地的都有。星辰和大海本就是结伴来的，非常放得开，又能讲英文，一下子就成了最受欢迎的新朋友。

服务员请怡江回去休息，或是安排自己的活动，只需要晚餐前再来接两个小宝贝。

怡江踩着“咯吱咯吱”的雪回到别墅，没看到丛嘉佑，猜他大概少爷脾气还没发完，一个人出去看这度假村的建筑构造和设计去了，连行李也没收拾就丢在她这里。

她叹了口气后打开行李箱，他们在这里至少要住四五天，总得收拾得干净规整些，才能住得比较舒服。

这个滑雪山谷分为若干个度假区域，他们入住的这一处别墅其实只有十五栋，分洋式跟和式两种，丛嘉佑一下就订了两栋，紧挨在一起，外面的私汤还有山石相隔。

晚上他大概会住隔壁那栋，剩下这边的洋式房有低矮却宽大的床，她陪着两个孩子睡正好。

他的行李还在这里，她只能等他回来后再让他拿到隔壁去。别墅的周围很静，又没有孩子们吵闹，她收拾完后往床上一躺，竟然就这么睡了过去。

开始只是单纯地觉得累，睡得并不踏实，甚至还觉得有点冷。不知什么时候开始，好像忽然被很暖的怀抱给裹住，整个人仿佛嵌合在一个刚刚好的匣子里，舒服得一动都不想动了。

她其实并没有睡太久，醒来的时候发现自己侧卧在床上，身上盖了毛毯，腰间……竟然还搭着男人的手臂。

她身子一僵，转过头去看身后，从嘉佑也正好睁开眼。

“你……你怎么在这儿？不是还没气完，离家出走了吗？”

“我又没上哪儿去……”他也睡眼惺忪，起身别过脸去打了个喷嚏，再揉揉鼻子，顾左右而言他，“你这身上什么味道，昨晚的香料还没冲干净？”

怡江抬手闻了闻自己：“什么味道？没有啊！”

两个人突然姿势亲密地躺在床上睡着了，一醒来就被他挑剔身上的味道，怡江尴尬不已，立刻跟他拉开距离。

他却很笃定地双手交叉垫在脑后：“是昨晚洗澡用的浴盐吧？太香了，也不知放了什么化学原料，一股刺鼻的味道。你没发现今早大海和星辰也冲你打了两个喷嚏吗？”

有吗？那不是因为室内外空气冷热变化才引起的吗？

不过两个孩子都有点过敏性鼻炎，她也确实比较在意这个，平时从不用香水不说，就连面霜和护手霜都是用的无香的。

被从嘉佑这么一说，她浑身都有点不自在，很想好好洗个澡。昨晚确实从浴槽里起身时比较匆忙，那还不是因为他在门外急吼吼地叫门吗！

“那你先到你那边的房间去，我……我想洗个澡。”

“你几点去接星辰他们？”

“五点。”怡江看了一眼墙上的钟，惊道，“已经这么晚了吗？”

她收拾行李时就忘了时间，才睡一会儿现在却已经是四点四十五分了。

她只来得及洗个脸，重新梳好头发，穿上外套就打算去接两个孩子。

从嘉佑不紧不慢地说：“别着急，我跟你一起去，直接带他们去吃晚饭。”

晚餐在主餐厅吃自助餐，玩闹了一下午的星辰和大海饿坏了，一看到这么多好吃的，都乐得不行。

大海从来没有在这样的场合吃过自助餐，有些腼腆，放不开。从嘉佑把他背到背上，自己拿着盘子：“看好了啊，要吃什么吱一声，我就给你拿！”

“吱！”大海的小手往肥美的肉食区一指，然后是炸虾、蛋糕和水果，吱吱声就没断过，逗得星辰咯咯笑。

怡江还有点在意自己身上的味道，只想赶紧吃完了回去洗澡。

星辰问她："我们晚上可以在温泉里洗澡澡吗？今天 Penny 说我们做完游戏回去可以在温泉里泡泡，会很舒服哦！"

Penny 是今天带他们的服务员之一，跟幼儿园老师的角色差不多，说的话孩子也就记在了心里。

"可以呀，我现在也很想回去洗澡呢……"

从嘉佑在对面暗笑，面上却不动声色地把一个手卷塞进嘴里。

小朋友当然不能在庭院里泡汤，怡江给他们在房间里的室内池洗了个澡，自己穿的薄衬衫全弄湿了。

她问两个玩水玩得不亦乐乎的小家伙："我身上有什么奇怪的味道吗？"

"没有呀，什么味道？"

"妈妈的味道吗？妈妈一直都是香香的。"

"哗啦"一下，恭维完后迎面就是一捧水，怡江被浇得睁不开眼，气得伸手去抓他们。两个娃娃又叫又喊，跟着她笑闹，等被抓住穿好干净的睡衣，上床一碰枕头就睡着了。

怡江松了一口气，看从嘉佑的箱子已经拖走了，估摸着他是去了隔壁休息，终于飞快地脱了衣服，走进庭院那一池雾气袅袅的热汤里。

真的是好舒服。

刚才拉开滑门走出来，皮肤暴露在冷空气中的一刹那，真是汗毛倒竖。然而一走进这水里，全身的伪装和负担立刻像被卸去了一样，每一个毛孔都张开，迎接蒸腾的热气进入身体里。

原来要放下所有尘世烦恼，迷醉温柔乡一点也不难。

你可能只需要一场雪，或是一池温泉热汤。

怡江抬手把头发绾得更高，又闻了闻自己，好像并没有什么刺鼻的气味，往身上泼了点热水，才把脖子以下全部沉入水下。

孩子们睡着了，现在的时间全都由她自己支配了。

天早就黑了下来，雪下了又停。据说夜里还有大雪，这时已经开始飘起雪花。

极暖的享受与极寒的环境并存，反差大到让人觉得不真实，难怪会像童话世界。

要是可以永远都这样就好了，她这样想。

身体被热水推挤，渐渐适应了在水中的飘飘然，雪也下得更大了。她闭上眼睛，想再享受几分钟就起身，哪知身旁突然有人入水，泛起的波澜把她硬生生地推醒了。

“你……”她瞪大眼睛看着赤裸着身子站在她面前的丛嘉佑，连一句完整的话都说不出来。

他也不多话，把手里的热毛巾递给她，然后固执地朝她扬起脸。

之前被她一记勾拳打出的瘀青还没消呢，现在又多了一道伤疤。他可介意了，要她敷一敷才能好。

怡江拿着毛巾僵着不动，他就拉过她的手硬摁在自己脸上。

“我不是生你的气。”他突然没头没脑地说，“我是气我自己。”

昨晚的事太让人无地自容了。对一个女人，尤其是他想要爱护的女人做出如禽兽般的举动，他第一个不能原谅自己。

怡江对他过长的反射弧早已经习惯了，但现在好像不是解释这个的时候吧？

两个人挨得极近，浸在水下的身体几乎能碰到。她的手被他握在手里，他也不乱动，只有掌心在她的手背上轻轻地抚摸着，仿佛怕她会冷。

这样的温情，即使再大的怒火都被灭了。

雪花簌簌地落下，落在她的眼睫上，视线被冰晶模糊，有种似真似幻的效果，让她看不清眼前人。

其实丛嘉佑也一样，雾里看花似的，简直不敢相信兜兜转转一大圈，他们还能这样靠近。

因为他拉着她的手，她的胳膊不得不露出水面，风吹过，冻得她直往回缩。

他察觉到了，加了点力拉住她，她再缩，他再拉……反复两次，她恼了，正要发作，他已经倾身过来吻住她，手臂从水里绕过来环住她的肩膀，把她抵在身后的池壁上。

这个吻其实很轻，甚至带了点小心翼翼，每一下厮磨和舔吮都仿佛在叩问——可以吗？这样好不好？

温柔乡，英雄冢，他不是英雄，怡江也不是，因此对这样的柔情显然没有还手之力。

他怕她冷，又怕坚硬的石壁硌着她的后背不舒服，手臂笼着她不算，还要借着水的浮力让她无限贴近自己，用体温来温暖她。

身体在水下交缠，袅袅雾气和温水的包裹免去了面对面时可能会有的尴尬。怡江不知不觉也变得大胆起来，舌头被他追得无处可逃，干脆反守为攻。

那样灵巧的撩拨，让从嘉佑喉咙间发出“嗯嗯”的闷响，不得不结束这个深吻，一脸不可思议地盯着她看。

“怎么了？”

怡江面色潮红，眼神游离，以为是自己难得主动一回却做得不够好。

从嘉佑其实满心都在控诉她犯规。他猜她根本就不了解自己这时有多么诱人，一个小动作，甚至是一个表情都能让男人丢盔弃甲。

感情哪有什么公平可言，在这种时候，男人愿为她生、为她死，还有熊熊的嫉妒心——她没有跟别人这样过吧？

不管是他大哥，还是梁伍，都没有领略过她这样的美吧？

雪越下越大，她看他愣着不动，忍不住抬手拂去他眉毛上的雪。手滑下来碰到他的脸颊，冰冰凉凉的，轻轻摩挲一阵，凑上前吻了他的嘴角。

她其实也想这样亲他，早就想了。

这大概是她这辈子最豪迈大胆的举动了。

如果一定要为自己活一次，那么爱他是粉身碎骨也想要达成的愿望。

从嘉佑愣怔片刻，直到她的手臂也缠住他的脖子，他才重新回吻她，凶猛百倍，情欲高涨，好像要把她拆吞入腹，至死方休。

雪花在夜空狂烈地起舞，月光在雪地里静静地燃烧，相爱的人翻滚跌宕，终至平静地偎依。

从嘉佑仍把头埋在她的颈窝，一边轻轻磨蹭，一边叫她的名字：“许怡江……”

他刚才会不会叫得太大声了？时间会太短吗？还是太长？她有没有不舒服？如果舒服的话……什么时候可以再来一次？

总觉得这个时候想这些好丢脸，可他控制不了自己，恨不得时间就此停住。

怡江还能感觉到身体深处的异样，趴在池边又羞又悔，偏偏这个家伙还手脚不老实，大有想要再来的架势。

幕天席地，成何体统？

激情燃烧的时候不觉得，一停下来两个人都烧得面红耳赤。

他又耍赖不肯回隔壁去睡，一定要跟她和两个孩子挤在一张床上。怡江硬把他推出门去，他趁机又困住她索吻，亲够了才说：“我半夜还要溜进来的。”

“你敢！”

“有什么不敢？”牡丹花下死，做鬼也风流。

“你……你到底是怎么进来的？”

“刚才怎么进来，待会儿就怎么进来呗！”

他闹够了，才又抱着她温存了一阵：“行了，明天再想办法。你昨晚就没睡好，今天一定要睡个好觉，明天还要教你滑雪呢！”

“嗯。”她又忍不住抬手摸摸他脸上的伤和黑眼圈，“你也是。”

啊，不想走了！从嘉佑咬牙抱紧怡江，在心里把大哥从嘉茂先骂了一百遍。

要不是他，他们哪里会有这么多的波折，而且还要带着他的两个孩子出来旅行！

星辰和大海第二天发觉二叔看他们的眼神中充满了哀怨。

好像有些什么不一样了呢！

最明显的就是……

二叔悄悄拉妈妈的手。

滑雪场有 4500 米的超长雪道、十一条吊椅和箱式缆车，看着被皑皑白雪覆盖的青松从两边缓缓后退，怡江紧张得手心出汗，连两个孩子兴奋的惊叹和喊叫都听不进耳朵里去。

从嘉佑其实也不敢动，他的手紧握着她的，上缆车时拉她一把就这样了，他没松开，她也没有挣扎。

他很怕自己一动，她又把手给抽走了。

“你很怕高吗？”他还是忍不住问。

“没有，还好。”

“那你放松一点，”他凑得极近跟她咬耳朵，“两个小家伙早就发现我们的秘密了。”

怡江一惊，星辰和大海转过身来：“牵手手，牵手手……”

“看吧。”

“……”

孩子们真是优秀，早知道他昨晚就应该赖着不走，想想真是亏大了。

家庭滑雪课程有专门的教练，全都非常Nice，也极有耐心。但从嘉佑作为少年时就年年滑阿尔卑斯山的选手，不需要教练指导，也不准教练去指导怡江。

他们去教教两个小的就可以了，怡江可是他的。

星辰和大海表示怀疑：“二叔真的会滑雪吗？”

“对呀，会不会教坏妈妈？”

“啧，你们怎么这么小瞧我？让我滑一圈给你们看看。”

初级雪道不能满足他的表演欲，他挑了红色的中间道，又调整好滑雪板，扬手道：“看好了啊！”

他出场的气势很足，谁知中途受人干扰，技术动作变了形，直接冲进了雪堆里。

星辰和大海哈哈大笑，怡江忍了又忍才说：“你没事吧？”

“我能有什么事？都怪刚才那个家伙不长眼！”他从雪堆里爬起来，瞥了她一眼，“你要笑就笑吧，憋得那么辛苦。”

怡江抿唇微微抖动肩膀，他趁机把手搭在她的肩上，又说起了悄悄话：“说起来也要怪你。”

“怪我？又关我什么事？”

“你昨晚害得我腿软，你说是因为谁？”

怡江推了他一把，他没站稳，又往后整个儿栽到雪堆里。

星辰和大海笑得腰都直不起来，觉得二叔这杂技比小美她妈妈变的魔术还要好看。

从嘉佑把两个小坏蛋赶去跟其他小朋友一起玩，他则手把手地教怡江滑雪。

其实他根本不在乎她能不能学会，就算她不会滑，他拿块板子拖着她在雪地上玩也乐趣无穷。关键就在于这个“手把手”的过程，真是想想都开心。

出发前给她买的衣服和手套都刚刚好，其他装备雪场也都有租，只有护脸的脖套他漏买了，现在又租不到，他就把自己的取下来给她戴上。

怡江一开始还不懂这个派什么用场，上了雪道第一次提起速度滑了一段才知道，风吹在脸上果然如刀割一般疼，多亏有这个脖套帮她挡一挡。

他在身后笼住她："喏，手要这样握，用力的方向是这样……学着控制重心，保持平衡，万一摔了就往两边倒。"

滑雪先学摔，初学者之痛。他当然知道，给她戴了护膝和护肘，还教来教去不肯放手。

怡江是个好学生，被他占便宜也顶多给他一记肘击，待笑够了、闹够了，才说："你让我自己试一试。"

刹车技巧和摔跤技巧各讲了八百遍，他还是不放心，亦步亦趋地跟着，稍微离远一点就大喊："许怡江！"

她本来不紧张的，被他一喊就摔了个屁股蹲儿。好在北海道的雪蓬松绵密，即使摔得多也不痛。但他就是紧张，喊得周围滑雪的人纷纷侧目。

最后没办法，怡江只能由他扶着先在雪道上行走找找感觉。他看到有小孩子坐在雪板上慢慢往下蹭，眼睛一亮说："要不我也这样拉着你玩？"

怡江白了他一眼："那不成狗拉雪橇了吗？"

"管他呢，只要好玩就行了。"

不不不，全雪场的人都知道她叫许怡江了，她不要面子的吗？

她拉住他，好言好语道："我想去萤火虫商业街。"

"现在？"

"是啊，小朋友们等会儿也要到那儿去，我们晚饭不如就去那里吃？"

"好啊，听你的。"

"听说那里也可以滑雪进出，你能滑吗？"

"当然可以，我都不能滑那就没几个人能滑了。"刚才摔倒那只是个意外！

怡江笑道："那我们走吧，我可以走房顶上的通道跟你同步到达。"

主要是那边人少，可以不用那么丢脸。

要分开走啊……从嘉佑不乐意了，把手伸出来："牵着。"

"你几岁了？"

“三岁。”

“你好呀，从三岁。”

终究还是十指紧扣一路走进萤火虫商业街，他取下雪镜，朝她挥挥手，示意她先走，他在下面雪道跟着她。

她开始走得很慢，一直回头看他，走出好远才见他蓝色的身影逐渐靠近，姿态流畅优雅，速度又快，果然还是很帅的。

他一直控制速度陪着她走，没有手牵手，却也是实实在在陪伴的感觉。怡江的心涨得满满的，恨不得这段弯弯曲曲的通道永远也没有尽头，他们就这样互相为伴走下去。

他的速度最后还是超过了她，炫技一样从她的眼前冲过去。怡江走到约好的商店门口，下来却没看到他，又往下找了找，蓦地发现他用的滑雪板正插在雪地里。

她感觉整个人像失重一样往下坠，深一脚浅一脚地跑过去，果然看到他被雪堆埋得只剩一个脑袋在外面，急得大声叫他：“嘉佑！”

他躺在雪地里一动不动，像完全失去了意识一样。怡江不知道他伤在哪里，不敢随便动他，急得正要起身去找人，却听他含糊地呻吟了一声。

“你怎么样了？”她连忙蹲下来，拂去他脸上的雪，“摔伤了吗？哪里疼？”

从嘉佑睁开眼睛眨了眨，里面清明一片，没有丝毫痛楚的神情：“你刚才叫我什么？”

怡江愣了一下，反应过来：“你是装的？”

“嗯……”

她气得抓起一把雪撒到他的脸上，起身就走。

从嘉佑眼明手快地扑倒她，顾不上满脸雪，勾起嘴角笑道：“滑雪很耗体力的，我就滑累了休息一下，是你自己以为我摔倒了呀！”

怡江捶他的胸口：“你的技术那么差，谁知道你是真摔还是假摔？”

“喂，你说谁技术差？！”

是说滑雪，还是别的什么……技术？

撇开男人脆弱又膨胀的虚荣心，他还是不依不饶地说：“你刚才叫我什么？再叫一声来听听。”

“什么叫什么？你不想再吃我拳头的话就赶紧起来！”

“我吃啊，别的地方也想吃。”

怡江被他气笑了：“从嘉佑……”

“哎！”他应得很干脆，沉下声音哄她，“很好，再把那个从字去掉就更好了。要不干脆叫我亲爱的？或者叫宝宝？”

他看人家热恋中的男女都是这么叫的。

还宝宝呢，怡江想到一叫宝宝家里三个人应声的场景就好笑：“你让我起来，不然我可动手了。”

“你动手吧，我有秘密武器，不怕你。”

“什么秘密武器？”

他俯身就是一吻。

怡江大窘：“大庭广众的！”

“怕什么，又没人看见……喂，你别跑啊！我滑雪板还没拿呢，许怡江！”

两个人一个跑一个追，从嘉佑对这样的游戏乐此不疲，追上了就讨赏，抱抱或者亲亲。反正他从开了荤那天起就一直像只泰迪一样黏着怡江，连教她滑雪都趁机在她身后蹭啊蹭的。

雪地里假装摔倒让她心疼的戏码更是不知上演了多少遍，最后连星辰和大海都摸出了规律，一看他倒进雪堆里就大喊：“妈妈，二叔又摔了，要你亲亲才能起来。”

怡江没好气地说：“你们揉雪团砸他他也能起来。”

“哇，真的！”

从嘉佑的衣服领子里被两个小家伙砸得灌满了雪，一大两小干脆对攻打起了雪仗。最后怡江也加入了进来，当然是跟星辰、大海站在同一战线，一起把他打得丝毫没有还手之力。

打完雪仗他们又堆了雪人，在住的别墅门口堆了四个，用黑色和红色的纸做了眼睛、嘴巴和表情。

怡江看了看隔壁从嘉佑住的那间别墅门前空空如也，一副很寂寞的样子，于是堆了一个小的放在那里。

夜里，两个孩子都睡了，从嘉佑抱着怡江泡在与卧室只一墙之隔的室内温泉池里，努力克制着不让动作有太大的起伏，餍足后还不舍地在她的后脖颈亲了又亲，问她：“累不累？”

“如果我说累的话，你是不是就会乖乖回你那边去？”

他摇头，抱得更紧了。

她抚摸着他的手臂："你也太黏人了，就不怕星辰、大海他们吃醋？"

"他们巴不得我跟你好呢，又怎么会吃醋。"

见怡江不吭声了，他捏住她的下巴："又在胡思乱想？"

"没有。"

"那你在想什么？"

她把脸贴在他的胸口，手臂也更加抱紧："我在想，如果时间可以过得慢一点就好了。"

尤其是这样快乐的时光，如果能永远停在这里该有多好。

半夜他仍回隔壁别墅去睡，刚过去又在庭院里叫她。

他蹲在隔断庭院的山石处朝她招手，等怡江走近了才指给她看："像不像你？"

他偷拿了她的帽子和围巾，给门口的那个雪人戴上，把眼睛换成两个桃心形的纸片，两颊还有娇羞的红晕。

"这是小江江，晚上她陪我睡。"他对自己的胡闹颇感得意，又弯下腰凑过来，"不过终究比不上本人，要亲一下作为补偿。"

这些天来怡江的脸皮也已经磨得两丈厚，知道越不满足他就越不罢休，四下看看，已是万籁俱寂，没人会看到，她才把嘴唇奉上，远看就像是在偷亲一块石头。

可是又那么甜，本想速战速决的，却像被蜜糖黏住一般欲罢不能。

他的手也隔着竹制的围栏抵住她的，指尖交缠在一处，过了好久才恋恋不舍地分开。

"晚安。"他说。

"嗯，晚安。"

"你先进去。"

"不要，你先进。"

两个人像两个煲电话粥到最后谁都不肯先挂电话的中学生，最后还是怡江妥协了，先回房间关上了玻璃门。

他等她进去了才转身，又忍不住蹲下来看那个很像她的雪人。

"晚安了，小江江。"

旭川动物园，是北海道之行的最后一站。

摇摇摆摆的企鹅巡游、冰雕一样的白色雪鸮，还有总是跟圣诞老人一起出现的萌萌的驯鹿……星辰和大海看得超满足，拍了好多好多照片。

回札幌的雪国列车，像是通往无边无际的永恒。

从嘉佑问："你怎么不拍照了？"

"不是所有美景都能用镜头记录的啊！"

有些景象，靠记忆描摹才是最美的。

"以后还来吗？"他握住她的手。

"嗯，如果有机会的话，还会来的。"

"肯定有机会。"他忽然羡慕起穆峥和梁知璇他们来，婚后多年又来旧梦重温，一定别有一番风味。

流年可忆，未来可期。

"以后我们还可以去瑞士，还有冰岛，看雷克雅未克的极光。"

"还滑雪吗？"

"滑啊，阿尔卑斯山硬核得很，跟北海道又不一样。"

星辰和大海忍不住插刀："二叔你滑雪总摔，我们还是玩别的吧！"

"对啊，你的滑雪技术不好。"

"谁说我的技术不好！我那是故意的，欲扬先抑懂不懂？"

"啊哈哈哈——不好还不承认！救命呀……妈妈，他挠我的痒痒！"

两个孩子往怡江怀里躲，最后连怡江都被他裹进怀里，很满足、很踏实地抱住。

不管是北海道的烟火，还是雷克雅未克的极光，只要他们继续走下去，那些光就一定会抵达他们的眼中，至少他是这样相信着的。

第八章 还想和你一起做梦

Love

Why doesn't she tell me?

这段旅程的开端不太好，结束时却是一片欢声笑语。

T 市的春天暖得早，一下飞机已经穿不住羽绒服和冲锋衣，跟北海道仿佛两个世界。

春节假期刚结束，元宵节未至，马路上人和车都不多。从嘉佑开车载着怡江和两个孩子，一路没堵车就风驰电掣地回到了燕雨山房。

他心里其实有自己的小九九，回去要找怡江要糖吃。昨晚两个小家伙太兴奋不肯睡，怡江又收拾东西弄到很晚，他都没来得及做坏事。

大鱼大肉吃了这么多天，突然一下吃素，果然是要淡出鸟来，馋得他“目露凶光”。

怡江像是接收不到他的渴望一样，仍然该干吗干吗。从回程开始，她就变得越来越安静，话很少，笑得也少。

这七天的旅行就像一场美好的梦，回归到现实生活中，她又要面对现实的困境和抉择，她又要做回许怡江，而不是那个无忧无虑的“小江江”了。

从嘉佑刚把车在自家车道上停好，星辰和大海就从车上跳下来，背着自己的小书包往家门口跑。

他跟怡江一起到后备厢拿行李，趁着两个小朋友看不见，他叫她：“哎。”

怡江：“嗯？”

“笑一个。”

怡江把嘴角往上提了提。

“这也叫笑吗？你别敷衍我啊，不然我可要亲你了。”

以前容昭给他支招他还不信，现在才知道这一招真的很管用。

怡江是被他的耍无赖给逗笑的。他得寸进尺，扬起下巴闭上眼：“还是亲一下吧。”

等不及进屋再吃糖了，他现在就想吃。

怡江才不理他，顺手拿起在动物园买的企鹅玩偶摁在他的嘴上。

“许怡江！”他恼羞成怒，关上车门就来追她。

怡江拖着箱子边跑边笑着喊大海和星辰：“快拿我的钥匙开门，怪兽二叔要来啦！”

最后还是在门口被他逮住了，他上下其手挠她的痒痒，钥匙半天都拿不出来。

“求饶了，不闹了。”

她好不容易才摸出钥匙，大门却从里面被人打开了。

怡江和从嘉佑两个人都一愣，照理萍姨和小刘他们没这么早销假上班，家里应该没人才对。

等他们看清楚开门的人时，怡江手里的钥匙掉到了地上。

来人弯腰将钥匙捡起来，钩在白皙修长的手指上还给她：“好久不见了，许小姐。还有嘉佑，新年好。”

他身上穿着浅色条纹的手工衬衣，质地精良，套一件V领羊毛背心，后背挺得笔直，鼻梁上架着一副银色细边框眼镜，一副很学院风的绅士模样。

他有从家人高眉深目的洋派轮廓，却看不太出年龄，只微笑时眼尾有细微的纹路，显示出他比从嘉佑年长的事实。

“大哥。”从嘉佑最先反应过来，上前一步将怡江挡在自己身后，“你还真会挑时间回来。”

谁都听得出他的不满和讽刺，从嘉茂却似乎毫不在意：“说好了这几个月就要回来的，刚好项目也结束了，就立刻买了机票赶回来。可还是错过了春节，有点可惜。”

怡江始终僵在那里不说话，反倒是星辰和大海好奇地仰起头问：“你是谁呀？为什么会在我们家？”

“我们好像见过你哎，你长得有点像照片里的爸爸。”

“我就是爸爸。”从嘉茂好脾气地蹲下来，拿手指点点他们的鼻子，

“你是星辰，10 月 3 日 9 点 18 分出生；你是大海，10 月 3 日 9 点 23 分出生，对不对？”

“哇，你连我们是几点出生的都知道啊！”

“好厉害！”

他笑了笑，一边一个抱起他们：“那当然了，你们出生的时候我就在你们身边啊！”

两个孩子顿时对他生出几分亲近感，可是又困惑于怡江他们的态度，扭过头道：“妈妈、二叔，你们不进来吗？”

“是啊，先进来吧，外头起风了。”

他转身进屋，边走边逗两个孩子玩。

剩下从嘉佑和怡江站在门外，反倒像是两个局外人。

“走，我们进去。”

他牵起她的手，像这些天已经驾轻就熟做过的那样，却被她无声无息地挣脱了。

“还有行李……我自己走吧！”

春寒料峭，早春的风凛冽起来，刮到脸上竟比他们滑雪时经历过的还要疼。

你又为何返回这痛苦的深渊？为何不攀登那明媚的高山？而这高山正是一切幸福的来由和开端。

从嘉佑站在恒温玻璃房内，看着角落里萧雅临摹的那幅雷诺阿的风景画，莫名想起但丁《神曲》里的片段。

“为什么这个时候回来？”他问。

从嘉茂背对着他，一本本整理着书架上的书，拿下来一些，又放回去一些。

“家里这个图书馆跟研究所一样，都是用杜威分类法管理，看来我不在的这段日子你没有好好执行啊，书乱了可能就再也找不到了。”他像是没听到问题，自顾自地说着，又笑他，“你还是随心所欲，不习惯被方法论束缚。”

从嘉佑一个箭步上前，揪住他的衣领，咬牙道：“随心所欲的人到底是谁？你究竟知不知道自己在做什么？”

从嘉茂的后背抵在书架上，面不改色地说：“我们有多久没见面了？半年？一年？刚见面就动手，让小朋友和怡江看见好像不太好吧？”

从嘉佑的胸口起伏着，呼吸急促，仿佛被人捏住要害的人是他。

人海这时正好跑进来，一看到他们这架势，先愣了一下：“爸爸、二叔，你们在干什么？”

爸爸这个跟“妈妈”相对应的称呼严重刺痛了从嘉佑的耳膜，从嘉茂趁机拂开他的手，整了整衣领，蹲下来对大海说：“二叔跟我闹着玩，想试试我的空手道有没有生疏。”

“对哦，爸爸是空手道黑带，比我们教练还厉害呢！”大海摆了个 pose，“我也在学空手道，你有空可以教教我吗？”

“当然可以，你长大了一定比我厉害。”从嘉茂温和地笑道，“你怎么跑过来了？星辰和你妈妈呢？”

“我肚子饿了，想来问二叔我们在北海道买的和果子和饼干都放在哪里了？”

从嘉佑看了一眼墙上的钟，这个时间孩子们是该饿了。于是他把大海抱起来：“走，我们去吃东西。”

怡江简单地收拾了一下东西，又换了身衣服下楼，好歹从最初的震惊里缓过神了。

星辰把新买的玩偶在沙发上一字排开，用橡皮泥给它们做吃的。

怡江知道她是饿了，正苦恼家里没有菜，是不是要出去吃，大海就抱着一盒点心进来：“星辰，快来吃好吃的！”

从嘉佑抱着他进来，身后就跟着从嘉茂。怡江觉得有种难以名状的尴尬，都没法正视他们了。

“孩子们饿了，我先去做饭。”

她甚至顾不上冰箱里应该没什么菜，都打算做无米之炊了。

从嘉佑拦住她：“你今天也很累了，我们出去吃。”

一旁的从嘉茂笑了笑：“没关系，饭菜我已经准备得差不多了，晚饭就由我来做吧！”

怡江意外极了：“你会做饭？”

他笑了笑，系上围裙，推开厨房门，示意她自己参观。

青菜、菌菇都已经洗净摆盘，腌渍入味的牛肉切成方丁，孩子们爱吃的香肠、鱼丸和蛋饺在炖锅里冒着白汽，已经炖出了香味。因为刚才厨房门是紧闭的，他们才没有发觉。

“还有烤肋排和南瓜派，等烤箱预热好了就可以放进去。”从嘉茂笑道，“如果你不放心，我们可以一起做，顺便也让我熟悉一下你们的口味。”

怡江还没来得及回答，从嘉佑已经隔在两个人中间：“她又不是这个家的保姆，你少使唤她。”

“哦，原来她不是保姆……我也从来没当她是啊！”

从嘉茂饶有兴致地盯着他。相反，某些人最初自恃偏见，把人家放在什么样的位置上，他完全能够想象出来。

从嘉佑气结，拉着怡江道：“你跟我来！”

他把她一路带到楼上两个孩子的房间，“砰”的一声关上门，像饿狼打量羊羔一样恶狠狠地看着她。

“你这是干什么？”怡江还算平静，“孩子们还没吃饭呢，我得去帮把手。”

她只前进一步就被他给挡了回来，手都被拉疼了，也有了脾气：“你讲点道理好不好？”

“我是不讲道理，所以你要反悔了是吗？从嘉茂一回来，你就自然而然地向着他，我们在北海道的事就全不作数了对吗？”

他像害怕被遗弃的小动物一样，竖起全身的毛和刺，看似凶狠的眼神中却写满了不安和惊惧。

怡江从没见过这样的他，想要安慰却不知该从何说起：“嘉佑……”

“行了，你什么都不用说了。”他打断她，颓败地放开她的手，“我知道你最终还是会选择他的，没有人会不爱他……何况你还有星辰和大海。”

“我没有……”

“你不要自欺欺人了许怡江，你不是就在等着他回来吗？我以前还不敢肯定，现在看到他对你的态度，才知道你的确是有资本成为新的从太太。”

不只是她，他也在等着大哥从嘉茂回来；等着他对两个孩子多年来不闻不问的态度活生生地在眼前重现；等着他对这个跟他毫无感情却生下他的儿女的女人不屑一顾。

然而事实证明他的预判根本就是错的，从嘉茂摆了他一道。虽然不知道原因，但从嘉茂对孩子和怡江的态度，跟他所想象的实在是大相径庭。

怡江似乎不敢相信自己的耳朵听到的，讷讷地道："你说什么？再说一遍。"

"我说你跟我大哥，"他像突然吞下了黄连，苦涩到几乎张不开嘴，"连孩子都是现成的，要做丛太太不是易如反掌吗？"

怡江看着他，仿佛看到最初两个人互相不谅解的时期，又像是看着一个完全不认识的陌生人，失望混杂着气愤从内心涌成一股不可遏制的冲动，抬手就给了他一巴掌。

这一下真的是全凭冲动，打得并不重，但还是把丛嘉佑给打蒙了，连她什么时候拉开门出去的都不知道。

晚饭的气氛很压抑，这个家里已经好久没吃过这么安静的一顿饭了。

食物的味道倒是没话说，连平时吃不了太多肉的星辰都啃光了一整块烤肋排，嘴边沾了一圈红红的烧烤酱。

丛嘉佑刚要伸手帮她擦，坐在她身旁的丛嘉茂已经用餐巾帮她擦干净了。

再看怡江，压根儿就不搭理他。

他脸上挨的那一下仿佛还隐隐作痛。

丛嘉茂已经做了饭，怡江无论如何都不能再让他洗碗，于是饭后在厨房里忙碌的就变成了两个人。

丛嘉佑在外面转来转去，无数次想走进去，最后却还是在门前止步。

一来他那双金贵无比的手除了吃饭的时候拿筷子，还真没下厨房沾过一点阳春水；二来他才跟怡江闹了别扭，都不知道该以何种态度面对她。

没错，怡江是对的，以前是他把这样的境地想得太简单了，没料到现在会如此尴尬。

他在原地绕圈，星辰和大海也跟着他转来转去。

好不容易等他坐下来，他们才凑到他身边，一脸惴惴不安地看着他。

"怎么了？"

星辰撇了撇嘴："爸爸回来了，以后妈妈是不是就要跟爸爸在一起了？"

像其他小朋友那样，比如魏多多呀，他们都是妈妈和爸爸一起生活的。

这样的难题他也不知道该怎么回答，苦笑了一下，问："你们觉得呢？你们喜欢爸爸吗？"

"喜欢啊！"他们异口同声，扎得他的心好疼，但他们很快又补充，"但我们更喜欢你。"

从嘉佑发誓，从他十八岁成年开始，再没有哪个瞬间像这一刻这样让他感动到想落泪。

他一边一个把两个孩子搂在怀里，感慨地说："我不知道该怎么办了。"

"什么怎么办呀？你不喜欢妈妈了吗？"大海问。

"喜欢。"

"那你是怕妈妈不喜欢你了吗？"

别说，还真是。

星辰摇头道："不会的，妈妈肯定很喜欢你。只要……"

"只要怎么样？"一大一小两个男人追问。

"只要你也像爸爸那样，给她做好吃的，帮她一起做家务，嗯……每天都说'我爱你'就好了。"

从嘉佑十分惊讶："这是谁教你的？"

"魏多多啊！他说是他妈妈说的，每天都说'我爱你'是很重要的。在他们家里，爸爸每天都会跟妈妈说好几次，出门之前啦，吃饭的时候啦，跟宝宝也说，他撒娇的时候也对他们说。"

中国家庭中爱的教育缺位严重，这样勇敢的表达倒也没错。

星辰和大海见他若有所思，很怕他会临阵退缩，又继续给他出主意："要不你给妈妈做好吃的吧？"

"我不会做吃的。"

他连最简单的饺子都包不好，要像从嘉茂那样变戏法似的张罗一桌子菜出来怕是这辈子都做不到。

"不做菜，那就做蛋糕和饼干呀！"

"对啊，妈妈最喜欢吃蛋糕了，只放一点点奶油的那种，然后放很多很多水果。"

"我……"

“不要再说你不会啦，不会可以学呀！我们会帮你的！”

“对呀，二叔不要怕，我们会支持你的。”

然而两个小家伙没过两天就开学了，又开始了朝九晚五上幼儿园的日子。他们所谓的帮忙，就是找好朋友魏多多借了一本西点制作大全的书，让从嘉佑照着书上教的内容做个蛋糕。据说这本书是魏多多的妈妈用过的，还被小朋友撕得残缺不全了。

魏绍远听说之后，亲自带着整套烘焙工具找到从嘉佑，说：“抱歉啊，那本书是他妈妈写小说的时候买来做参考的，彩页还被多多撕去折纸飞机了，怕是帮不上什么忙。你要做蛋糕的话，我这里有些工具，之前买多了，你拿去用吧！要是想学怎么做，我也可以教你，比照着书上来要学得快。”

“其实不是我要学，是……他们的妈妈想学。”

魏绍远一脸“我懂你”的表情，善解人意地笑道：“那就等你学会了再教她吧，反正我们家里蛋糕、点心做得好的就是我，迟迟她不太擅长这个，我估计许小姐也不太好意思来找我学。”

“……”

怡江从小芒家回来，顺便带小熊去了趟宠物医院注射疫苗。

春节不止人吃得太多，小熊也吃得又胖了一大圈，医生说必须要控制一下饮食，加大运动量。

她干脆就带着狗狗在外面多遛了几圈，孩子们上幼儿园去了，司机和萍姨他们要过完元宵节才回来，从嘉佑要工作，家里只有她和他大哥在其实挺尴尬的。

从嘉茂非常细心，并不急于跟她谈什么，仿佛是在等着她准备好。

他平时大多数时间都待在恒温玻璃房里，整理书籍或者看书、上网，尽量不让她感觉到自己的存在。

然而他本身就是个存在感很强的人，这样的隐藏效果也有限。

怡江白天送孩子们去幼儿园以后，就去拳击俱乐部上课，或者到小芒家去帮她准备夜市的食材。她弟弟小果挺喜欢跟狗狗相处的，她就让小熊在他们那儿多待了几天，直到小果快开学了才把它接回来。

回家见从嘉茂的车不在，大概是有事出门去了，反倒是从嘉佑的车停在车道上。

怡江本以为他会把平时用的那辆宾利给他大哥用，毕竟那种四平八稳的厚重感好像更适合从嘉茂的气场。然而他没提，从嘉茂也不问，直接开回一辆捷豹，进出靠它代步，似乎也是从家本来就有的车。

反正她也搞不清他们家到底有多少辆车。

只是从嘉佑这个时候回来干什么呢？

怡江把狗狗拴好，换了鞋推门进去，感觉房子里混杂着一股奇怪的味道，有鸡蛋、奶油的香甜，又有火力过猛的焦煳味。

她推开厨房门，不得了了，这是大闹天宫啊！

整个料理台上摆满了大大小小的盆和碗，面粉从水槽一直蔓延到烤箱，中间的餐台上歪七扭八放着几个刚脱了模的蛋糕，有的浑身焦黑，有的已经塌成了一张饼……

“砂糖 30 克放在蛋黄里，没错啊……烤箱温度 170 度，50 分钟，也没错啊，怎么中间这么生？”

从嘉佑站在烤箱前喃喃自语，手上有一个翻开的笔记本，翻来翻去仍不得要领，泄气地扔到一旁，拿出手机来，拨号出去却显示对方正忙无法及时接听。

魏绍远偏偏挑这个时候开会……互联网公司怎么这么多会？

他烦躁得将手边的空碗丢进水槽里，仰起头来长吁一口气。

“你烤箱是不是忘了预热？”

怡江的声音从身后传来，他猛地回过头，手忙脚乱想收拾一番却已经来不及了。

她走进厨房，顺手开始收拾一片狼藉的桌面，一边收一边继续说：“面粉也用错了，这不是做蛋糕用的低筋粉。鸡蛋直接从冰箱里拿出来就用，拌糊的时候容易消泡。糖要分别往蛋白和蛋黄里放，蛋糕才会比较稳定不容易塌……”

还有，做一个蛋糕几乎把家里的锅碗瓢盆全用上了，能做到这一点也是真的很不容易。

从嘉佑看着她：“你……你怎么这么早就回来了？”

不是要开夜市的吗？

“这句话应该是我问你吧，你不用上班吗？”

“今天情人节。”他把脸扭向一旁，“我给大家都放了假，下午闲着没事，就回来做个蛋糕。”

其实他在魏家已经做了两回“特训”，跟着魏绍远把最容易上手的几种点心都做了一遍，笔记也做好了，想着独当一面应该没问题，正好情人节可以做个蛋糕在怡江面前表现一下，谁知道结果还是这样。

想到大哥从嘉茂每天都能做出一桌子不重样的菜，他却连一个最简单的蛋糕都做不好，真的灰心到了极点，也难堪到了极点。

他将餐台上几个做失败了的蛋糕扫进垃圾桶，摘下围裙转身就要出去。

“等一下。”

他停下脚步。

怡江绕到他的身前，抬手擦他的脸颊：“你脸上沾了面粉。”

他屏住呼吸，微微低着头站在那里，一动也不敢动。

他都忘了在意自己顶着一脸面粉像个小丑似的有多狼狈。

怡江给他擦干净脸上的那一点白，手又轻轻在他的左脸上摸了摸：“疼吗？”

他又是一愣，之后才反应过来她问的是那天打他的那一下。

他拉过她的手抵在嘴边，轻轻摩挲着，瓮声瓮气地说：“又不是第一次了，你哪回出手不比这回重？”

“对不……”

他把她拉到怀里抱住：“不要说，那天是我不对，你不要道歉。”

怡江笑了笑，真难得啊，他还会主动认错？

“好了，我知道了，你放开一点，我快喘不过气了。”

他这才放开她，低头看了看，好像要从她的眼睛里确认她真的不生气了似的。

怡江也看看他，两个人相视一笑。

从嘉佑像吃到糖一样开心，黏着她不肯撒手：“你是专门回来陪我过节的对不对？那这些东西怎么办？”

“什么怎么办，当然要收拾干净了。”怡江掰了一小块他最后出炉的蛋糕，“嗯，也不是没得救，下回烤箱记得预热就行，不然温度不够，中间就会不熟。”

“我是想给你一个惊喜的，但我是真的不擅长这个。”

“对你来说是太难了。”怡江从柜子里翻出一包东西给他，“试试这种。”

这是他们从日本带回来的巧克力，当时在和美家尝到，觉得很好吃，便按图索骥专门去买了好多带回来。

“你要给我做巧克力？”他掩饰不住惊喜，这可是情人节啊！

“比那个稍微复杂一点。”她指挥他，“你先拆两块，加点牛奶放在奶锅里用小火加热。”

她动作麻利地收拾了厨房里的其他地方，等巧克力融化好了，她也收拾好了。

“把围裙穿上吧，别把衣服弄脏了。”

她给他穿上刚才被他脱下放在台子上的围裙，两只手绕到他的腰后去系带子时，就像拥抱他一样。他怎么会错过这样的机会，当然又趁机抱住她，下巴在她的头顶磨蹭，再亲她的头发、额头、鼻尖……

她推了他一把：“到底要不要做？”

他又惊又喜：“做啊，在厨房？你确定吗？”

她就知道他是故意打岔，作势要走，却被他笑着拉回来。

两个人闹够了，才手把手地握着打蛋器，打发碗里的淡奶油。

空气里都是奶油的甜香味，仿佛连她身上都沾到了。他就在身后拢着她，时不时在她秀气的耳郭上亲一下，在发丝上亲一亲，连手头准备的奶油什么时候跟巧克力糊混到一起的都不知道。

他发现她很会做吃的，这样的东西他甚至从来没在家里见过。她可能也只是第一次做，却成竹在胸，光是看半成品都是色香味美的样子。

嗯，一个家里只要有一个人擅长下厨就可以了吧？

这么一想好像也没那么沮丧了。

怡江把刚刚不成功的那个戚风蛋糕拿过来，只留顶部烤好的一层，铺在模具里，倒进巧克力奶油糊，再让他放进冰箱，就算大功告成了。

“这叫什么？”

“巧克力慕斯。”她解释道，“我喜欢中间有戚风层的慕斯蛋糕，所以最精华的部分其实是你做的。”

他看了她一会儿，突然抱住她。

“怎么了？”

他摇头：“没什么，让我抱一下。”

她所有的善解人意，他从未感受过的温柔，仿佛都在提醒他这些年错过了什么。

她环在他的肩上拍了拍，也深深地嗅了嗅他身上的味道。

“这个慕斯蛋糕做好要多久？”他问。

“冷藏六小时以上。”

“那我们出去吃顿大餐吧？”

“你有预订吗？”

“没有。”

“今天外头到处都是人，连小芒都去凑热闹了，所以才把我赶了回来。”她笑道，“还是算了吧，而且等会儿还要去接星辰和大海呢，就在家里吃吧！”

在家里吃，就不得不跟从嘉茂面对面。

好在今天他不知去了哪里，到晚餐时间也没有回来，而且萍姨晚些时候刚好也从老家赶了回来，帮怡江做的是她们平时常做的那些菜。

恍惚间，仿佛又回到只有他们带着两个孩子坐在饭桌边的那些日子。

如果可以的话，他愿意用任何东西来换取那时的宁静。

从嘉茂的车灯照亮院门口的车道时，两个孩子都已经睡下了，却还缠着二叔给他们讲故事。

怡江把冰箱里冻好的巧克力慕斯拿出来，用裱花袋装了点奶油，加上擦好的巧克力碎和现成的饼干，打算给它在面上做一些装饰，看起来更漂亮，更有过节的样子。

最后一点奶油花裱好的时候，她听到身后的脚步声靠近，以为是从嘉佑，头也没回地说：“他们都睡了吗？稍等一下啊，我这里马上就做好了，第一个让你尝。”

身后的人没说话，只是低声轻笑。

她回过头，发现站在身后的人竟然是从嘉茂。

他一改平时休闲绅士的装束，穿着一身正装西服，呢子外套和格纹围巾都还在身上，看起来是刚进门。

“从先生，你回来了。”她有些不自在地笑了笑，“你……吃饭了吗？要不要我给你煮点东西吃？”

“不用，我已经吃过了。”他仍是春风和煦的模样，又看了看她手头正在准备的蛋糕，“这是你做的？”

“啊，对。从北海道带回一些巧克力，星辰和大海他们老惦记着，我就把巧克力融化做了个蛋糕。”

“看起来很美味，我能尝尝吗？”

怡江愣了一下。他刚才分明就听到了她说的话，她做好后希望第一个品尝的人显然不是他。可他却这样将错就错，眼神还诚挚得让人说不出拒绝的话来。

要是让从嘉佑知道了，他非得抓狂不可，待会儿只能切好再端去给他了。

怡江拿出一个干净的骨瓷盘，从刚裱好花的慕斯蛋糕上切下一块放进盘子里，再递给从嘉茂。

他彬彬有礼地双手接过，嗅着巧克力的香气说：“北海道最让人想念的是生巧克力，买来就吃，入口凉凉的，有一点苦，正好中和糖果的甜腻。”

“你不喜欢吃太甜的？”

他笑了笑：“嘉佑喜欢，我跟他正好相反。”

这句话像是故意说给她听似的，怡江都不知该如何接话了。

从嘉茂从大衣口袋里拿出一个巴掌大的盒子递给她：“看看这个。”

“这是什么？”

“陨铁。”

怡江惊讶：“流星带来的那种陨铁吗？”

他微笑着点头：“打开看看。”

盒子是极简风格的黑色磨砂质地，打开来却内有乾坤。

“好漂亮。”怡江忍不住感慨，黑色丝绒的内盒做成了星空的模样，闪耀着星系和变幻莫测的星云图案熠熠生辉，反倒是中间那团深色的“陨铁”显得不那么起眼。

“现实版的买椟还珠是不是？”从嘉茂打趣道，“物以稀为贵，其实地球上发现的大部分都是石陨石，陨铁石很少，所以才显得特别珍贵。你手里的是真正的‘外星来客’，相当于一颗星星，我临时起意用你的名字给它命名，你就留在身边做个小礼物吧！”

怡江摇头：“不，这份礼物太贵重了，我不能收。”

她在泰国见过许多光怪陆离的事，包括许多收藏行家来来往往，也提到过陨铁石这种稀罕物，来源珍贵的可达天价。

何况是今天这样特殊的日子，她也不方便收其他男人的礼物。

从嘉茂看出她的心思，笑道：“只是一点心意，并没有那么贵。你再打开瞧瞧？”

怡江将信将疑，打开盒子又仔细看了看。

“你摸摸看。”

怡江被他唬住，像害怕被邻家大哥哥捉弄的小女孩一样。

“你是担心有辐射吗？”从嘉茂脸上的笑意更深，“不要担心，我以我的专业素养向你保证，宇宙射线和陨石里的放射性元素对人体无害。”

说起辐射，大概没有人比他更了解了。

怡江的心微颤，伸手轻轻地摸了摸，这种触感是……

巧克力吗？

从嘉茂有种捉弄成功的愉悦感，笑道：“你不会真以为我会送这么大块铁给女孩吧，那也太不浪漫了。”

不，假如真的将陨铁石看成一颗星星，用女孩的名字命名，那是绝无仅有的，属于天体物理学家的浪漫吧？

怡江合上盖子，他却抬起手表示：“不用还给我，今天我去大学给刚返校的学生们开讲座，听说现在流行这样的星空糖果，我就请我以前的学生帮忙做了一些，过节发给大家当纪念品。巧克力都是进口品质，这么大一块，你可以再发挥才智做一些好吃又好看的点心。”

他转身离去，瞥了一眼刚刚顺手放在餐台上还一口未动的蛋糕说：“希望哪一天，也能吃到你特地为我做的点心。”

从嘉佑哄两个孩子睡着后，发现从嘉茂已经回来了，脑海里立刻警铃大作，连忙楼上楼下地找怡江。

最后他推开自己房间的门，发现她正坐在沙发上，对着盘子里的巧克力慕斯发呆。

他松了一口气，走过去先低头看了看慕斯蛋糕，果然色香味俱全，于是拿小勺子舀下一块，喂到她的嘴边：“张嘴。”

怡江其实一点胃口也没有，但还是张嘴把勺子上的蛋糕吃了进去。

他趁机贴上她的唇，把她还没来得及吃进去的一点给抢走，还觉得不过瘾，又顶开她的牙齿去抢她嘴里的。

这是个巧克力味的热吻，缠缠绵绵，彼此之间产生的香甜诱惑，仿佛无论如何都斩不断。

等他把她的最后一点甜也抢走，她的嘴唇上只有水光潋滟的红。

两个人的眼神都迷迷蒙蒙的，尤其是从嘉佑，他将越发急促的呼吸埋在怡江的颈窝，又将她的手拉过来摸自己。

“你自己摸摸，看我有多想你……我这两天都没法专心工作，只要一想到你，就这样了……”

怡江又羞又好笑：“要是让你的员工知道你这么不正经，还怎么身先士卒，为人表率？”

“你说对了，算是真正身先士卒吧。”他又动了一下，声音闷闷地喊，“就是这样，怡江……”

他呼吸的热气喷洒在她的颈窝，声音低哑又带着点微颤地传入她的耳中，性感得让她也浑身紧绷，皮肤上几乎起了一层鸡皮疙瘩。

两个人在一起时他总是这样，不吝发出动情的声音，仿佛就是要让她知道他有多舒服、多喜欢。

她呢？从对什么都一知半解，到现在什么没脸没皮的事都跟他做过了，好像从很久以前就开始接纳他，不然怎么可以这么顺理成章地让他成为自己的一部分呢？

他们俩的相处，自打从嘉茂回来，就下意识地像要避开他一样，变得有点遮遮掩掩，欲语还休。

从嘉佑当然是想随时随地黏着她，但大动干戈不太可能，只能这样小打小闹，抓紧一切机会跟她温存。

等一切风平浪静，换他没脸没皮地咬着唇清理干净自己，然后心满意足地在沙发上躺下，头枕着她的腿：“我想吃蛋糕。”

怡江像是没听见一样坐着不动，他只好自己拿小勺舀了往嘴里喂，问她：“是我大哥又跟你说什么了吗？”

怡江回神：“你怎么知道？”

“这还用想吗？他一回来你就一脸困扰的样子。”

“嗯，他刚才……送了我一份礼物。”

从嘉佑手里的叉子差点掉到地上，一个骨碌爬起来：“礼物？什么礼物？他送你什么了？”

“也是巧克力，还挺有名堂的。”

她把那个看似简约实则精美非常的盒子给他看，仿制成陨铁模样的巧克力果然有从嘉茂的风格。

不止如此，从嘉佑还一下就发现了这个盒子里暗藏玄机。

“这里还有一层。”他拉开底部给她看，露出里面一个有着漂亮金属色泽的吊坠来。

“这是什么？”怡江感到惊奇，她刚才竟然没发现。

“橄榄陨铁，中间亮黄色的是橄榄石结晶。”从嘉佑的脸色难看极了，“他送你这个？”

“我不想收的，可他不让我还给他，说只是大学拿来做纪念品的巧克力。”

原来他一开始说的话不假，盒子里装的确实是稀有的陨铁石，甚至是陨铁中都罕见的“太空宝石”，说不定他还真用了她的名字给它命名。

从嘉佑知道这是什么东西，显然也就了解了送出这样的礼物对从嘉茂而言意味着什么，他腾地站起来：“我去跟他谈。”

他到底是怎么想的，又怀着怎样的心思，不如摊到明面上来说个清楚。

出现今天这样的情况，怡江也觉得确实应该开诚布公地谈一谈，总比他们三个人这样不尴不尬的要好。

从嘉茂坐在怡江和从嘉佑的对面，往刚泡好的红茶里加入两片刚切好的柠檬，又端起茶杯吹了吹，才问：“这么晚了还不休息？”

从嘉佑把那个装有陨铁石的盒子拿出来，“啪”的一下放在他面前：“为什么送这种东西给怡江？”

“果然什么都瞒不过你，你发现橄榄石了？”

“现在是我在问你。”

“今天过节，你应该也有送礼物给怡江吧？既然你能送，那我也能送。”

“这不一样。”

“有什么不一样？”从嘉茂反问，“如果你指的是这种特殊的日子只应给特定的对象送礼物，那么我承认，窈窕淑女，君子好逑——我的确是想追求怡江。”

不知何时，他连称呼都改了，不再是生分客套的许小姐，而是熟稔地叫她怡江。

此话一出，怡江跟从嘉佑都感到前所未有的震惊。

从嘉佑猛地上前抓住他的衣襟："萧雅才走了多久，你知不知道自己在说什么？"

"那你到底是舍不得怡江，还是在为萧雅打抱不平？"

从嘉佑一愣，从嘉茂趁机在手腕上用力将他推开，轻描淡写地说："还要提醒你，我不喜欢别人这样碰我，下次再这么拉扯，我可就要还手了。"

说完他整了整衣服，途经怡江身边时，又恢复温柔的笑，轻轻推了推鼻梁上的眼镜说："这本来只是我们两个男人之间的事，你不要太在意，安安心心在燕雨山房住下来。四年前你没得选的事，现在不妨大胆地再选一次。晚安。"

对从嘉茂这样的态度，怡江感到很困惑。原本她也是能想到的，从嘉茂回来势必要改变一些事，甚至她的去留实际上都应该由他决定而不是从嘉佑说了算。

所以她先前有那么多顾忌，绕了好远的路才跟从嘉佑在一起，还只是借着旅途那世外桃源般的几天稍稍放纵一下，做好了心理准备一回来就被现实打回原形。

然而从嘉茂根本是打了他们一个措手不及，让他们连原形都回不去。因为她做梦都没想过从嘉茂会说出要追求她的这种话来。

如果说从嘉佑跟她是两个世界的人，那他大哥简直就像在另一个次元、另一个星系，跟她隔着以光年记的距离，连四年前的匆匆一面都像是不真实的记忆，他们又怎么可能在一起呢？

从嘉佑没说错，结束旅行回来后，她是想过退缩，但绝不是以选择跟他大哥在一起这样的方式。

怡江还是决定单独跟从嘉茂谈一谈。

他最近常常跟过去的同学和朋友见面聚会，也受邀到大学里去做讲座，白天时常不在家，似乎也是为了避免让她觉得不自在。

即使在家时，他也总是待在恒温玻璃房里，整理完书籍就侍弄那些花草。他的爱好广泛，对植物和园艺好像也很有兴趣。花园里过年时没来得及收拾的枯枝他都仔细地做了修剪，细致得连休假回来的园丁都赞不绝口。

她以前认为从嘉佑已经是人生赢家，现在看到从嘉茂，才理解为什么从嘉佑提起这个哥哥时总是有种爱恨不能的感觉。

他太优秀了，仿佛这个世界上的所有事只有他不想的，没有他不能的。

亲兄弟是所有手足关系中竞争最为直接和激烈的一种。从出生伊始就有这样一位对手，时时刻刻都在关注和追赶，可想而知有多大的压力，甚至可以说从嘉佑始终是生活在哥哥的阴影之下的。

怡江回到家，发觉从嘉茂难得地没有待在恒温玻璃房里。直到进入客厅她才知道，原来从嘉茂有客人。

她看不出来那些都是什么人，统共三位，男女都有，跟从嘉茂相谈甚欢。

她自知身份尴尬，打了招呼要介绍起来也很麻烦，因此只是得体地朝他们笑了笑，就侧身打算上楼去。

没想到从嘉茂却叫住她："怡江，来见见这几位电视台的编导老师，他们都是做美食节目的，对你们的夜市摊很感兴趣。"

他身旁的一男一女已经站起来，热情爽朗地笑道："看来这位就是网红煎饼摊的主人了，真是说曹操曹操到啊。"

怡江有点意外，但这时也不好直接走开，便上前跟他们握了握手，谦逊地道："其实也不算什么网红，只是现在的人爱凑热闹而已，尝个新鲜。"

"也不能这么说，从教授说你做吃的很拿手，夜市摊卖的东西不仅好吃，还常常换花样。我们这边正在策划一个夜市专题的纪录片，打算把夜市里各种有趣的食物和故事都写一写，不知许小姐你这边有没有兴趣配合录制一下？

"纪录片拍好之后会在各大网络平台和卫星频道播出，对你们的生意也是一个很好的宣传。"

"我……其实没什么特别的故事好讲。"她有点心虚地把发丝别到耳后，"怕不出彩会让你们失望。"

"没关系，没关系，我们的关注点主要是创业和坚守，不会放在个人经历方面。你和合作伙伴创业之初总会有些特别的缘由和想法吧，我们把这个拍出来就好。"另一位女性编导似乎看出了她的顾虑，特别补充道。

怡江想到了小芒。这个夜市摊从根本上来说其实是小芒的主意，自己最初只是提供了一些便利，就算后来意外投入资金也只能算得上是个股东，并不是真正的主人，没有权利做这样的决定。

想想她家现在的情况、她弟弟小果的病，只要能赚到钱，她巴不得天天上电视宣传呢！

这么好的机会，就算知道是从嘉茂从中牵线搭桥的，她也舍不得就此放弃。

“那我跟她商量一下，如果她同意的话，你们拍摄有什么需要我们做的，我们一定都尽量配合。”

送走了几位电视台的编导，从嘉茂双手插在裤兜里，问她：“是不是该去幼儿园接星辰和大海了？我开车送你去吧！”

也好，路上正好有时间跟他谈一谈。

“有话想说的话，不妨直说。其实你在我面前可以试着放松一点，像你跟嘉佑相处那样。我虽然比你们都大一些，但应该还不至于有代沟。”

怡江又发现了他神奇的一面，那就是他总能掌控她的想法，且精准到可怕。

哪怕他手握方向盘，放松又专注地看着前方行进的方向，并没有多看她一眼，或者特地跟她说些什么。

她反而不知该从何说起，只能先说最近的：“电视台纪录片的事，谢谢你。”

“不用客气，不过是朋友之间闲聊，偶然提起，能有双赢的效果那就再好不过了。”

“我的事你应该都知道了，所以应该也很清楚什么网红煎饼摊……也只是迫于生计的谋生手段罢了。”

他笑了笑：“你只说对了一半。我知道那是你谋生的手段，虽然只是小生意，却需要起早贪黑地坚持，非常不容易，我没有任何瞧不起的意思。但要说你的事，还有你本人，我了解得并不算多，希望来日方长。”

这才是真的切入正题了。

怡江的心漏跳了半拍：“既然我们都还不算了解，那你说要追求我的话，还是请你收回去吧。我很感激你四年前的慷慨和理解，但现在，有很多事都变得不一样了。”

“比如呢？我猜你指的肯定不是星辰和大海，四年前我们见面的时候他们就已经存在了，那么就只剩下嘉佑了。我看他倒还是原来的样子，赤子之心，可昭日月。但人生路长着呢，你们也不能光凭这一条就走下去。你对他又了解多少？知道他已经回复了英国 Foster 的 offer，很快就要动身去英国了吗？”

怡江一愣，她还真不知道。从两个人明确心意在一起，她就一直有种“今朝有酒今朝醉”的想法，刻意不去探讨未来会怎样，这个话题也就再没被提起。

Foster 的 offer 早就送到了，她也已经有了心理准备，从嘉佑迟早是要接受这份邀请前往英国的。

可是当这个决定真正被抛到她面前时，要接受起来真的比想象中要难受许多。她整颗心都像被摁进碱水里，又辣又苦，却不得不承受。

“你会跟他去英国吗？”从嘉茂接着问，“就算愿意去，那星辰和大海怎么办？他们是我的孩子，只要我不放弃抚养权，我想你还是会更倾向于留在我这边。”

“你想要星辰和大海？为什么？”怡江感到不可思议，“你明知道……”

“明知道孩子不是我的？”从嘉茂笑了笑，看向窗外道，“我们到了，先去接孩子吧！”

放学时间的幼儿园门口永远热闹非凡。

小美仍在泰国没有回来，但星辰和大海早就习惯了晚托班的时间，小美不在就热心地陪其他晚接的小朋友待到最后，多几个人一起玩游戏也开心一点。

从嘉茂还从没来过他们的幼儿园，于是跟怡江一起进教室去。他英俊儒雅，脸上又总是带着温和的笑，来来往往的小朋友们和年轻妈妈们都忍不住多看他两眼。

在教室门口听到琴声，几个还没被接走的小朋友围着苏喜乐在唱歌。他们唱什么，她就弹什么，都是类似《卡路里》这样脍炙人口的流行曲调。

怡江叫了一声星辰他们的名字，歌声才停下来，苏喜乐拎着两个小书包跑出来："抱歉啊，两个小家伙刚才玩得忘了形，这会儿要先去上个厕所再出来。"

她把他们的书包递给怡江，没想到却被另一双男人的手接了过去。

从嘉茂自我介绍道："你就是苏老师吧？你好，我是星辰和大海的爸爸。"

苏喜乐呆住，愣愣地看着眼前高大英俊的男人，表情像突然撞见大明星的小粉丝一样，既惊艳又不知所措。

从嘉茂笑道："难怪星辰、大海乖巧懂事又多才多艺，除了妈妈功不可没外，原来还有像你这样出色的老师。我前几年一直在国外，对孩子的事参与比较少，要谢谢你把他们教得这么好。"

"啊，不不不，你……你太客气了！孩子妈妈才是最辛苦的，加上他们本来也很聪明可爱，我……我只是尽自己的职责而已。"

苏喜乐好不容易回神，舌头却打结，窘得连忙回头去叫星辰和大海。

从嘉茂风度不减，笑容依旧。

从嘉佑很晚才回到家，先到两个孩子的房间去看了看他们，才拖着一身疲累往楼上走。

他没回自己的房间，而是径直去了怡江住的阁楼。

她正在灯光下画画，之前似乎在整理照片，从嘉佑看得出压在最上面没有整理完的几张是在北海道拍的，有札幌的街景和他们追逐玩闹的萤火虫商业街。

不知她又是什么时候去冲印出来的。

笔下浓淡得宜的水彩，她画得很细致、很用心。他蹑手蹑脚地走过去，从身后把她抱住，吓得她绷直了背。幸亏拿笔的手也被他给握住了，不然这幅画就要报废了。

"你怎么走路都没声音的？吓死我了。"

从嘉佑在她耳边"嘘"了一声，示意她不要说话，手把手陪着她一起把最后一点颜色晕染好。

"好看。"他丢开画笔，学她的样子把画板拉远一些欣赏，"怎么想起画这个？这么快就开始想念我们的那段旅程了？"

"是啊，很想。"不同于他的没羞没臊，她早在他们还没离开北海道的时候就开始缅怀他们那段最快乐的时光了。

“那怎么不画大雪里的温泉池？还有两个人啊，这样，还有那样……”

他说着说着手就开始不老实，半拖半抱地把怡江缠到地上，让她窝在自己怀里。

她已经洗过澡了，保守却宽大的睡衣里仍旧随着她的呼吸散发出独属于她的香味。他贪婪地在她的耳后吮吸，渐渐又想要更多，手臂缠紧，身体来回轻蹭。

“你怎么每天都不等我？”他低声道，“我想回来跟你一起洗澡，像在北海道时那样。”

他真后悔当时没让她住自己隔壁那个房间，如今却被他大哥给占了。别说一起洗鸳鸯浴了，他每天下班回来这么晚，跟怡江连亲亲抱抱都要避忌，想想就生气。

当初找怡江和大海回来时订下三个月之期，他还埋怨大哥逃避责任，居然把这个女人丢给他三个月这么久。可现在……巴不得他永远待在瑞典的研究中心才好呢！

怡江看他好像很累了，按住他在自己身上作乱的手问：“这段时间你好像很忙？”

“嗯。”

“接了新方案吗？”

“也不是，就公司的一些事。”他含糊地带过去，又缠着她道，“真的不陪我洗澡吗？来嘛，陪我洗嘛，我保证不会很大声，不会让你丢脸的。”

怡江拨开他的手：“不要了，我的好朋友还没走。”

“骗人，都五天了，我数着呢！”他呼吸温热地凑在她的脖颈边闹她，“你就一点都不想我吗？”

女生每个月的那几天，还什么“好朋友”，一点都不好，为了伺候它，他还专门查过资料。据说女生在此前后欲望最为强烈，可他怎么就一点都没感觉到呢？

反倒看怡江有些郁郁寡欢的样子，他也不敢再强求，捏捏她的脸颊：“好吧，那帮我拿换洗的衣服来总可以吧？我到二楼去洗。”

不跟从嘉茂抢，他可以大胆地跟怡江多腻歪一会儿。

T 市春季多雨，他在家穿的衣服都是洗干净烘干之后才挂到楼顶去吹风，有伸缩的玻璃罩可以避雨，要用时再取来穿。

怡江起身帮他去拿，他随手翻了翻她桌上的那些照片，忽然看到最下面还有一本病历。

之前她晕倒过一次，他对她的健康就上了心，因此看到她把病历拿出来，担心她是不是又有哪里不舒服，却独自隐瞒不肯告诉他。

翻到最近的一页，只有很简单的几行字。他看到那个药名还没反应过来，拿出手机查了一下，才看到下面写的“避孕”字样，以及前面诊断描述里写的：患者自行要求避孕药物……

他的脑袋“嗡”的一声，又把那几行字看了好几遍，才终于确定了是怎么一回事。

怡江拿着他的换洗衣服回来，看到他正盯着自己的病历本看，也没表现得太过意外，只伸手拿过来合上，又放回了原处。

“这是怎么回事，你为什么吃药？”

“没有为什么。”怡江低垂着眼睑不去看他，“你不会认为我们现在多一个孩子就能解决什么问题吧？”

恰恰相反，只会令局面更加复杂和尴尬。

他咬牙：“我有采取措施。”

“我知道，但没有一种措施是百分之百的，我也只是为了以防万一。”

多年前的那次意外就让她措手不及。

并且以他们现在的情况，她依旧承担不起这样的风险。

他也是局中人，站在她的角度并非不能理解，可就是觉得胸口像燃起了熊熊烈火，烧得他的心肝脾肺都疼。

就算万一有了又怎样呢？他对她的感情并不会少一分一毫，也会像疼爱星辰和大海一样疼爱他们自己的孩子。

然而她可以为他大哥生下星辰和大海，却在跟他真正两情相悦时不要他的孩子。

“为什么不跟我商量？这种事不是你一个人可以决定的，为什么不跟我说？”

“你不也有事情没跟我说吗？你马上就要结束事务所到英国去了，最近忙到这么晚应该就是在处理公司清算的事情吧？”

从嘉佑一愣：“我大哥告诉你的？”

“谁告诉我的不重要，重要的是你打算什么时候告诉我？又像去北海道时那样，上了飞机才让我知道目的地吗？”

事关人生方向的选择，那样的惊喜，她无论如何都没法再承受一次。

如果要她跟孩子们分开，就算上了飞机，去到海角天涯，她也还是要回来的。

“我……”从嘉佑想要解释，两只手在身侧握紧，忍了又忍，才转过头说，“这件事跟你没关系，也不会影响我们之间的感情。”

怎么可能呢？除非他不去英国。

可他们之前说好，做这样的重要决定时不会感情用事，避免将来任何一方将那样的牺牲挂在嘴边，最终成为怨偶。

怡江道：“你大哥他……可能不会放弃星辰和大海的抚养权。”

“那又怎么样？”

“我要留在两个孩子身边，不管是以什么样的身份。”她声音艰涩地说，“嘉佑，我跟你说过的，我可能没办法跟你走。你有随心所欲的资本，可是我没有。”

旅程中放纵的感情，真的就像是北海道夜空中的焰火，璀璨夺目，转瞬即逝。

“我有让你跟我走吗？”他气极了，语气反而显得极为冷淡，“在你心里，星辰、大海比我重要，你的朋友、恩人比我重要，连家里养的花花草草、猫猫狗狗都比我重要，我能要求你跟我到哪里去？我英国的行程还没定，你不用急着对号入座。”

正说着，门口传来敲门声。怡江白着脸打开门，就看到从嘉茂站在门外。

“是不是打扰到你们了？”他一派温和儒雅，看不出任何不自在，“我看到孩子幼儿园有家长进课堂的活动，就报了名，做了个星球主题的 PPT，想给怡江看看。”

“来都来了，还有什么打不打扰的？”从嘉佑冷笑，“你来得正好，今天我们就把话说清楚，省得将来后患无穷。”

“你想说什么？”

从嘉佑四下看看，在怡江的桌上一顿翻找，终于在桌子的抽屉里找到那个星空匣子，抛给从嘉茂道：“先把你的东西收回去！她根本不知道橄榄石陨铁意味着什么，她也不会做第二个萧雅。”

从嘉茂把玩着手里的盒子："是吗？那正好，我也没打算把她当萧雅。你以为萧雅喜欢橄榄石陨铁？那不过是因为我跟她讲这种陨铁石稀有珍贵，可以当'太空钻石'送给自己喜欢的人，她起的另一种执念而已。她讨厌所有晶体，包括陨铁里的橄榄石晶体。倒是你，为了实现她的愿望，找了不少我的同行和收藏家吧？不过可惜啊，你努力的方向错了。"

"你到底在胡说些什么？"从嘉佑的情绪终于又被他引爆，胸口剧烈起伏着。

从嘉茂微笑着看他，又看了看怡江："我是说，这么多年来，你一直想要追赶我、赢我，甚至不惜扮演我的角色照顾萧雅，一定很累吧？现在难得我们俩面对面公平竞争，你又不敢了？"

"我为什么要跟你竞争？怡江是我的，是我先遇到她的！"

"感情还分先来后到的吗？那我应该还是领先一步啊，毕竟她连孩子都帮我生好了。"

从嘉佑忍无可忍，一拳砸到他的脸上。

从嘉茂向后退了一步，不甘示弱，擒住他的手腕还击，将他抱摔在地，两个人扭打在了一起。

"你还有脸提孩子？从星辰和大海出生到现在，你陪他们过了几个新年、几个生日？你给他们换过一次尿布、喂过一次奶吗？你那优秀的基因有多了不起？为了复制扩张，把怡江的一辈子都给毁了！"

"总比你这种连自己是谁，想要什么都搞不清楚的傻瓜强……你给不了她幸福的，不如趁早放手，我毁了的东西，让我来把它重新拼起来！"

"你做梦！"

怡江急得使劲去拉扯他们："你们别打了，快住手！"

没人听她的，两个人都有底子，越打越凶。

从嘉茂是空手道高手，这样的近身倒地搏斗正是他所擅长的。从嘉佑被他锁住后硬生生吃了两拳，鼻子都流血了。

怡江见状连忙拉住从嘉茂，话中几乎带着哀求："从先生，你们是亲兄弟……我求你，别打了！"

"就是亲兄弟才要教训他。"他笑了笑，取下眼镜让她帮忙拿着，"要不你改口叫我的名字，或许我可以放他一马。"

从嘉佑的鼻腔里、嘴里满是血腥味，躺在地上看着他对怡江的亲昵劲儿，恨得直咬牙。他看准了从嘉茂的破绽，一拳过去，直接砸中从嘉茂的眼眶，然后翻身又是一拳，重回上风，一副不报仇不肯罢休的架势。

“别打了，住手！”怡江看从嘉茂眼睛上挨的那一拳不轻，又赶紧来拉从嘉佑。

他本身就比大哥年轻力健，又急红了眼，哪里听得进劝解，压住了从嘉茂要新仇旧恨一起清算。

怡江情急之下只得别住他的手，把他整个人往后一掰，一下就将他掀翻在地。

两个男人都愣住了，但好歹终于把他们给分开了。

“你没事吧？”怡江先扶起从嘉茂，看他眼睛都睁不开，真怕刚才那一拳把他的眼睛打坏了，焦急地道，“要不要去医院？”

从嘉茂摆摆手：“没事，只是小伤。”

怡江这才到从嘉佑身边，伸手抹他脸上的血，又气又心疼：“你怎么样？”

他挡开她的手：“你别管我！”

“你流血了！”

“你在乎吗？到头来你还不是帮着他来对付我！”

“那不然怎么办？难道眼睁睁看着你们兄弟阋墙，大打出手吗？我根本不想搅和你们一家人的事，要不是星辰和大海在这里，我今晚就可以离开！我不想做什么从太太，也受够了这样不尴不尬、提心吊胆的生活。你们想个方案出来，让我走，然后你们想怎么打就怎么打，我才不会管你们！”

她不要当这种红颜祸水的角色，看着他们为自己闹得不可开交。

从嘉佑盯着她看了一会儿，目光渐渐晦暗：“你用不着走，我走！”

他强撑着身体站起来，步伐踉跄着走到门口，回头又看了一眼坐在地板上的两个人，终于下定决心似的下楼去。

从嘉佑就这么离开了燕雨山房，没有开车，也没有拿任何行李，没人知道他那晚之后去了哪里。

只是当星辰和大海问起二叔，怡江只得告诉他们他去出差了，可能要过几天才能回来。

两个孩子也发现了从嘉茂脸上的伤，尤其那只熊猫眼真的格外突兀。

“爸爸,你也会摔跤吗？二叔跟妈妈也是,有时也会摔倒受伤呢！”

从嘉茂扭头看向怡江，她低头不语。

这天幼儿园打来电话，说星辰不知什么原因身上发了荨麻疹，班主任苏喜乐正把她送回家，请怡江他们注意一下。

换季时最怕孩子生病，怡江顿时坐立不安，好不容易等到门铃响，果然见苏喜乐背着星辰站在门口，看到她时勉强笑了一下：“过了个寒假，星辰好像长胖了，我都有点背不动她了。”

怡江连忙把星辰接过去，从嘉茂也出来帮忙。

苏喜乐看到他的脸吓了一跳：“星辰爸爸,你……你的脸怎么了？”

“没什么，摔了一跤。”从嘉茂用孩子们的话回应，“辛苦你了苏老师，请进来坐。”

怡江抱星辰上楼去洗脸换衣服，从嘉茂则在楼下客厅里招呼苏喜乐。

萍姨端来点心盒子，热情地说：“还是苏老师你最有口福，我今天刚烤了饼干，又做了些肉脯，还有从家乡带来的果干，你快尝尝。”

“谢谢萍姨。”她擦了擦额头上的汗，立刻拿起一块果干，只咬了一口就露出惊艳的表情，“真的好好吃哦！”

萍姨眉开眼笑，跟从嘉茂解释道：“苏老师最喜欢吃我们家的小点心了，看她吃东西的样子让我这老太婆太有成就感了！要不是她不常来，我真想每天都做一些给她留着。”

“那既然难得来一次，就多做一些给她带回去也一样。”从嘉茂微笑道，“以后肯定有机会常来的。”

“厨房里还有啊，我去给你装一些。”萍姨说着就往厨房跑。

苏喜乐红了脸：“我每次来都又吃又拿的，太不好意思了。”

“别这么说，你是孩子们的老师，星辰和大海平时多亏有你照顾，今天还麻烦你亲自送回来，是我们不好意思才对。”

“不不，别这么说，我下午刚好轮休，所以顺便把星辰送回来，不然我怕你们接到电话会着急，开车赶过来不安全。”

“你想得很周到。”

她又红着脸低下头。

从嘉茂坐在她对面的沙发上看着她，调整了一下坐姿，跷起腿道：“苏老师琴弹得很好，是专业音乐学院毕业的吗？”

“啊，不是。我从小学琴，是想过要考音乐学院，但学费太贵了，家里负担不起，最后才读了师范学院。”

“是这样啊……”从嘉茂微微颔首，“那不知道可不可以请你来教星辰弹琴呢？”

“我？”

“嗯，她以前的老师教得太功利，艺术还是要培养兴趣才能走得长远。我看孩子们跟你很亲近，学习起来一定能事半功倍。”

“我……可是……”

“你不愿意？”

“不是，我愿意啊！”

“那就行了。”从嘉茂的笑容更盛，“我保证待遇优渥，而且下回你再来的时候，我会安排司机去接你。”

怡江把星辰抱在怀里午睡，总算是让她合了一会儿眼。

从嘉茂推门进来，见状，轻声问她：“还好吗？要不要去医院？”

“先观察一下，要是没有好转再去。”她抬头看他，“苏老师走了？”

“嗯。”

“真是不好意思，都没顾得上打声招呼。”

“没关系，我想她应该不会介意的。”他轻轻拉过星辰的手看她手臂上的疹子，“她很痒吗？”

“嗯，还有些头晕和难受。”

“嘉佑小时候也有这个毛病，一发作起来就痒得厉害，整宿睡不着，还又哭又闹，我没少跟着受罪。”他笑了笑，“这病容易反复，照料的人会很辛苦，要不我先替你一会儿？”

怡江听到他说从嘉佑小时候也这样时，心剧烈跳动，但还是咬紧牙关：“没关系，我应付得来的。大海还在幼儿园，等会儿放学的时候能不能麻烦你去接他回来？”

“没问题。”

他打开门走出去，怡江有些无力地向后靠坐在床头。

过了一天，星辰的荨麻疹还是没退，痒得睡不好，连食欲也不振。怡江怕拖久了会发出别的病来，便带她去了医院。吃了医生开的药后总算是暂时止住了痒，但身上的疹子还没全消，医生让她回去后留意观察。

看完病出来，她意外地遇见了许久不见的容昭。

她主动打招呼："容医生，新年好，你又过来视察工作？"

"新年好呀，视察工作谈不上，我就这劳碌命，天天到处跑。"他逗了逗星辰："哎，小公主，怎么我每回见你都这么病恹恹的呀？今天又是怎么了？"

"荨麻疹，医生说可能是过敏引起的，我想来想去也不知是什么导致的过敏。"

"唉，别费那劲了，她很小的时候就有这毛病，一到春天气温变化就发作。从二早就给她做了过敏实验，除了几种蛋白质有轻微过敏，其他都好好的。这种病十有八九难找病因，还容易反复发作。长大了还好，小孩子的时候可就折磨大人了。她一发这个就痒得哭，从二也整宿别想睡，我一看他精神萎靡就知道是小公主又生病了。"

星辰可能也想二叔了，听他这么一说，窝在怡江怀里，眼睛都红了。

"对了，从二呢？他今天怎么没来？"

"他……出差。"

"他现在这一脑门子官司还有工夫出差？跟陆慧文扯皮的事扯清楚了吗？这可是关乎他名誉和前途的大事啊！"

怡江一脸错愕地看着他。

容昭一看她这表情就明白她啥都不知道，也是哈，跟前女友扯不清的纠纷，当然最好不要告诉亲爱的现任了，免得她会胡思乱想，各种借题发挥。

他以为这两个人之间只是一般的拈酸吃醋，于是好心劝道："你也劝劝他，别因为对方是个女人就心慈手软。即使他原本就不打算去英国，也不能便宜了那个蛇蝎女。干他们这一行名声很重要的，闹出这种抄袭的丑闻，将来在国内也不好混啊！"

"什么抄袭丑闻？"怡江急了，拉住他道，"容医生，到底是怎么回事？麻烦你一五一十地告诉我好吗？"

怡江回家安顿好孩子，立刻出门打了个车，直奔从嘉佑的事务所。

虽然他没说过，也没人告诉过她他离开家后去了哪里，但她实际上也猜得到他就住在公司。那里有他应付紧急情况比如临时出差要用的衣服和日用品，也是他除了燕雨山房外待得最自在舒服的地方。

她只是不知道原来他最近发生了这么多事。

他可能本来就没打算跟她讲，当然，她也没给他机会好好说。

她心里憋着一口气，不知道是气他还是气自己，仿佛脚下走路都生风，从出租车上下来就直奔他的办公室。

现代化的甲级写字楼，他极富个性的事务所也隐藏在层层玻璃幕墙后面。

此时早已过了下班时间，楼层的大部分灯都已经关闭，朝着有亮光的地方去准没错。

她从他留在家的物件里翻到了他公司的门卡，如入无人之境，最后终于看到他双手放在胸前，直挺挺地躺在办公室里的沙发上。

她气还没喘匀，心揪着一阵一阵疼。

这么大个人了，睡觉都不知道往身上盖点东西，感冒了可怎么办？

怡江把他放在沙发边的毛毯抖开盖到他的身上时，他就睁开了眼睛。

看到怡江，他以为是自己梦还没醒，产生了幻觉，又努力闭了闭眼。再睁开时仍看到她蹲在沙发旁边，他的心猛地一跳快，赶紧坐了起来。

“你……你怎么来了？”

“不然呢？你要在这里住到什么时候？胡子也不刮……”她伸手摸他的脸，看到他嘴角的伤口，“还疼吗？鼻子后来还有没有再流血？”

和好来得太突然，他一点心理准备都没有，一把拉下她的手，却又舍不得放开，别过脸道：“原来你还会关心我啊？我以为你只关心我大哥呢！”

“我自己掏钱从家里打车过来的，花了三十几块。”怡江耐着性子说，“看在钱的分儿上我不跟你计较。你再这么乱吃飞醋，下回我也躲起来，你就永远都见不着我了。”

“你能上哪儿去……”他小声嘀咕。

怡江听见了，站起来转身就走。

他连忙伸手把她拉到怀里，嗅到她身上的味道，整个人都平静下来似的，闷声说："我这不是就怕你会来这一招，所以先走为敬吗！你还用什么下一回？四年前你走了我就没找到你，这种事我不擅长的，你就别考验我了。"

"那你擅长什么？"擅长给人添堵，惹她生气？

"是啊，也的确没什么擅长的了。"他苦笑，"你那夜市摊的股份可得握紧了，将来我说不定会一无所有，还得跟你一起去开分号。"

怡江在他怀中扭过头来："你还说！发生这么大的事为什么不告诉我？好端端的，陆慧文为什么会说你抄袭她的设计？"

"你知道了？我大哥告诉你的？"

"你大哥也知道？"

他哂笑："你别太小看他了，有什么事是他不知道的？但他肯不肯告诉你就是另外一回事了。在这个世上，对他来说，只有对他有用的事和对他没用的事两种而已。"

"那他可没跟我说，是我今天去医院遇到容医生，他跟我提的。"

一听她去了医院，他就无端地紧张："你又去医院干什么？那种药你少吃！大不了……大不了我去做手术！"

怡江满脸震惊："做什么手术？"

他脸都气红了，她才反应过来："你是说结扎手术？"

"你……你一定要说得这么清楚吗？"

怡江觉得他气得像河豚一样很可爱，又莫名有点心酸，还有点感动："你都还没结婚生孩子，就说要做这种手术？"

"我还跟谁结婚！"他有点别扭，"再说我本来也不喜欢小孩，自家的小孩当然另当别论，但现在不是已经有了星辰和大海他们俩吗？就算是赶鸭子上架我也把他们带大了，跟自己的孩子没区别。"

这两天冷静了一下，他也想得很清楚了，既然不想让情况更加复杂化，就只能尽最大的努力维持现状。她不想再生孩子，那就不生，反正从家的下一代已经预备好了，不管归他大哥还是归他和怡江，不都是姓从吗？

不知不觉中，他已经把自己跟她看成一个整体，密不可分。

听说女生常吃避孕药物会变胖，虽然她变什么样他都喜欢啦，但还是挺伤身体的，他舍不得。

在遇到她之前，他甚至以为自己会是个不婚主义者，即使结了婚也会是个丁克，所以仔细想想，结不结扎也没什么要紧的。

那天他居然因为这样的事冲怡江发脾气，实在是太感情用事了，根本没站在怡江的角度考虑问题，差点就中了从嘉茂的圈套。

他对亲大哥的气还没消呢！

怡江靠在他怀里："别胡说八道了，我去医院是因为星辰发了荨麻疹。"

从嘉佑果然一凛："又发了？每年的这个时候她都特别难熬，现在怎么样了？"

"吃了医生开的药好些了，所以我还要赶回去照顾她。容医生说你这回摊上的事挺大的，到底是怎么一回事？"

"事情是不小。你没看我把公司都结束了吗？人人都以为我是要去英国了，末了来这么一出。"

他看看周围这个半开放的区域，努力了那么多年，一起携手走过的伙伴，说散就散，其实还真挺舍不得。

"你不是因为要去 Forster 才结束公司的吗？"

他摇头："我早就跟你说了，去英国的事还没有定论，你们都不信。我一个人孤零零地跑那边去，住着千篇一律的公寓，吃着炸鱼、薯条，给别人打工，我图什么呀？"

平台再大再好又怎样，跟幸福有什么关系？

"那陆慧文为什么针对你？"

"谁知道呢，可能是因爱生恨吧！你们女人的心都是海底针，我哪里猜得透啊。"

怡江哼了一声："你可别把我跟她相提并论，人家可是著名建筑设计师，社会名媛。"

"啧，你吃醋啊？"

"没有。"

"不行，快说你吃醋，我想看你吃醋！"

"别闹了。"

怡江躲不开他上下其手的爪子，春衫轻薄，她只穿了件一字领的薄款针织上衣，一下就被他扯开一半，露出肩头的一片雪白。

从嘉佑像饿了很久的人看到满满一碗肉放在面前，连声音都变了："你就是故意来诱惑我的对不对？"

他的吻火热、潮湿，虽然已经没了章法，却带着强烈的渴望，怡江几乎立时就感觉到身下的人有些坐不住了。

她使劲拍了他一下："整天在想些什么，我跟你说正经事呢！"

"这也是正经事……"他变得好兴奋，已经解开了衬衫的纽扣，把她转了个身面对自己。

他仰起头来吻她，亲吻的技巧越发娴熟，轻咬着她的嘴唇，一点点吞噬，又去钩她的舌头，这样吸吮着就将她的身体无限拉向自己……怡江按着从嘉佑的肩膀推开他说："别逞能呢，小心感冒。"

从嘉佑搂紧了她："什么都听你的，只要让我再抱一会儿。"

怡江的手指轻轻在他的发间穿梭："星辰他们还在家里，我得回去了。你打算一直在这儿住下去吗？什么时候回家？"

他没吭声。

"怄气也要有个限度吧？我都说了跟你大哥没什么，星辰、大海的事我会再跟他谈，你不要冲动。"

"我就是怕再冲动会坏事，所以才不肯回去。"他抬起头来看她，"干脆你也搬出来吧！"

怡江的神情微黯："我还要照顾星辰和大海他们。"

"如果他们能跟我们在一起，你就愿意跟我走吗？"

他终于能理解她当初带着孩子离开的举动——割舍不了，于是只能带着一块儿离开。

他可以带她和两个孩子到别的城市去重新开始新的生活，就算只是摆个小摊，她做吃的，他收钱就好了。

相濡以沫，他想要那样的爱情和家庭。

怡江看出了他的想法，捧着他的脸让他抬起头来："不管你现在遇到什么样的挫折，你都是最好的建筑设计师。这个事务所没有了，还会有新的事务所，还会有世界知名的建筑设计事务所向你抛出橄榄枝，现在就想急流勇退太早了点，我可养不起你。"

"我有钱，不用你养。"

"那也不行！"

"你嫌弃我了……"

怡江叹了口气："你跟小熊越来越像了。"

"那是梁伍送来的狗，我才不像它！"

这都时隔多久了啊，一提起梁伍他还是会奓毛。

怡江笑了笑：“就是这样，要有点激情，难道你就甘心被人误解和污蔑吗？”

当然不甘心了，但那些是他一个人的战役，他会自己去应对。

怡江大致了解了事情的经过，其他的并没有多问。

他需要自己的空间来处理，何况隔行如隔山，她给不了他太多的建议。

先前他说过有一个设计今年可能会取得设计奖项，就是这个设计被陆慧文抢先刊载于新年的行业期刊，并且倒打一耙说是从嘉佑在跟她交往期间偷取了她的设计。

一旦涉及男女感情，人们便普遍倾向于同情女方，从家老二瞬间就从天才设计师沦落为骗色又抄袭的渣男。

别说英国的 Foster 了，国内的行业协会在舆论的压力下首先不会饶他。正好英国方面派人过来跟他面谈，行业协会也出动专家作陪，看似面试一样的过程成了论证他清白的听证会。

虽然她看从嘉佑不慌不忙的，但其实也并不代表他就稳操胜券。

他提前结束了自己的事务所，这样就算调查出的结果不好，也不会影响到曾经麾下的那些设计师。所以他大概无所谓，反正他个人得到的赞誉和肯定已经太多了，别人怎么讲、怎么看他都不那么在意。

还有一点，他对女人还是心软。陆慧文不管怎么说跟他都有十年的交情，又喜欢了他那么久，他自己也心知肚明，从感情上来说他始终觉得对她有所亏欠。

怡江回到燕雨山房，恒温玻璃房里亮着灯。

她推门进去，看到从嘉茂捧着一本书倚在墙边，正边看边喝茶。见她回来，他抬起头道：“你回来了？”

他像是专程在这里等她一样。

“嗯，星辰和大海他们睡得还好吗？”

“还好，星辰吃完药已经好多了，萍姨这会儿正守着他们。你见到嘉佑了？”

果然，什么事都瞒不过他的法眼。

怡江点头：“他最近出事了，你都知道吗？”

“你是说他的设计被抄袭的事？知道。我还知道对方已经拿了这项设计去投Foster，如果最后认定的结果是嘉佑抄她的，那可能最后去英国的人就要换了。”

“你相信被抄袭的人是他？”

从嘉茂笑笑，合上书：“他毕竟是我弟弟，这点信心我还是有的。怡江你对建筑也有些天分，难道会看不出那件作品完全就是他的风格吗？”

“我当然信他。”怡江道，“可我们就这样什么都不做吗？”

“你是想让我帮他吗？”他笑着起身，靠近她的身体，把她逼到书架和墙角之间，“你跟他亲热完才回来向我提这样的要求，不觉得太残忍了吗？”

这兄弟俩不知是什么敏锐的嗅觉，竟然连这种事都能一眼看破。

怡江难堪地涨红了脸，推开他道：“不帮就算了，我自己想办法。”

她绕到桌子后边，打开桌上的电脑，输入管理员密码。

从嘉茂站在她的身侧：“你的办法是什么？”

“我不知道有没有关系，但陆慧文之前来过这里一趟，坐了有个把小时的样子。嘉佑有些文件和图稿都不设防就直接放在这里面，我不知道她有没有看过。”

从嘉茂抬头看了看周围的摄像头：“监控开了吗？”

他知道这里有不同方位的摄像头，但平时并不一定会打开。

“我那天也算是小人之心，以防万一吧，所以把远程打开了。”

其中也有女人之间微妙的嫉妒心吧？

从嘉茂笑笑：“让我来。”

他们从电脑硬盘中调取了监控视频，果然看到陆慧文那天坐在这里的情景。她用的是自己的笔记本电脑，带了一个U盘，中途在这张桌上的文稿里翻了翻，还打开了这台一体机，用另一个U盘不知拷走了什么文件。

“光这样也看不出是什么东西呀！”怡江有点着急，要当证据的话这样肯定是不够的。

从嘉茂在电脑上操作了几次，摇了摇头：“我也没办法确定她那天到底打开了这台电脑上的什么文件，如果有计算机方面的专家可能可以办到。”

他指给她看视频上的时间，照理应该可以在源文件数据中找到记录。

“可明天下午就要进行听证了，在这么短的时间内去哪里找专家呢？”

电光石火间，她脑海中突然响起那天在袁小芒家中听到的三声叩门声。对呀！她家里的那个科学怪人不就是计算机方面的专家吗？

怡江立即关机，拔掉电脑电源，把机器抱起来就往外跑。

从嘉茂拉住她：“这么晚了，你要去哪里？”

“去我朋友家，她家有人可能能查到陆慧文那天拷贝了哪些数据。”

“她家在哪里，我可以开车去请他们过来。”

怡江摇头：“不行的，那个人有严重的社交恐惧症，没法随便出门，只能我带着电脑过去。大哥，麻烦你帮我照顾一下星辰和大海，我很快就回来。”

多么难得，她情急之下终于把对他的称谓也改了，不再是客套疏离的从先生，却也不是亲密无间地直呼其名，而是大哥。

大哥……大概也就是她对他们未来关系的定位了吧？殊不知自家亲弟弟都有好多年没这样好好叫过他一声了。

“外面在下雨，你等一等，我让司机送你去。”

怡江就这样抱着电脑，冒着大雨走进了袁小芒家的弄堂。宽大的宾利车到了弄堂口就进不去了，她用雨衣裹住电脑，司机小刘给她撑着伞一步一步走进去。

小芒看到她时简直惊呆了：“这个时间你怎么来了？”

怡江跟小刘身上都淋湿了一大片，怀中的电脑却保护得很好，一点也没淋湿。

她顾不得自己的狼狈，对小芒道：“快请你家的‘科学怪人’帮我看看，嘉佑能不能摆脱抄袭的嫌疑全靠他了！”

来龙去脉讲清楚后，小芒又气又着急：“那个女人怎么能这样啊，分手就分手，好聚好散，非要闹得鸡飞狗跳，把对方搞臭吗？”

她家的数据科学家照理这个时候要睡觉了，她闯进房间又是一番大呼小叫把他给拎起来，说什么也让他弄明白陆慧文那天到底打开了哪些文件，又拷走了哪些数据。

“没问题的，放心好了。”小芒向怡江拍着胸脯保证，她相信科学怪人的实力，就像怡江相信从嘉佑一样。

从小芒家回来，怡江一宿都没怎么合眼。

并不是什么太困难的操作，数据科学家三下五除二就帮她锁定了证据。

小芒果然捡到了宝。

从嘉佑是被冤枉的，真正偷走设计、涉嫌抄袭的人是陆慧文。

怡江给他打电话，可他的手机关机了。她想起去找他的时候，他把手机扔在办公桌上，确实一点动静都没有。

他把自己跟外界给隔绝开了，可能唯有这样，他才能仅仅靠面对自己的内心就把这一关给闯过去。

只要闯过去了，又可以有新的开始。

怡江担心他，更多的是心疼。

T 城的阴雨连绵了好几天，星辰的荨麻疹说不定也跟这样糟糕的天气有关，好在吃了药白天也没哪里不舒服，就乖乖在家休息，看怡江要出门时问她："妈妈，你要去哪里？"

她蹲下来摸摸她的头："我去接二叔。"

"二叔终于要回来了吗？"

怡江抬头看了一眼旁边的从嘉茂，点头回答："嗯，要回来了。"

"我陪你一起去。"从嘉茂道。

"不用了，还要麻烦你帮我看着星辰。"

"没关系，等会儿苏老师会来陪她的。"

"苏老师？"

"爸爸请了苏老师来教我弹钢琴呀！"星辰给她解惑。

怡江十分惊讶："这是什么时候的事，我怎么不知道？"

从嘉茂说："算是我自作主张吧，乐理我略懂一点，原来的老师教得太功利我不喜欢。我看孩子们跟苏老师很亲近，她正好也想找份兼职贴补家用，于是就请她来了。今天下午她轮休。"

在这个问题上，怡江确实无法跟他争辩。孩子学琴是在她来之前就开始了的，原来的老师也不是她聘请的。现在要换人，作为"爸爸"这个身份来说，从嘉茂的确有这样的权利。

反正苏喜乐本来就是孩子们的老师，她也没什么不放心的。

"走吧，时间不早了，我陪你去找嘉佑。"

她跟从嘉茂一起驱车前往面试现场，那栋建筑也不知是哪位设计师的手笔，进去以后四通八达，不熟悉的人简直会迷路。

怡江一路问人，才终于找到Foster预约的那个会议室。

从嘉佑坐在外面的椅子上，西装革履，脸上没什么表情。

她跑过去，在他面前蹲下，把手里的U盘和资料塞给他："拿着，你的声誉和清白全在这里。"

他颇感意外："你怎么来了？"

"我说过相信你，就不仅仅是嘴上说说而已。你对陆慧文有愧疚感那是你的事，但你自己的声誉不能就这样被人给抹黑了。"

她不允许自己喜欢的人做出这种近似自暴自弃的举动来，不管他是出于什么样的理由。

"这是什么？"

"U盘里是视频资料和源文件数据，证实陆慧文那天到家里的恒温玻璃房里拷贝了你的设计文件和图稿。抄袭的人是她，不是你。"

"你……是怎么找到这个的？"

"以防万一录下的，那天我把几个摄像头全打开了。"她看着他，像豁出去似的，"我吃醋，行了吧？"

从嘉佑脸上持续好久的阴霾终于散去，露出了笑容。

"我知道了，那你在这里等我。"

"嗯。"

其实什么结果都不重要，他知道她在自己身后，信任自己、关心自己、支持自己，就足够了。

何况有了这样决定性的证据，要论证谁才是居心叵测抄袭的人一点都不难。

连她跟从嘉茂都看得出作品里有他强烈的个人风格，建筑行业的专家们也不全是瞎子。

大楼里太闷，怡江走到院子里去等，刚才还是青色的天空又转灰并开始飘起雨来。她躲到对面的便利店里，从嘉茂买了两杯咖啡，一杯给她，自己拿着另一杯不知去了哪里。

从嘉佑从大楼里出来的时候，她坐在便利店的玻璃墙后面看得清清楚楚。见他手里没拿伞，她正想着要不要过去给他撑伞的时候，陆慧文不知从哪里冒了出来。

他们站在屋檐下说了没两句话，陆慧文就扬手给了他一巴掌。

离得太远，又隔着蒙蒙雨幕，怡江听不清他们说了些什么，不过还是看得出陆小姐这一耳光打得不轻。

从嘉佑的脸被打得朝向一边，再转回头来时，陆慧文已经走了。

他自嘲似的勾了勾嘴角，然后才看到站在街对面便利店门口的怡江。

她脸上带着似笑非笑的表情，像是刚看了一出好戏。

他这回是真的笑了起来，仿佛阴郁很久的天空放晴了，然后也不顾雨会打湿身上银灰色的西服，就穿过细密的雨幕朝着她大步走来。

怡江站着没动，等他走近了，被他一把搂进怀里。

其实两个人昨天才刚做过更亲密无间的事，然而这一抱却像是展开了全部的热忱，之前任何的亲昵都比不了。

她闻到他身上潮湿阴郁的气息，听到他低声呢喃自己的名字，还有他怦怦的心跳透过与她肌肤相亲的每一根血管传过来，渐渐与她的心跳合成同样的频率。

她看到从嘉茂就站在不远处，仍端着那杯咖啡，神色很模糊，也只是很快一现，就又不见了踪影。

她把脸埋到从嘉佑的怀抱里，这个时候好像也顾不得其他人了。

他们一起回了燕雨山房，星辰和大海一起扑向从嘉佑，一边一个挂在他的胳膊上："二叔，你终于回来了！"

"怎么你出差要出这么多天呀？"

他揉了揉两颗小脑袋："那这么多天你们有没有好好听话呢？"

"有！"

星辰有点不好意思："我又生疹子了。"

"很痒吗？我看看。"

他蹙紧眉头看她的胳膊和后背的疹子，心疼地把她抱起来。

从嘉茂比他们早到家，把最后一道酱烧肉排端上餐桌才开口道："时间不早了，开饭吧，别耽误了苏老师回家。"

"不要紧，不要紧，我不急的。"

从嘉佑和怡江这才发现苏喜乐也在，煞有介事地系了条围裙在厨房帮忙，实际工作就是每道菜都尝一口，算是试吃。

从嘉佑已经听说了换钢琴老师的事，反正他大哥最近做的事就没一件让他看得顺眼的。其实这都不算什么，只是他仍有些意难平，轻咳一声道："我可不是故意回来蹭饭的，我是放心不下星辰的病，特意回来看看。"

萍姨道："你这孩子，回自己家说什么蹭饭不蹭饭的。听说你今天去了晦气，那是好事啊，值得好好庆祝，嘉茂特地让我加了菜。"

从嘉佑目光冷冷地转向他："你又知道晦气的人不是我？"

怡江暗中拉他——都说了他大哥也有份出力帮忙，他还较个什么劲儿啊，趁机和好不好吗？！

大家终于安安稳稳地坐下来吃饭。

最高兴的是星辰和大海，他们有爸爸妈妈，有二叔，还有最喜欢的苏老师和一桌子爱吃的菜！

星辰的荨麻疹都感觉好了大半，也不那么难受了。

入夜，怡江哄着两个孩子睡下，回到阁楼就见自己床上多出了一套枕头被褥，桌上放着从嘉佑工作用的电脑，他换洗的干净睡衣也搭在了椅背上。

她有些无奈，身后的人已经贴了上来："是你让我回来的，我回来了你就得负责，我可不要一个人睡。"

"这里是你家，你回来难道不是天经地义的吗？还要我负责？"

"那我搬出去好了。"

"搬哪里去？公司不是都没有了吗？还是说要直接飞希斯罗？"

今天认定了他的作品并无瑕疵，他仍然是那个天赋异禀、前途不可限量的建筑设计师，Foster 的 offer 就仍然对他有效。

"哼，谁爱去谁去，反正我已经正式回绝他们了。"

"是吗？那陆慧文那一巴掌又是怎么回事？"

"即使我不去，也轮不到她啊！她以为闹出了这么大的动静还可以全身而退吗？"

她偷他的设计发表在权威刊物上，又自说自话向 Foster 和另一家美国设计事务所投出简历，都是之前与他有过接触的公司，是存心要恶心他。

最后会是这样的结果其实她也并不意外，直接告诉他她就是想要报复。让他去不了英国她能顶上当然最好，可就算不行，让他感受一下众叛亲离、一无所有也好。

开玩笑，他怎么会一无所有呢？他还有怡江啊，还有铁粉星辰和大海啊！

何况他本来就没打算去英国，她想去就去好了，早点跟他明说，他直接回复英国方面推荐由她顶上，说不定这会儿她都已经在希斯罗机场了。

果然女人心，海底针。

“那你为什么要结束事务所呢？”这一点她其实有些想不通，如果他真的一开始就不打算去英国，那为什么要着手结束这边的业务呢？

“我当然有我的用意了。”他两只手搭在她的身前闹她，“你让我今晚睡在这里，我就悄悄告诉你。”

“那你还是别说了。”怡江拿起他的枕头塞到他怀里，“快下楼去，我要洗澡了。”

“一起，一起！”他又兴奋起来，身子使劲蹭她，“你看我都忍了多少天了，孤家寡人睡在写字楼里，没人关心也没人爱，做梦都想跟你一起鸳鸯戏水！”

怡江的脸红了，啐他：“什么鸳鸯戏水，不害臊。”

“小江江太残忍了！”

“不是我残忍……”她叹了口气，耐着性子跟他解释，“孩子们看见了会困惑的。之前你大哥不在，你担当着父亲的角色还好一点。现在他回来了，妈妈不跟爸爸在一起，反而跟二叔在一起，你让他们怎么想？”

“那怎么办？难道我们一辈子都这样吗？”

怡江看了一眼日历：“过几天就到清明了，到时我再试着跟他谈一次。”

“为什么要等到清明？”他顿了顿，忽然想到，“因为萧雅？”

清明祭奠故人亲友，他们必定要去扫墓。

“嗯。”

从嘉佑安静下来：“好吧，那就再等几天。”

“你也别想太多，你出了事，你大哥还是坚定地站在你这边的。而且我总觉得……这两天他对我的态度跟之前也有些不一样了。”

他眼睛一亮：“有什么不一样？”

“我说不好，也可能只是错觉。”

或许是他们患难见真情把从嘉茂给感动了呢？

怡江看着他："喏，能跟你说的我都说了，你还没告诉我为什么结束事务所呢？"

"你费心给我找来证据挺不容易的，但你不会真以为她就到我们这儿来了一回就能抄得八九不离十这么大能耐吧？"

怡江皱眉："不是吗？"

"当然不是了！她怎么知道Foster给了我offer，又怎么知道他们看中了我的哪件作品？这其中一直有人在给她通风报信，还把我的底稿都透露给了她，到我们家来更多的目的是向你示威，其他的都只是顺便罢了。"

"你是说……"

"嗯，无间道啊，我身边出了叛徒。所以我才破釜沉舟，看看谁会迫不及待地去投奔陆慧文。"

"结果呢？"

从嘉佑笑了笑："你就这么想听故事的结局？那你让我哄你睡，我就把完整的故事讲给你听。"

"你是把我当星辰还是大海了？"

"有什么区别，都是宝宝嘛！"

"没个正经。"

从嘉佑不必费心解释，答案已经自动找上门来。

常羽生对来给他开门的许怡江仍然没有好脸色："从先生在吗？我有话跟他说。"

"你先请进，我去叫他。"

从嘉佑看到他好像一点也不意外，抱着手臂看他："怎么了？高崎社待得不舒服，又想起我这儿的好了？可惜啊，我这儿连回头草都没有给你吃的。"

常羽生沉着脸："我既然走了，就没想过要回来。"

"是吗？陆慧文当初不就许诺你，等她去了英国Foster，高崎社的空缺就留给你吗？你不好好伺候新老板，跑我家来干什么，还有什么话好说？"

怡江暗暗心惊，他所说的身边的叛徒竟然是常羽生？！

“从先生，是你带我入行，给我机会崭露头角，我本来真的没想过要背叛你。要不是因为这个女人……”常羽生抬头看向怡江，“我不会有这么多的不甘心。”

“她跟你有什么关系？”从嘉佑蹙起眉头，“她跟你是大学同学没错，但她根本就没有入行，哪一条又碍着你的眼了？”

“她要是入行反倒好了，像陆慧文那样，现在也能是独当一面的成功女性，至少不会让萧姐带着那么大的遗憾离开。”

从嘉佑听出些端倪来：“你是在为萧雅打抱不平？”

“难道不应该吗？你们都忘了她，可我忘不了。”

怡江和从嘉佑面面相觑，都感觉惊讶。

是他们误解了什么吗？还是……

“你对我已经去世的太太感情这么深，我是该说声谢谢呢，还是应该嫉妒呢？”

从嘉茂站在楼梯边插话，不知刚才他们说的话他听进去了多少。

常羽生愕然，不自觉地站起来：“你是……”

“从嘉茂，萧雅的丈夫，从嘉佑的哥哥。”

百闻不如一见，常羽生笑了笑：“终于知道为什么她到死都那么执着了。”

谦谦君子，芝兰玉树，这是从嘉茂给人的第一印象。

然而从直觉上来说，他又不是那么好相与的角色。相比嘴硬心软的从嘉佑来说，他更强硬，更有一家之主的气势。

一家两个天才少年，他三十二岁就成为普林斯顿大学最年轻的终身教授，是不可复制的神话。

这么优秀的男人，寻常女人都没法抗拒他的魅力，何况萧雅跟他是自年少起就有的情谊，门当户对，当然对他死心塌地了。

从嘉茂从楼梯上缓步走下来，看着常羽生道：“你是嘉佑的下属？”

“曾经是。”

“怎么认识萧雅的？”

“萧姐很孤独，我们时不时来这里开会，讨论工作上的事，碰到了便会聊几句，渐渐也就熟了。我姓常，常羽生，她没跟你提起过我？”

从嘉茂笑道：“从来没有。”

年轻而骄傲的脸上有了裂痕，却很快给自己找台阶下：“你们分居两地这么久，瓜田李下，她肯定觉得不该在你面前提起其他男人。”

“这你就错了，她常常在我面前提起嘉佑。”从嘉茂一派坦然，“因为她知道，只有嘉佑配做我的对手。至于其他人，就像你说的，只是她觉得孤单无聊时的消遣而已。”

“你胡说！萧姐待人比谁都要真心，却被你们困在这个牢笼一样的地方，永远都走不出去！你们没有人为她着想，要么不肯给她孩子，要么抱走她的孩子，连陪伴都吝啬给予。她做错了什么？她不过是身体不好，不像许怡江这样年轻健康而已，你们就不管她的死活，只偏袒这个真正生了孩子的女人？”

“你住口！”从嘉佑站起来，“这是我们从家的家事，什么时候轮到你来插嘴？我信任你，把你当成左膀右臂，才放心大胆让你们在我家随意进出。可你倒好，对我大嫂动了不该有的心思，现在还公然出卖我！”

常羽生冷笑道：“难道不是你这个做弟弟的最先想要取而代之吗？”

“你！”

怡江拉住他，低声说：“冷静点，不要被他带偏了节奏。”

从嘉茂将他们的反应都看在眼里，笑着说：“你要不要听一个故事，看看跟你想象中拼凑出来的相差多少？”

常羽生倨傲地抬起头来。

“几年前，有个年轻人为了逃离一段不愿意接受的感情，在国外入籍，继续攻读博士后，并且参与了一个研发项目。中途他发现这个项目有他国的军方背景，跟研究新武器有关，于是打算退出，但已经太晚了。这时，有人表示愿意替他接手这个项目，他们有着相同的资历和背景，对项目的影响可以减到最小。你们应该已经猜到了，这个人就是他此前一直不肯接受的那个女孩。

“这个项目一开始进展还算顺利，但因为没有通过核物质能源审查，需要从其他途径去获取放射性元素。项目投资人隐瞒了这个重要信息，结果导致深度参与项目的人得了放射性疾病。那个曾经只在项目中起辅助作用的年轻人逃过一劫，却也出现了头晕、恶心、乏力的症状，并且首先意识到是放射性材料的问题。等他跟导师从国外回到研究所想要阻止时，却已经来不及了。

“他因为愧疚而答应跟那个得了辐射病的女孩结婚，没有爱情也没关系，反正这个世上本来也不是所有婚姻的基石都是爱情。但人总是这样，手里握有一枝玫瑰，就想把整个花园都据为己有。女孩渐渐不再满足于这种有名无实的婚姻，她明知自己的身体状况无法承受，还是要求更多，甚至还要求生一个孩子。”

故事讲到这里，谁都知道他故事中的主人公就是萧雅和他自己了。

“辐射病的情况有多特殊，不用我多说，你们应该也都了解。医学奇迹并不是没有，但我这个人一向认为，他人的奇迹跟我们自身没有关系，所以坚决反对冒这个险。我只是没想到她会偏执成这个样子。”

他不同意生养孩子，萧雅就自己去想办法。怡江被她带到他的面前时，已经怀孕足月，随时可以生产了。

大概没人能体会他当时手脚冰凉，全身血液几乎逆流的感觉。

故事的来龙去脉在座的三位其实都至少听过一个大概，但讲述的人全都是萧雅。即使是从嘉佑也没有了解过这么多的细节，因此一时间都沉默下来，四周安静得仿佛一根针落地都能听见响声。

常羽生仍然愤恨不已：“就因为这样，你便这么多年都对她不闻不问吗？”

“她要的婚姻，我给予她忠诚和安逸的生活，自问从来都没有做过对不起她的事。但我从一开始就声明了，可能永远也给不了她爱情，她同意接受。一个人最初乞求的爱得不到回应，难道就要将自己所受到的伤害加在其他人身上吗？”

那除了诞生新的悲剧，又能改变什么呢？

常羽生沉默不语。

“我很感激你在特定的时间里给过她慰藉，但要说报复，我想你大概弄错了对象。”从嘉茂微笑着抬头，“我不在的日子里，对萧雅最好的人大概就是我这个弟弟了。”

从嘉佑差点吐血，他这到底是帮自己打抱不平，还是在挑拨离间啊？

他看了看身边眉头紧蹙的怡江，手不自觉地在身侧紧握成拳。

“我知道了。”常羽生终于平静地站起来，“过去的事，纵然我有不对的地方，也已经无法挽回了。家丑不可外扬，谢谢你们愿意告诉我这些事。以后，我不会再来烦你们了。”

各安天命，江湖再见吧！

他神色复杂地看了恰江一眼，没再说什么，转身往外走。

从嘉佑看着他走到门口，才开口叫他：“哎。”

他停下脚步。

从嘉佑走到他面前说：“高崎杰容不得人，陆慧文离巢，你又是从我这儿过去的，他可能免不了会给你小鞋穿。能走就早点走，别贪恋那些不属于你的东西。”

一次不忠，百次不用，他们不可能再合作了。但常羽生说起来也是他的师弟，又是他一手带出来的，惜才之心让他不得不说这番话。

常羽生笑了笑，这才终于走了。

第九章 我们来日方长

从嘉佑从大门口折回客厅，却发现从嘉茂整个人虚脱般地往后仰倒。幸好怡江就在旁边，伸手扶住了他。

“大哥！”他连忙也过去帮忙，跟怡江两个人合力将他扶到沙发上坐下，焦急地问，“怎么回事？你有哪里不舒服吗？”

“我没事，休息一下就好了。”

从嘉茂脸色煞白地接过怡江递过来的温水，喝了两口才稍稍缓过来一些。

屋子里又是一阵前所未有的安静。

他看着神色凝重的怡江和从嘉佑，笑了笑：“你们不要这么严肃地看着我，好像我已经病入膏肓了似的。”

“我不记得你以前的身体有这么差。”从嘉佑道，“到底是怎么回事？难不成你跟萧雅一样……”

他不敢想象，甚至不愿提到那样可怕的字眼。

“不是，我那时受到的辐射时间极短，剂量也不大，还不至于造成这么长远的影响。我是最近睡眠不好，加上那天你的一拳……没想到今天说了点过去的事就伤筋动骨了，竟然感觉头晕。”

“那天明明是你主动挑事的，还怪我？”

“你少说两句。”怡江拉住他，有点担心地问从嘉茂：“那要不要去医院看看，保险一点？”

她那天就知道那一拳打得不轻，从嘉佑是不知道自己出手的轻重。练拳的人有时一拳出去，将对方打成脑震荡都是有可能的。

“不去了，我不太喜欢医院的气味。我休息一下就好，晚饭你们自己吃吧，请萍姨给我送点粥到房间里来就好。”

晚饭是怡江下的厨，特别用红枣和桂圆煨了一小锅米粥，活血又补气。两个小朋友也各自喝了一小碗甜粥，就缠着从嘉佑去玩托马斯火车了，她这才端着餐盘去到从嘉茂的房间。

他坐在窗下的躺椅上，身上搭着一条薄毯，安静地看着窗外茫茫夜空。见她进来，他转过头来笑了笑：“我就知道会是你送过来。”

怡江似乎也已经习惯了凡事都瞒不过他的这种感觉，把粥从小砂锅里舀出来，配餐的小菜和已经去壳处理干净的几只明虾的虾肉则盛在另外的盘子里，摆在他房间的小几上。

“粥凉了就不好了，快吃吧。”

她把粥碗递给他，自己拿着餐盘坐在一旁，也并不急着离开。

他浅尝了一口粥，说：“味道很好，你熬的？”

“嗯。”

“我们吃了二十年萍姨做的菜，她老人家脾气急，但凡这种要花点工夫的东西，她做起来都欠点火候。这粥熬得这么绵软香甜，我一尝就知道是你做的。”

“你不用解释的。”怡江说，“我已经领教过你的厉害，这种小事你能分辨出来一点也不稀奇。我只是想问清楚，星辰和大海的身世你是什么时候知道的，又打算什么时候抖搂出来，这样我好有个心理准备。”

他微笑：“关于我到底知不知道他们的身世，你应该猜了很久吧？你本来也没那么确定的，是什么时候终于敢肯定了？”

“之前还只是怀疑，你明明不是那种无情无义又不负责任的人，却对两个孩子不闻不问，除非你早就知道自己不是他们的爸爸，不愿跟他们培养太亲厚的感情，避免真的到了要割舍的时候双方都舍不得。要说确定的话，那就是今天。刚才你是故意把话题引到当年辐射的事故上吧？你强调当初的事故对你没有太大的影响，不就是想告诉我，萧雅说你也不能生育是假的吗？”

从嘉茂的眼角漾开温柔，带着激赏：“你真的很聪明，难怪嘉佑这么喜欢你。”

“我不聪明，真聪明的话就不会相信她说的话了。”

按照萧雅当年的说法，他们夫妇俩在海外研发项目时都意外地遭受了辐射。她的辐射病严重，丧失了继续工作的能力之后，两个人又长久地分居两地，感情有了隔阂，唯有把精神寄托放在生养孩子上，指望孩子可以挽救这段婚姻。

然而从嘉茂遭受辐射的程度虽然不如她严重，却也留下了终身影响，就是不能生育。她看出了怡江跟从嘉佑之间的情愫，甚至看出了怡江意外怀孕后的茫然无措，这才提出让怡江把孩子生下来以后交由她抚养，对外就说是跟从嘉茂所生。

反正兄弟俩关系亲近，这孩子本来也就姓从。

怡江当时不仅是舍不得拿掉跟从嘉佑的孩子，更被继父赵成康逼到没有退路，急需有人帮她逃脱，萧雅也是看准了她会心甘情愿接受这个条件。

年轻、漂亮、聪明，跟书香门第的从家人一样有建筑方面的天赋，却又自卑、敏感、生活困苦，上哪儿再找一个比她更理想的人选呢？

怡江觉得自己真傻，傻到自己已经这么可怜了，竟然还去同情萧雅的遭遇，以为她真的是迫不得已。

后来在泰国分娩时见她看到从嘉茂的眼神，这才渐渐回过味来。

从嘉茂并不是不能生育，只不过萧雅不能怀他的孩子，那么其他女人也不能。那是她的所有物，不允许其他人染指。

她和嘉佑其实都被利用了。

他甚至此时还不知道这一切。

“你不想让嘉佑知道萧雅的这些行为是吗？”从嘉茂再次看透她的心思，“为什么？”

“人都不在了，他就算知道了又能怎样？”

萧雅比他大，跟从嘉茂青梅竹马。对少年时的嘉佑来说，父母常年游历海外，她就像姐姐甚至是母亲一样。现在要把她的另外一面展示给他看，着手打破他记忆中一些美好的东西，也并不会让他变得更快乐，那又何必呢？

从嘉茂笑笑：“有时我真羡慕嘉佑，好像不管什么时候总有人在守护他。”

以前是他，现在是许怡江。

“那你打算什么时候把真相告诉他？”

她已经有种认命的感觉，从嘉佑知道了肯定会闹得一番惊天动地，但迟早都是要承受的，好像也就无所谓了。

从嘉茂说：“这个问题不在于我，而在于你。我知道你答应过萧雅，永远不会主动把这件事情说出来。可如果不让嘉佑知道她的所作所为，他又怎么能接受这样的真相呢？”

毕竟他才是被骗得最彻底的那一个。

怡江抿紧嘴唇不说话，确实想不出什么特别好的方式来解决这个问题。

“如果你觉得为难，不如还是让我来想办法跟他说。你跟萧雅有你们女人之间的约定，我们男人之间也可以有我们对话的方式，你只要继续信守承诺就好。”

怡江狐疑：“你为什么突然愿意帮我？”

从嘉佑无论如何都会接受这个真相的，顶多是需要一点时间来消化罢了。相较之下，从嘉茂的态度转变更令她在意。

不久之前他还信誓旦旦要追求她，要握住星辰和大海的抚养权不撒手，为什么突然之间又愿意成人之美了？

从嘉茂看着她，笑道：“就这么信不过我吗？”

“我不太了解你，没有信任的基础。”

“你这么说我可太伤心了，当年在泰国，是我让你带着孩子离开的，也承诺会让星辰得到妥善的照料，难道这样还不够让你信我吗？”

怡江不吭声了，道理是这样没错，可她就是觉得哪里怪怪的，却又说不出原因来。

怡江端着从嘉茂吃完的空碗盘出来，收拾好之后又给两个孩子洗完澡，哄他们睡着，才回了自己住的阁楼。

不出所料，从嘉佑果然又赖在里头，对着笔记本电脑不知在看什么，边看边露出那种有点得意又很满足的微笑来。

“你在干吗？”

一看怡江来了，他赶紧把笔记本合上：“没什么，男人的秘密。”

“不就是动作片吗？有什么不好意思的，大家都是成年人了，我理解的。”

“才不是呢，你也太小看我了。”

“那是什么？让我看看。”

她作势去拿他的电脑，却被他一把按住，趁机拉进怀里：“现在不能给你看，要过两天。”

怡江看他一脸“我有小秘密就不告诉你”的模样就好笑：“你不要又准备什么惊喜啊，我老了，可经不起你的折腾了。”

他坏心地揉她的身体：“谁说的，我就觉得你年轻又饱满，虽然勉强算是少妇了，但风韵犹存，特别耐折腾。”

怡江拍开他的爪子：“还说没看小电影，整天脑子里都想些什么呀！”

“我是忍不住胡思乱想啊，我大哥到底跟你说什么了？”

她只是去送个饭，居然在大哥的房间里聊了这么久，不知道他有多心焦吗？

怡江就知道他会问，刚才孩子们就跟她说了，她去送饭那会儿，二叔就像动物园里被关在笼子里的老虎一样走来走去，看得他们眼都花了。

他憋到这会儿才问，已经算是有进步了。

“没说什么。”她捧住他的脸，轻轻摩挲他刚冒出来的胡楂儿，“就是聊了些以前的事。”

从嘉佑的脑海里立时警铃大作：“你跟他有什么‘以前的事’好聊啊？他跟萧雅出事的时候都还没有你呢！”

准确地说是她还没出现在燕雨山房，没有进入他们的生活。

“你这么紧张干什么，怕他说你的坏话？”

“对呀，他跟你说什么你都别轻易相信，记得要先向我求证。”

要说她跟从嘉茂没有信任的基础，那他呢？长兄如父，照理他应该跟唯一的哥哥感情很好，彼此交心信赖才对，为什么会变成现在这样？是因为萧雅的事吗？

“想什么呢？你不专心。”他在她的肩膀上轻轻咬了一口。

T 市的仲春已经非常温暖，露在衣服外的皮肤越来越多，他咬得居然还挺疼。

“我在想，你们兄弟之间是什么时候变成这样的？是因为萧雅的事吗？”

“你看，我就知道他的挑拨起了作用，你果然这么想了。”

“我怎么想？”

“就是萧雅，我对她好，不是男人对女人的那种好。”

“嗯，我知道啊！”

“你知道？”

是啊，从嘉茂不是已经说得很清楚了吗？他不在的日子里，嘉佑在扮演他的角色。

其实仔细想一想，他在外人面前扮出的所有老成持重的样子，工作开会时戴着的眼镜，无一不有从嘉茂的影子。

他自出生开始，就难免被拿来跟哥哥做比较。偏偏哥哥又像是无法逾越的高山，他越是想要超越，越是在意，反而越摆脱不了做影子的宿命。

她忽然理解了从嘉茂为什么要去国外读书入籍，恐怕有很大一部分原因就是想给彼时刚成年的弟弟一点自己的空间。

她的手指抚过他的眼睫，他一双眼睛既漂亮又有灵气，哪里需要去像其他什么人？

她把吻印在他的眼睑上，又挪了挪，吻他的眉心、鼻尖……

从嘉佑的呼吸一滞，拇指摁住她的下巴，沉声道：“你又犯规。”

她的胳膊搭在他的肩上：“是你想太多了，我根本没有误解到那一层，就算吃醋，我也会看对象的。”

“真的？”他总觉得她有什么事情瞒着自己。

“真的。”她的手又顺着他的脸部轮廓游动，轻叹一口气，“你要是真做了爸爸会怎样？”

这回不止呼吸，他连心跳都几乎停止：“你……你怀孕了？”

在办公室那一次才过去没两天，就算是意外，是不是也太快了点？

可他居然满心期待是怎么回事？明明想好了不让事情更加复杂化，要尊重她的意愿，多为她考虑的呀！

怡江用手指戳了戳他的额头：“你脑子里果然塞满了有色材料。”

他张开手包住她的手指：“我们确实是做过会怀孕的事啊，你突然这么说，让我怎么想。”

“我只是假设将来星辰和大海如果要跟我们一起生活，你会是什么样的爸爸。”

“那还用问吗？我又不是第一天跟他们相处，换尿布、喂奶、哄睡、陪玩、辅导功课对我来说都不在话下，顶多不太会做吃的，也不太擅长给他们洗澡，这不还有你这个妈妈在吗？就算再来一个也没问题，我会对他们一视同仁的。”

原来他以为她是在担心一碗水端不平的情况……怡江搂紧他，低低地应了一声：“嗯。”

她其实从未怀疑过，他一定会是个好爸爸。

转眼就是清明，T城几乎每年的这一天都会下雨，今年也不例外。

从嘉佑给萍姨和司机都放了两天假，让他们也有时间回乡扫墓，他自己则开车带着怡江和两个孩子往山上的公墓去。

萧雅生前爱静，去世后墓地也选在公墓最安静的角落里。

雨势不大，但台阶湿滑，怡江和从嘉佑带着两个孩子走了好一会儿才走到。

从嘉茂是自己另外开车来的，已经在墓碑前站了好一会儿，清理了周围的杂物，放上了带来的白色玫瑰。

怡江把带来的整束白花交给从嘉佑，让他摆到墓碑前，然后才叫手里各拿一枝白玫瑰的星辰和大海：“去吧，把花花放在小雅妈妈跟前。”

两个孩子乖乖照做，摆好了花又重新牵她的手，问：“小雅妈妈看得到这些花吗？”

“她会喜欢吗？”

“她会喜欢的。”从嘉茂代她答道，“她生前最喜欢玫瑰和桔梗，什么颜色的都喜欢。”

他蹲下来，把大海和星辰拉到身边，对着墓碑上的照片说：“星辰长大了，大海也回来了，两个孩子都很乖，也被照顾得很好，你可以放心了。”

两个孩子不谙世事，都一派天真无邪地看着他。

他仰头，看了看怡江。

于是她也蹲下来，轻声对墓碑上的人道：“我们之间的约定还在。”

如果她想要的是这样看似圆满的家庭，如今也算是求仁得仁了。

从嘉佑看着他们的互动，像一家人告慰亡者似的，只有他是个局外人，心里莫名感觉很不舒服。

正好大海尿急想上厕所，于是他自告奋勇："我带他去。"

"我也要去。"星辰扑过来。

"让怡江带他们去吧，你一个大男人总不好带女孩去上厕所。"从嘉茂说，"你留下来，我还有话跟你说。"

这时候摆什么大哥的架子啊！从嘉佑冷嗤一声，但还是朝怡江抬了抬下巴："那你带他们去吧，然后就在下面玩一会儿，找个地方躲躲雨，别上来了，路太难走。"

怡江点点头，又看了从嘉茂一眼，带着两个孩子慢慢走远。

半路她跟一行人擦肩而过，都穿着黑色的衣服，抱着黄白相间的花束，看来也是来祭扫的。为首的女人四五十岁年纪，怡江总觉得有些面熟，却又想不起在哪里见过。

"妈妈，快点快点，我要尿裤子了！"

大海催得急，她没来得及细想就走了过去。

从嘉佑还站在原地，问："你不是有话跟我说吗？现在可以说了。"

从嘉茂笑了笑："你跟萧雅认识也不是一天两天了，现在就连这么点时间都不舍得了？"

"跟她有什么关系，不是你有话跟我说吗？"

从嘉茂不说话了，撑着伞默默地看着雨中的墓碑。

从嘉佑感觉这个哥哥这些年越发琢磨不透，跟父母、手足都不能交心，伴侣更是形同陌路，离他记忆中那个聪颖、温和的形象已经越来越远。

他心里记挂着怡江和两个孩子，站了一会儿，见他不打算说什么了，正准备离开，就看旁边过来几个人，为首的女人叫了一声："从嘉茂。"

从嘉茂转过身来，微微向对方鞠躬："林老师，你好，好久不见。"

对方的目光又落在他面前的墓碑上，脸色不太好看："原来萧雅也不在了。"

"去年年中刚走。"

"哼，种瓜得瓜，种豆得豆，她这是自食其果。"

一旁的从嘉佑瞪目："你这话是什么意思？"

死者为大，她怎么可以在逝者的墓地说出这样的话来？

"你又是谁？萧雅的家人？"

“不好意思林老师，他是我弟弟。”

林茱一笑，语气却格外冷：“哦，那他一定还不知道他嫂子都做了些什么好事！”

从嘉佑想再质问，还没开口就被从嘉茂抬手拦了下来：“逝者已矣，现在说这些也没用了。您要的报告在这里，相信结果您已经有所耳闻，告慰您先生时也算有个交代了。”

他从上衣口袋里拿出一个 U 盘递过去，林茱颤抖着手接过去，眼看就要体力不支倒地的样子，身后的少年连忙扶住她。

“我就知道不是空穴来风，老高他生前的怀疑是对的……那不是事故，是人祸！你们夫妻俩也是好本事，她害了那么多人，老高虽然说你也是受害者，你不知情，但你明明猜到了，却一直等到你老婆去世才配合事故调查把这份报告拿出来，你……你……”

她指着从嘉茂说不出话来，从嘉佑拧紧了眉：“你说什么人祸？你们说的到底是什么事？”

“还听不懂吗？”林茱摇摇欲坠，仍不忘申斥，“当年那场辐射事故，是萧雅故意造成的，只不过她没想到会这么严重……我先生跟他们是同一个研究所的同事，受到的辐射最重，已经去世快三年了……”

从嘉佑像挨了当头一棒，本能地想要驳斥她胡说，可话到嘴边却说不出口。

他看到了从嘉茂的冷静，甚至是冷静到漠然，就明白对方说的可能是真的。

一切都是从那场事故之后才开始发生变化的。不爱萧雅的大哥突然跟她结婚，开始还相敬如宾，后来渐行渐远，直到他几年都不再回家，其实就是因为他也起了怀疑的心思，越来越接近真相吧？

中间还卷入了他和怡江，继而借怡江的身体生下两个孩子……

萧雅为了得到从嘉茂的感情，竟然不惜制造一场辐射事故！

所有的事情都串了起来，也只有这样才能解释其中的这些变故。

这是爱吗？这是病吧！

“还以为你今天约我们在这里见面是要来祭奠老高……这样也好，他可以瞑目了，大家以后也可以不再有往来。”林茱握紧了手里的东西，苦涩地念叨着，由后辈们搀扶着离开了。

从嘉佑仍手脚冰凉，站在那里像雕塑似的一动不动。

雨又下大了些，雨丝飘到他的脸上，又湿又凉，他才慢慢回过神来，看向身后的丛嘉茂：“这就是你想跟我说的？”

“怡江觉得有些事还是不让你知道比较好，至少可以保有一点好的回忆。但你毕竟是个男人，姓丛不姓㞞，所以我想你多少还是应该了解一下，万一将来知道得更多，也不会那么突兀。”

还有更多？

他突然觉得心惊：“你们到底还瞒了什么事是我不知道的？”

“不算很多了，但总要靠你自己去发掘一点，不能事事都指望由我来告诉你。怡江这几年过得比你想象中更难，你得多体谅她，她不想说的你就不要逼得太紧。记得随时提醒自己提高警惕，我还没有完全放弃她呢。”

丛嘉茂推了推鼻梁上的眼镜，把手里的伞塞给他，不顾牛毛般的细雨打湿肩头，一派潇洒地沿着台阶往下走。

清明扫墓回来之后，丛嘉佑像变了个人似的，整天心事重重的，还格外安静。

怡江有时感觉到他的目光，回头一看，他又别开眼去，好像不想让她察觉自己在观察她。

但这样太明显了，连星辰和大海都察觉到了，悄悄对她说：“妈妈，你是不是换了新口红呀？我觉得二叔在偷偷看你。”

“是的，是的。”大海点头附和，“他还问了我好多妈妈以前的事，说想多了解妈妈一点。”

怡江十分惊讶：“他问了你什么事呀？”

“就是……我们以前在泰国的事呀，住在哪里，每天吃什么，有没有生过病，生病了怎么办之类的。反正我很多都不记得了，就随便编一点告诉他。”

怡江啼笑皆非：“那他怎么说？”

“他什么都没说啊，就……好像很难过的样子，然后会发发呆。”

怡江叹了口气，去他的房间找他，他却不在。

最近他也不知道在忙什么，早出晚归的，大部分时间泡在外面，回来洗个澡倒头就睡了。公司业务早已终结，又不像已经开始新的工作，不知道他做什么搞得这么辛苦。

想想只有那天扫墓时从嘉茂跟他独处了一会儿，不知道跟他说了些什么。

周日的早晨，星辰和大海不用上幼儿园，怡江好不容易可以睡个懒觉，却有人钻进她的被窝里来闹她。

她一开始以为是两个小朋友，拉紧了被子瓮声瓮气地道：“乖哦，让妈妈再睡一会儿。”

身后的人果然乖乖的，不闹腾也不说话，贴着她躺下来，只有温热的呼吸拂过她的后脖颈。

但习惯使然，没一会儿他就蠢蠢欲动，开始在她的身后蹭啊蹭的。怡江想睡也没法睡了，翻了个身就看到从嘉佑的脸在眼前放大。

“早啊！”

“不早了，快起来，我有东西给你看。”

她看了一眼床头的闹钟，才刚刚八点，再看他身上的穿着……

“你几点回来的？”

“我早上才回来，现在去换套衣服就好。你快点起来，我换好衣服下来我们就出门！”

“不然呢？”

他又使劲蹭了蹭：“不然我就要做坏事！”

怡江仰面躺在床上叹气，自己怎么会以为他转性了呢？

他果然很快便换好衣服下来，怡江才把头发梳好，随手编了好看的辫子垂在一侧的肩膀上，露出白皙的颈部。

他又眼馋，抱着她亲了又亲，被她按住：“别闹了，不是要出门吗？”

楼下传来两个孩子的笑声和从嘉茂说话的声音，他一回来就找老朋友介绍了靠谱的姆妈来，专门照顾两个孩子。怡江轻松了很多，但相应的这个家里的人也越来越多了。

他们明明两情相悦，却连亲昵一点都显得尴尬。

如果有真正属于他们自己的空间，怡江应该也会喜欢的吧？

星辰和大海周末都有兴趣课，从嘉佑正好趁机带怡江出门。

他自己开车，带她往城市的另一个方向走。那边虽然也是近郊，但靠近的不是山而是湖，风景特别秀丽。

“你要带我去哪儿？”怡江很好奇。

“等会儿你就知道了，放心，我不会把你给卖了的。”

街景从车窗外飞快地闪过，跟城市中心不同，这里是令人头晕目眩的一大片高楼。因为原本就是作为公园和景区，道路两旁都是笔直的步道和大片绿荫植被，不同的季节有不同颜色的花潮花汐。

从嘉佑把车停在一个湖边的院落门口，对她道："下车看看。"

怡江从车上下来，这才发觉他们应该是在一片新兴的别墅区，因为景观设计的原因，很好地融入周边的环境。又因为是新区，没有太多人入住，刚才他们一路开车进来，她竟然都没有意识到是进入了住宅区。

院落门前花木扶疏，从嘉佑推开门，拉着她的手走进去。后面居然临水，不远处就是湖泊。

"这是你参与的项目吗？"这是她能想到的他带自己到这儿来的原因。

"是，但我带你来不是因为这个。"

他抬手蒙住她的眼睛："有惊喜，你先别看。"

她有些好笑："不是都说了让你别准备惊喜吗？"

"这次不一样。你别睁眼啊，真的别睁眼。"

他推开门带她进去，房子里还有新装修后的气味，光线很足。他蒙着她的眼睛走了一段，似乎推开了一扇窗户，然后才对她道："现在可以睁开眼睛了。"

满眼葱翠。

怡江惊讶地看着面前的落地玻璃，外面大片的绿色映入眼帘，她一时间反应不过来："这是……这是哪里？"

"什么哪里，傻妞，这是我们以后的家。"他自身后抱着她，"外面的规划和设计有很多人出力，但这栋房子是我一个人的作品，你看看喜不喜欢？如果有哪里不满意的，我可以再改。"

怡江已经震惊得说不出话来，这么大的房子……原来他这几天早出晚归都是在忙这个。

"前段时间还有些东西没弄好，主要就是这个玻璃房，我一直在看图纸，想了各种方案，所以那时还不能让你看。现在都弄好了，虽然没有山房的面积大，但论精巧和新意，我有自信，绝对不会差。"

他又把她拉到另一边，把她按坐在一张沙发靠椅上，用遥控打开头顶的一片玻璃天窗："喏，这个设计我保留了，晚上可以看到星星，这里夜晚没有市中心那么亮，空气也很好。”

他像个献宝的孩子似的，满腔真挚中掺杂着一点小小的得意，让她的心宛如新帆，每个角落都被风吹得满满的。

但她也能看出来，他其实是在极力掩饰一些别的事情。

沙发椅还有余地，她拉着他一起坐下。两个人当然就有点挤了，他正好侧身把她抱在怀里。

“发生什么事了？那天扫墓的时候，你大哥跟你说了什么？”

他的身子果然一僵，却还嘴硬：“干吗这么问？”

“看你这几天有心事闷着不说，我猜来猜去也只有跟他有关的事能让你这么伤神了。”

他不说话了，只更紧地抱住她。

“没关系的，等你想说的时候再告诉我吧！”她拍了拍他的胳膊，“我们也出来挺长时间了，该回去了。”

“你还没说你喜不喜欢这个房子呢。”

“喜欢啊！”怡江笑笑，又四下看了看，“这么漂亮的房子，这么好的环境，我怎么会不喜欢呢？”

“比燕雨山房好吗？”

“傻子。”她摸了摸他的脸，“那是你的家，我喜不喜欢取决于你在不在那里。”

“那我们以后就搬到这里来住好吗？带着星辰和大海，没有其他人，也没有什么乱七八糟的过去，就我们，像一家人那样生活在一起。”

“为什么突然想到搬新房子？”

“因为我们中间隔着好多人和事，我想要一个全新的开始。你以前吃了很多苦，在泰国的日子，你连最糟糕的贫民窟都住过，大海跟我说是那种铁棚，夏天非常闷热，我光想想都觉得难受。可过去的事我已经无能为力，甚至还因此误解你，所以能看得见的将来，我一定要把最好的都摆到你的面前。燕雨山房是我跟我大哥一起设计的，那时我不管是观念还是技法都还很不成熟。但现在这个房子不一样，地方是我选的，从里到外都是我设计的……我不会再为其他人做这样的事，除了你。”

他只想跟她在一起，一心一意，一生一世。

“你真讨厌。”

“嗯？”

“我都快哭了……”怡江抱住他，下巴搭在他的肩上，不让他看见自己红红的眼睛，“我还想自己买房呢。”

“为什么啊？”

“不动产，有安全感。”

“现在T城的房价这么高，你哪来那么多钱买啊？”

“别小瞧人。”怡江吸了吸鼻子，“我们的夜市生意会越来越好的。”

从嘉茂介绍的纪录片制片和导演已经来完成了第一期的拍摄，做好后期就要在各大平台播出了。可以想到，她跟小芒的这个小摊会吸引越来越多的人关注，这就是流量啊，流量变现，那可就是经济价值。

从嘉佑想了想说：“也对，我现在都没工作了，以后谁养谁还不一定呢！所以不动产还是让我来吧，我带资进组，跟你组个团一起过日子。”

怡江红着脸推他一把：“谁要跟你组团过日子！”

他越发贴上来：“你这种老想不负责任，提上裙子就跑的毛病要改一改了。正好我在设计这个房子内部的时候，每个房间都充满幻想，很多姿势想要解锁，你快点满足我！”

怡江充满怀疑：“这才是你带我到这儿来的真正目的吧？”

前一刻还温馨浪漫的气氛都被破坏了啊！

“这是为喜欢的人造的房子，有这种幻想有什么不对吗？”

“你不是说爱是想要触碰又收回手吗？”

“不，现在我认为爱是婚姻，是性，是一大堆孩子！”

怡江的脸都红了：“你不要说得这么直白……”

“没关系，这里又没人听见。我还有更直白的，你要不要听？”

他在她的耳边哈气，她连忙捂住耳朵。

“那我给你看？”

他示意她跟着自己的视线往下……

“啊，辣眼睛！”怡江笑着推开他，从椅子上起身逃走，被他追回来压在落地窗上又揉又吻，两个人缠绵地吻了很久才恋恋不舍地分开。

窗外的鸟儿落在枝头清唱春日暖阳，屋里却只有寂静的回声。

回去时路过 T 城大学，怡江从窗口看出去，隐隐透出些眷恋来："好久没到这里来了，学校大门还是原来的样子……周围的树倒是长高了好多。"

"那既然都来了，就进去逛逛呗。以后咱们搬到新家这边来，你也可以常来，离得很近。"

他们下了车走进校园，从嘉佑很自然地牵起她的手："早就想体验一下在学校里跟喜欢的人手牵手这种感觉了，现在终于实现了。"

怡江觉得好笑："你到底还有多少幻想要实现的，干脆一口气都说出来吧！"

他回头冲她一笑："那可说不上来，要到身临其境的时候才能想到。"

再生动美好的场景，没有合意的人在身边，也只是一块单调的布景板。他还有好多地方想跟她一起去，有好多事想跟她一起经历。来日方长，留待今后慢慢去体会。

T 大校园对怡江来说还是陌生的，毕竟只待了一年，又花了很多时间在校外打工挣钱。隔了多年光景，那些教学楼和篮球场现在看来都已经遥远得不太真实了。

相较之下，从嘉佑对 T 大的感情更深。当年他是学校的风云人物、毕业生代表，出国读了最好的建筑系，就算放到当下也是母校的荣光。

他身上那种少年感，可能就有一部分来自校园。

他们十指紧扣绕着大学走了一圈，象牙塔反而包容度最高也最安全。在这里，谁都不认识他们，抛下这些年背负的东西走在校园的林荫道上，仿佛可以假装他们都还只是学生，最大的烦恼也不过是考试要考个好成绩，拿到奖学金。

"你觉得这里怎么样？"

T 大也有人工湖，面积不大，但周围有绿地，也是学生们散步、约会的好去处。

他们就站在湖边，从嘉佑一边用小石子打水漂，一边问她。

怡江不知道他这么问的用意是什么，是不是要跟他费心准备的水边新居相比？但大学校园她一直挺憧憬的，还是由衷地回答："挺好啊，T 大还是一如既往那么漂亮。"

“那你觉得我到这里工作怎么样？”

怡江一愣：“工作？你是指来当老师吗？”

“嗯，你觉得不好？”

不是不好，只不过……从嘉茂就是博士后之后开始从教，年纪轻轻就已经是顶级学府的终身教授。他本就觉得弟弟是有意无意地在追随他的脚步，甚至连婚姻和感情都蒙上他的阴影。现在从嘉佑放弃事务所，进入大学当老师，会不会又是对他大哥的一次模仿呢？

怡江斟酌了一下，还没想好该怎么说，他却自己开口道：“你放心，我很清楚自己在做什么，这个决定跟我大哥没关系。我其实比他要幸运很多，至少我的女人漂亮、可爱又大方，该他羡慕我才对。”

他们早已有了各自的选择和各自的生活，每个人的选择都有特定的缘由，他不需要替哥哥再承担什么。

他只要做好自己，不再让怡江失望就行。

“既然你已经想好了，那我支持你。”

看来从嘉茂一定跟他说了关于萧雅的一些事，他消化了一阵，终于还是接受了，没有想象中那么困难。

从嘉茂说得对，她也该学着信任身边的人。

他的嘴角漾开笑意：“那我以后当了老师，你来学校听我的课吧！”

“那得看你教什么，我不一定能听得懂。”

“听不懂也没关系啊，我就是想享受一下师生恋什么的。”

“……”

他的恶趣味还真是永无止境呢……

两个人说说笑笑回到家里，时间掐得刚刚好，两个孩子的兴趣课刚结束没多久，正在院子里跟小熊玩飞盘。看见他们回来，孩子们扑过来：“妈妈、二叔，你们到哪里去了？”

“是不是悄悄溜出去玩啦？”

“那叫约会！”

两个小家伙叽叽喳喳，有种不老实交代就不肯善罢甘休的意思。幸好从嘉佑早有准备，拿出半路买的新鲜布丁，轻咳一声：“快看这是给哪个乖宝宝的？”

大海和星辰抢过纸袋就往屋里跑：“有布丁，我们去叫苏老师下来一起吃。”

“咦？苏老师还没走吗？”怡江有些疑惑，回来没见到人，她还以为苏喜乐已经走了呢。

“刚刚还在跟爸爸说话。”星辰已经揭开了一瓶布丁的纸盖，用小勺指了指楼上。

怡江抬头，正好看到苏喜乐下楼来。

她穿了一件很韩范的针织外套，梳蓬松的丸子头，乍一看像大学校园里随处可见的女学生。

“苏老师，我们买了小点心，跟星辰他们一起吃完再走吧！”

他们都知道苏喜乐是个小吃货，用吃的东西诱惑她总错不了。孩子们也很希望她能在家里多留一会儿，所以他们刚才买东西的时候就把她的那份也算了进去。

没想到今天苏喜乐却没有被食物打动，勉强挤出一个笑容说：“谢谢，但我还有点事，今天就先回去了。”

怡江打量她：“你没事吧，脸色怎么这么差？”

她欲言又止，楼梯口传来丛嘉茂的声音：“你们回来了？难得周末大家都在，不如我们中午出去吃？”

苏喜乐的肩膀倏地绷紧，又朝怡江笑了笑：“那个……我就先不打扰了，星辰今天学了新的指法，麻烦你督促她多练习。”

“好，我想……”

话还没说完，她已经低下头，步履匆匆地往门外去了。

怡江狐疑地扭头看了丛嘉茂一眼：“发生什么事了吗？苏老师怎么有点怪怪的？”

丛嘉茂笑得温和如水：“今天看她给星辰上课引入了巴赫的复调练习，我觉得有点早，下课就跟她聊了聊，可能话说重了，惹她不高兴了。”

毕竟是二十岁出头的小姑娘，脸皮薄经不起说也是可以理解的。况且她之前跟他们也都相处得很融洽，从没产生过龃龉，怡江本来可以不当一回事的。

但近来通过对丛嘉茂的了解，让她感觉这是一个心有七窍、思虑比海深的男人，你永远猜不透他藏了什么招，所以她心里还是存了些疑问。

再说苏老师毕竟还是星辰和大海的幼儿园班主任，一般家长都是要捧着哄着老师的，万一把人给得罪了，对两个孩子也不好。

怡江用家里的面包机做了些肉松和猪肉脯，又用低筋粉混黑米粉做了鸡蛋卷，都是些易储存又好吃的小点心，分门别类用乐扣的盒子装好，趁着去接星辰、大海放学的时候给苏喜乐送了过去。

两个孩子仍是留到晚托时间，怡江一进去就有个小小的身影冲进她怀里："姨姨！"

"小美？你回来了？"怡江惊喜地搂住她，捧着小脸看了又看，"好像晒黑了哦，也长高了，最近有没有乖乖吃饭？"

小美乖巧地点了点头。

"你妈妈呢？"怡江带了点小心地问，"有没有跟你一起回来？"

小美眼里的神采果然霎时就黯淡下去，垂下眼睑说："没有，妈妈没回来。"

"那她留在泰国了？"

"不知道，爸爸不让我问。我听到他跟其他叔叔说，妈妈死了……姨姨，我妈妈肯定没死对不对？"

怡江的第一反应是责怪伍哥，又在孩子面前说这种气话。但她看着小美的神情，不知怎么的，从脚底升起一股不祥的凉意，直蹿到背上来。

星辰和大海背着小书包跑出来，苏喜乐跟在后面。她今天穿了件白色荷叶边衬衫和一条高腰长裤，外搭一件长款的西装背心，难得穿得这么郑重，仿佛等会儿要去见什么人。

怡江回过神，把手里的东西交给她："苏老师，我自己在家做了些点点心，给你带了一些，你留着慢慢吃。"

"不不，不用麻烦了，我……我自己会买的。"

"没关系，一锅出炉就是这么多，小朋友也吃不了，独乐乐不如众乐乐嘛！"

苏喜乐露出有些为难的神情。

怡江心里的那点疑问在扩大。

孩子们进入这个私立幼儿园之前，她也看过很多给老师送礼的段子和传闻。但真到了苏喜乐班上，孩子们的家庭虽然都非富则贵，但怡江跟江迟迟和其他妈妈们一番交流下来，得知她是从来不收这种礼物的，对孩子们也都一视同仁。

顶多也就是像他们之前那样，家里烤的小点心、小零食会给她送一些。苏老师身材窈窕，却是个小吃货，大家都摸清了这一点，逢年过节或者家访的时候当个心意还是必要的，她倒也不会拒人于千里之外。

尤其是她跟从家好像有种特别的亲近感，从来没出现过这种好像很为难的样子。

怡江吃不准是不是那天从嘉茂真的说了什么得罪她的话，于是说："苏老师，那天你来上课我不在，是不是在沟通上出了什么问题？孩子爸爸之前大部分时间不在国内，对孩子们的教育可能比较关注，如果说了什么让你不舒服的话，一定也不是故意的，我代他向你道歉。"

"不，你误会了，他没说什么，是……是我的问题。"她的耳根都红了，垂下眼睑沉默了一会儿才说，"其实我刚递交了辞职信，这个学期结束，我应该就会离开幼儿园，不再当星辰他们的班主任了。"

辞职？！

这可真是令怡江始料未及，那孩子们的钢琴课呢，她也不上了吗？

苏喜乐说："我已经联系了我以前的一个学姐，她中学毕业后考了音乐学院，专门教小朋友弹琴，经验很丰富，一定能教好星辰的。"

再问原因，她就不肯多说了，只说自己妈妈身体不好，想回去找一份工作，离妈妈近一点，也方便照顾妈妈。

原来她也是单亲家庭，一直跟妈妈相依为命地生活。

人各有志，怡江虽然觉得有些蹊跷，却也不好再多说什么。

她接了星辰和大海回家，看小美孤零零的一个人还没人来接，就问她："最近都是谁来接你呀，爸爸吗？"

她摇头："爸爸最近老是喝酒，喝得醉醺醺的，都是阿华叔叔、阿标叔叔来接我。"

阿华和阿标都是梁伍身边最得力的保镖。

怡江皱了皱眉头，大海已经拉起小美的手："那你跟我们先回去吧，等下再叫梁叔叔派人来接你。"

怡江也觉得这样可行，想先打梁伍的电话跟他说一声，然而电话一直"嘟嘟"响，就是没人接听。

苏喜乐说："没关系的，你先接小美回去，待会儿接她的人来了我跟他们说，再让他们到你家去接。”

这样是最好的，总比让小美一个人在幼儿园孤零零地等着要好。

怡江带着三个孩子上了车，看到身后的苏喜乐送他们出来，微笑着朝他们挥手，想到她辞职后就再也见不到了，心里莫名有点难过和不舍。

从嘉佑回家一看到小美就忍不住揶揄：“怎么又是你啊，又到我家来蹭饭、蹭住了？”

小美气得挥了挥小拳头：“我才不是蹭呢，我爸爸会给钱的！”

“在哪儿啊，之前的都没给过。”

怡江拧着他的耳朵把他拉到一旁：“别胡说了，伍哥跟辛欣还没和好呢，最近都没精力管她，孩子怪可怜的。”

“我知道，我就逗逗她嘛……”

梁伍可真是没用，都这么长时间了还没搞定老婆，看他们之前闹得那么僵，不会真的破镜难圆了吧？

那他回来岂不是又要跟自己抢怡江？

从嘉佑脑子里的警惕指数一下上升了好几级。

本来自家大哥就已经够麻烦了，现在又来个梁伍，这可真是前有追兵后有堵截，光搬出去都还不够，得想个什么法子才能百分之百保证怡江是他的呢？

一直到吃过晚饭，梁伍都没派人来接小美。怡江跟苏喜乐通过电话，她说梁伍的保镖之前来过了，听说小美被接去了从家后就打了电话请示梁伍，梁伍的意思好像是说晚点自己会来接女儿。

然而直到小朋友们都玩累了、困了，他也没有出现。

小美倒也懂事，反正已经不是第一次在这里住下了，困了就跟星辰他们一起洗澡，换上星辰的睡衣，由姆妈哄着睡着了。

怡江又给梁伍打电话，可还是没人接。

一抬头，她发现从嘉佑正盯着自己打电话。

今晚他就一直在关注她，一见她拿起手机就连忙竖起耳朵听。

“你这么看着我干吗？”

“这话应该是我问你吧。”怡江觉得好笑，“你一整晚都在偷听我讲电话，就这么怕我跟伍哥通电话？”

“谁怕了，我才不怕呢！”他一扬下巴，“我是担心他来晚了会耽误小朋友们睡觉，现在既然他们都已经睡了……”

“也就无所谓了”这几个字还没说出口，怡江的手机就响了。他果然又如临大敌地贴过来，幸好电话是袁小芒打来的。

今晚怡江本来应该是要去夜市摊帮忙的，看时间也差不多了。

“喂，小芒，我马上就出门了。”

“不是，不是，我不是催你来夜市……啊，不对，不对，你还是快来吧，伍哥跑这儿来了！”

怡江一愣：“他到夜市去了？”

“是啊，喝得烂醉，站都站不稳，我这会儿让他趴在对面的小店里了。今天天气好，摊子上人特别多，我怕顾不上他，你快来帮帮我！”

怡江挂断电话，抓起外套就要出门。

从嘉佑道：“我跟你一起去。”

梁伍是真喝醉了，趴在小芒他们夜市摊对面的小面馆的桌上不省人事，嘴里还喃喃叫着辛欣的名字。

怡江没法视而不见，幸亏从嘉佑跟她一道来了，就让他把梁伍给半背半拖地扛了出去。

在夜市门口碰到了正在寻他的阿华和阿标，他们俩见状，连忙把人接过去，再塞进车子里。

怡江趁机问他们：“伍哥怎么跑这儿来了？他最近经常喝成这样吗？”

“是的，他也不让我们跟，我们实在是不放心。”

“是因为辛欣的事吗？她到底怎么了？”

两个大汉对视一眼，低下头：“对不起许小姐，伍哥不让我们说起这事。”

死是最忌讳的字眼，是绝望，是前尘往事都一笔勾销，但只要不提，似乎就还有希望。

怡江心里大概已经有数了，此刻却难过得半晌都发不出声音来，过了好一会儿才说：“那你们好好照顾他，小美在我那里，明天我会送她去幼儿园，晚上你们准点去接她就行。”

阿华和阿标点点头，这才开车载着酒醉的梁伍离开。

怡江跟从嘉佑回到家里，两个人前后脚进门，从嘉佑把车钥匙随手一扔转身就上了楼，话也没跟她说一句。

怡江心里想着辛欣的事，没顾得上留意他的情绪，轻手轻脚地去孩子们的房间看了一眼，然后快速冲了个澡就回到阁楼去睡了。

她辗转反侧，怎么都睡不踏实，只好坐起来，走到外面的露台去吹风。

一阵烟味飘上来，她这个露台就在从嘉佑房间窗户的正上方，这个时候肯定只有他抽烟才会有烟味飘上来。

他平时几乎从不抽烟的，今天这是怎么了？

她下楼去，发现他房间的门虚掩着，于是推门进去："你怎么还没睡？"

从嘉佑这才摁灭了手里的烟，其实他一口也没抽，就想看看是不是要等他把这包烟都点完了才能引起她的注意。

今晚他是背痛腰也痛，还想着跟她撒撒娇呢，结果回来时车里安静得可怕，她一句话也不说，最后像是倦极了，脑袋抵着车窗玻璃竟像是睡了过去。

梁伍不过是喝醉酒了，难道她就那么在意？

怡江看他不吭声，轻轻地关上房门，走到他身后，两只手绕到他的身前抱住他的腰："今天辛苦你了，多亏了有你帮忙。"

奓了一身的毛，被她这么一句话就给捋顺了。

从嘉佑一边在心里暗骂自己这点儿出息，一边哼了一声："知道我辛苦就好。"

"有哪里酸痛或是不舒服吗？我帮你揉揉。"

按摩吗？！他立马脱了衣服往床上一趴："来吧，我全身都疼！"说完又抬手一指，"抽屉里有人家送的精油，正好派上用场。"

怡江扯过薄毯盖在他的身上，又拿来精油倒进手心里揉开。刚碰到他的后背，他就全身一紧，把油推开后才渐渐放松下来。

"这力道可以吗？舒不舒服？"

怡江骑在他的身上给他按，她的双手因为干活和练拳，力量很足，不像一般女孩那样娇软无力，按得他真是筋骨舒泰。

他忍着舒服，只"嗯"一声，就是不说好。

怡江也就不说话了，只是默默地在他身上揉按着。

他早已习惯两个人在一起时说说笑笑，不喜欢这种过于安静的氛围，又因为趴着看不到她脸上的表情，猜不透她在想什么，心思似乎只能跟着她的手走。

只要他舒服地呻吟一声，她就会在那个地方多按几下。

她给他彻底按摩按舒服了，才说："你这乱吃醋的毛病什么时候能断根？我跟伍哥要是真有点什么还能带上你去？他已经够可怜了，你就别火上浇油了。"

"他有什么可怜的，追不回前妻吗？"

怡江顿了顿："辛欣……可能不在了。"

从嘉佑刚穿了一半衣服，闻言僵住："不在了是什么意思，死了？"

"嗯。"怡江的眼眶发热，"具体还不知道是怎么回事，但我听小美和伍哥身边人说的话，大概就是……"

从嘉佑还真没想过这种可能性，难怪今晚看她的情绪格外低落，原来不是担心梁伍，是为好友突如其来的死讯感到悲痛。

"他们俩到底是怎么闹到这一步的？"

"他们俩本来就不是一个世界的人，伍哥怀疑辛欣的心不在他身上，后来他一个出生入死的好兄弟又差点因为辛欣而死在拳台上……其实都是阴错阳差的误会。辛欣肯嫁给他，孩子都为他生了，怎么可能还有其他心思？"

这番话让从嘉佑想起辛欣从燕雨山房离开的那天，怡江几乎哭到崩溃，一半是同情，一半是联想到自己将来怕是也逃不脱相似的命运。

他不由得郑重起来，把她拉到怀里抱住，下巴抵着她的头顶："事情还没弄清楚，别胡思乱想。我看她应该是那种福大命大的女人，说不定这会儿正在别处逍遥自在呢！"

"我倒希望是这样，虚惊一场，最好。"

"嗯。我也不是真吃他的醋，就是看你闷闷不乐的……以后你有什么心事不要闷在心里，记得要跟我说。"

怡江靠在他的胸口说："好。"

这么一说他也有点同情梁伍了，设身处地想想，假如这样的事发生在他的身上，肯定也是天天借酒浇愁，醉生梦死。哪怕有一刻的清醒，也一定是痛不欲生吧？

他不让怡江回房间一个人待着，抱着她在自己的房间里睡了一夜。第二天一大早，魏绍远就打电话来约他见面。怡江还奇怪他们俩见了面聊些什么，他却只说是男人之间的事，就出门去了。

怡江送几个孩子去了幼儿园，又去了趟超市，买了好些食材和拍照布景的道具回来。夜市摊上用的火腿和肉肠都是她自己做的，大受欢迎，美食纪录片里也特别提到。小芒说这是点睛之笔，怕纪录片播出之后会供不应求，就请她再多做一些。

她把做食物的过程拍成视频，成品拍成照片上传，意外地收到不少好评。早晨给两个孩子变着花样做的早餐，她也摆出各种造型，拍ins风的照片教想学的妈妈们做。

她琢磨着这或许也可以成为另一门生意，就想再多努力摸索一下。

她才刚踏进家门，就发现梁伍来了，带着宿醉后的憔悴，眼睛里遍布血丝，胡楂也没有清理，落魄得不像她之前认识的那个人。

他不知来了多久，家里只有从嘉茂招呼他。

从嘉茂一身书卷气，竟然跟梁伍这样的江湖大佬也能聊得投机。看到怡江回来，他起身道："伍哥是为了小美在这里留宿特意来道谢的，我已经跟他说了不用这样客气，几个孩子本来也是好朋友，欢迎小美随时过来玩。"

怡江勉力笑了笑："嗯，是啊！"

"你们聊吧，我还有个电话会议，先失陪了。"

见他转身上了楼，怡江才对梁伍道："你酒醒了吗？我们出去走走。"

梁伍知道她是有意避开从嘉茂，没有提出异议，就跟着她出了门。

他们步行到山道尽头的那家糖水铺，这个时间铺子里的客人不多，他们在角落的桌子旁边坐下，怡江点了一份双皮奶，又给梁伍要了一份陈皮绿豆沙。

还是辛欣告诉她梁伍不喜欢这些黏黏糊糊的甜食，唯一肯赏脸的就是绿豆沙。那天在山房碰面，她也是把自己那碗让出来给他的。

她心里始终记挂着他的一切，这不是爱又是什么？

梁伍果真尝了一口甜汤就感到苦涩，问她："当初在泰国让你带着孩子离开的就是从嘉茂吧？孩子名义上的父亲？"

怡江点点头："别说我了，说说你的事吧。你知道昨天你醉成什么样吗？"

"嗯，谢谢你帮我照顾小美，以后我会注意的。"

“你这显然是借酒浇愁啊，是因为辛欣的事吗？你跟她到底是怎么回事？小美说她死了，她怎么会死的呢？之前还是好好的呀！”

梁伍的眼睛更红了：“你都听说了？”

“我什么都没听说，没有人告诉我是怎么一回事，你身边的人连提都不敢提。伍哥，我跟你们也算是朋友一场对不对？要是有什么事……有什么事你说出来，我们一起想办法。”

他缓缓摇头：“是我对不起她，逼得她太狠。她到公海找我，在海上遇到事故……船沉了。”

其实有什么是不可原谅、不能开诚布公来谈的呢？他明明就一直爱着她，一天都没有中断过。

怡江听他讲完事情的经过，心也跟着一沉：“没有找到尸体？”

梁伍摇头。

“辛欣的水性很好的，也许她事先就跳船逃生了呢？说不定她还活着？”

她不信梁伍说他没怀揣着这样的侥幸心理，因为这个世界上最不愿意承认辛欣死了这个事实的人就是他了。

果然，梁伍沉默了一阵后说：“你说得对，活要见人，死要见尸。我不相信她就这么死了，只要她还活着，我就一定能把她找回来。”

他不相信她连孩子都不要了。

怡江点点头，这样才对。

分别的时候，梁伍说：“你最近如果有麻烦，记得来找我，不要自己逞强。”

怡江因为辛欣的事心有戚戚，也没有太在意他为什么会这么说。

不久后，那部美食纪录片在视频平台播出，好评如潮，怡江和小芒的夜市摊生意果然一下子火爆无比。很多看过纪录片的人慕名而来，才两个小时她们就卖光了摊子上所有的水果和小吃。

小芒忙得恨不得生出三头六臂：“受不了啦，这回宁可少赚点我也要雇人来帮忙啦！”

但说归说，每晚客流仍源源不断，人却不是一眨眼工夫就能招得到的。

怡江只能每晚都过去帮忙，本来她跟小芒就都属于颜值高的年轻姑娘，纪录片里也有所反映，因此两个人一凑齐，闻风而至的吃客就更多了。

这种状况下从嘉佑当然不放心，于是每晚都开车送她去。开始他还会在车上等一等，后来看她累得连手臂都抬不起来，又心疼得不行，架子就端不住了，只能陪着她进去。

摊子面前那叫一个人声鼎沸，每个人都忙得脚不沾地，连脑瘫的小果弟弟都在帮忙，他又怎么好意思干站在那里呢？最后只能臭着脸给拿现金消费的客人找零，又拿个小本子记队伍后面的人要点什么，及时给怡江她们反馈，好节约时间。

点评网上对这个网红夜市摊的评价都挺好的，诸如——

“水果是正宗泰国进口的”“手抓饼里的水果超多超大”“咸味的吐司包也很美味，手工肉肠好吃到想打包带走”“两个老板娘都好漂亮、好可爱”“就是帮忙下单的雇工脸太臭，好像谁欠他八百万似的”“本来还以为他是其中哪个老板娘的老公，幸好不是”……

从嘉佑脸都气歪了：“没人欠我八百万，袁小芒也就欠我一百万而已！什么叫幸好不是？我要是你老公，我才不舍得让你这么辛苦！”

怡江十分好笑：“不要这么在意嘛，这几天你能来帮忙，我真的很高兴。”

“哼，明天我不去了，你也不准去，我们撤资！”

“小芒今天还跟我说要商量一下扩大规模的事，她想盘个铺子下来做，这时候说什么撤资……”

“她不是有融资的渠道吗？钱不是问题。”

“你连这都知道，是她跟你说的？”

“我跟她家里那个人聊了几句。”从嘉佑解释道，“你们可能不清楚数据科学家是个什么样的存在，其实他的能量大着呢，现在是游龙困浅滩，袁小芒没意识到自己捡了个宝而已。”

“我明白。”怡江迟疑了一下，“可我还是有点放不下，我想继续这份工作。”

虽然她也知道自己有两个孩子要照顾，这样每晚高强度的工作持续不了太长时间。可自我价值的实现还是要依托一份事业，就算做不了白领精英，拥有这样一份市井烟火中的满足也好。

“你做菜、做点心的视频呢？那也是工作啊，流量是可以变现的。”

“你怎么知道那些……你看了？”

从嘉佑扭过头轻咳一声："也就随便看了一下，因为总是给我推送嘛！"

怡江抿着嘴笑，承认在背后关注她有这么难吗？

他拿出一份文件放到她面前："看看这个。"

"这是什么？"怡江拿起来粗读了一遍，"这个公司名好熟……"

"魏绍远的公司，他也是互联网企业，专门做网红生意。我们聊过你的情况，这份合同是他邀约你到他们旗下的平台做直播，他们会适当地给你引导流量，会比你之前那种野生状态更系统化。"

怡江有点惊讶："你那天跟他出去就是谈这个？"

"是啊，都说了短期内说不定会是你养家，我当然要支持你了。"他半开玩笑地说，"反正你也知道，我就喜欢签合同。"

条款清晰，条件诱人，把她绑得牢牢的。

怡江很感动，毕竟她还没有想得那么长远，他却已经替她想到了，而且一改过去那种豪门大户眼高于顶的态度，给她尊重，也给她支持。

"袁小芒那边，因为近期情况特殊，你要是还想帮忙就再帮一段日子。做朋友要讲义气，这个我懂，但也别把自己给累坏了。她要扩大规模，迟早是要请人来做的，到时你就可以抽身了。早期投进去的钱你可以继续拿分红，等她赚够了再还你也是一样的。我……"

话还没说完，怡江突然搂住他的脖子紧紧地抱住他："别说了，我都知道。"

他其实一直都是为她着想，也为他们俩的将来努力着。

从嘉佑似乎还不太适应她的主动，每次面上挺坦然的，可心里都有点受宠若惊的小激动。

他摸了摸怡江的脑袋，最近她的头发似乎又长了一些，垂下来时捻在手里像缎子一样光滑。

他想起他们重逢时她的头发只胡乱地绾在脑后，没有光泽，甚至还能看到一两根白发。

她明明还那么年轻，却吃了那么多苦。他说过的，她的过去有很多身不由己，他不能干预，但她的当下和未来，他愿意付出此生所有的努力来爱惜和守护。

"等你没那么忙了我们再出去旅行吧？带着星辰和大海，我有好多想看的建筑，大海画画挺有天赋的，星辰喜欢音乐，艺术都有共通性，也让他们跟着体验一下。”

如果从嘉茂这里真成了死结，他就跟她带着两个孩子离开。在路上，也是另一种人生华章。

怡江点头：“好，我们一起去。”

第十章 爱是最珍贵的纪念

Love

Why doesn't she tell me?

怡江怎么也没有想到，会在这个时候接到妈妈的电话。

自从她考上T大离开家，母女之间联系的次数便屈指可数。她的淡漠是由绝望催生出来的，而母亲只有在用得上她的时候才会打电话来，抱怨家里的情况又怎么不好，继父的工程又遇到了什么困难。

这回也不例外。妈妈一开始还带了点兴奋和欢喜的语气：“我看了那个纪录片，没想到你脑子挺活络啊，夜市生意挺好吧？一个月赚多少啊？”

怡江当然不会告诉她，只问：“你有什么事？”

“我要找你爸……”

“我爸已经去世好久了，我现在没爸。”

“就是你赵叔叔。”电话那头的人开始变得焦躁起来，“你说你横什么？要不是上回你把他给吓怕了，他有事都不敢去找你，也不跟我商量，现在怎么会去找别的女人？”

怡江冷笑道：“那我应该怎样？让他打，给他钱，最好再跟他睡，好帮你看住你的男人？”

“许怡江！”她妈恼羞成怒，“别以为翅膀硬了就了不起，我要不点头，你连嫁人都别想！”

“我嫁给谁？光脚的不怕穿鞋的，你现在又不怕丢人了？那你和那个王八蛋以前是怎么对我的，倒是拿出来说说看啊！”

“你……你个白眼狼……”

“还有事吗？没事我挂了。”

怡江挂断电话，心潮却久久难平，胸口起伏着，感觉呼吸都困难了。

夜市摊的东西又提前就卖光了，小芒看着支付宝的进账乐得合不拢嘴。突然看到怡江一脸惨白，吓了一跳："你怎么了？是不是累着了？今天你家护花使者没来，等会儿我送你回去啊！"

"没事……我去趟洗手间。"

天渐渐热起来，她掬起一捧水洗了把脸，才渐渐恢复平静。

她从洗手间走出来，阴影里突然蹿出来一个人。她本来就因为妈妈那通电话心里绷紧了弦，被这一吓本能地往后一仰，差点挥拳过去。

"许小姐，是我，苏喜乐。"

"苏老师？"昏暗的路灯灯光下，她总算看清了站在对面的人是苏喜乐，"你的脸怎么了？"

苏喜乐的脸颊红肿，嘴角破烂，还带着新鲜的血渍。

怡江根据自己的经验，一看就知道是被人打的。

"出什么事了，谁打你？"

苏喜乐倔强地忍住眼眶里的泪水："我能不能跟你聊几句？"

"当然可以，你稍等我一下。"

反正夜市已经结束了，她匆匆跟小芒说了一声，就来找苏喜乐。

这才发现她一直在瑟瑟发抖。

"没事了，别害怕，我们上车再说。"

怡江抱住她的肩膀轻声安慰，外面马路边停着丛嘉佑的车，看到她们俩一起出来也有点意外："苏老师，你怎么会在这里？你的脸怎么了？发生什么事了？"

怡江朝他使了个眼色，示意他别问了。

丛嘉佑把车开回了燕雨山房，苏喜乐一路上都没怎么说话，两只手放在膝盖上紧紧地攥着裙子，却在看到车窗外那条山道时变得坐立不安起来。

"别怕，这里很安全的。"怡江宽慰她，"而且你的脸这样，也需要处理一下。"

"你是怕我大哥有意见？"丛嘉佑似乎也看出些端倪来，"不管你们之前有什么不愉快，你都是星辰和大海的老师，遇到麻烦我们是不会袖手旁观的。"

"谢谢……"苏喜乐哽咽了，"其实是我不好。"

从嘉茂还没睡，看到苏喜乐跟着怡江他们回来，微微一愣，却没说什么，起身让出客厅的沙发，让她坐下。

他看到她脸上的伤，又瞥了从嘉佑和怡江一眼，但显然他们也不清楚发生了什么事，他也就没问，去冰箱里取来冰袋，往她脸上贴。

苏喜乐一凛，往后缩了缩。他却说："别动，冷敷一下才能尽快消肿。"

他的口吻不容置喙，动作却很轻柔，冰袋外套了干净的布袋，即使贴到皮肤上也不会太刺激。

他又拿了碘酊来，仔细地给她嘴角的伤口上药。

怡江和从嘉佑默默对视了一眼，心中满是疑惑。

从嘉茂处理完苏喜乐的伤，又给她倒了杯茶："我刚泡的安神茶，你喝一点冷静一下。有什么要说的，今天就一道说出来，没关系。"

苏喜乐握着那杯茶，被热腾腾的水汽蒸得几乎睁不开眼。

从嘉茂安安静静地坐在一旁，似乎笃定会有这么一刻。

怡江和从嘉佑有些不明所以，都看向苏喜乐，不知道她有什么话要在今天跟他们说的。

"对不起……"她一开口声音就像是被砂纸打磨过，"我不想骗你们的，可是我确实已经这么做了。今天对我动手的人是赵成康，他……他是我的爸爸。"

怡江压根儿没想到会从她嘴里听到这个名字，脑子里"嗡"的一下，耳朵里像有什么东西在飞，搅得她的意识都出现了短暂的空白。

从嘉佑也蒙了："你在说什么？他姓赵，你姓苏……"

"在我很小的时候，他就跟我妈妈离婚了。我从小跟着妈妈生活，也就随了妈妈的姓。"眼泪终于落了下来，她飞快地抬手擦掉，"我妈妈不想给我灌输仇恨，从来不在我的面前说他的不是，所以我一直认为他如果在我身边也会是个好爸爸。我知道他后来再婚了，那户人家也有个女儿，比我大一些，他们一直生活在一起……"

怡江听懂了，一个字一个字地慢慢道："原来你早就认识我？"

"嗯，我高考的时候去找过他，想让他资助我一点钱读音乐学院，被他一口拒绝了。他说他也没钱，钱都在现在的太太手里存着，还要供你上大学。我知道你考的是T大，后来毕业就也来了T城，我想看看抢了我爸爸的人是什么样子，究竟比我好在哪里……可那时你其实已经不在国内了，我最后的线索就是丛家的燕雨山房，以及突然多出来的一个孩子。”

“所以你就留在T城当老师，伺机接近怡江？”丛嘉佑已然大怒，“你处心积虑这么久，还有什么可怕的计划准备实施？”

苏喜乐拼命摇头：“没有，没有，我没想伤害任何人。我只是……我只是好奇，我想找回爸爸，想他对养女那样对我好。可我其实想错了，上回在幼儿园门口看到他那样对许小姐，我就知道，我一直以来都想错了。”

不提那次还好，一提起来丛嘉佑就气极：“我就说那个人渣怎么这么快就查到怡江和两个孩子的下落，是你告诉他的吧？你一直都在暗中跟他联络，把我们的生活轨迹全都告诉了他！你知不知道这样会害死怡江的，还有星辰和大海……”

有些话哽在喉咙里，是仅凭想象都让他无法承受的痛楚。

他知道被身边人背叛是什么样的感觉，怡江这样信任她、尊重她，到头来却发现自己早已被出卖，肯定失望至极。

苏喜乐摇头：“我后来就没告诉过他了……之前是他主动联系我，说我也在T城，问我知不知道在哪里可以找到怡江。他说你跟家里失联很久了，他和你妈妈都十分担心你，想跟你聚聚……我承认我有私心，我不想让他失望，才让他在幼儿园门口等。我没想到会发生那样的事，对不起……”

事情都过去好几个月了，至今回想起来，她仍心有余悸。

她怎么会想到亲生父亲是那种在社会新闻里才能看到的残暴嘴脸呢？后来在警察局隐约听到袁小芒跟警察提起他还曾有意侵犯许怡江，她就像数九寒天里被人当头泼了一身冷水，浑身都冷透了。

她这才知道原来这么些年，怡江并没有偷走她缺失的父爱，相反，倒是替她承受了许多无法想象的痛苦和压力。

丛嘉佑看向身旁的怡江，她还算平静，目光始终落在苏喜乐的身上，问她：“你辞掉幼儿园的工作，还有今天脸上的伤，也都跟他有关吗？”

她没有立刻回答，一旁的丛嘉茂接话道：“辞职的事是我的主意。了解到她跟怡江继父的这层关系之后，我认为她不适宜再密切接触丛家的任何一个人。何况这对她和她妈妈也是一种保护。”

“你早就知道这件事，为什么不直接告诉我们？”丛嘉佑问。

“请苏老师来家里教钢琴是我的主意，我当然要负责了。至于之前，这种调查本来应该是由你去做的，我还以为你早就知道，只是无所谓呢！”

“你这是讽刺我对孩子的监护不够到位吗？”

从嘉茂笑了笑：“不，说到底还是我的过失，星辰和大海毕竟是我的孩子。”

不知怎么的，这句话比其他任何一句话对他的打击都更沉重。

怡江似乎没把他们的争执听进去。她想到今晚妈妈打来的那通电话，说什么赵成康遇到麻烦去找其他女人，八成是找上了前妻和前妻的女儿。毕竟他已经知道苏喜乐工作的地点，这么长时间接触下来，对她既有的生活轨迹肯定也摸得一清二楚。假如他忌惮自己这边有从嘉佑和梁伍这样的人撑腰，那的确是很容易掉头去吸亲生女儿的血的。

结果如何，今天苏喜乐脸上的伤就已经很能说明问题了。

剪不断，理还乱，她本以为能跟过去彻底做个了断，可事实上哪有那么容易？眼前这一团乱麻也让她有点迷茫，不知该如何是好。

“我今天来找你，是想提醒你躲一躲。”苏喜乐终于收起眼泪，对怡江道，“我爸他最近生了病，急着用钱，整个人更加喜怒无常，我怕他会有鱼死网破的想法，我的话……他听不进去。”

“所以他才对你动手？”

苏喜乐又垂下头。这是让她觉得最痛也最难受的，仿佛印证了她之前所有不好的预感，然后由本人亲手打破她这么多年来对父亲的孺慕之思。

脸上的伤会痊愈，心里缺失的那一块反而塌陷得更厉害，也许永远都补不上了。

“我明白了。”

怡江站起来，没再说别的，径直往楼上的房间走。

从嘉佑有点担心她，看了看在座的另外两个人，也跟着她上楼去了。

从嘉茂盯着苏喜乐脸上的伤，抽走她握在手中的冰袋，换自己的手指贴在她冰的脸上，蛊惑般地说：“看来你今晚只能留下了，要不要到我的房间来坐坐？”

怡江收拾了干净衣物进入浴室，从嘉佑硬挤进来，反手锁上门。

“别闹了，我只想好好洗个澡。”

“没闹，我陪你一起洗。”

这还是他房间的浴室呢，她怕晚上在孩子那边洗澡会吵醒他们，他特地借给她用的，总要收点“利息”吧。

怡江只能由着他去。

脱了衣服，两个人赤诚相见。他知道她心里压着事，真的就没闹她，贴心地帮她把落下的碎发别进发髻才打开莲蓬头。“哗哗”的水幕下，他把香皂擦在浴花上，揉出丰富的泡沫，然后往她的身上抹。

她的身体是光滑的蜜色，一团团白腻的泡沫抹上去，像蜂蜜蛋糕上的奶油，无比诱人。

他似乎觉得那浴花不好用了，直接上手抹，掌心的弧度和温度都跟随她身体的曲线走。不肖一个来回，双手也变得不够用了，于是又换了自己的身体，把所有泡沫抹在自己身上，然后抱着她慢慢推匀。

“苏喜乐的话你听进去了也别太担心，有我在，不会让他再伤害你。”

“嗯，其实就算躲，我也不知道该躲到哪里去。”

她从老家躲到T城，又从T城躲到泰国，可最后还是被他找到了。

从嘉佑低头看她一眼：“你忘了，我们还有一个新家。我们可以带着星辰和大海搬到那边去住。”

“那苏老师怎么办？”

“你还叫她苏老师？她处心积虑这么久，上回还害你被那个人渣打，谁知道还会做出什么出格的事情来！”

怡江摇摇头：“她其实没做什么。你忘了？早在她成为星辰他们的老师以前，那个人就找到我的住处了。就算她不说，今天那个人看到纪录片也能按图索骥找到夜市来，早一步晚一步没什么差别。”

从嘉佑哼了一声：“这么说，我还得感谢她了？”

她推开他作乱的手，转身改为为他擦身体：“可不是？要不是那次你知道了我家里的事开始同情我，说不定现在都还不能理解我的选择，还跟我横眉冷对呢！”

“那才不是同情！”他顿了一下，声音低下去，“是爱情。”

怡江没忍住笑，他又恼羞成怒：“这有什么好笑的！”

“没有，没有，就是从你嘴里听到爱情这样的词觉得有点不真实。”

“怎么不真实了？不然你觉得我对你是什么？一直都只是同情吗？”

他带了点委屈，恨不得把心都剖开给她看，她竟然还怀疑这份感情的纯度。

怡江没再解释，默默地给两个人身上都仔细地擦了一遍，然后问他：“可以冲水了吗？”

水幕又从头顶的莲蓬头倾泻而下，很多不快和负能量仿佛都随着水流而去。他的唇不知什么时候贴上她的，缠住了就不愿松开。

热气蒸得两个人的呼吸都粗重不已，他才咬着她的唇含糊地道：“我觉得苏喜乐有件事说对了。”

“什么？”

“我们应该搬到新家去住，这里就留给我大哥。”

“你是觉得我们这样不方便，还是存心想成全他跟苏老师？”

从嘉佑愣了一下，惊讶道：“你说他们俩有……”

“有奸情”这几个字费了好大的劲他才咽下去。

怡江笑了笑：“你不会真以为他们之间怪怪的只是因为你大哥发现了她跟我家的这层关系吧？”

“不然呢，你看出什么来了？”

怡江摇摇头，这是女人的直觉，只可意会，没法向他言传。

所以她刚才没再多管闲事就上楼来了，相信从嘉茂一定自有主张。

果不其然，从嘉茂安排苏喜乐在隔壁的小楼住下了。适逢幼儿园传染病高发时段，星辰、大海他们班要关班二十天，苏喜乐不用去点卯上班，两个孩子也在家休息。意外地发现仍然可以天天跟最喜欢的老师在一起，他们感到格外欣喜。

如果可以，任谁都愿意回到孩童年代，或许无忧无虑，不像现在有这么多纷纷扰扰。

没过两天，小美也来了，进门就给了苏喜乐一个大大的拥抱：“幼儿园是不是开到姨姨家了，连苏老师都在，真好！”

梁伍说：“不上幼儿园她在家就闷得发慌，我手底下的人也不知道该拿她怎么办，所以就把她送过来了。希望你们不会介意，晚上我再来接她回去。”

怎么会介意呢？他不仅送来了小美，还有阿华、阿标两位最得力的保镖像门神一样守着燕雨山房，分明是听说了赵成康的事，特意派了人来保护他们的。

如果只是派人过来，怡江怕是不会接受，从嘉佑恐怕也要吃醋。但加上小美就不一样了，梁伍的掌上明珠，有人跟随保护，再正常不过了。

怡江知道他的用心，却也好奇他是怎么知道赵成康的事的。那天见面时他说的近期有麻烦就去找他，应该说的就是这件事。她当时还没想到这一层，但显然是有人提前跟他说过了。

那天她回家之前，从嘉茂跟他聊过几句，想来想去也只有从嘉茂会这么做了。

相处了这么一段时间，怡江渐渐对他生出由衷的钦佩。这种随时掌控大局，提前布好棋子为我所用的本事，不是一般人能够具备的。

即使跟他一样拥有超高智商、天赋异禀的弟弟从嘉佑，因为心思单纯，就算事前有所防范，也不可能做到这样。

不过想一想，这么强大的掌控欲其实还挺变态的，跟他做敌人或对手一定会觉得非常棘手。

难怪从嘉佑也一直在找机会逃离，不管是不是有意识的，他其实是真的不想再生活在兄长的影子之下了。

怡江是独生女，自小没有兄弟姐妹，如今说起来，苏喜乐跟她也算是某种程度上的姐妹了。

只是这层关系让苏喜乐更没办法坦然地面对她，即使暂住同一屋檐下，除了跟孩子们相处时的必要交流，她几乎处处避开怡江，连眼神都不正面交会。

孩子们午睡下以后，怡江到她的房间敲了敲门："我可以进来吗？"

她本来是坐在窗边看书的，顿时有点受宠若惊，连忙放下手里的书本，站起来道："请进吧！"

怡江瞥到那本书的书名，居然是李银河所著的《虐恋亚文化》。

她稍微有点小小的惊讶，转而又觉得自己太先入为主，不该因为苏喜乐看起来文静温柔就认定人家只能看《小王子》这种完全治愈系的书。

阅读爱好是非常个人的东西，人生而好奇，对自己不了解的事情想要找到途径去了解也是完全可以理解的。

“你喜欢看书的话，那边玻璃阳光房应该有很多选择，我可以陪你一起去挑。”

苏喜乐没想到她一来就会说这个，有点不好意思：“嗯，从先生也跟我这么说。”

自打从嘉茂回来后，她口中的从先生似乎就单指他一个人了。

怡江笑了笑：“你们俩好像很谈得来。”

“没有，没有，我只是……很佩服他。”

“因为他早就知道你是谁？”

“嗯，而且他还提醒过我不要对那个人抱有期待。”她苦涩一笑，“是我不肯听他的劝告，没办法，谁让我从小就很渴望父爱呢？”

“其实我也是，我爸爸去世得早，我也希望他能陪着我长大，可世界上的事就是这么不尽如人意。”

“我以前还羡慕你，当然后来也悄悄埋怨过你，设想了好多遇见你时的情形，可怎么都没想到会是那样的。”

“都过去了，不要再放在心上。”

“你人真的很好。”苏喜乐的眼眶发红，“星辰和大海很幸运，他们不会像我们这样了。”

“你妈妈怎么样，身体还好吗？现在在哪里？”

苏喜乐知道她是关心母亲的安全，说：“她还好，他们毕竟做过夫妻，她很了解那个人是什么德行，没理会他，现在去亲戚家暂住了。等到他不再纠缠的时候再回家去。”

“你妈妈把你照顾得很好吧？”

“嗯，我们从小相依为命，她甚至为了我都没有再嫁人，牺牲了很多。我现在最大的动力就是努力工作，好好孝顺她。”

那么至少还是比她要幸运一些的，怡江不由得露出些羡慕的神色来。

“之后你有什么打算？”

“我还是想回家去，那边虽然没有 T 城繁华，但离我妈妈近一点，也方便照顾她。”

怡江总感觉这话没说完，应该还接一句“但是”的，可苏喜乐却没有再说下去。

“那你先暂时住在这里吧，伍哥派了人过来，应该还是比较安全的，我相信那个人不敢随便到这儿来撒野。”

不知不觉，赵成康到她们嘴里都变成了不愿提及的“那个人”。

“你也不用特意避开我，我说过，过去的事已经过去了，我们不要因为别人犯的错来惩罚彼此。”怡江从兜里拿出一张电影票给她，“我跟三个小朋友约好了周五下午去看刚上映的动画片，你也一起来吧！”

苏喜乐把票紧紧地攥在手里：“好。”

然而到了周五，苏喜乐一早就出去了，留了字条告诉怡江说她妈妈到T城来找她，她要去高铁站接人然后再安置一下。

怡江有点担心：“我记得她说她妈妈最近在亲戚家暂住，怎么突然又到这里来了？”

“可能是放心不下她，专程赶过来的。”从嘉佑看出了她的不安，“没事的，她们两个人有个伴，光天化日之下那个人也不敢怎样。不是要看电影吗？我陪你们去。”

怡江于是请梁伍派来的阿华留下，要是苏喜乐回来了，也好有个照应。

从嘉佑笑她杞人忧天：“你没发现我大哥也是一大清早就不在家了吗？你以为他会放心那只小白兔一个人跑出去？”

说的也是，从嘉茂最懂未雨绸缪，他如果决定保护什么人，一定是早有计划了。

于是他们带着三个孩子一起去看电影，没想到刚一回到家就听说出事了。

赵成康死了。

怡江半晌回不了神，问阿华：“怎么死的？”

“听说是苏老师把他从楼上推下去摔死的。”

阿华表示自己也不是特别清楚，从嘉茂只匆匆回来了一趟，传达了这个消息之后又匆匆走了。

从嘉佑按了按她的肩膀：“别着急，你陪着几个孩子，我去看看是怎么回事。”

怡江拉住他：“我也去。”

于是他们让姆妈和萍姨帮忙看着三个孩子，开车赶去了出事地点。

那里是一家小旅馆，因为发生了命案，此时四周已拉起了警戒线。他们赶去的时候警察还在勘查现场，但已经不见了苏喜乐等人的踪影。

从嘉佑打了好几个电话给从嘉茂，都显示正在通话中。好不容易终于接通了，对方的声音里似乎透着一丝疲惫，说：“你们过来吧，我们在警察局。”

怡江是无论如何也不相信苏喜乐会杀人的，然而到了警察局才知道她在现场就承认了赵成康是被自己从楼上推下去的，目前已经被警方控制了。

她妈妈苏新玉哭肿了眼睛，从嘉茂坐在旁边安慰她。

“这到底是怎么一回事？好端端的……她怎么会把人推下去？”

情急之下，怡江都没来得及介绍自己，但苏妈妈似乎认得她是谁，抬头看了她一会儿，又悲从中来，继续流泪。

“虽然我不想这么说，不过你来得正好，那个人的尸体可能需要亲属辨认一下。”

法律上，怡江目前是赵成康真正的家人。

她强忍着这种荒谬和恶心的感觉，极力平静下来：“到底是怎么一回事？”

“苏阿姨不放心女儿一个人在这边，怕赵成康找她的麻烦，就买了车票过来陪她。没想到赵成康早就跟上她了，一直追到她落脚的旅馆里。双方起了争执，苏老师失手把人从窗口推了出去，他就摔死了。”

从嘉茂平静地叙述完事情的经过，在场的所有人都紧锁眉头。

“律师呢？”从嘉佑道，“律师怎么说？”

“已经在赶来的路上，但现在只是警方调查，还不到批捕和起诉阶段，律师也派不上什么用场。”从嘉茂始终保持冷静，“我已经交代过她，只说当时发生的事实就好。”

怡江留意到苏新玉的手背上有血痕，哭泣时声音沙哑，脖子似乎也有被掐过的痕迹，于是问她：“是不是他先对你们动手的？”

苏新玉捂住手上的伤，用力点了点头。

“那苏老师……喜乐她就是出于自卫才动手推人的，这不是正当防卫吗？为什么要把她抓起来，错的人又不是她！”

怡江的情绪忽然激动起来，从嘉佑搂了她一把，轻声道：“你冷静点，律师会想对策的，不会有事的。”

从嘉茂也站了起来：“这里有我，你们先回去吧，小朋友还在家里。”

怡江的目光却聚焦在苏喜乐被询问的房间，半晌都不肯离开。

从嘉佑知道她是联想到了自身的遭遇，假如她没有侥幸摆脱赵成康的纠缠，今天将他推下楼的人很有可能就是她了。

怡江没有一点胃口，所以他们连晚饭都没好好吃，就直接赶往殡仪馆去认人。

赵成康是高空坠楼死亡的，同时证实他之前还有过轻度的中风，腿脚不太灵便。

尽管年少时就无数次诅咒这样的魔鬼去死，但真正看到他的尸体横陈于面前，怡江没有一点如释重负的感觉。

如果最终要以苏喜乐的自由甚至是生命来换取这样一个结果，那代价实在是太大了。

从嘉佑很清楚她为什么会这样难受，握住她的手宽慰道："你别想太多，法律会还你们一个公道的。"

"我听说正当防卫在咱们国家很难认定。"

"难不等于不可能，你们都受过他的毒打，甚至是侵犯，这些都是有力的证据，可以证明他是一个危险人物。我们会请最好的律师，他们会有办法的。"

怡江落了泪，靠在他的肩上："我真的想过他该死，却不是以这样的方式……"

"我明白。"

那样的人渣，不值得拿任何鲜活的生命去交换。

当下还有比这更要紧的事。

从嘉佑道："你考虑一下要怎么跟你妈妈说，她迟早都是会知道的。"

"我不想跟她谈起那个人的任何事，就等警方通知她吧。"

她看向从嘉佑，声音哽咽："其实我早就是无父无母的孤儿了……"

他亲吻她的头发："傻瓜，你已经长大了，你还有我，还有星辰和大海。我们会永远陪着你的。"

没过两天，怡江的妈妈杨海芬果然从警方那里得知赵成康身亡的消息，打了电话给她，劈头盖脸就说："这下好了，家里最后的一点经济来源都没了！那对母女做的好事，要让她们赔钱！"

"放心，她们没钱赔给你。"怡江冷淡地说，"我以后每个月会寄赡养费给你，你现在是一人吃饱全家不饿，不用操心钱的问题。"

"许怡江，我怎么生了你这么个胳膊肘往外拐的白眼狼！"

"不要就算了。"

她作势要挂电话，杨海芬立刻叫住她："你……你什么时候回来一趟？我也好久没见你了。"

"我没空回来，你如果想拿钱的话，就到T城来。"

从嘉佑一听她邀母亲到他们这儿来，不由得紧张起来。

不管他们母女俩的关系如何恶劣，终归是她的母亲，今后……可能还会是他的丈母娘啊！

怡江看他一脸戒备的样子就好笑："你放心，我没打算让她来认亲，我让她来，是想趁着这个机会让她提供一份证词。"

杨海芬来的那天，怡江甚至都没告诉从嘉佑。

她们去了一趟警察局，又跟从嘉茂的律师见了面。

由苏新玉进行委托，他目前已是苏喜乐的代表律师了。

都嫁过赵成康的两个女人大概怎么也没想过会在这种情形下碰面，彼此都没怎么说话，尤其杨海芬还摆出一副趾高气扬的样子。

临别的时候她终于没忍住："我就知道老赵去找你没什么好事，现在把命丢了不说，把你女儿的一辈子也搭了进去，你高兴了？"

"妈！"怡江实在不想看她摆出这样的嘴脸继续招摇，对面色苍白的苏新玉说了两句抱歉的话，就赶紧把她拖了出去。

"哼，你拉我干什么？我的证词可是对她女儿有利的，她应该三拜九叩过来感激我，我们家的人哪里对不起她们了？"

怡江松开手："是啊，如果真的需要，人家妈妈是会三拜九叩来求你的，只要能救女儿。那我呢？假如今天出了这种事情的人是我，你会像苏阿姨救苏喜乐那样拼命来救我吗？"

"你在说什么傻话，你怎么会出这种事呢？再说你不是有男朋友吗？连孩子都有了，他不是最应该给你撑腰的人吗？"

怡江也没指望赵成康能帮自己保守什么秘密，他知道的事肯定都告诉杨海芬了。作为亲妈，她也不细问孩子是怎么生的，反正只要知道是给有钱人生的就行。在她眼里，这个女儿怕是早就不清白了，也不指望她真的还能嫁人，有孩子能指望，吃香喝辣过好日子也一样。

怡江的胃里一阵抽搐，拂开她攀上来的手："你回宾馆去吧，律师有事通知我，我再联系你。"

杨海芬当然不肯放过这么好的机会，难得热络：“我回宾馆也是一个人待着，不如上你那儿看看？你现在住哪儿啊，房子大不大，多少平方米？”

她冷笑：“我住的地方大着呢，可那又怎么样，你还想在房产证上给我加名字？”

“对啊，这不是理所当然的吗！你要是不好意思，由我这个当妈的来帮你开口。正好我还没见过你的男朋友呢，趁着这个机会给你把把关。”

“我男朋友他随心所欲惯了，是个混世魔王，见了面我怕吓坏你，再弄出个什么意外来，大家都吃不消。”

怡江筋疲力尽地回到家，从嘉佑也正好回来，看她好像很累的样子，就问她：“今天又去看苏喜乐了，还是去看她妈妈了？”

“都不是。”她顿了顿，然后告诉他，“我妈来了，由律师带着去提供证词了。”

从嘉佑十分震惊：“你妈来了？什么时候的事？你怎么现在才告诉我？”

“我都安排好了，酒店、吃饭、车费……她自己能照顾好自己，就不麻烦你了。”说完看他好像气鼓鼓的，又问，“怎么了？”

“没什么……就觉得我好像见不得人似的。”

怡江偎依到他怀里：“不是你见不得人，是我。”

他愣了一下：“怎么这么说？”

“我跟她好多年没见面了，她也知道我已经生了孩子。本来我多少还想过见了面要怎么跟她说星辰、大海的事，结果她根本提都没提。”她苦笑道，“我生命中最重要的部分她都不在乎，再让你跟她见面，我怕最后会是我自取其辱。”

“你别这么说，她那样的人本来也不配做母亲。”

“所以我是实力劝退，希望她不要再在我的身上打主意了。赡养她的终老是我的义务，也是我能做到的极限了。”

至于母女亲情什么的，以前几乎就没有，现在有没有她也不是那么在乎了。

即便如此，从嘉佑还是能感觉到她的难过，搂她在怀：“咱们不提她了，说说苏喜乐的事吧！”

怡江立刻直起身子看他：“我今天才见了律师，听说可以取保候审，你那边有什么新进展吗？”

从嘉佑没多说，而是打开手机搜出新闻给她看。

怡江还真没想到这样一桩看似家庭纠纷的案子竟然上了新闻热搜，就像浇水进油锅，引起了强烈的反响。

“这是……”

“社会舆论，案子还没定性，现在有这种一边倒支持正当防卫的社会舆论对她是很有好处的。”

没错，正当防卫认定是很难，先例太少，法官不敢判。但如今是信息时代，舆论仿佛也指明某些朴素的正义走向，只要有充分的证据支持，正当防卫也并非不可能。

苏喜乐的律师已经是刑事辩护界最好的律师，尤其擅长扩大这样的社会影响力。赵成康被推下楼致死只是结果，其实整个过程持续数周甚至数月，他打骂苏喜乐也都有目击者，先前又有虐待怡江并当街殴打她的报案记录，骚扰苏新玉要钱时也有过报警记录，后来又跟踪她到T城来找女儿，更有铁路方面的购票系统证明和监控视频。

最重要的是，那天他在旅馆里跟苏氏母女发生争执，也有服务员隔着门听到了，证实是他嚣张跋扈，喊打喊杀，不仅在苏新玉的脖子上留下了掐痕，还在他随身的行李里找到一把折叠刀。

这性质就不一样了，又是虐待家暴，又是跟踪胁迫，最后随身藏着刀具威胁前妻和女儿的安全，推他一把失足坠楼，难道不是被逼无奈之举吗？

怡江知道从嘉佑跟魏绍远似乎很聊得来，不用想，这样的新闻和舆论造势肯定是他请魏绍远的公司放出去的，他们可是引导流量的专家。

“你这几天出去就是为了这件事吗？”

“是啊！”从嘉佑大方地承认，“像赵成康那样的恶人早就该死了，苏喜乐是为民除害，我当然不能作壁上观了。何况你也挺关心她的，我不想看你整天忧心忡忡。”

“谢谢。”

“就这么两个字也太没诚意了。”他拿手指点点自己的嘴唇，“这里来一下才算数。”

怡江凑过去轻轻一碰，在他想要放肆之前及时退开：“别闹，我今天很累了。”

“那我给你放水洗澡……铺床暖被窝总行了吧？哎，你别跑啊！”

没过多久，苏喜乐终于办妥了取保候审的手续。

先前怡江多次去探望，但因为不是直系家属见不着她的面，心里很着急。现在看她好好的，只是更清瘦了些，本来就巴掌大的脸都要瘦没了。

她比所有人的想象中都要平静，只在跟妈妈拥抱时红了眼眶。

她自己也没想到这件事会引起这么强烈的反响，很多人都主动提出要来帮她。

取保候审期间她不能离开 T 城，也不愿意再住到丛家去，便带着妈妈住回了她自己原本租住的公寓。

怡江察觉到她跟丛嘉茂之间的关系更加微妙了，但当事人不说，她也不好问。

由于是社会影响巨大的案件，法院很快就开庭审理，最终认定为正当防卫，苏喜乐得以无罪释放。

苏妈妈喜极而泣，怡江坐在旁听席流下泪来都没有发现。

她终于摆脱了一个噩梦，也鼓起勇气提供了证词，证明赵成康残暴成性，不仅对亲女如此，对养女同样如此。

杨海芬也做证确有此事，虽然不太情愿，但好歹也做了一回早就该做的事。

但对苏喜乐来说，这件事或许并没有这么容易从她的记忆中抹去。

怡江以为她很快会离开 T 城，然而她送走妈妈之后，最终决定留下来。

“我有想要报答的人，所以以前有些事我觉得难以接受的，现在会试着去接受。”苏喜乐跟她解释。

怡江并不是很懂她的意思，但她既然已经这么说了，也就尊重她的决定。

“我以后……可以叫你怡江姐吗？”她笑了笑，“我早就想要一个姐姐了。”

“当然可以了。”

她们说话间，从嘉茂从楼上下来，静静地站在楼梯扶手边看着她们。

苏喜乐看了他一眼，从包里拿出一本书放在怡江面前：“这个，完璧归赵。”

是那本《虐恋亚文化》。

怡江不解：“这书……不是我的呀！”

她随手一翻，竟然掉出一张折成四折的文件纸来。

她展开来，只浏览一遍就像被人施了定身法术一样无法动弹了。

那是一份DNA报告，比对的双方是星辰、大海和从嘉佑，结果显示他们是父子亲缘关系。

苏喜乐的声音微微有些颤抖：“这份报告是我拿材料去申请做的，所以星辰和大海的身世我早就知道。那时我只想知己知彼，并不确定这东西能派上什么用场，也幸好我没拿它来伤害你和小朋友。如果可以的话，用它来各归各位吧，就算去世的人有怨言，就让她怨我好了。”

怡江抬起头，她竟然连萧雅跟自己的承诺都一清二楚？

从嘉佑就在这时跨进家门，看到客厅里的三个人，还有这样诡异的气氛，一时间有些纳闷：“这是怎么了，发生什么事了吗？”

苏喜乐勉力一笑，还想再说感谢他的话，从嘉茂已经走到她身边，拉住她的手腕，将她径直从这间屋子里拽了出去。

他们在车道坐上了从嘉茂的车，苏喜乐垂眸：“你惩罚我吧，我心甘情愿。”

从嘉茂没说话，只是倾身过去，捧起她的脸吻她。

从嘉佑看了一眼离去的两个人，更加莫名，又看向怡江：“到底怎么了？你手里拿的是什么？”

怡江没有动，也动不了。

从嘉佑看她也怪怪的，就把她手里的东西拿过去，才看了两眼，神色就僵了。

“这是什么……恶作剧吗？”他几乎不敢相信自己看到的结论，“星辰和大海是我的孩子？谁这么无聊，拿这种事情开玩笑？”

怡江也慢慢地从震惊中缓过劲来，整个人仿佛散了架一样软下去：“不是玩笑，是真的。”

事到如今，已经瞒不住了。

她只得从头说起，然而从嘉佑根本不敢相信自己听到的事实，好半晌才艰涩地开口："你是说……当年那一次之后，你就怀孕了？"

"嗯。"

两个人之间是一阵窒息般的沉默。

"那你为什么现在才告诉我？"他的情绪终于爆发了，要不是他今天恰好回来，要不是苏喜乐恰好把这份报告交到她的手里被他看到，他大概还蒙在鼓里吧？

他是孩子的亲生父亲，可他却是全世界最后一个知道这件事的人！

许怡江原来早就知道事情的真相。

他们之间最好的纽带是星辰和大海，最大的障碍也一直是他们，成为一道几乎跨不过去的坎，所以两个人的感情才会举步维艰。

然而现在事实却告诉他，原来她什么都知道，只是不告诉他罢了，宁可眼睁睁地看着孩子叫他二叔。

更让他无法释怀的是，当初她为什么会肯答应萧雅这么荒谬的条件？

亏他还歉疚了那么久、惦念了那么久、找了她那么久……他自以为聪明，却被愚弄了这么多次！

现在告诉他真相，又指望他能有什么样的反应呢？欣喜若狂吗？

可他为什么感觉首先涌上来的是愤恨和遗憾呢？

"对不起。"

或许是此时任何解释都显得太过苍白，怡江说到最后也只有这么一句，最能表达她想说的话。

从嘉佑看了她半晌，一句话都说不出来，转身大步走出去，上了车，像流星一样打了个旋然后离去。

酒吧里人声鼎沸，音乐喧嚣。

容昭听完从嘉佑说的话，差点笑死，拍着他的肩膀说："这是好事啊，你还苦恼什么呀？一夜之间老婆、孩子都齐了，还跑这儿来借酒浇愁！"

"喜当爹，算什么好事！"

"喜当爹的是你大哥好吗？他不明不白地顶着孩子他爸的头衔挡了多少桃花啊，到头来才发现孩子不是自己的，并且老婆也不在了，要比惨你可比不过他。”

从嘉佑哼了一声：“他早就知道孩子不是他的，每一步都是在算计，你以为他会吃亏吗？”

“那你就想想许怡江吧，她吃了那么多苦，也没过什么好日子吧？她为什么要骗你呢？若不是有苦衷，早点告诉你对她也没什么坏处。”

从嘉佑沉默了，他也知道怡江经历过什么，这么多年最不容易的人就是她了。

他倒也不是怪她，但想想蹉跎的这几年，总有些意难平。

“要不你就看在孩子的面子上吧，他们一直是站在你这边支持你的，如果知道你就是爸爸该有多开心啊。”容昭缓了一口气，像是回忆起什么似的笑，“当年我还说不想结婚呢，可是看着母子俩偎依在一起，感觉脚都不是自己的了，简直不想迈出那道门。我那时候才知道自己的坚持有多可笑，我不是不想结婚，只是没有遇到合适的人。你气归气，可要把握好度，别到时像我一样想要追回可就难了。万一她再走了……”

从嘉佑心头一惊：“她会走吗？”

“Why not？”容昭嗤笑，“到哪儿不是过啊，干吗非跟你们从家人绑在一块儿？反正现在话也说清楚了，要是你们哥俩儿都不肯接受这个事实，她干脆就自己带着孩子过，只要从嘉茂同意就行，毕竟他才是孩子名义上的爸爸。”

一语惊醒梦中人，从嘉佑一口喝掉面前的酒，“砰”的一下把杯子往桌上一摆：“走了，改天再约。”

容昭慢慢喝着自己杯子里的酒，但笑不语。

再约就该请他喝喜酒了。

从嘉佑回到家，忽然有种恍如隔世的感觉。

房子还是那个房子，可一切仿佛又都不一样了。

几个孩子仍然在院子里跟小熊玩闹。小熊已经完全长成大狗了，看到他依旧特别热情，不管多远都飞奔过来，使劲在他的脚下翻滚、磨蹭，直到前段时间他发现自己的裤脚沾上了不明物质……

怡江笑着说小熊是个大姑娘了，已经到了情窦初开的年纪，于是果断给它穿上了生理裤。

所以可想而知他裤脚上沾到的都是些什么东西。他气得够呛，再不肯让小熊靠近自己，可是又不忍心抬脚踹它。这狗现在站起来有半个人高，都能把他给扑倒了。

比如今天，他不过一晚上没回来，小熊思念的热情就促使它飞奔而至，以迅雷不及掩耳之势将他扑倒在地，对着他的脸就是一顿乱舔。

星辰、大海和小美都跑了过来，小美不禁感慨：“哇，小熊果然最喜欢二叔呀！”

“对呀！”大海帮腔道，“跟我们一样，我们也最喜欢二叔了。”

容昭说得对，再有什么不甘，面对孩子们，这份真心也都平息了。

他是有遗憾，但孩子们就没有吗？怡江没有吗？

甚至是从嘉茂，还有已经去世的萧雅，哪一个又没有遗憾呢？

过去的遗憾有各种各样的原因，但或许就是因为这些遗憾才让他们走到今天这一步。所谓塞翁失马焉知非福，不真正体会是不会懂的。

他坐在草地上撑起身子，捏了捏星辰和大海的脸蛋：“你们的妈妈呢？没跟你们一起玩？”

“她出去了呀！”

从嘉佑的一颗心往下坠了又坠：“她去哪儿了？有没有说什么时候回来？”

孩子们摇头：“今天早上就出去了，说下午梁叔叔会来接我们去魏多多家烤肉，小美还没去过呢！”

“梁伍来了？”

“对呀！”小美脆生生地回答，抬手往屋里一指，“爸爸在里面，正跟星辰和大海的爸爸说话。”

以前不知道也就算了，现在知道了真相，他真的再也无法忍受有人把他大哥当成孩子们的爸爸了。

星辰和大海看他的脸色不大对，就问：“二叔，你怎么了？你昨天跑哪儿去了？”

“昨天发生了一点大人的事，我……出去换换心情。”

“大人的事是什么事？”

他没回答，眉眼却软下来：“我问你们，假如我做你们的爸爸，你们觉得怎么样？”

星辰和大海对视一眼：“可以吗？你可以当我们的爸爸吗？”

“妈妈同意吗？爸爸……那现在的爸爸，他会同意吗？”

“嗯，假如他们都同意的话。”

两个孩子又对视了一眼，突然欢呼着扑到他的身上：“太好了，太好了，昨天妈妈跟我们说的时候我们还不敢相信！啊，是真的，二叔真的可以做我们的爸爸了！”

再次仰面倒在草地上，从嘉佑看着头顶明晃晃的太阳，心里的最后一点阴霾似乎也消失得无影无踪。

梁伍从客厅走到院子里来，看到父子三人笑闹成一团的情形，有些怅然若失。

生命里最重要的人不在了，这样的幸福大概也将从此与他无缘。

他朝小美招了招手：“过来，我们差不多该出发了。”

小美还有点转不过弯来：“爸爸，从二叔说要当大海他们的爸爸了，为什么还可以这样呀？那怡江姨姨是不是就不能当我的妈妈了？”

童言无忌，可听在从嘉佑的耳朵里就不是那么回事了。

他“噌”地站起来，拍了拍身上的泥道：“不管谁是星辰和大海的爸爸，怡江都不可能做其他人的妈妈了。”

小美也算大方，牵住梁伍的手：“好吧，那我们还是继续找我自己的妈妈，好不好？”

梁伍点点头，把她抱起来，又招呼另外两个孩子：“走吧，时间差不多了。”

他临走时又多看了从嘉佑一眼：“你要是敢欺负怡江的话，我照样会把她带走，也绝对让你找不到。”

从他的眼神，从嘉佑就知道这出偷梁换柱的戏码他不是早就知情，就是早已经猜到了。

行吧，就算他是全世界最后一个知道真相的人，他也已经是拥有全世界的人了，又还有什么不满足的呢？

从嘉茂在屋子里等他，身边放着行李，看起来像是要出远门。

从嘉佑蹙眉：“你要去哪儿？”

“美国，我身上还有教职，下学期要开一门课。我知道你也有意想往大学的方向转，如果需要的话，我可以为你引荐。”

“不需要。”他一口回绝，“我想要的东西，自己会去争取。”

从嘉茂笑了笑：“我们之间是从什么时候变成这样的？我记得小时候，你想要什么，都会直接开口找我要。”

“都已经为人父母了，今非昔比啊。”

他脸上的笑意更深：“那就好，把怡江和星辰、大海交给你，我也可以放心了。”

“你不用说这种冠冕堂皇的话，他们本来也不属于你！”

“我知道。”

“那你为什么不早点告诉我真相？你知道我差点失去他们吗？”

“我猜到真相的那个时间点不适宜告诉你，更何况我也有私心。”

从嘉佑的脸色微微一变：“什么私心？”

从嘉茂玩味地笑了笑：“其实萧雅完全可以让怡江真的怀上我的孩子，可你知道她为什么没有这么做吗？因为她知道我会对怡江有兴趣，再生个孩子，对她的威胁就更大，她太了解我了。”

见弟弟仍一脸茫然，他又继续解释：“在两性方面我有些特殊的爱好，遇上合适的人会有一种特别的感觉。我知道有人可能会觉得这是一种病态，就算你这么想我也不会怪你，但我首先忠于的是我自己，有的事连我自己都无法控制。”

从嘉佑慢慢回过味来：“你是……那种……”

“不用觉得难以启齿，畅销小说里不也常提及——《五十度灰》，我是里面的克里斯蒂安。”

从嘉佑的脸一阵红一阵白：“所以你说怡江是……”

“没错，对我这样的人来说是，因为她幼年时就在情感方面受到过伤害，潜意识里会有这样的倾向，一般人可能感觉不到，包括她自己，完全可以享受正常人的情和爱。我对她有欲望，本来是不打算放弃的，就算将错就错也没关系。我也很喜欢星辰和大海，把他们当成我自己的孩子也没问题。可我发觉你们是真的相爱，君子不夺人所好，不管是这个院子，还是怡江这个人，我没有什么是不能割舍的。”

“难道不是因为遇到了苏喜乐吗？她应该也是你喜欢的那种类型吧？”

有些事作为一个独立事件怎么想都想不明白，但串起来想就很清楚了。

从嘉茂笑着看他：“你终于开窍了。”

“她算是怡江的妹妹。”

“我知道，所以你们放心，我会好好待她的。”

从嘉佑的眼神突然变得锐利："你真的对怡江没有别的想法了？"

"你对你们俩的感情就这么没自信吗？"他摊手，"别的不说，我认为怡江心里彻头彻尾只有你一个，我的自尊心不允许我跟一个一心只爱其他男人的女人在一起。"

从嘉佑的肩膀垮下来："其实我一直亏欠她。"

这回得知真相后的反应，不知道是不是又在无形中伤害到她了。

从嘉茂站起来，拍了拍他的肩膀："那就去找她，她其实一直在等你。"

不管是多年以前，还是多年以后，于千万人之中，于时间无涯的荒野里，她始终在等的，都只有他一个人而已。

从嘉佑推开湖边新居的门，怡江正把洗好的窗帘挂在院子里的晾衣架上，迎风鼓成满满的帆，一片一片印着鎏金暗花的白。

她的头发又编成了利落的发辫，像他们初次相遇时那样。

他绕过晾衣架走到她的身后，搂住了她的腰。

感谢他们这几个月以来的肌肤相亲和朝夕相对，她的身子一抖，却很快认出是他，没有给他狠狠的一拳。

"对不起，我现在才来。"他抱着她，脑袋搭在她的肩上，瓮声瓮气地说，"我多怕你走了，多怕我再也找不到你了。"

怡江把手搭在他的手背上："星辰和大海都在家里，我能走到哪儿去？"

"带着他们俩你就可以走得义无反顾了吗？"

"也不是啊，有这么漂亮的房子，我为什么还要去过漂泊不定的生活呢？"

他终于好好看她一眼，似有不满，但最终决定不跟她计较："哼，幸亏我有远见，拿这么漂亮的房子和院子圈住你们。"

她笑了笑："不生气了？"

"我没有生气。"

"那是想通了？"

"有什么想不通的，我又没有损失。"

顶多就是错失了跟她和另一个孩子的四年，但今后会有五个四年、十个四年……更多的四年可以弥补。

他们是一家人，爸爸妈妈和两个宝贝，永远都不会分开。

“我只剩一个问题。”他说，“当时你怀孕了，为什么不来告诉我？”

“我想跟你说的，可那个时候赵成康又找上门来，我很怕他知道了我怀孕的事会借此要挟你们。他就像个幽灵一样，不管我躲到哪里他都能找到我。萧雅说她可以帮我摆脱他，而我也知道跟你是不可能有未来的……”

怡江感慨万千，连声音也哽咽了。

以前不知道她家的情况也就算了，知道以后，其实只要冷静下来想一想，又怎么会想不到这一层呢？

他把她转过来搂在怀里，手指轻轻揉按她的嘴唇：“有没有未来不是你一个人说了算。”

“对不起。”

“与其说对不起，不如说另一句我更想听的话给我听。”

她的小脸绯红，泪盈于睫，踮起脚在他的嘴唇上吻了又吻，无声胜有声。

害羞啊……没关系，那就由他来说给她听好了。

“许怡江，我喜欢你、爱你，想让你成为我的太太。不管你骗我也好，笑我也罢，这辈子我都不想再跟你分开。要是以前我让你看不到未来，那我现在就把自己的未来交到你的手里，这回你可要把握好了，千万不要松手。”

她点点头，又哭又笑。两个人拥抱着，在他们的新居，踏着将要开始新生活的鼓点，如孩子一般欢喜。

当千禧一代都开始活跃于社交媒体时，著名记者柴言言发过一篇报道，描绘一对中国建筑师夫妇如何用现代主义的色彩和线条向自然致敬。

他们似乎很喜欢湖泊，在北美的五大湖区、德国的施塔恩贝格湖、中国的洞庭湖、阿尔卑斯山麓的冰湖边都留下过美轮美奂的建筑。

这些建筑都曾是他们的家，后来也都成为过别人的家，有权威建筑期刊称他们的家“在落雪时应当是最美的”。

做主体设计的丈夫说，那是因为他跟太太定情时正好下了一场大雪，直到如今他仿佛都还能想起当时抬头望向苍穹时，雪花纷纷扬扬从无边无际的黑色天幕落下，如似水流年。

怡江看到这句话时，内心一阵恶寒，质问丛嘉佑：“这真是你说的吗？”

“瞎扯淡嘛，不然怎么显示我这个现代主义设计师和大学教授的格调呢？”他躺在自家的休闲椅上，“不过后面的一句话是真的，我太太真的给了我很多灵感，她其实也是一位天才设计师。”

他没有夸大，他爱的人没有在日常的柴米油盐中被磨去灵性，不仅在建筑设计上给予了他灵感和帮助，在味蕾方面也收服了不知多少左邻右舍的太太和小姐。

她做的苹果派、坚果挞永远是最美味的，具有中国风味的饺子，甚至是素食都备受青睐。

她不仅无偿教授这些跟她一样热爱美食和生活的人，在网上还拥有自己的粉丝和拥趸，出过书，上过电视节目，做过直播，还在国内投资了几个网红小店，梁伍还是她的大股东。

“你知道吗？听说他最近找到一个很像辛欣的人，小美说那就是她的妈妈。回头我们带星辰和大海一起去看看，孩子们也很久没聚了。”

哼，好像这么说他就绝不会吃醋似的。

不过他们的龙凤胎也确实长大了，乖巧又懂事。因为从小跟着父母去了世界各地，能用各种语言交到朋友，眼界也十分开阔。得空时就跟妈妈一起坐在教室后排听爸爸讲课，一脸崇拜和欣赏的样子。

夫妇俩没有再要孩子，因为想多留一点空间给彼此，弥补一些年轻时的遗憾。

人海茫茫，他们已找到共济的小舟。

星辰大海，山河万朵，也都已在他们眼中。

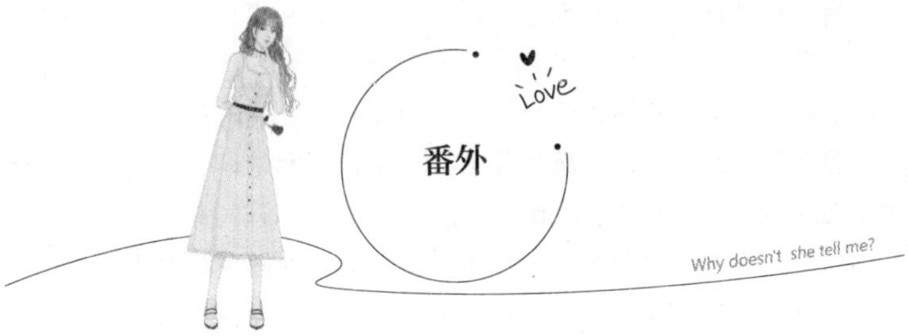

番外

梁伍一直不肯相信辛欣真的死了，因为她的尸体一直没有被发现。

尽管在当时那样的环境下，尸骨无存的可能性更大，但梁伍还是抱有一线希望，觉得她还活着。

她只是在生他的气，不肯再见他罢了。

他找了很多地方，天南海北，但凡有一点线索，哪怕只是跟她有一点相像的人，他都跑去看过，可都不是她。

辛欣离开后不久，梁炳荣也来向他辞别。

他们认识很多年，有着一起出生入死的交情，又刚好同姓，一直都像亲兄弟一样。

生出嫌隙也是因为辛欣。

其实她什么也没做，但有的种子一旦在不该落下的地方生了根发了芽，也就生出了惊人的破坏力。

“一直都是我在一厢情愿，根本不关她的事。”阿荣站在梁伍面前，“她心里自始至终只有你一个人，现在你总不应该再怀疑她了。”

梁伍抬起头看他，自嘲地笑了笑：“我知道。”

一切都是因为他跟辛欣的开始不太美好。

她是正规大学的大学生，而他只是个早早出来闯荡江湖的大老粗，摆过地摊、做过拳手，从来不会哄女人开心，甚至都没想过成家。

要不是她犯了傻，有求于他，他根本不会知道女人原来也可以那么勇敢、那么讲义气、那么可爱，又那么……漂亮。

他以举手之劳，换来了一个老婆。

这笔买卖怎么看都是他赚了。

两个人在一起的那几年，是他这辈子过得最开心的日子。

他们还有了女儿小美。

要不是她的“过去”找上门来，他也不会意识到，在这段关系里，其实他才是最没有安全感的那一个。

那个苏月洲甚至都算不上辛欣的前男友，充其量只能算是个青梅竹马，竟然也敢来挑衅他。

可悲的是，苏月洲挑衅成功了，因为他不相信辛欣。

如果不是阿荣站出来，他只会错得更离谱，跟辛欣之间也早就无法回头了。

可他看清了好兄弟对她的倾慕之情，反而加深了对她的猜忌。

梁炳荣在那时受了很重的伤，昏迷很久以后才醒过来。

阿荣曾说是对他的愧疚才害得他们夫妇俩分开，但梁伍知道不是，是他自己把事情搞砸了。

因为是他搞砸了，所以辛欣才不肯原谅他，不肯回来。

如今阿荣也打算找一片新的天地开始新的生活，只有他还困在原地，醉酒度日。

有时闭上眼睛，他仿佛会听到辛欣叫他伍哥，或是耳边痒痒的、酥酥的，突然多出一朵她变出来的玫瑰花……

可每次清醒过来，周围只是白茫茫的一片，什么都没有。

这样的日子不知过了多久，久到他觉得原本任性刁蛮的小美都懂事起来，会悄悄跟人家说：“不要问我爸爸我的妈妈去哪儿了，他会很伤心的。”

以前的生意他全停了，因为那样只会让他更想辛欣。

有人要跟他谈新的生意，但他从没跟对方打过交道，不由得有些顾虑。

海难事故是因为仇家寻仇，那些人曾经也算是他的合作伙伴。在那之后，他对合作伙伴的选择就变得格外谨慎了。

也可以说，自从辛欣离开以后，他已经不知道该怎么去信任他人了。

他的副手去谈，碰了一鼻子灰回来，传话说：“那个姓段的说要么伍哥亲自去一趟，要么就不用谈了。他还让我把这个带给你。”

那是一副扑克牌，看似普通，其实另有玄机，是变魔术的时候用的。

梁伍心里立马涌起一股奇异的感觉，说："跟段轻鸿再约时间，我去跟他谈。"

段轻鸿在家里排行第三，母亲娘家在马来西亚颇有势力。这些年他自己发展得很快，生意也做得很大，因为外表隽秀，大家常用金庸小说里的"段公子"来称呼他。

然而梁伍很清楚段轻鸿的为人并不像外表看起来那么无害，反而很有城府和心机。他们之间一向井水不犯河水，所以这回段轻鸿突然主动找上门来说要跟他做生意，他才会有所顾虑。

但如果能得到辛欣的线索，就算是刀山火海他也要去。

段轻鸿把见面的地点约在一家夜总会里，楼下是餐厅，吃完了上楼还有包间可以唱歌。

列席的是清一色的男人，吃饭时就是男人之间的喝酒、聊天，也没找女人作陪。

有人打趣段轻鸿，他笑道："没办法，我的家教太严，身上沾了别的女人的味道，回家怕是会进不了门。"

梁伍仰起头喝光杯子里的酒。

"听说伍哥现在是单身，在外面找找乐子倒是无可厚非，等会儿我找个人陪陪你。"

"段公子的好意我心领了，我也不喜欢碰外面的女人。"

"早就听说伍哥是个好男人，今天才真正见识到。"段轻鸿不紧不慢地说，"不过就算不爱玩，这样的生意也还是可以做的。我这个娱乐城这些年也给我赚了不少，如今我打算将重心转到邮轮生意上，想要找个人接手这儿的生意，不知道伍哥有没有兴趣？"

"为什么找我？"

梁伍单纯是好奇。他虽然是开酒吧的，但不占他生意的大头，这种娱乐城更没有经营过。段轻鸿要找人接盘，照理应该有其他更合适的人选才对。

段轻鸿为什么会想到从没打过交道的他呢？

段轻鸿说："我对合作伙伴是很挑剔的，伍哥信誉好，又讲义气，我愿意交你这个朋友。不过既然是交朋友，生意上的事我也不会强求，伍哥你慢慢考虑好再答复我也没关系。今天最重要是玩得尽兴。”

梁伍瞥了段轻鸿一眼，段轻鸿像是看穿了他的想法，笑了笑，说：“伍哥先唱一嗓子，等会儿还有别的节目。”

“我不会唱。”

“啊，是吗？”段轻鸿一抬胳膊，把身边的女生拱到他的身边去：“那你唱几首陪陪伍哥。”

年轻妖娆的女郎立刻缠上来，声音娇嗲：“伍哥喜欢听什么？我唱给你听。”

他不吭声，伸手去拿酒杯，身边的人又很乖觉地给他倒酒：“我陪伍哥喝酒也是可以的，我们边摇骰子边喝？”

她拿了骰盅过来，段轻鸿笑笑，把值班经理叫来，低声跟他说了几句，对方会意离去。

那头梁伍比骰子大小每把都赢，身边的年轻姑娘连喝几杯已经有点吃不消，嗔怪道：“伍哥你好坏，难不成是作弊故意要灌醉我吗？”

“只是障眼法而已，你如果会变魔术的手法，就不至于吃亏。”

“哈，魔术啊，我们领班会啊！早知道我就跟她学两招了。”

“你们领班？”

正说着，门口又进来一个人，窈窕的身形裹在缀满亮片的衣裙里，脚蹬一双高跟鞋，乌黑的长发在耳朵两侧剪得齐耳，显得俏皮又美艳，看不出实际年龄。

开口却是一把沙哑的嗓音：“对不起啊，我来晚了，先罚酒一杯。”

她空手一展，示意手中空无一物，然后伸手往坐在最中间的梁伍的脖颈后绕了一圈，手中立刻就多了一个水晶杯。周围立刻响起一片叫好声，连她是喝了水还是喝了酒都没追究。

“看吧，这就是我们领班。”身边的女郎不无自豪地道，“是不是很厉害？”

梁伍早在她进门的那一刻就彻底呆住了，再看她变魔术成功后笑靥如花，全身的血液由凝固到沸腾仿佛也就那么一瞬。他手上立刻失了分寸，竟然捏破了手里的酒杯。

“呀，伍哥，你流血了！”

一声惊呼把所有人的注意力都吸引到他身上来，包括还没来得及落座的那个人。

其实她从一进门就把在座的每个人都看在眼里，当然也包括梁伍。但她的表情始终淡淡的，仿佛第一次看见他。

她抖出一条干净的白手帕，简单地缠住梁伍的手掌：“要不要我送你去医院？”

他不回答，只问她：“你叫什么名字？”

“你可以叫我阿珍。”

梁伍摇头：“不，你是辛欣，你叫辛欣。”

阿珍看向一旁的段轻鸿，他只是笑。

“客人你流血了，我先陪你去包扎。”

梁伍像中了蛊一样被她牵引着走，她怎么说，他就怎么做。

只是进了放医药箱的休息室，他突然如发狂一般将人抵到墙边：“再说一遍，你叫什么？”

“阿珍……”

铺天盖地的吻落下来，他的唇舌堵得她几乎喘不过气：“不，你是辛欣，欣欣……”

一个大男人，说话就说话，怎么突然埋在她的肩窝落泪了？

阿珍本想狠狠地踢一脚，最终也没能踢出去。

梁伍说她就是他在一场船难中生死不明的太太，于是每天都来找她。他能从她上班等到她下班，包下她所有的时间和业绩指标，不让其他男人有机会接近她。

她恼了：“你别再纠缠我了，我还要工作！”

于是他干脆买下她这个娱乐城的股份，让她当老板娘，就像以前一样，这也是她的工作。

段轻鸿的这笔生意总算是做成了。

外界传言梁伍被他算计了，一头栽进温柔乡，比丧妻之后的反应更可悲。

只有他自己知道，这回他不仅跟段轻鸿做成了生意，还欠下他一个天大的人情。

段轻鸿的太太是一位医生，听说就是她救了辛欣。

可能因为头部受到震荡，辛欣醒来时连自己是谁都不知道。于是他们叫她珍，即英文中无名氏 Jane Doe 的发音。

她要养活自己，又不知道自己有什么特长，就到段轻鸿的娱乐城做酒水推销员。不知是什么场景刺激到了她，她想起自己似乎会变魔术，很能逗客人们开心，很快便升为领班。

她不记得自己之前的遭遇，但害她受伤的事故似乎伤到了她的喉咙，她的嗓音变得有些沙哑，在一众声如黄莺的陪唱小姐中显得格格不入。可她在客人面前八面玲珑，进退得宜，显然有过人的阅历。加上魔术这一招鲜，她居然也成了这个娱乐城最受欢迎的大姐头。

她本来也觉得日子过得好好的，可偏偏杀出了梁伍这样一号人物。

段公子说他中年丧妻，独自带着女儿，过得孤独清苦。

哼，中年男人在外面泡妞卖惨不都是来这一套？不是说跟太太感情不和，就是说丧偶独自抚养小孩。

何况梁伍在她面前看起来总是一副精力旺盛的模样，跟孤单清苦什么的也沾不上边啊！

她开始还能刻意避开他，或是碰了面就教训他别再纠缠自己了。可如今他成了她的老板，她总不能甩脸色给老板看吧。

他很信赖她，把账本也交给她管，还说："不要紧，以前也是这样的。"

果不其然，账目她全都能看懂，这些技能就跟魔术一样，都由她的大脑其他部位掌管，没有丧失。

比起她对自己的一无所知，梁伍对她的了解已经超过了她本人。

她本想说自己不是他意外身故的太太，可现在居然变得不太确定起来。

"你跟你的太太……是怎么认识的？你们的感情好吗？"

关于已经遗忘的过往，像是潘多拉魔盒，她还是忍不住打开了。

梁伍等她问这个问题已经等了好久，把他脑海中所有的细节都讲给她听。

没想到阿珍听完脸色通红，把他推到门外："你这个大猪蹄子！居然第一次就对人家……快从我这儿滚出去，别让我再看见你！"

门外很久都没有动静，她以为他走了，平复了一下心情后打开门一看，他居然还站在那里，目光笼在她身上："你说得对，以后如果你不乐意，我一定不会再逼你。"

男人的哀兵之计真的让人无力招架。

她渐渐习惯了他叫自己辛欣，就仿佛她有两个名字，这一个是专属于他的。

其他人只知道她叫阿珍，像这里大部分人会有的花名，而从不问她姓什么。连梁伍也是，一心认定她就是辛欣，也就没有多问。直到发工资时注意到员工信息，他才发现：“你姓梁？”

“是啊，梁珍，你以后最好也这么叫。”

梁伍的心里一阵狂喜，以为她即使失去记忆也还记得自己的丈夫姓梁，所以才会用了这个姓氏。

然而很快他就意识到自己的一厢情愿有多可笑，她明明就跟另一个男人住在一起，而这个男人还是他万万没想到的梁炳荣。

是啊，他几乎都要忘记了，自己出生入死的好兄弟也跟他一样姓梁。

阿荣看到他时并不意外，似乎早就料到会有这么一天。曾经的脑部损伤让他的腿脚不太灵活，神色也有些木讷，往门边让了让：“进来吧。”

梁伍四下打量着这个简陋的一居室，卧室里居然只有一张床。

他转身就给了阿荣一拳，梁炳荣趔趄了一下，没有立刻倒地。梁伍又补上一拳，这回梁炳荣却马上反击，勾拳将他的嘴角都打出血来。

“刚才那一拳是我欠你的，这一拳是为了辛欣。你让她受的委屈她不能还你，就由我来替她出这个头好了。”

“叛徒。”

“我们从来都没有背叛过你，是你根本就没有真正信任过辛欣。”阿荣啐了一口血，脸上终于有了些生动的表情，“当年苏月洲要带她走，她就是怕你会有这样的反应，才小心翼翼不把事情闹大。她连孩子都给你生了，可你还是不信她！”

阿珍一进门，看到的就是阿荣倒在地上，两个男人剑拔弩张的情形。

她跑过去扶起阿荣，一边关切地抹他脸上的血，一边怒斥梁伍：“你疯了？”

才打过人的手就像开裂了一样隐隐作痛，梁伍握紧拳头，转身走了出去。

阿珍气不过，上门去找他，捶着门道：“梁伍你给我出来！不分青红皂白地打了人就躲起来，你算什么英雄？我姓梁还是姓辛关你什么事……你出来说清楚！”

梁伍没动静，过了好一会儿，一个小小的人来给她开门，然后眼睛立马睁得圆圆的："妈妈？！"

唇红齿白的小姑娘，带着几分梁伍的英气，还有些更熟悉的影子。阿珍看着她，"我不是你妈妈"这几个字怎么都说不出口。

"妈妈……"小姑娘嘴一撇就哭了，扑到她怀里，"你终于回来了，我好想你，呜呜！你再不回来，爸爸也要死了！"

她吃了一惊，被小姑娘半拉半拽地带到梁伍的卧室里，这才发现他发着高烧躺在床上，昏睡不醒。

她听到他喊辛欣。

她连忙取了冰块给他降温，又煮了很黏稠的粥、煎了夹肉的馅饼给这对父女吃。

小姑娘尝了一口馅饼就说："你是我的妈妈，绝对不会错！"

小姑娘说自己叫小美，是梁伍和辛欣的女儿。

她心里有个地方变得柔软万分，又夹杂着疼痛。

梁伍昏昏沉沉睡到半夜醒来，看到床畔趴着的人，病气一下子去了大半。

他下床把她抱到床上，她睁了睁眼，无意识地喊了一声："伍哥？"

梁伍的眼眶发热，把她嵌在怀里抱紧，说："陪我一起睡。"

她这下醒了，对着他又推又打："你这个野蛮人，为什么打人？！"

明明是野蛮人，可为什么生了一个那么可爱的小闺女？

他在黑暗中盯着她："你嫁给阿荣了？"

"你说什么屁话，阿荣是我大哥！"

"那屋里为什么只有一张床？"

"楼上还有一间阁楼呀！"

说完看到梁伍释然的表情，她又十分懊恼："我干吗跟你解释？"

她再要掀被下床，却已经来不及了。他从身后将她抱了个满怀，声音沉沉地在她的耳边说："对不起。"

又是这三个字。自他们认识至今，他对她说得最多的大概就是"对不起"了。

"除了最开始，你还有什么事对不起你太太的，说给我听听。"假如她真的就是他要找的那个人，那就由她来负责评判，看他值不值得原谅。

可梁伍却说："以后我再慢慢告诉你，今天不舒服，先睡觉。"

她这才发现，就这么一会儿工夫，她已经整个人都在他怀里了！

“梁伍！”她又羞又恼，“你说过不强迫我的！”

“你放心，我只抱着你睡，什么都不做。”

他抱着她出了一身汗，烧倒是退了。只是早晨醒来，她发觉自己更无法脱身了。

大猪蹄子，明明说他什么都不做的！

可她的气愤在早餐餐桌上被小美的一句“妈妈你喂我好不好呀”给全盘化解了。

当她被这个小姑娘抱着哭时也跟着落泪，抱着笑时也跟着开怀，她才真的开始相信自己就是辛欣。

血脉相连的那种微妙的感觉不是记忆可以左右的。

可她听梁伍讲过去发生的事情时，还是忍不住为辛欣打抱不平，气得想暴打他一顿。

“既然都离婚了，你还找她干什么？一别两宽，各生欢喜，不是更好？

“你信不过她，还故意跟别的女人在一起，让她为你吃醋……你知不知道这样有多伤人？

“你要是不用孩子要挟她，她怎么会赶去找你？她不急着找你又怎么会遇上海难？是你把她置于危险之中的，她不恨你，我恨死你了……”

辛欣不会怪他，因为她自始至终相信他。可作为现在的阿珍，她的泪水却流了满脸。

梁伍吻干她的眼泪：“我也恨我自己。”

要不是还有小美这个牵挂，他可能在那一晚也死在海上了。

“你的头发就是那时变白的吗？”

第一次在娱乐城见到他时就发觉了，尽管剪得很短，但还是看得出他的头发已经有一大半变得花白，跟他的年龄完全不符。

他不置可否：“没关系，我知道有一种方法可以变回去。”

“什么方法？”

问完她就后悔了，这家伙往哪儿舔呢！

真正合二为一的时候，他显得兴奋不已：“欣欣，你的身体还有记忆，它还记得我。”

她抬脚想踹他，却被他摁住，反而给了他便利可以大动特动。

真正恢复记忆，是陪小美参加学校的一次消防演习，脑海里跟放电影似的，一下子全想了起来。

小美看她的脸色不太好，有点担心：“妈妈，你是不是不舒服？要不我让阿荣叔叔带我去买生日礼物吧，你先回去休息。”

“没关系，生日礼物我也有份，咱们一块刷爆你爸的卡。”

“好耶！”小美欢呼，“你们每年一起过生日真的太幸福了，等弟弟出来，让他跟我一起过生日好不好？”

“那你得跟他商量一下。”

“哼，他必须听我的，不然我就让爸爸打他的屁股。他在妈妈肚子里就这么调皮，爸爸早就想打他的屁股了……啊，妈妈，你走慢点！”